MONSTERWELLE

J. BENGTSSON

Copyright © 2021 von J. Bengtsson

Alle Rechte vorbehalten.

Kein Teil dieses Buches darf in irgendeiner Form oder mit irgendwelchen elektronischen oder mechanischen Mitteln, einschließlich Informationsspeicher- und -abfragesystemen, ohne schriftliche Genehmigung der Autorin reproduziert werden, mit Ausnahme der Verwendung von kurzen Zitaten in einer Buchbeschreibung.

Übersetzung aus dem Englischen von Sabine McCarthy.

❀ Erstellt mit Vellum

PROLOG

Keith

Ich hatte meine Hände sicher in den Taschen verstaut und hielt meinen Kopf gesenkt, als ich auf spindeldürren Beinen die Mensa durchquerte. Ich konnte spüren, wie mich die vielen unbekannten Gesichter musterten, als ich vorbeiging. Ich warf mein Haar nach hinten, um die widerspenstigen Strähnen auf meiner Stirn zu richten. Das half nur wenig, denn Sekunden später fielen mir die Fransen wieder in die Augen.

In der Kampfzone, die die Middle-School war, waren Äußerlichkeiten alles und meine waren geradezu peinlich. Zu einer Zeit, in der andere Jungs sowohl an Größe als auch an Körpermasse zulegten, hing mein kleiner Jungenkörper immer noch hoffnungslos in der Schwebe. *Hab Geduld*, sagte mein Vater immer. *Je später du in die Pubertät kommst, desto größer wirst du sein.* Es war leicht für ihn, das zu sagen, da er knapp zwei Meter groß war, doch für einen Dreizehnjährigen, der im Körper eines Neunjährigen gefangen war, war Geduld ein rares Gut.

Und als ob der Körperbau eines Elfen nicht schon ein großer

Hieb gegen mich wäre, schlug der Umzug zu einer neuen Schule fast zwei Monate nach Beginn des Halbjahrs den letzten Nagel in meinen sozialen Sarg. Anfangs war ich begeistert gewesen, als meine Eltern angekündigt hatten, dass wir aus unserem Schuhkarton mit drei Schlafzimmern ausziehen und in ein renovierungsbedürftiges Haus mit fünf Schlafzimmern einziehen würden, doch ich war schnell sauer geworden, als ich den Haken an der Sache entdeckt hatte – das Einzugsgebiet der Schule. Wir befanden uns nun in einem anderen. Der Umzug betraf nur mich, weil meine Mutter in der Grundschule arbeitete, die meine Geschwister besuchten. Mit ein paar Gefallen, die sie eingefordert hatte, hatte der Rektor dem Umzug zugestimmt.

Ich hatte weniger Glück gehabt und nun war ich hier und schlich wie ein nervöses Kaninchen um die Mittagstische der Barnum Middle-School. Doch dies war nicht die Zeit zum Zaudern. Ich konnte fast spüren, wie sich die hungrigen Wölfe die Lippen leckten. Wenn sie Schwäche rochen, war ich erledigt.

Ich nahm tiefe Atemzüge voll Sauerstoff in meine Lungen auf und richtete meinen Blick auf die Herausforderung, entschlossen, die Gruppe zu finden, zu der ich gehörte. Obwohl weniger ausgeprägt wie in der High-School, bildeten sich bereits in der Middle-School Cliquen. Das machte Sinn. Gleichgesinnte zogen natürlich einander an und darauf setzte ich jetzt.

Die sportliche Gruppe war die erste, die mir auffiel. Cooler als cool, daher war dieses Rudel für mich immer tabu gewesen. Diese Leute waren an der Spitze der Nahrungskette und würden in der High-School aufsteigen und die Sportler werden, die wir alle kannten und liebten. Sie waren die Anziehungskraft, die die Massen anlockte, aber auch die Mauer, gegen die man lief, wenn man versuchte, hineinzukommen. Ich war nicht groß genug, gepflegt genug oder koordiniert genug, um in diese auserwählte Gruppe zu passen.

Ich wollte auch nicht bei den Einsteins sitzen. Sicher, die Bücherwichtel würden mich mit offenen, wenn auch schwachen

Armen empfangen, aber wenn man einmal den Streberweg eingeschlagen hatte, gab es kein Zurück mehr. Genauso inakzeptabel waren die Nerds. Manche würden sie mit den Strebern in einen Topf werfen, aber die Nerds waren eine ganz eigene Einheit. Anstatt sich mit Büchern zu beschäftigen, spielten Nerds in der Mittagspause Pokémon und trugen Lichtschwerter in Taschenformat mit sich herum, denn man wusste ja nie, wann ein spontanes intergalaktisches Duell ausbrechen würde.

Meine Augen folgten der Rangfolge, bis ich meinen Blick auf die „Blauhaarigen" richtete. Diese Jugendlichen würden schließlich die künstlerische, theaterbegeisterte Schar der High-School werden. Sie waren talentiert und schrullig genug, dass soziale Normen nicht unbedingt auf sie zutrafen. Das waren die Kinder, die aus voller Kehle einen Disney-Song sangen, während sie sich auf dem Asphalt im Kreis drehten, oder die Schauspieler, die während einer Mathe-Klassenarbeit ohne Angst vor Vergeltung wahllos Shakespeare-Zeilen ausspuckten. Aber obwohl ich aus einer musikalischen Familie stamme, hatte ich kein bisschen Talent in meinen dürren Knochen.

Ich bewegte mich mit überraschender Effizienz durch die Reihen. Die angehenden Hipster. Die aufblühenden Preps. Die unvermeidlichen Goths. Sie alle waren vertreten. Und nicht zu vergessen meine persönlichen Favoriten: die Außenseiter, die eines Tages schwarze Mäntel tragen und kilometerlange Hitlisten zusammenstellen würden. Ich kaute nervös an meinen Fingernägeln, während mir die Erkenntnis dämmerte: Ich passte nirgendwo hin. Was sollte ich tun – den Rest der siebten Klasse mit den Einzelgängern verbringen? Keine Frage, an ihrem spärlichen Tisch würden noch Plätze frei sein.

Ich schob die Panik beiseite und wanderte weiter durch den Essbereich und musterte die ausgegrenzten Schüler, bis sich meine Augen, wie auf einen Ruf aus der Wildnis hin, auf das Ziel richteten – meinen Stamm.

Die Skater.

Es überraschte mich, dass ich sie nicht schon früher identifiziert hatte, denn das war die Gruppe, die nicht wie üblich auf der Bank saß und ihr Mittagessen aus dem Rucksack aß. Nein, diese Leute waren überall auf dem Tisch verteilt. Einige saßen oben auf dem Metallgitter, während andere kopfüber hingen und ihre Köpfe dort ruhten, wo ihre Hintern hätten sein sollen. Ich lächelte und fühlte mich noch sicherer, dass diese exzentrischen Rebellen meine Zukunft darstellten.

Wie meine Gruppe zu Hause waren dies die Jungs, die in der Schule eine gewisse Stellung innehatten. Obwohl sie nicht unbedingt zu den beliebten Leuten gehörten, neigten Skater dazu, gerade genug Aussehen, Intelligenz und sportliche Fähigkeiten zu haben, um relevant zu bleiben. Ich stieß meinen Atem aus, von dem ich gar nicht gemerkt hatte, dass ich ihn angehalten hatte, und erlaubte meinen angespannten Nerven, sich zu entspannen.

Gott sei Dank gab es die Skater. Ich war gerettet.

Ich beschleunigte mein Tempo und machte mich auf den Weg zur Gruppe, zuversichtlich, dass ich für bare Münze genommen werden würde. Schließlich war ich ein geübter Skateboarder und hatte mein ganzes Leben lang mit solchen Typen zu tun gehabt.

„Hey." Ich bot meine Begrüßung so unauffällig wie möglich an. Skater hassen Angeber.

Die Jungs würdigten mich kaum eines Blickes. Ich blieb stehen – wartete auf die Einladung, von der ich sicher war, dass sie kommen würde. Schließlich betrachtete mich ihr Anführer, ein Typ mit langem, zotteligem Haar, von seiner kopfüber hängenden Position aus. Er sah älter aus, wie der Typ, der von wohlmeinenden Eltern zurückgehalten wurde, die sich dagegen sträubten, ihren kleinen Schatz zu früh in den Kindergarten zu schicken, doch der Witz ging dann auf ihre Kosten, wenn er später in seiner Bildungsreise sitzenblieb, weil er zu dumm für Worte war. Jetzt war er nur noch ein aknegeplagter Klugscheißer mit einer Schar junger, beeindruckbarer Anhänger, die ihm zu Füßen lagen.

„Wer bist du?", fragte er.

„Keith. Ich bin gerade erst hergezogen."

„Neu hier, was?"

„Ja."

„Hast du Gras?"

Bevor ich es verhindern konnte, weiteten sich meine Augen, was zweifelsohne meine Haltung zum Thema Gras verriet. An meiner alten Schule hatten sich die Skater und Kiffer noch nicht zusammengeschlossen. Wenn ich es mir recht überlege, war der einzige Kiffer, den ich kannte, Brett Valentine, längst suspendiert worden.

„Warte mal." Das dämliche Kichern kam von meiner linken Seite. „Ich kenne dich."

Und da war er.

„Hey, Valentine. Ich habe dich schon eine Weile nicht mehr gesehen."

„Na ja, du weißt schon. Ich habe einen Abstecher in den Jugendknast gemacht."

Nein, das wusste ich nicht. Das war einfach großartig. Die einzige Person, die ich in dieser ganzen Scheißschule kannte, war vorbestraft.

Valentine bürgte für mich. „Er ist cool, Leute."

Wie konnte es sein, dass ausgerechnet Brett Valentine plötzlich mein Rettungsanker war? Und wollte ich so unbedingt in seine Gruppe, dass ich die Moral, die mir meine Eltern seit meiner Geburt eingebläut hatten, über Bord warf? Sicherlich würden diese Jungs die Wahrheit respektieren. „Nein, ich habe keins."

„Ja, du siehst auch nicht so aus, als hättest du welches."

Oder auch nicht.

Ihr Sprecher fuhr fort, mich zu dissen. „Du dröhnst dich wahrscheinlich nicht mal zu, was?"

Ach, Scheiße. Das hier war kein Test. Drogenkonsum war anscheinend eine Voraussetzung, um mit diesen Kerlen abzuhängen. Der Wunsch, meinen Weg in die Gruppe zu lügen, war stark. Wem würde es schließlich schaden, wenn ich so täte, als wäre ich ein Kiffer, nur bis sie mich akzeptierten? Ich war ein einigermaßen lustiger Kerl und sobald sie mich kannten und meine Fähigkeiten auf einem Skateboard sahen, war ich zuversichtlich, dass sie mich genug mögen würden, dass es keine Rolle spielte, ob ich meine Lungen mit Gift füllte oder nicht. Das hier war eine ganz neue Welt mit neuen Regeln und Anforderungen. Ich musste tun, was ich tun musste, um am Leben zu bleiben.

Aber obwohl ich total auf eine Lüge vorbereitet war, purzelte unerklärlicherweise die Wahrheit aus meinem Mund. „Nein. Ich rauche nicht."

„Pech für dich, Neuling", sagte der umgedrehte Typ, bevor er seine Aufmerksamkeit von mir abwandte.

Meine Finger ballten sich zu Fäusten. Wer sagte denn, dass dieser Typ über mein Schicksal entscheiden durfte?

„Das war's?", forderte ich ihn heraus. „Du hast das letzte Wort?"

„Nee, Kumpel, die Jungs können tun, was sie wollen. Aber das hier ist mein Platz, also wenn sie sich entscheiden, mit dir abzuhängen, müssen auch sie umziehen. Aber hey, zu deinem Glück ist da drüben am Tisch von Tweezer noch ein Platz frei."

Meine Augen folgten seinem Finger, bis sie sich auf der einsamen Gestalt niederließen, die ein paar Tische weiter saß und deren schwarzer, gefärbter Pony über das Gesicht herabhing. Tweezer vertrieb sich die Zeit damit, die groben Haare aus seinem Unterarm zu zupfen. Ich erschauderte. Ein einziger Windstoß würde genügen, um mir die Mittagspause für immer zu verderben.

Ich drehte meinen Kopf wieder zurück und musterte die Gruppe von Skatern, in der Hoffnung, dass einige der anderen ihre Unterstützung zeigen würden, doch nicht einer von ihnen begegnete meinem Blick. Selbst Valentine, meine verdammte Rettungsleine, schaute weg. Verdammt, nein. So würde das nicht enden. Diese Skater waren meine Gruppe – sie waren schon immer meine Gruppe gewesen. Ich weigerte mich, abgewiesen zu werden, nur um mich in die Reihen irgendeines Typen mit haarlosen Armen einzureihen. Es konnte nicht schaden, ein paar Lügen zu erzählen, um mich dahin zu bringen, wo ich sein musste.

Die Stimme meiner Mutter lief auf Dauerschleife in meinem Ohr. *Keith, du bist stärker als das.*

Nein. Nein, war ich nicht. Mom begriff es nicht. Ich musste überleben. Es war nicht so, dass ich mir nicht mehr Optionen gewünscht hätte, wie meine Geschwister. Eine Sportskanone? Sicher, ich wäre gerne eine gewesen, aber ich war nicht Mitch. Mich mit den beliebten Leuten zu verbünden wäre auch toll gewesen, aber ich war nicht Emma. Und die musikalischen Fähigkeiten eines Wunderkindes zu haben? Verdammt, ja! Meldet mich an! Aber nur Jake trug diese Krone.

Wenn ich in meiner eigenen Familie nichts Besonderes war, wie konnte ich dann erwarten, in einer Gruppe von Fremden etwas Besonderes zu sein? Noch nie hatte ich mich so unbedeutend gefühlt wie heute – als das dürre neue Kind, das um Akzeptanz bettelte.

Ich überblickte den Haufen der Schüler und suchte nach einem Platz, irgendeinem Platz, wo ich landen konnte, doch meine Füße weigerten sich, mich in Sicherheit zu bringen. Was auch immer geschehen würde, dies war meine Gruppe. Ich gehörte zu den Jungs, die nie besser als der Durchschnitt sein würden.

Ich machte einen Schritt in Richtung meines Schicksals.

„Alter, ich bin total bereit, es zu versuchen."

Der Anführer richtete sich auf und seine Augen musterten mich mit neu entdecktem Interesse. „Na dann, okay, Neuer. Willkommen auf der Barnum."

KAPITEL EINS

Fünf Jahre später

Samantha
Hey du

„Hat jeder eine Nummer gezogen?"
Ich blickte auf den Zettel in meiner Hand hinunter und entfaltete das Pergament. Meine Augen weiteten sich. Nummer neunundzwanzig. Das konnte nicht gut sein.
„Nummer eins und zwei, Sie sitzen an Labortisch 1. Drei und vier, Labortisch 2." Mrs. Lee huschte viel zu aufgeregt für eine derart banale Tätigkeit durch den Raum. „Sie verstehen schon. Los geht's. Lernen Sie Ihre Partner kennen und seien Sie nett zueinander. Wenn nicht gerade eine ansteckende Krankheit ausbricht oder eine Explosion das Labor auslöscht, werden das Ihre Partner für das ganze Semester sein."
Gehorsam schnappte ich mir meine Tasche und ging in die hinterste Ecke des Klassenzimmers – Labortisch 15. Ich brauchte

praktisch ein Fernglas, um von dort aus die Tafel zu sehen. *Nach Mitternacht passiert nie etwas Gutes*, besagte ein weises altes Sprichwort. Das galt auch für den hinteren Teil des Klassenzimmers, den Lieblingsplatz von Unruhestiftern und Faulenzern. In dieser Gegend wurden Gürtelschlaufen routinemäßig mit Kabelbindern an den Rückenlehnen der Stühle befestigt und wenn gespuckt wurde, kam es aus dieser fernen Ecke der Welt.

Da ich mit einem Nachnamen an der Spitze des Alphabets, *Anderson*, gesegnet war, hatte ich den Großteil meines Lebens nur ein paar Zentimeter vom Lehrerpult entfernt verbracht. Und selbst als in der High-School Sitzordnungen verschwanden, wanderte ich weiterhin nach Norden. Ich fühlte mich dort einfach wohl – bei den schlauen Leuten, die ebenso berechenbar wie langweilig waren. Glaub mir, ich machte die akademischen Überflieger nicht schlecht. Im Gegenteil, ich warf mich mit ihnen in einen Topf. Langweilig und berechenbar – ja, so war ich. Da ich langweilig war, brauchte ich mir keine Sorgen zu machen, dass andere, die in der ersten Reihe saßen, meine Schnürsenkel während eines Überraschungstests zusammenbinden würden.

Natürlich konnte auch die Tatsache, dass ich die Sehkraft einer höhlenbewohnenden Fledermaus hatte, zu meiner Vorliebe für die Spitze der Klasse beigetragen haben. Natürlich konnte ich jeden Tag meine besonders unmodische Brille in der Schule tragen, um das Problem zu beheben, aber warum sollte ich meinen Super-Nerd-Status zur Schau stellen?

Bevor ich letztes Jahr in diese Strandstadt gezogen war, war es mir ehrlich gesagt egal gewesen, was die Leute von mir dachten. Sweatshirts, zerrissene T-Shirts, kein Make-up, Pferdeschwänze – ich rockte den „stillosen"-Stil. Ich ging sogar so weit, dass ich eine äußerst praktische, aber auch äußerst bekloppt aussehende Brille trug, die es mir ermöglichte, mich problemlos von drinnen nach draußen zu bewegen.

Leider war der „alles ist möglich"-Ansatz an der Pearl Beach High-School nicht haltbar, da Schönheit die Norm war und die

Schüler lieber gar nichts sehen wollten, als mit einer Brille erwischt zu werden. Es versteht sich von selbst, dass Brillen jeglicher Art hier ein modisches No-Go waren – sie wurden mit der gleichen Abneigung betrachtet, wie zum Beispiel das Tragen von Cordhosen.

Ich hatte natürlich Kontaktlinsen, war aber auch mit fettiger Haut gesegnet, die regelmäßig eine Entzündung des Augenlids namens Blepharitis verursachte. Du hast richtig gehört. Zusätzlich zu meinen Augenproblemen bekam ich auch noch gelegentlich Pickel. Ich war wirklich ein glückliches Mädchen. Aufgrund meiner schlechten Sehkraft, meiner Pickel und meiner Eitelkeit blinzelte ich die meisten Tage durch die Klasse und kämpfte darum, die einfachsten Wörter an der Tafel zu erkennen, obwohl ich, wenn ich ganz ehrlich zu mir selbst sein wollte, ein solcher Niemand war, dass die Leute wahrscheinlich nicht einmal Schönheitserwartungen an mich hatten.

Ich ließ mich auf den Hocker gleiten, öffnete meine Tasche und versuchte, beschäftigt zu wirken, während ich auf Nummer dreißig wartete. Ein nervöses Flattern machte sich in meiner Brust breit, wie es immer der Fall war, wenn ich in eine neue Situation gebracht wurde. Ich war noch nie ein großartiger Kommunikator gewesen, doch das hatte sich nur noch verschlimmert, seit ich auf eine Schule gewechselt hatte, in deren Aula man alle paar Meter Models für Bademoden fand. Ich ging nicht wie sie, ich sprach nicht wie sie und ich sah auch nicht so aus wie sie, also hielt ich meinen Mund so oft wie möglich, um die Möglichkeiten, mich lächerlich zu machen, weitestgehend zu minimieren.

Da ich mich bereits unwohl fühlte, schaute ich mich nach den anderen um, die den Kürzeren gezogen hatten, und war froh, Sanjay Evani an Tisch dreizehn zu sehen, der ebenfalls normalerweise in der ersten Reihe saß. Er fiel mir ins Auge und wir tauschten ähnliche verärgerte Blicke aus. Es war noch früh im Prozess, aber bis jetzt sah es so aus, als hätte er es schlechter als ich. Sanjay war mit Thad, dem Basketballspieler, zusammengesetzt worden, der sich bereits mit seinen Kumpels über das Glück freute, mit dem vermeintlichen Abschiedsredner der Klasse in einer Gruppe zu sein. Zweifelsohne basierte die vermeintliche Intelligenz meines Bekannten allein auf der Tatsache, dass sein Haar in der Mitte gescheitelt war und er in der High-School immer noch eine Brotdose und ein Federmäppchen mit sich herumtrug.

Aber Sanjay war weit entfernt vom Abschiedsredner-Status, dem begehrten Kronjuwel, das von Nerds auf der ganzen Welt gefeiert wurde. Das Letzte, was ich hörte, war, dass sein Klassenrang irgendwo bei sechsundzwanzig lag ... von fast fünfhundert Elftklässlern. Respektabel, sicher, aber definitiv nicht auf Superstar-Niveau. Natürlich konnte ich nicht reden. Mein Rang lag bei einer mickrigen neununddreißig. Es war zu peinlich, um darüber zu reden, also schwieg ich, als die anderen schlauen Kinder ihre Erfolgsgeschichten austauschten – genau wie ich es tat, wenn die „Hübschen" ihre Schönheitsprogramme diskutierten.

An Tisch dreizehn brach Gelächter aus. Armer Sanjay. In der Minute, die er brauchte, um sich in den hinteren Teil des Klassenzimmers zu begeben, hatte er es bereits geschafft, sich einen wenig schmeichelhaften Spitznamen zu verdienen: A-Schwätzer – natürlich stand das für Abschlussredner. Niemand konnte behaupten, dass die Sportler nicht kreativ waren, wenn es um Spott ging. Ich konnte nur hoffen und beten, dass ihre Aufmerksamkeit nicht irgendwie auf mich umgelenkt werden würde.

Es war schon demütigend genug, dass ich in Chemie einen Grundkurs statt einen Leistungskurs belegte, also war das Letzte, was ich brauchte, dass man mir mein Versagen unter die Nase rieb. Sanjay war wie ich – einer der Schlauen, die in den Naturwissenschaften nicht überragend waren. Ich weiß, es klingt wie ein Oxymoron, aber Schüler wie uns gab es tatsächlich. Wir kalkulierten die Risiken und kamen zu dem Schluss, dass unsere beste Chance auf eine Aufnahme an einer hochrangigen Universität darin bestand, in den Fächern, in denen wir nicht ganz so gut waren, die niederwertigeren Grundkurse zu belegen und darin überragend zu sein. Und während ich im Lesen, Schreiben und in den Künsten glänzte, hatte sich dieser spezielle Bereich des Gehirns, der für das wissenschaftliche Denken zuständig ist, bei mir nie vollständig entwickelt. Jede Erwähnung eines Überraschungstests in diesem Lernbereich reichte aus, um mich ins Büro der Krankenschwester zu schicken, um eine Reihe von vorgetäuschten Menstruationskrämpfen zu überstehen.

„Nummer neunundzwanzig!", rief mir die Lehrerin zu. „Sagen Sie mir Ihren Namen, bitte."

Alle Augen im Klassenzimmer richteten sich in meine Richtung und ich zuckte zusammen. Toll, genau das, was ich brauchte – an dem Tag, an dem ich meine Beine nicht rasiert hatte, hervorgehoben zu werden.

„Samantha Anderson."

„Lauter, bitte. Ich kann Sie nicht hören."

Was hatte sie erwartet? Ich war nach Sibirien verbannt worden.

Ich wiederholte mich, doch dieses Mal gab ich meiner Stimme den nötigen Schub, um über die große Kluft zu dringen.

„Tja, Samantha, ich bin mir sicher, dass wir irgendwann einen anderen Schüler hierher bekommen werden, aber bis dahin bekommen Sie die beste Partnerin von allen – mich."

Mrs. Lee fand sich selbst lustig und kicherte wie ein Schulmädchen. Ich verstand, dass meine Lehrerin versuchte, unbeschwert und lustig zu sein, doch es gab eine Zeit und einen Ort für Erwachsene, um Komiker zu sein, und das hier war eindeutig nicht der richtige. Je länger sie das hier in die Länge zog, desto mehr stellten sich die Haare auf meinen Beinen auf.

Bevor die Bunsenbrenner-Lotterie begann, hatte ich nur gehofft, nicht mit Nasenbluten-Nathan zusammenzuarbeiten. Die Legende besagte, dass er sich einmal ein Blutgerinnsel aus seinem Nasenloch gezogen hatte, das so lang wie sein Unterarm war. Und trotzdem würde ich den täglichen Aderlass einer Freundschaft mit meiner Chemielehrerin vorziehen.

Mrs. Lee ging zu den Klassenzimmer-Regeln über, was mir erlaubte, mich ein wenig zu entspannen und meine neue Umgebung zu betrachten. An Tisch vierzehn saßen zwei Mädchen, die einander kennenlernten, indem sie während der Rede der Lehrerin ununterbrochen sprachen. So nervig sie auch waren, ich beneidete sie. Nicht, weil sie den Unterricht störten, sondern wegen der Leichtigkeit, mit der sie anscheinend Freundschaften schlossen. Ich war das Mädchen in der Schule, das nur eine Freundin hatte, und leider litt diese eine Freundin unter schweren Allergien, die sie regelmäßig von der Schule fernhielten. Wenn sie also an einem ihrer vielen Krankheitstage zu Hause war, war ich das Mädchen, das in der Bibliothek saß und ein Buch las.

Ich war nicht unbedingt ein seltsames Mädchen, sondern ich schaffte es einfach nie, einen Platz zu finden, wo ich hingehörte. Vielleicht lag es daran, dass ich erst spät ins Spiel gekommen war – in der Mitte der zehnten Klasse – und lange nachdem alle sozialen Cliquen besetzt waren. Ich irrte wochenlang umher, bevor Shannon in ihrer ganzen niesenden Pracht auftauchte und mich vor der kompletten sozialen Vernichtung rettete.

Die Tür des Klassenzimmers öffnete sich einen Spalt und verharrte einen Moment in der Schwebe. Auf der anderen Seite war eine Stimme zu hören, die lachte. Alle Köpfe drehten sich in Richtung der Unterbrechung, was Mrs. Lee dazu zwang, den Klang ihrer eigenen Stimme nicht länger zu genießen und ihren Kopf in Richtung der Quelle des Aufruhrs zu wenden.

Die Lippen zu einer dünnen Linie zusammengepresst, zog sie eine Grimasse, als sie rief. „Entschuldigung."

Die Stimme auf der anderen Seite der Tür plapperte weiter und machte sich keinerlei Sorgen darüber, dass er die Klasse fünfzehn Minuten nach dem Läuten der Schulglocke störte.

Mrs. Lee, die ihren neu erworbenen „besten Freundin"-

Hintern an der vorderen Kante ihres Pultes abgestützt hatte, stand auf und ging zur Tür, um sie mit all der Kraft, die ihr kleiner Körper aufbringen konnte, nach innen zu reißen. Der Grund für den Widerstand war der männliche Arm, der am Türgriff auf der anderen Seite befestigt war. Je weiter sich die Tür öffnete, desto mehr von dem Körper, der an dem anonymen Arm befestigt war, folgte und ein Junge stolperte lachend in das Klassenzimmer, als ob er keine einzige Sorge in der Welt hätte. Dieses Gesicht war einzigartig. Oder dieses Lachen.

Jede Person im Raum setzte sich ein wenig aufrechter hin und ein Lächeln erhellte bereits ihre Gesichter. Der ureigene Jeff Spicoli von Pearl Beach High hatte gerade das Gebäude in Form von Keith McKallister betreten – dem wohl störendsten Schüler der Schule. Versteht mich nicht falsch, er war kein Tyrann oder so etwas – aber er hatte *immer* eine sarkastische Bemerkung oder eine perfekt getimte Unterbrechung parat. Wenn dieser Typ es schaffte, seinen Weg ins Klassenzimmer zu finden, wusste man einfach, dass einem ein unterhaltsames Halbjahr bevorstand.

Unnötig zu sagen, dass Keith ein Hit unter den Schülern war. Die Jungs liebten ihn, weil er sie zum Lachen brachte, und die Mädchen liebten ihn, weil er sie zum Schwärmen brachte. Ich selbst hatte keine Meinung über ihn, weder die eine noch die andere. Er hatte nie mit mir gesprochen. Er hatte mich nie angeschaut. Er hatte nicht einmal überhaupt in meine Richtung geatmet, also basierte jedes Urteil, das ich über ihn hatte, nur auf Hörensagen von denen, die ihn kannten.

Es gab so viele Wörter, die auf dem Campus kursierten, um Keith McKallister zu beschreiben, aber einige der gebräuchlichsten lauteten *dumm, bekiffter Surfer* und *wahnsinnig heißer Versager*. Nochmal, ich konnte diese Charaktereinschätzungen weder bestätigen noch dementieren, aber sie schienen mir angesichts der alarmierenden Anzahl der Mädchen an der Schule, die seinem zugedröhnten Charme zum Opfer fielen, ziemlich zutreffend zu sein. Sicher, er war ein gutaussehender Kerl, aber Keith

McKallister war kein nichts für die Partnerwahl. Er war der Typ, den man ansprach, wenn man etwas Gras brauchte oder wenn man garantierten Spaß beim Abschlussball haben wollte. Er war nicht, ich wiederhole, *nicht* der Typ, den man mit nach Hause bringen wollte, damit er Mommy kennenlernen konnte.

Nicht, dass ein solches Szenario jemals auf mich zutreffen würde. Ich stand so weit außerhalb von Keiths Einflussbereich, dass ich genauso gut in einem anderen Sonnensystem hätte sein können. Es war nicht nur, dass er in der zwölften Klasse war und ich in der niederwertigen Elften, sondern um eine Chance auf den Genuss von Keiths unberechenbarer Gesellschaft zu bekommen, musste man sich in der ersten oder zweiten Beliebtheitskategorie befinden. Das schloss mich sofort aus, da ich da unten in der vierten von fünf Kategorien war. Ja, ich hatte mich selbst eine Stufe höher gestellt, denn, bitte, ich musste mindestens eine Stufe über dem Kerl sein, der sich Rotzbonbons aus der Nase zog.

„Sind Sie in meinem Kurs?", fragte Mrs. Lee und nahm eine entschieden abwehrende Haltung ein, als sie eine Hand in die Hüfte stemmte. Es verstand sich wahrscheinlich von selbst, dass die Lehrer und Angestellten der Pearl Beach High weniger begeistert von Keith waren, wie die Schülerschaft es war. Es wurde gemunkelt, dass es zu Beginn des Halbjahres einen Bieterkrieg gegeben hatte, um zu sehen, welche unglücklichen Pädagogen an ihm hängen bleiben würden.

Keith stand regungslos da und schien selbst unsicher zu sein, ob er in diesen Kurs gehörte. Seine Verwirrung war verständlich. Er gehörte zu den Typen, die routinemäßig durch die Flure irrten, bis jemand vom Personal ihn und seine Kifferkollegen in die richtige Richtung lenkte.

„Ich weiß es nicht", antwortete er mit leiser Stimme. „Welcher Kurs ist das?"

„Ich weiß es nicht", äffte sie ihn nach. „Für welchen Kurs halten Sie ihn denn?"

„Ähm ... Chemie?", versuchte er, als ob er wirklich nur wild raten würde.

Gekicher brach aus, als meine Mitschüler sich über die Möglichkeit freuten, täglich von Keith unterhalten zu werden. Doch Mrs. Lee gehörte eindeutig nicht zu seinen Bewunderern und verwehrte ihm den Zutritt zu ihrem Heiligtum.

„Sie stehen nicht auf meiner Schülerliste, Mr. McKallister."

„Sind Sie sicher?", fragte er.

„Vertrauen Sie mir. Ich überprüfe das zu Beginn eines jeden Halbjahres."

„Ja, also, Mr. Friend hat gesagt, dass er keinen Platz hat und dass ich zu Ihnen versetzt worden bin."

„Ach, hat er das jetzt?", fragte Mrs. Lee und verschränkte trotzig die Arme vor der Brust. „Wie praktisch für Mr. Friend."

Keith zuckte mit den Schultern und nahm den Seitenhieb gar nicht erst wahr. „Ich denke schon."

„Na gut, dann setzen Sie sich. Wir werden das später klären. Gewöhnen Sie sich nicht zu sehr an mein Klassenzimmer, denn Sie gehen gleich morgen früh wieder zu Mr. Friend."

„Alter, das glaube ich nicht." Keith schüttelte den Kopf. „Er hat etwas von einem ärztlichen Attest gesagt, das ihn davon entschuldigt, dass ich seinen Kurs für ein weiteres Halbjahr wiederholen muss."

Mrs. Lee seufzte so laut, dass sogar ich es bis in den hinteren Teil des Klassenzimmers hören konnte. „Wir werden sehen, ob das ausreicht, um Mr. Friend zu retten. Also gut. Ich werde das alles später klären, aber für den Moment sind Sie die Nummer dreißig – letzter Tisch auf der linken Seite. Gehen Sie weiter, *Alter*."

Nummer dreißig? Oh, nein. Ich konnte nicht Keiths Partnerin sein. Ich war eine Niete in Naturwissenschaften. Ich brauchte jemanden, der mir helfen konnte, oder zumindest jemanden, der mich nicht mit sich runterziehen würde. Mr. Friend musste ihn zurücknehmen, auch wenn das bedeutete, dass ich in Keiths Namen eine Petition in Umlauf bringen musste.

Mit jedem Schritt, den er in meine Richtung ging, spürte ich, wie die Liste der Universitäten, die in Frage kamen, schrumpfte. Panik stieg in mir auf und ich saß wie erstarrt auf meinem Platz, als Keith selbstbewusst durch das Klassenzimmer schlenderte und jeden auf seinem Weg umarmte. Ich bemerkte jedoch, dass er Nasenbluten-Nathan klugerweise auswich.

Mein nigelnagelneuer Laborpartner blieb an Tisch fünfzehn stehen.

„Hey du", sagte er und schenkte mir sein entwaffnendes Lächeln. „Kann ich mich hinsetzen?"

Der Speichel trocknete in meiner Kehle und machte mich sprachlos. *Sag was. Irgendwas.* Doch ich saß einfach nur da und starrte vor mich hin, als ich den Schrecken meiner Lage mit einem Lächeln bekämpfte, welches verblasste, bevor es sich überhaupt gebildet hatte.

Und als ob das nicht schon schlimm genug wäre, reagierte mein Körper auf eine ähnlich peinliche Art und Weise und erhitzte Bereiche, die ich lieber kalt gelassen hätte. Augenblicklich quoll Schweiß aus meinen Poren und klebte meine Haare auf meine Stirn. Plötzlich wünschte ich mir, ich wäre Thads Partner. Ich würde den Spitznamen A-Schwätzer jederzeit dem hier bevorzugen.

Keith behielt seinen Blick auf mir und ein wissendes Lächeln zog über sein Gesicht. Und obwohl ich dieses komische Killerclown-Lächeln aufsetzte, zuckte ich innerlich zusammen, als ich auf die bösen Kommentare wartete, von denen ich sicher war, dass sie über mich hereinbrechen würden. Ich hatte sie alle schon einmal gehört, aber die, die am meisten wehtaten, waren diejenigen, die ich am schwersten ändern konnte.

Ich war nicht hübsch oder dünn oder einnehmend, das wusste ich, aber ständig an meine Makel erinnert zu werden, war wie ein Dolch in meinem Herzen. Und Jungs wie Keith, die mit ihrem zerzausten Aussehen auffielen, ließen sich nicht so leicht zum Narren halten, schon gar nicht von verschwitzten, unrasierten, schielenden Leuten. Traurigerweise schien Kasteiung der einzig realistische Weg zu sein.

„Mir gefällt deine Halskette. Das ist ein Achat, richtig?"

Ich blinzelte schockiert und versuchte, seine Worte und die freundliche Art, in der sie gesprochen worden waren, zu verarbeiten. Mit einem Blick auf die Sicherheitsdecke, die um meinen Hals baumelte, errötete ich. Es war zu einer Angewohnheit von mir geworden, den Stein in Zeiten von Stress zu reiben, eine, die mir gar nicht bewusst war, bis mich jemand darauf hinwies ... jemand wie Keith. Keith McKallister. Mein Laborpartner. Glückszahl dreißig. *Oh, Gott, ich glaube, ich werde ohnmächtig.*

Irgendwie fand ich in dem Meer aus Schweiß und Stoppeln meine Stimme. „Ja, blauer Streifenachat."

Keith, dessen Augen blutunterlaufen waren und ganz leicht in ihren Höhlen rollten, antwortete in einem klaren Tonfall. „Ich stehe auf die dreieckige Form – sieht aus wie ein Gitarrenpick. Und diese Farben in deinem, Alter, die erinnern mich an total schillernde Wellen."

Hätte ich antworten sollen? Zustimmen? Nach dem Wetter fragen? Abgesehen von den kühlen Ozeanmustern, die durch die glatte Steinoberfläche rasten, gab es äußerlich nichts Besonderes an der Lederkette, die ich trug. Innerlich jedoch, na ja ... das war eine andere Geschichte.

Ich umklammerte den Stein fester und rieb ihn wie der kleine Freak, der ich war. „Ähm ... danke."

Verblüfft über das Kompliment, wappnete ich mich dennoch für den Angriff. *Komm schon, Skaterboy, schlag mich mit deiner besten Beleidigung. Bring es einfach hinter dich. Ich habe schon viel Schlimmeres durchgemacht als alles, was du dir ausmalen kannst.* Ein paar unhöfliche Kommentare von einem Kiffer abzulenken, war für mich nichts Besonderes. Doch sein freundlicher, glasiger Gesichtsausdruck verblasste nicht und langsam, aber sicher löste sich die Anspannung in meinen Knochen.

„Kann ich mich setzen?" Er wiederholte seine frühere Frage, als ob er meine Erlaubnis benötigen würde. Dieser Typ konnte in dieser Schule so ziemlich alles tun, was er wollte, ohne dass es irgendwelche Konsequenzen gab. Er war schließlich Keith McKallister, ein Drogendealer der Extraklasse, und das machte ihn an der Pearl Beach High-School so berühmt, wie man es nur sein konnte. Jeder wusste *von* ihm, aber nur wenige *kannten* ihn wirklich. Das sollte nicht heißen, dass er ein komplizierter Typ war, der die Welt auf Abstand hielt. Im Gegenteil, Keith war die meiste Zeit einfach nur high und es war ein bisschen schwierig, ein Gespräch mit ihm zu führen.

„Ähm ... ja ... klar." Ich schluckte schwer und beobachtete ihn mit weit aufgerissenen Augen, als mein Chemiepartner auf den Hocker neben mir rutschte. Überraschenderweise trat der schwache Hauch von Gras, der an seiner Kleidung klebte, hinter dem Geruch von Salz und Seetang zurück. In der Regel hasste ich den Geruch von Seetang ... aber nicht an ihm. Der Geruch war überraschend angenehm, wenn er an seiner gebräunten Haut haftete.

Unsicher, was ich mit mir anfangen sollte, öffnete ich mein Notizbuch und starrte auf die leere Seite. Ich musste etwas tun, irgendetwas, aber ich war vor lauter Unentschlossenheit fast gelähmt.

Ein albernes Kichern brach aus dem Jungen neben mir aus. „Ich hatte letzte Nacht den seltsamsten Traum", begann er.

Mein erster Instinkt war, ihn zu ignorieren – nicht um unhöflich zu sein, wohlgemerkt, sondern weil ich nicht wusste, wie ich darauf reagieren sollte. War er nur am Grübeln, oder suchte er eine ausführliche Analyse seiner nächtlichen Abenteuer?

Seine fortgesetzte Belustigung machte mich so neugierig, dass ich sie nicht länger leugnen konnte. „Worum ging es in deinem Traum?", fragte ich vorsichtig.

„Ein Schnabeltier."

Ich warf ihm einen Seitenblick zu, als mir ein spontanes Lächeln auf die Lippen trat. Warum überraschte mich das nicht? Der Kerl war irgendwie seltsam. Oder high. Oder eine Kombination von beidem. Doch das war mir egal, denn es war lange her, dass ich jemanden kennengelernt hatte, der schrullig genug war, um mich aus einer fast zwei Jahre andauernden Trübsal herauszuholen. Einfach ausgedrückt, war Keith ein Hauch von „nicht ganz so" frischer Luft.

„Ein Schnabeltier?", fragte ich, stets die Analytikerin. „Wie das Tier?"

„Nein, das Frühstücksmüsli." Er gluckste. „Natürlich das Tier."

Und dann tat ich etwas, was ich seit Ewigkeiten nicht mehr getan hatte: Ich lachte. Unbelastet von Selbstzweifeln hüpften die Endorphine von einem Neuron zum nächsten. Ich fühlte mich fast schwerelos.

„Du bist lustig", sagte er.

Nein. Ich war so weit davon entfernt, lustig zu sein, dass selbst alte Leute mit heruntergedrehten Hörgeräten nicht peinlich berührt über mich kicherten. Aber weißt du was? Ich würde das Kompliment von Keith annehmen und tagelang deswegen erröten.

„Also, ähm ..." *Komm schon, Samantha. Du schaffst das. Tief durchatmen. Rede.* „Schnabeltierträume, hm? Die können doch nicht so häufig sein."

Er lachte und stupste mich mit seiner Schulter an, als wären wir schon seit Ewigkeiten Freunde. „Ich weiß, stimmt's?"

Ich kicherte – kicherte so richtig. Was war hier los? Wie um alles in der Welt hatte ich mich von der traurigen, einsamen Nummer neunundzwanzig in eine kichernde Traumanalytikerin für Pearl Beachs heißesten Kiffer verwandelt? Nach einem Leben des Selbstschutzes schlug ich jetzt plötzlich bei dem Kerl, der meine Mitschüler ständig mit bewusstseinsverändernden Drogen versorgte, die Vorsicht in den Wind. Ich sollte ihn fürchten. Warum tat ich es dann nicht? Er war der Schulkiffer. Das machte ihn per Definition zur am wenigsten vertrauenswürdigen Person der Stadt.

Und dennoch war ich hier und fand tatsächlich die Worte, um zu sprechen. „Also, was genau hat dieses Schnabeltier in deinem Traum gemacht?"

Keith lehnte sich vor und ein ernster Ausdruck verwandelte sein albernes Gesicht. Es war, als wäre das, was er gleich sagen würde, von entscheidender Bedeutung für die Sicherheit der Nation. „Sie wollte ihr Baby zurück."

Noch nie hatte mich eine Geschichte so gefesselt wie diese. Ich setzte ebenfalls eine ernste Miene auf und flüsterte ihm meine eigene Antwort zu. „Wo war ihr Baby?"

Nummer dreißig richtete sich noch einmal auf und gab mir den persönlichen Raum zurück, in den er gerade eingedrungen war. Er zuckte mit den Schultern. „Woher soll ich das wissen? Es war ein Traum."

Ich gaffte ihn mit offenem Mund an und wartete auf die Fortsetzung seiner Geschichte – wünschte sie mir zutiefst –, doch es kam nichts weiter heraus. Das konnte es nicht sein! Es gab zu viele unbeantwortete Fragen. „Warte, was?"

„Genau, Alter. Abgefahren, was?"

„Das war ..." Ich legte meinen Kopf schief und blinzelte ihn an. War das sein Ernst? Als lebenslange Leserin kannte ich mich mit Schwachstellen aus und seine Geschichte war mit ganzen Löchern übersät. „Es tut mir leid, aber das war die schlechteste Erzählweise, die ich je gehört habe."

Keith lachte, während er seine Arme wie ein Kissen auf dem Tisch verschränkte, seinen Kopf nach unten legte und aus seiner entspannten Position zu mir hochlächelte. Heilige Scheiße, sah der gut aus. Mein Herz machte einen kleinen Purzelbaum. Ich schätze, ich hatte ihm nie die Anerkennung gezollt, die er verdient hatte, aber zu meiner Verteidigung war ich einer derart perfekten Unvollkommenheit noch nie so nahe gekommen. Keiths schulterlanges, sandfarbenes Haar, das sonnengebleichte Strähnen besaß, war ein wirres Durcheinander und seine tief gebräunte Haut war mit dunklen Flecken und Kratzern übersät, die an Abschürfungen erinnerten. Seine zerfledderte Kleidung vervollständigte das chaotische Bild.

Und dennoch, dieses Gesicht.

Es war, als entstamme er einem Teenager-Traum-Magazin und ich konnte mir leicht vorstellen, wie er mich von einem Poster an meiner Wand anlächelte. Glücklicherweise schien mein Glotzen meinen Laborpartner nicht zu stören, denn er war entweder an die Reaktion gewöhnt oder es war ihm einfach egal. Doch in jenem Moment passierte etwas Seltsames mit mir – ein Gefühl der Schwerelosigkeit überkam mich und füllte mich, als sich der Stress, den ich so lange festgehalten hatte, plötzlich ins Nichts auflöste. Zwei Jahre lang hatte ich versucht, mich von der Anspannung zu befreien, und dieser wilde, gutaussehende Junge kam mit Edelsteinkomplimenten und unvollständigen Träumen daher und plötzlich hatte ich wieder einen Grund zu lachen.

Seine Augen funkelten verschmitzt. „Übrigens, ich bin Keith."
„Samantha."
„Cool. Ich werde jetzt ein Nickerchen machen."
Ich nickte.
Sommerschule, ich komme.

KAPITEL ZWEI

Keith
Platzverschwender

„Kali, wach auf."

Hände rüttelten an meinem schlummernden Körper. Ich hielt meine Augen fest geschlossen und stöhnte ungehalten, während ich blind nach dem lästigen, mückenartigen Wesen schlug, das in meine Privatsphäre eindrang.

„Hast du Gras?", sabberte die Stimme in meine ungeschützte Ohröffnung. Ich erschauderte, als seine Spucke langsam in mein Ohrloch tropfte.

„Siehst du nicht, dass ich gerade schlafe?", grummelte ich und war genervt, dass mein High des grasversetzten Brownies nach so kurzem Schlaf schon wieder abgeklungen war. Ich musste wirklich besseren Stoff verkaufen.

„Tja, du solltest vielleicht aufwachen, denn es hat geläutet und Mrs. Lee ist gerade auf dem Weg zu dir, um dir in den Arsch zu treten."

Meine Augen flogen auf, als ich meinen Kopf hob und mich

umsah. Die Stunde war tatsächlich vorbei und der kleine Feldwebel von Chemielehrerin pirschte in den hinteren Teil des Klassenzimmers.

„Ich gehe", sagte ich und fing ihren Blick auf, während ich mir hastig meinen Rucksack schnappte und auf die Füße sprang. Doch in dem Gewühl verfing sich der Riemen meines Rucksacks am Hocker meiner Laborpartnerin und kippte ihn und mich zur Seite. Ich purzelte unelegant zu Boden.

„Oh, mein Gott." Mrs. Lee eilte herbei und zog den Hocker von mir herunter. Ich wollte mich gerade bei ihr für ihre Sorge bedanken, als ich bemerkte, dass sie den Hocker auf Schäden untersuchte, anstatt mich. Tja dann, okay. Wenigstens wusste ich jetzt, wo ich in diesem peinlichen Dreiergespann stand – direkt hinter dem leblosen Objekt.

Ich erhob mich auf, klopfte mir den Staub von der Hose und grinste. „Ja, mir geht's gut. Keine Sorge, Lehr."

Lehr war nicht amüsiert über die Verkürzung ihres Titels, oder vielleicht bezog sich ihr Missfallen auf mich im Allgemeinen. Sie schürzte ihre Lippen, als wäre ich ein besonders unappetitlicher Geschmack in ihrem Mund. „Sie sind erst seit dreißig Minuten in meinem Zimmer, Mr. McKallister, und schon haben Sie den Unterricht gestört, eine Siesta genossen und mein Eigentum zerstört."

„Eigentlich", ich lenkte ihre Aufmerksamkeit auf den unversehrten Hocker, „ich will ja kein Pedant sein, aber genaugenommen ist der Stuhl auf mir gelandet, also denke ich, dass es fair ist, anzunehmen, dass ich seinen Fall abgefedert habe."

Ein stahlharter Blick war ihre einzige Antwort.

„Hören Sie zu, es tut mir leid", sagte ich und versuchte, die aufkommende Spannung zwischen uns mit ein wenig Schulhofhumor zu mildern. „Meine Laborpartnerin hat diese Sache vermasselt. Aber nehmen Sie es ihr nicht übel. Sie ist neu bei dieser ganzen Sache und offensichtlich habe ich vergessen, ihre

Pflichten zu umreißen, zu denen auch gehört, mich beim Klingeln zu wecken."

Wie eine Rakete, die auf der Startrampe aufflammt, explodierte Mrs. Lee. „Raus!" Ihr Finger zitterte, als sie mich in Richtung Tür wies.

„Das war ein Scherz", murmelte ich. Gott. Sie brauchte mal eine Beruhigungspille. Wenn ich es mir recht überlegte, hatte ich wahrscheinlich eine für sie in der Tasche. „Ich gehe jetzt, entspannen Sie sich."

Meine Chemielehrerin atmete hörbar aus, wirkte erschöpft und, ich wage zu sagen, enttäuscht von mir. „Warum sind Sie hier, Keith? Offensichtlich ist Ihnen Ihre Zukunft egal, wenn Sie nicht lernen wollen, also gehen Sie nach Hause. Alles, was Sie tun, ist, Ihre und meine Zeit zu verschwenden."

Normalerweise hätte ich mit einem schnippischen Kommentar geantwortet, aber ihr Urteil ärgerte mich so sehr, dass ich sprachlos war und mich wie ein Narr fühlte. Mit hochroten Wangen drehte ich mich um und verließ das Klassenzimmer. Das war der Moment, in dem die Wut einsetzte. Wer war sie, dass sie herablassend mit mir sprach? Es war ihr Job, mit Platzverschwendern wie mir umzugehen. Wenn sie keine jugendlichen Delinquenten mochte, warum zum Teufel war sie dann überhaupt Lehrerin? Schlechte Karriereplanung, wenn man mich fragte.

Trotzdem brachten mich Mrs. Lees Worte aus dem Konzept. Ich hasste es, von Autoritätspersonen belehrt zu werden, vielleicht weil ich mich tief im Inneren für ein gutes Kind hielt – verzeihlich. Obwohl ich wohl verstehen konnte, dass andere mich nicht in demselben Licht sahen.

„Also ...", brummte Mücke mir ins Gesicht, als ich den Hauptflur hinunterstürmte. „Hast du was?"

„Nicht für dich", antwortete ich, ohne auch nur einen Seitenblick zu riskieren.

„Ich habe Geld", flüsterte er, wenigstens klug genug, seine

Stimme auf ein fast unhörbares Quietschen zu reduzieren. „Ich kann bezahlen."

„Fick dich", schnaubte ich. Als ob ich Mückes Geld bräuchte. Es gab hundert weitere Insekten wie ihn, die bereit waren, mir Geld für ein bisschen Spaß zu geben. Außerdem war ich nach Mrs. Lees Beleidigung schlecht gelaunt und jemand musste dafür bezahlen. „Du hast meinen Schönheitsschlaf ruiniert, Penner. Dank dir werde ich für den Rest des Tages zwanzig Prozent hässlicher sein."

Seine Kumpels lachten. Mücke tat es nicht. „Komm schon, Kali. Sei kein Arsch."

Ich biss meine Zähne zusammen und kämpfte gegen den Drang an, ihm einen Kinnhaken zu verpassen. Das war der Nachteil daran, Pearl Beachs Kurier zu sein. Sie ließen mich nie in Ruhe. Und Scheißer wie Mücke gingen mir wirklich auf die Nerven. Er kannte die Regeln: Innerhalb dieser Mauern wurden weder Geld noch Drogen ausgetauscht. Jeder der Eingeweihten wusste, wo ich nach dem Ertönen des Gongs zu finden war.

Aber er ließ es nicht bleiben, sondern belästigte mich immer wieder für ein Tütchen. Ich hatte genug, also packte ich Mücke am T-Shirt und drückte ihn mit genug Kraft gegen die Wand, um ihm das Grinsen aus dem Gesicht zu wischen. Vorsichtig, um meine Stimme leise zu halten, knurrte ich ihm ins Ohr: „Ich werde meinem Boss ganz bestimmt sagen, bei wem ich mich für meinen Rausschmiss hier bedanken kann."

Entsetzen machte sich auf dem Gesicht des Jungen breit. „Nein. Nein, das ist nicht ..."

„Wenn du glaubst, dass du es besser kannst, dann schwing deinen Arsch in die Stadt und mach den Deal selbst. Viel Spaß beim Spielen mit den großen Jungs, Mücke."

Wenn es überhaupt möglich war, dann wurden seine Augen noch größer. Diese reichen Jungs wollten sich nie die Hände schmutzig machen. Sie bezahlten jemand anderen, um das Risiko zu tragen. Einen, der zu entbehren war, wie mich.

Ich ließ Mücke los und während er davonrannte, wanderte mein Blick über mehrere Schüler, die misstrauisch in meine Richtung blickten. Ach Scheiße. Ich hasste diesen Blick. Ich wollte, dass die Leute mich mochten – nein, ich wollte, dass sie mich liebten. Ich war kein Schwergewicht und war es nie gewesen. Aber eine Sache, die ich in diesem Geschäft gelernt hatte, war, dass Mücken die Welt erobern würden, wenn man ihnen nur ein wenig Raum gab, um ihre Flügel auszubreiten.

„Toll, Keith." Ein langsamer Applaus begleitete eine sarkastische Frauenstimme. „Genau so macht man eine Szene am ersten Tag des Abschlussjahres."

Ich drehte mich um und sah meine Schwester Emma vor mir stehen, mit ihren wallenden blonden Haaren, einem gefährlich kurzen und tief ausgeschnittenen geblümten Kleid und strandtauglichen Flip-Flops. Du meine Güte. Konnte sie noch mehr zum klischeehaften California Girl werden?

„Wie ich sehe, hast du die Uggs zu Hause gelassen", sagte ich. „Schön für dich."

„Wie ich sehe, hast du deinen Kamm zu Hause gelassen. Ehrlich, Keith, du siehst aus, als kämst du gerade aus einer dieser 70er-Jahre-Kommunen, in denen der Anführer versucht hat, alle zu vergiften, und du nur freigelassen wurdest, als der Ort von der Polizei gestürmt wurde und die Polizisten dann alle Kinder der polygamen Ehefrauen versammelt haben, sie mit einem Schlauch abgespritzt und in die örtliche Schule geschickt haben, damit sie verhöhnt und gehänselt werden können."

„Das ist ..." Mein Gehirn brauchte einen Moment, um ihre unglaublich bildhafte Beschreibung meiner Frisur zu verarbeiten. „Sehr detailliert."

Emma nickte und wir tauschten ein fast identisches Grinsen aus. Ich konnte spüren, wie sich die Anspannung nach der Konfrontation mit Mrs. Lee löste. Manchmal brauchte ich einfach den einzigartigen Humor meiner Schwester.

„Also, Jethro", sagte sie und wies mir nun einen Sektennamen zu. „Hast du ein Problem mit meinem Outfit?"

Natürlich hatte ich ein Problem mit ihrem Outfit. Wo sollte ich anfangen? Zu viel Make-up. Zu viel Bein. Zu viel Busen. Zu viel von allem, was ich gerne an anderen Mädchen sah – nur nicht an ihr, meiner kleinen Schwester.

Emma war schließlich erst in der zehnten Klasse und damit zu jung für die Aufmerksamkeit, die sie von den Jungs in meinem Alter erhielt. Ich fand mich immer öfter in der wenig beneidenswerten Position wieder, Gespräche über die Körperteile meiner Schwester abzubrechen. Es war gruselig und es musste aufhören.

„Mom hat dir auf keinen Fall grünes Licht für dieses Outfit gegeben."

„Natürlich nicht. Ich habe mich auf dem Weg hierher in Lydias Auto umgezogen."

Ich drückte ihr meinen Rucksack in die Arme. „Hier, trag den – auf deiner Vorderseite."

„Es ist nicht *so* freizügig, Keith." Sie warf einen Blick auf ihre Truppe, als wolle sie deren Reaktion auf meine lächerliche Bitte um Sittsamkeit erfahren. „Solange ich keine Kleiderordnung habe, bleibt das Outfit. Meine Güte, Keith, seit wann bist du denn so konservativ?"

„Na, du weißt schon, damals in der Kommune …"

Emma warf ihren Kopf in den Nacken und lachte. Das war die Schwester, die ich kannte und liebte – diejenige, mit der ich abhängen konnte, ohne mir Sorgen zu machen, dass ich jedem Kerl in den Arsch treten musste, der ihr einen Seitenblick zuwarf. Wenn wir nur in einem kühlen Klima leben würden, dann wäre mein Leben so viel einfacher.

Emma wurde plötzlich ernst, packte meinen Arm und lenkte mich von ihrer Freundinnenschar weg, während sie immer noch eindrucksvoll das Team mikromanagte. „Geht schon mal vor. Ich komme gleich nach."

Ein Chor von Kichern brach in Emmas Gruppe aus. „Tschüss, Keith."

Ich winkte und lächelte der abziehenden Herde zu, die durch den Flur stolzierte. Ich schwöre, man konnte fast die kleinen, animierten Herzen in ihren Augäpfeln pulsieren sehen.

„Hör auf, sie zu ermutigen", beschwerte sich Emma, als sie weg waren.

„Was? Ich sag's dir ja, Em, das ist diese ganze Sektensache. Die Mädels lieben es."

„Ja, aber ich mag es nicht, dass meine Freundinnen dich heiß finden. Es bringt mich dazu, dass ich mich in meinen Mund übergeben möchte."

Ich nickte, denn ihr Kommentar machte absolut Sinn. „Ich bekomme den gleichen Scheiß über dich zu hören, nur statt zu kotzen, boxe ich die Leute."

„Ja. Und apropos boxen, du musst vorsichtig sein, Keith. Einen hundertzwanzig Pfund schweren Zehntklässler zusammenschlagen, entspricht nicht gerade den Schulregeln. Du kannst es dir nicht leisten, in Schwierigkeiten zu geraten."

Ich mimte einen perfekten Schmollmund. „Er hat angefangen."

„Tja, du hast es beendet und das ist alles, was die Verwaltung braucht, um dich mit einem Rucksack voller Gras hier rauszuschmeißen."

Emma beschönigte nie die Dinge, sie sagte mir immer, wie der Hase lief, ob ich es hören wollte oder nicht. Und da ich nicht die Art von Freunden hatte, die auf tiefgründige Gespräche aus waren, war Emma zu meiner Vertrauensperson geworden. Im Gegensatz zu dem, was ihr Aussehen über sie aussagte, war Emma kein hirnloses Strandhäschen. Tatsächlich war sie die klügste Person, die ich kannte ... obwohl das, um fair zu sein, nicht viel aussagte.

„Und nicht nur das, ich habe Mom und Dad belauscht, als sie sich darüber unterhalten haben, wie sie mit dir umgehen sollen, und sie haben mit der Idee von irgendeinem Familienbindungs- und Kommunikationskurs um sich geworfen. Ich meine, warum sollte der Rest von uns Kindern darunter leiden, dass du ein schwachsinniger Kiffer bist?"

„Richtig, denn Gott bewahre, dass wir uns als Familie näher kommen."

Emma rollte mit den Augen. „Wir leben in einem Schuhkarton. Wie viel näher können wir uns denn noch kommen? Ich bitte dich doch nur darum, dass du nicht dumm bist. Kannst du das für mich tun, Keith?"

„Klar, Em, ich werde es versuchen."

„Gut." Sie klopfte mir lächelnd auf die Schulter. „Und jetzt ab in den Unterricht. Es klingelt gleich."

Die erste Regel der High-School: Niemals rennen. Eine Verspätung war immer besser, als wie ein übereifriger Neuling über das Schulgelände zu rennen. Außerdem war es noch nie mein Ding gewesen, pünktlich zum Unterricht zu kommen. Es verlängerte nur die Zeit, die ich zum Lernen brauchte. Aus diesem Grund nahm ich nicht den direkten Weg zu meinem Klassenzimmer, sondern ging zuerst auf die Toilette, gefolgt von einem kurzen Abstecher in den C-Flügel, um nach einer heißen Braut zu sehen, die ich nicht mehr gesehen hatte, seit ich letzte Woche auf einer Party mit ihr rumgemacht hatte. Sie war glücklich mich zu sehen. Ihr Lehrer? Nicht so sehr.

Als ich endlich in die vierte Stunde kam, steckte ich schon wieder in Schwierigkeiten. Es war ein endloser Kreislauf, der durch die Tatsache ermöglicht wurde, dass ich um nichts in der Welt fähig war, eine gute Entscheidung zu treffen. Mein unverantwortliches Verhalten konnte auf eine sehr schädliche Charakterschwäche zurückgeführt werden – Impulskontrolle. Oder besser gesagt, ihr Fehlen. Wenn mir etwas in einem Moment wie eine gute Idee erschien, tat ich es, ohne Fragen zu stellen und ohne Rücksicht auf Konsequenzen. Ich war immer der Meinung, dass es besser sei, sich im *Nachhinein* mit den Konsequenzen auseinanderzusetzen, als es gar nicht getan zu haben. Und obwohl sich diese Herangehensweise für mich kurzfristig als der Hammer erwiesen hatte, war sie langfristig nicht annähernd so befriedigend ... oder sicher.

Ein typisches Beispiel – mein Nebengeschäft. Ich konnte jetzt sehen, dass ich wahrscheinlich eine Mücke hätte bleiben sollen. Aber, nein, ich *musste* einfach ihr König werden. Alles hatte ganz unschuldig angefangen. Letztes Jahr, nachdem mein ehemaliger Dealer verhaftet worden war, hatte ich keine andere Wahl, als mich auf den Weg in die Stadt zu machen, um meinen Vorrat aufzufrischen. Und da ich bereits einen Umweg in Kauf nahm, um mir selbst eine Tüte zu besorgen, warum sollte ich nicht noch etwas Gras für meine Kumpels mitnehmen, stimmt's? Und dann, wenn ich schon diesen extra Schritt für meine Freunde unternahm, wäre es einfach unhöflich, nicht noch eine Kleinigkeit für die Cheerleader und Sportler mitzunehmen. Ich war nun mal ein Geber.

Natürlich erkannten die Dealer in der Stadt einen Trottel, wenn sie einen sahen, und ehe ich mich versah, versprach mir ein schmieriger Kerl namens St. Nick Reichtum und steckte mir wie ein stinkender Weihnachtsmann Beutel mit Gras in einen Sack.

Nein. Nein. NEIN, schrie mein Gehirn zu dieser Zeit. *Lauf, Keith. Lauf.*

Und natürlich wäre das die richtige Reaktion gewesen – die kluge Wahl. Aber die Belohnungen – oh Gott, die Belohnungen. Sie klangen unglaublich. Geld. Beliebtheit. Lastwagenladungen voller Cannabis. Was konnte schon schiefgehen?

„Also sind wir uns alle einig? Morgen beginnt der Urlaub?", fragte Valentine. „Erster Halt Universal Studios?"

Sofort gingen Warnlichter an und blinkten und wirbelten in meinem Gehirn herum. Meine völlig erschöpfte und weinerliche Stimme der Vernunft versuchte verzweifelt, es mir auszureden. *Es gibt keinen Grund für einen Urlaub, Keith. Das Abschlussjahr hat heute erst begonnen. Sei kein Dummkopf, Keith.*

Meine Kumpels und ich, wir lebten für diese Miniurlaube. Sie waren das Highlight eines jeden Schuljahres. Aber noch nie hatten wir einen so früh im Jahr ausprobiert. Es war ein mutiger Schritt, sicher, aber das Risiko war es, was ihn besonders spaßig machte. Außerdem war ich immer noch wegen Mrs. Lees Kommentaren sauer, also war alles, was mich für ein paar Tage aus ihrem Kurs herausbrachte, in meinen Augen gut.

„Ich bin dabei", platzte ich impulsiv heraus. Und so schnell war eine weitere beschissene Entscheidung geboren. „Aber wenn ich das Surfmobil nehme, solltet ihr euch dieses Mal lieber flach auf die Ladefläche legen. Ich werde nicht nochmal einen Strafzettel wegen euch bekommen."

„Du bist über ein Schlagloch gefahren", beschwerte sich mein Kifferkollege Walt. „Wir sind nicht gesessen, wir sind geschwebt."

„Tja. In meinem verdammten Pick-up wird nicht geschwebt. Du kennst die Regeln."

Die anderen grummelten, aber da ich der Einzige war, der ein Fahrzeug besaß, in dem man Körper übereinander stapeln konnte, hatten sie keine andere Wahl, als meinen Bedingungen zuzustimmen.

„Hey, Kali, willst du die coolste Geschichte aller Zeiten hören?", fragte Bildschirmschoner. Überrascht von seiner Teilnahme, blickte ich in seine Richtung. Der hier war der Typ, der seinen Spitznamen bekommen hatte, weil er buchstäblich den ganzen Tag nichts tat und das schloss das Reden ein. Bildschirmschoner verbrachte üblicherweise jede Diskussion in einem Rausch. Er war das, was wir „dauer-durchgebrannt" nannten, was bedeutet, dass er selbst dann high wirkte, wenn er keine Drogenrückstände in seinem Körper hatte. Es war fast so, als besäße er

Reserven von dem Zeug in seiner Lunge. Aber heute – na ja, er war einfach extra zappelig vor Aufregung, was wiederum meine Neugierde weckte.

„Klar. Schieß los."

„Gestern Abend habe ich meinen Vater gefragt, ob wir eine Katze bekommen können, und er hat nein gesagt. Ich habe warum gefragt und er hat gesagt, es sei, weil Mom eine Allergie hat."

Oh-kay. Bei Katze hörte ich auf, zuzuhören. Ich drehte mich auf meinem Platz um, denn ich war an seiner beschissenen Katzengeschichte nicht länger interessiert. Ich hätte es besser wissen müssen, als mir Hoffnungen zu machen.

Doch obwohl ich ihn komplett ignorierte, fuhr Bildschirmschoner mit seiner Geschichte aller Geschichten fort. „Also habe ich zu ihm gesagt: ‚Wenn Mom stirbt, können wir *dann* eine Katze bekommen?' Und Dad hat gesagt: ‚Klar, Kumpel, sobald sie stirbt.' Ich meine, ist das die coolste Sache überhaupt? Ich bekomme eine Katze. Alter, ich bin gerade so aus dem Häuschen."

Ich hob eine Augenbraue und sah wieder zu ihm rüber. Heilige Scheiße! Er meinte es ernst. Ich bekam einen Lachanfall, was meinen dämlichen Freund nur noch mehr verwirrte.

„Dir ist schon klar", sagte ich durch das Lachen hindurch, „dass du deine Mutter opfern musst, um diese Katze zu bekommen, oder?"

Bildschirmschoner presste seine Lippen zusammen, denn er schätzte es nicht, dass ich seine Argumentation in Frage stellte. „Hörst du mir nicht zu, Kali? Ich werde eine *Katze* haben. Gott, manchmal bist du so dumm."

Ich hätte mit ihm streiten können, aber was hätte das gebracht? Er würde sich morgen früh eh nicht mehr daran erinnern. Zur Hölle, er würde sich in drei Minuten nicht mehr daran erinnern. Ich zog meine Kapuze hoch und fing an, die Tische nach intelligenten Lebensformen abzusuchen. Wenn Bildschirmschoner einen Anhaltspunkt bot, musste ich weit außerhalb meines unmittelbaren Umfelds suchen.

In einer Schule mit über zweitausend Schülern gab es eine weite Welt zu erkunden. Schade, dass ich das nie tat. Mit dem Sprung von der Middle- zur High-School war ein interessantes Phänomen aufgetreten. Die stereotypen Gruppen blieben bestehen, nur dass sich jetzt die beliebten Cliquen zusammengeschlossen hatten und ihre Massen ein Drittel des Außengeländes belegten. Es wurde Utopia genannt und der Eintritt war streng geregelt. Entweder man war drin, weil man zu einer bestimmten Gruppe gehörte, oder man wurde aufgrund seiner sportlichen Fähigkeiten, seines guten Aussehens oder eines anderen Wertes, der von den Machthabern als würdig erachtet wurde, handverlesen. Ich war drin und meine Jungs auch, weil ich etwas mitbrachte – buchstäblich. Jede Gruppe brauchte ihren freundlichen, lokalen Gras-Guru. Aber weil Utopia wie ein ganz eigenes Ökosystem war, konnte man leicht vergessen, dass drei Viertel der Schulbevölkerung außen vor blieben und zuschauten.

Meine Augen fokussierten sich auf meine Laborpartnerin an einem Tisch, der weit außerhalb der begehrten Zone stand. Wie war noch mal ihr Name? Ich durchsuchte meine Gedächtnisspeicher, aber mir fiel nichts ein. Zugegeben, ich war ziemlich fertig gewesen, als ich am Vortag ihre Bekanntschaft gemacht hatte. Und obwohl ich mich nicht an viel von unserem Gespräch erinnern konnte, kam mir der Teil in den Sinn, in dem ich mich sehr nach Bildschirmschoner anhörte. *Der Schnabeltier-Traum? Echt jetzt?*

Sie saß mit ihrer Freundin zusammen, der kraushaarigen Nieserin mit der ewig roten Nase. Nun, ihr Name war einer, an den ich mich erinnerte. Jeder in der Schule wusste, wer Shannon O'Malley war – das Mädchen, das sowohl abgefahrene Allergien als auch die höchste Anzahl an Sanitäterbesuchen in der Geschichte der Pearl Beach High hatte. Sie war der Grund, warum Erdnüsse in der Mensa verbannt und Epi-Pens strategisch auf dem ganzen Campus platziert worden waren. Wenn es jemals eine Kandidatin für das „Girl In The Bubble"-Programm gab, dann war es die arme, keuchende Shannon O'Malley.

Meine Laborpartnerin war mit ihrer Freundin in eine Diskussion vertieft und hatte mein Starren noch nicht bemerkt. Ich wusste nicht, was mir an ihr auffiel, aber wahrscheinlich hatte es etwas mit der Art zu tun, wie vertieft sie in das Gespräch war, das sie gerade führte. Ich wünschte, ich könnte dasselbe über meine Gesellschaft sagen, denn die aktuelle Diskussion, die hinter mir stattfand, würde niemanden anlocken.

„Alter, ich wette, du schaffst es nicht, diese Gurke tief in deinen Hals zu stecken", sagte Jordy, alias Feuergehänge. Er hatte seinen Spitznamen von ... tja, ich glaube, du verstehst schon.

„Die Wette gilt", stimmte Valentine ohne zu zögern zu. „Gib mir den dicken Schlingel."

Die beiden waren ein starkes Argument für Abstinenz. Abgelenkt warf ich weiterhin ein Auge auf die Mädchen, die immer noch über den Tisch gelehnt waren und sich unterhielten. Was war denn so verdammt wichtig? Sie taten so, als hätten sie gerade das Heilmittel gegen Krebs entdeckt. Übrigens wäre so ein medizinischer Durchbruch für die beiden wahrscheinlich gar nicht so abwegig. Allein aufgrund ihrer unmodischen Kleidung schätzte ich, dass ihr IQ auf Krebsheilungsniveau lag. Es gab keinen Zweifel daran, dass die beiden es weit bringen würden – wenn Shannon nicht vorher an einem tödlichen Virus erkrankte.

„Worüber redet ihr zwei?", flüsterte ich vor mich hin und war überrascht, dass es mich überhaupt interessierte. Vielleicht war ich einfach nur hungrig nach etwas anderem. Immerhin hatten sich vierundachtzig Prozent der Gespräche, die ich heute mit Frauen geführt hatte, um Starbucks gedreht. Ich hasste die Tatsache, dass ich den Frappuccino-Geschmack des Monats kannte.

Eine Bewegung an der Streberfront erregte meine Aufmerksamkeit und ich setzte mich ein wenig aufrechter hin. Beide Mädels lösten ihre Köpfe voneinander und drehten, wie perfekt choreographiert, ihre Köpfe im exakt gleichen Moment. Plötzlich starrten mich zwei Augenpaare direkt an. Beinahe hätte ich meine eigenen abgewandt, weil ich einfach schockiert war, dass ich ertappt wurde, doch dann fiel mir ein, dass sie über mich geredet hatten, also sollten *sie* eigentlich peinlich berührt sein. Und, oh weh, das waren sie auch. Beide wandten sofort ihren Blick ab und meine Laborpartnerin ging sogar so weit, ihr Gesicht mit einer sorgfältig platzierten, unmanikürten Hand vor dem Blick zu schützen.

Scheiß auf die Miezen und den Gurkenkopf, das hier war das Gespräch, an dem ich teilnehmen wollte. Was genau sagten diese nerdigen Mädchen über mich? Ich hätte fast Lust, aus Utopia auszubrechen und mich selbst dorthin zu schleichen. Und das hätte ich auch getan, wenn es nicht sozialer Selbstmord gewesen wäre. Stattdessen behielt ich meine Augen auf die Mädchen gerichtet und wartete. Ich wusste, dass meine Laborpartnerin zurückschauen würde, zu neugierig, um nicht nachzusehen, ob ich sie immer noch beobachtete.

Eine ganze Minute verging, ehe sie ihren Blick gerade weit genug hob, um zu sehen, dass ich sie anstarrte. Ich winkte. Die Augen des Mädchens weiteten sich, als sie langsam ihren Kopf herumdrehte und den Raum hinter sich überprüfte, um festzustellen, ob es vielleicht einen anderen Empfänger für meinen Gruß gab. Als sie dort niemanden fand, gestikulierte das Mädchen zu sich selbst und ihre Lippen formten ein *Ich?*

Ein Lächeln zog an meinen Lippen und ich nickte. „Ja, du."

KAPITEL DREI

Samantha
Der Löffel

Ich schwebte fast auf einer Welle der Euphorie von meinem Sitz weg. Keith. Keith McKallister lächelte mich an. Das passierte einfach nicht – nicht mir. Und obwohl ich die Umgebung abgesucht hatte, um sicherzugehen, dass nicht gerade jemand hinter mir vorbeigegangen war, hatte ich immer noch Probleme, die plötzliche Wendung der Ereignisse zu verarbeiten. Ich meine, wie groß war die Chance, dass wir, kurz nachdem ich Shannon die Ereignisse im Chemieunterricht geschildert hatte, aufblicken würden, um ihn anzustarren?

In einer perfekten Welt wäre ich ruhig und gelassen geblieben – vielleicht hätte ich ihm sogar ein elegantes Winken oder ein sexy Wedeln mit meiner verfilzten Mähne angeboten. Aber natürlich hatte ich das Gegenteil getan und nun musste ich mit dem Brennen klarkommen, das sich auf meinen Wangen ausbreitete, weil es mir peinlich war, ich zu sein.

So schnell wie die Aufregung aufkam, verjagte mein hinterfragender Verstand sie auch wieder. Warum ausgerechnet ich – die pummelige Tussi aus dem Chemieunterricht? Was war seine Absicht? Je mehr ich darüber nachdachte, desto mehr wurde mir klar, dass sein Handeln keinen Sinn ergab. Da er dort drüben in seiner schicken Gegend saß, gab es absolut keinen Grund für ihn, meine Existenz anzuerkennen.

Die Realität schlug mir frontal ins Gesicht: Keith machte sich über mich lustig. Natürlich tat er das. Es war die einzige logische Schlussfolgerung. Er hatte wahrscheinlich eine Wette mit seinen Kumpels abgeschlossen – einen Plan ausgeheckt, um mich vor der gesamten Schülerschaft zu demütigen. Ich konnte mir fast vorstellen, wie das Schweineblut über mein Gesicht lief. Ich hätte es besser wissen müssen. In meiner Welt war „nett" nie einfach nur nett.

Hitze brannte meinen Rücken hinauf und breitete sich in meinen Extremitäten aus. Ich schwankte gefährlich nahe an einem emotionalen Zusammenbruch. Ich besaß nicht viele Reserven, aus denen ich hätte schöpfen können, doch das hier hatte das Zeug zu einer ausgewachsenen Katastrophe. Frieden war alles, worum ich bat. Warum konnten die Leute mich nicht einfach in Ruhe lassen?

Ich zwang mich, die Schluchzer zurückzudrängen, die unkontrolliert auszubrechen drohten, schnappte mir meinen Rucksack und rannte aus der Mensa. Es kam mir nicht einmal in den Sinn, dass ich gerade meine beste Freundin im Stich gelassen hatte, bis Shannon mich am Ende der ersten Reihe der Spinde einholte.

„Samantha! Was ist passiert?", fragte sie panisch, während sie mich auf Verletzungen untersuchte. Sie würde nichts finden. Der Schaden lag zu tief vergraben.

Tränen lagen auf meinen Wimpern. „Er hat gewinkt und mich angelächelt."

„Wovon redest du?"

„Keith. Er hat gewinkt und mich angelächelt."

„Keith McKallister hat dir gewunken und dich angelächelt?",

wiederholte Shannon und ich konnte sehen, wie sie versuchte, den Ernst meiner Worte zu verarbeiten, ohne etwas Beunruhigendes darin zu finden. Und dann kam das fassungslose Lächeln. "Im Ernst?"

"Ja, im Ernst."

"Warum weinst du dann? Das ist das Beste, was je einer von uns beiden in der High-School passiert ist, und ich schließe die Zeit mit ein, als dieser Typ gesagt hat, dass ich vielleicht hübsch wäre, wenn ich alle meine Sommersprossen loswerden könnte."

Genau mein Punkt. Das war die Art von Müll, mit der sie und ich täglich zu tun hatten, und es war der Grund, warum ich jetzt von Keiths Täuschung überzeugt war. Ich senkte meinen Blick zu Boden. "Er hat sich über mich lustig gemacht, Shannon."

"Indem er winkt und lächelt? Anscheinend hast du noch nie erlebt, dass sich die Leute über dich lustig machen, wenn du vorbeigehst, oder dich fragen, wie viele *Kilometer* du groß bist."

Es war ein Scherz, doch der Schmerz hinter ihrem Geständnis war nicht zu übersehen. Es war nicht einfach, Außenseiter in einer Welt der Gesundheit und Schönheit zu sein, doch Shannon und ich taten unser Bestes und kümmerten uns um unsere eigenen Angelegenheiten, bis jemand das Bedürfnis hatte, uns all unsere Makel unter die Nase zu reiben. Ich hasste es, mich unwürdig zu fühlen, aber vielleicht war das nur ich. Shannon war anscheinend aus härterem Holz geschnitzt.

"Das ist nicht fair. Du bist das netteste Mädchen an dieser Schule. Wenn die Leute sich nur die Zeit nehmen würden, um dich kennenzulernen, würden sie dich genauso lieben wie ich."

So wie ich es sah, gab es auf dieser Welt für jeden jemanden und an diesem Punkt in meinem Leben war Shannon mein einziger Jemand. Ich war bereits emotional und konnte nicht verhindern, dass mir die Tränen über die Wangen kullerten. Vielleicht war ich auch nur übermäßig sentimental, weil dies der letzte "erste Schultag" war, den ich je mit meiner Freundin teilen würde. Shannon war in der Abschlussklasse, also würde sie nächstes Jahr um diese Zeit auf der Uni sein und ihren Traum leben und ich würde in den vier Wänden der Bibliothek sitzen und beten, dass die Bibliothekarin über den Sommer die Bestände kräftig aufgestockt hat.

Shannons Blick wurde weicher, als sie ihre Arme um mich schlang und mich drückte. „Füge mich nicht zu deiner Liste der Sorgen hinzu. Und hör auf, dich zwanghaft damit zu beschäftigen, was andere von dir denken. Wen kümmert es schon? Du bist du. Ich bin ich. Wir können das nicht ändern. Aber was wir tun können, ist, uns mit positiven Menschen zu umgeben."

Ich zuckte zusammen bei dem Gedanken an das Unterstützungssystem, das ich zu Hause hatte. Shannon erkannte es sofort und drückte mich noch fester. „Es ist nicht so einfach für dich. Das verstehe ich, aber du sollst wissen, dass es einfacher wird. Die High-School dauert nicht ewig. Und ist dir schon mal in den Sinn gekommen, dass Keiths Lächeln und Winken vielleicht genau das war – eine freundliche Geste? Es gibt immer noch gute Menschen auf dieser Welt."

Ich lehnte mich zurück und dachte über die Worte meiner besten Freundin nach, ehe ich grinste. „Er ist ein Drogendealer, Shannon."

„Ein Drogendealer mit einem Herz aus Gold, Samantha." Sie zwinkerte mir zu. „Mit einem Herz aus Gold."

Ich verbrachte die fünfte Stunde damit, über Shannons Version der Ereignisse zu grübeln. War mein Denken so verzerrt, dass ich die Geschehnisse in der Mittagspause falsch interpretiert hatte? War Keith wirklich nur freundlich? Und wenn das der Fall war, was sagte das über mich aus? Ich hatte das ungute Gefühl, dass ich ein einsames, misstrauisches Leben führen würde, wenn ich diesen skeptischen Weg weiterverfolgen würde.

Vielleicht war der Gedanke, dass Keith mich mochte, gar nicht so abwegig – im platonischsten Sinne des Wortes. Wir hatten ein ziemlich interessantes Gespräch geführt und ich hatte tatsächlich eine Verbindung zu ihm gespürt. Natürlich keine romantische, denn das wäre nur, na ja, erbärmliches Wunschdenken. Nein, die Verbindung, die ich zu ihm aufgebaut hatte, war eine menschliche. Keith hatte mich gesehen – die unsichtbare Samantha Anderson – und erst zum zweiten Mal, seit ich in diese Stadt gezogen war, hatte ich das Gefühl, dazuzugehören. Als wäre ich ein Teil von etwas, das größer war als ich selbst. Ich fühlte mich willkommen.

Nicht, dass das von Dauer sein würde. Wenn mir mein Verschwinden in der Mittagspause nicht eh schon einen Strich durch die Rechnung gemacht hatte, dann würde es Keiths unvermeidliche Versetzung zurück in die andere Chemieklasse sicher tun. Ich meine, wie groß waren die Chancen, dass das ärztliche Attest von Mr. Friend vor Gericht Bestand haben würde? Die Chancen standen gut, dass Keith morgen früh wieder in sein rechtmäßiges Zuhause zurückkehren würde und, in wahrer Samantha-Manier, hätte mein Glück nur eine Unterrichtsstunde gedauert – sogar noch weniger, wenn man Keiths verspäteten Beginn mitzählte ... sowie das Nickerchen.

Als sich der Schultag dem Ende zuneigte, wurden alle Gedanken an Keith und Chemie beiseitegeschoben, um für das wirkliche Lebensdrama Platz zu schaffen, das mich plagte. Zu Hause. Das hieß, weil ich nach der Schule dorthin gehen musste. Ich atmete tief ein und versuchte, meine Nerven zu beruhigen. Würde es jemals einfacher werden, durch die Haustür zu gehen?

Nachdem es geläutet hatte und alle anderen Schüler in die umliegenden Straßen strömten und sich auf den Weg in ihre bescheidenen Behausungen machten, machte ich mich leise auf den Weg in die Bibliothek, um mich für den Nachmittag einzurichten. Seit ich letztes Jahr in die Stadt gezogen war, war das nach der Schule zu meinem Ritual geworden und ich würde nicht eher gehen, bis die Lichter an meinem Zufluchtsort ausgeschaltet wurden. Erst dann würde ich den angsteinflößenden Weg nach Hause antreten. So wie ich während der fünfminütigen Fahrt an diesen dunklen Ort in meinem Kopf ging, könnte man meinen, ich würde zu einer Beerdigung gehen.

Weil ich nie wusste, was mich erwartete, wenn ich durch die Haustür ging, drehte sich mein Magen immer um, wenn ich auf die Veranda trat. Heute war keine Ausnahme. Leise drehte ich den Schlüssel im Schloss, ehe ich die Tür öffnete und meinen Kopf hineinsteckte, um die Situation zu beurteilen. Die Luft war rein und ich seufzte erleichtert auf. Ich schlüpfte aus meinen Schuhen und schlich auf Zehenspitzen zu meinem Zimmer. Fast da. Dies könnte doch noch ein guter Tag werden.

„Samantha! Bist du das?"

Die schrillen Worte meiner Mutter klingelten in meinen Ohren und ich blieb stehen, um über meinen nächsten Schritt nachzudenken. Ich könnte sie ignorieren und so tun, als hätte ich sie nicht gehört, obwohl niemand im Umkreis von einem halben Block von ihrem durchdringenden Kreischen verschont geblieben sein konnte. Außerdem war das Ausweichen nur eine kurzfristige Lösung. Sie würde mich trotzdem finden und ich wäre wieder genau da, wo ich angefangen hatte.

Ich wappnete mich gegen den Angriff und antwortete. „Ja. Ich bin zu Hause."

„Kannst du mir das hier mal erklären?"

Das tat sie immer, sie deutete auf ein Problem in einem anderen Teil des Hauses, von dem ich unmöglich wissen konnte, worauf sie sich bezog. Nicht, dass es wichtig gewesen wäre. Was auch immer sie aufregte, war meine Schuld. Das war es immer. Ich fühlte, wie ein Kribbeln der Angst meinen Rücken hinaufwanderte, während sich meine Füße gehorsam auf den Klang ihrer Stimme zu bewegten. Ich fragte mich, wie lange sie schon wegen dieser vermeintlichen Kränkung schmorte. Als ich um die Ecke in die Küche bog, sah ich sie bei der offenen Spülmaschinentür stehen.

„Ich habe sie heute Morgen ausgeräumt", sagte ich und beeilte mich mit meiner Verteidigung. „Genau, wie du es verlangt hast."

Sie knallte die Spülmaschine zu und ich sprang auf der Stelle, wie das ungestüme Fohlen, zu dem sie mich erzogen hatte. Mom riss die Besteckschublade auf und das Holz schlug mit einem lauten Knacken gegen den Stopper. Ich war überrascht, dass das kleine Plastikstück hielt. Meine Mutter präsentierte mir Beweisstück A: einen Löffel.

„Was ist das?", fragte sie mit glühendem Blick.

Ich war zu weit weg, um ein Problem zu sehen, aber ich konnte das Problem erahnen. Ich dachte an meinen Bruder Sullivan zurück, der wegen eines ähnlichen Problems mit einem Löffel ihren Zorn auf sich gezogen hatte. Bevor er auf die Universität gegangen war, hatte unser Versagen ihre Enttäuschung in zwei Hälften geteilt. Jetzt gab es nur noch mich, die mit ihr zu tun hatte. Und *sie* war eine psychisch labile Perfektionistin, die dem Rest von uns ihre namenlose Störung aufzwang, als wäre sie eine verrückte Martha Stewart.

Die Tyrannei meiner Mutter war der Grund, warum Sully bei der ersten Gelegenheit ans andere Ende des Lands gezogen war. Der Grund, warum er in seinem ersten Jahr auf der Universität nicht ein einziges Mal nach Hause gekommen war, um uns zu besuchen.

Der Grund, warum er ...

Sofort stiegen mir die Tränen in die Augen und ich schluckte sie so schnell zurück, wie sie gekommen waren. Ich würde ihr nicht die Genugtuung geben. Wie eine menschliche Abrissbirne hatte meine Mutter jeden vertrieben, den ich liebte. Ich war die Einzige, die noch übrigblieb – aber nur knapp. Meine Gedanken richteten sich auf meinen Vater. *Ich kann es nicht aushalten*, hatte er gesagt. *Sie ist gefährlich. Sie ist verrückt.* Und dennoch hatte er kein Problem damit gehabt, Sully und mich bei der lieben Mami zurückzulassen, um die Sekretärin zu heiraten, die er auf der Arbeit gevögelt hatte.

Er hatte keine Probleme gehabt, bei seinen *alten* Kindern seine Hände in Unschuld zu waschen, als die neuen Kinder gekommen waren. Und natürlich hatte er keine Probleme gehabt, über die Unterhaltszahlungen zu meckern, zu denen er gerichtlich verurteilt worden war. Ganz zu schweigen davon, dass dies der einzige Tag im Monat war, an dem Mom gute Laune hatte. Traurigerweise war heute keiner dieser Tage.

„Flecken!", schrie sie und der Löffel zitterte in ihrer Hand. „Da sind Flecken, Samantha."

„Tut mir leid", antwortete ich schwach und wünschte, der Sicherheitsstein um meinen Hals hätte die Fähigkeit, einen Schutzraum zu errichten, der groß genug war, damit ich hineinkriechen konnte. „Ich habe sie nicht gesehen."

„Hast du dir überhaupt die Mühe gemacht, nachzusehen? Was ist mit dem hier? Auch Flecken! Schau!" Mom warf den mangelhaften Löffel nach mir, bevor sie einen anderen aus der Schublade nahm und ihn untersuchte. „Und der hier? Ich nehme an, den hast du auch nicht gesehen?"

„Ich ... nein ..."

Mom stieß ein verärgertes Knurren aus, bevor sie auch diesen in meine Richtung schleuderte. Es hatte eine Zeit gegeben, in der Mom eine Fliege an der gegenüberliegenden Wand mit einem Buttermesser hatte festnageln können, doch zu meinem Glück war ihre Zielgenauigkeit heutzutage völlig daneben.

„Reiß dich zusammen! Was ist denn los mit dir? Wie schwer ist es denn, das Besteck abzuwischen, *bevor* du es wegräumst? Habe ich das einzige Kind auf dem Planeten, das einfache, gottverdammte Anweisungen nicht befolgen kann?"

„Ich bringe das in Ordnung, Mom", antwortete ich, wobei meine Lippen von der Wucht ihres Zorns zitterten. Ich hasste es, so zu leben. Ich hasste es, schwach und entgegenkommend zu sein, aber welche Wahl hatte ich schon? Gegenwehr brachte nie etwas, außer noch mehr Gebrüll und noch mehr Schreie und noch mehr Hiebe, die auf meinem Körper landeten. Sie zu beschwichtigen war die einzige machbare Option. „Geh und mach deine Arbeit fertig. Wenn du zurückkommst, wird dein Besteck so glänzend sein wie ein frisch geschliffener Diamant."

„Willst du mich verhöhnen, Samantha? Ist es das, was du vorhast?"

„Nein ... nein", zögerte ich und meine Stimme senkte sich zu einem leisen Flüstern. „Ich werde das in Ordnung bringen, aber das kann ich nicht, wenn du mit Besteck nach mir wirfst."

Moms Augen verengten sich, während ich wie ein zittriger Welpe an Ort und Stelle stand und darauf wartete, dass der große Hund zuschlug. Falls sie das tat, wusste ich, dass es wehtun würde, doch ich war an einem Punkt angelangt, an dem ich ihren Schlägen gegenüber gefühllos wurde. Wenn sie vorbei waren, würde ich wenigstens für einen weiteren Tag in Sicherheit sein.

Doch heute würde ein guter Tag werden. Anstatt sich auf einen Kampf einzulassen, drehte sich meine Mutter weg, um einen dramatischen Abgang zu machen, aber dabei wurde ihr schwindelig und sie musste sich auf dem Küchentisch abstützen, bevor sie wütend davonstapfte. Ich sackte gegen die Wand, stieß den Atem aus, den ich angehalten hatte, und diese lästigen Tränen kehrten zurück. Ihre Launen wurden immer unberechenbarer. Wer konnte schon sagen, dass das nächste, was sie mir an den Kopf warf, nicht ein Schlachtermesser war, das mich in zwei Hälften teilen würde?

Vielleicht sollte ich Tante Kims Angebot, mir Asyl zu gewähren, noch einmal überdenken. Doch ich kannte sie kaum. Wer konnte schon sagen, ob ich nicht eine schlechte Lebenssituation gegen eine andere eintauschen würde? Besser das Übel wählen, das ich bereits kannte, obwohl, um fair zu sein, die Wahl nicht wirklich meine war. Meine Mutter würde nicht bereitwillig auf den täglichen Dienstservice verzichten. Und wenn ich nicht die Stimme hatte, für mich selbst geradezustehen, wenn es um verschmierte Löffel ging, wie sollte ich dann vor einem Richter stehen und von jahrelangem Missbrauch und Drohungen sprechen? Nein, ich konnte noch anderthalb Jahre durchhalten. Es würde hart werden, aber ich hatte bis jetzt überlebt. Sobald ich meinen Abschluss hatte, würde ich auf eine weit entfernte Universität gehen und diese Frau nie wieder sehen müssen.

Wie Sullivan.

Ein Schraubstock zog sich um mein Herz zusammen.

Nein. Nicht wie Sullivan.

KAPITEL VIER

Keith
Das „S"-Wort

Der Ausflug in die Universal Studios am Dienstag hatte sich nach einer guten Idee angehört – damals. Genau wie der gestrige Ausflug nach Hollywood. Selbst der für heute geplante Strandtag hatte mir keine Sorgen bereitet und glaub mir, ich hatte genug Zeit gehabt, über die Gefahren nachzudenken, während ich aus meinem Schlafzimmerfenster gestiegen war und mein Auto ans Ende der Straße geschoben hatte, um nicht entdeckt zu werden.

Natürlich konnte ich mir vorstellen, dass meine Abenteuer mich bei Autoritätspersonen wie Schulleitern, Eltern und Polizisten nicht gerade beliebt machen würden. Zum Beispiel mein Vater, der gerade das Lenkrad mit solcher Kraft umklammerte, dass seine Finger einen kränklichen Weißton annahmen. Ein paar Minuten zuvor hatte ich ihn gesehen, wie er in allen Schattierungen von Postbotenblau gekleidet durch den Sand stapfte. Die Terminator-Grimasse, die er aufgesetzt hatte, sagte mir alles, was ich wissen musste. Ich steckte in großen Schwierigkeiten.

Es war gerade halb neun am Morgen. Er sollte bei der Arbeit sein. Ich sollte in der Schule sein. Und jetzt war keiner von uns beiden dort, wo er sein sollte, weil ich um nichts in der Welt eine gute Entscheidung treffen konnte.

Dad war ein unendlich geduldiger Mann, doch selbst er hatte seine Grenzen. Und so wie er wie wahnsinnig vor sich hin fluchte, hatte ich diese Grenze nicht nur erreicht, sondern überschritten. Er war sauer. Ich verstand es ja. Mit mir umzugehen, konnte nicht einfach sein. Ich war einer dieser Menschen, die nie den gleichen Fehler zweimal machten. Stattdessen machte ich ihn etwa fünf oder sechs Mal, du weißt schon, nur um sicherzugehen.

Das verzerrte Nuscheln, das vom Fahrersitz erklang, motivierte mich, meine Seite der Geschichte zu teilen. Ich hatte es vermasselt und musste tief in die Tasche greifen, um jedes einzelne Alibi aus meinem erschöpften Arsenal an Ausreden zu nutzen. Was hatte ich mir nur dabei gedacht? Einen Tag lang den Unterricht schwänzen, klar, aber drei? Wie hatte ich das Offensichtliche übersehen können? Da ich nicht auf meinem Platz in der ersten Stunde gewesen war, als es geläutet hatte, war ich als abwesend markiert worden. Diese Abwesenheiten würden für einen Bericht sorgen. Und dieser Bericht würde einen Anruf nach sich ziehen. Und dieser Anruf würde meinen Vater dazu auffordern, die Arbeit zu verlassen und nach mir zu suchen. Es war wirklich ein Wunder, dass ich es bis zum dritten Tag geschafft hatte, da alle Chancen gegen mich gestand hatten.

Selbst als ich versuchte, direkten Augenkontakt zu vermeiden, konnte ich spüren, wie sich sein Blick in mich bohrte. Dad hasste die Anrufe von Rektor King fast so sehr, wie ich es hasste, in sein Büro geschickt zu werden. Es war nicht das erste Mal gewesen, dass er gezwungen gewesen war, einen Umweg von seiner Austragsroute zu machen, um meinen Arsch vom Strand zu holen. Und um ehrlich zu sein, würde es wahrscheinlich auch nicht das letzte Mal sein.

Ich räusperte mich. Einmal. Zweimal. Elf Mal.

„Hast du etwas zu sagen?" Seine Stimme klang hoch und hibbelig, wie ein aufgedrehter Clown, der sich darauf vorbereitet, mein Leben zu beenden.

„Ja, ich wollte dir nur sagen, wie leid es mir tut, Dad."

Und das tat es. Wahrhaftig. Ich hatte mir nie vorgenommen, ihm das Leben schwer zu machen, es passierte einfach fast jeden Tag von selbst.

Sein Kiefer verkrampfte sich. Nichts in seinem verzweifelten Verhalten begünstigte mein Überleben. „Drei Tage, Keith! Du warst seit drei Tagen nicht mehr in der Schule! Was zum Teufel hast du getan ... drei Tage lang?"

Oh, Mann. Die eigentliche Frage lautete, was hatten wir *nicht* getan? Wir waren schon überall im Southland gewesen und der Surfbreak heute Morgen war nur der Anfang eines weiteren epischen Abenteuers gewesen. Ohne der Unterbrechung hätten meine Kumpels und ich einen tollen Tag im Santa Barbara Zoo verbracht, gefolgt von ein bisschen höchst illegalem Springen vom Pier. Natürlich schien das eine Information zu sein, die mein Vater wahrscheinlich nicht hören wollte. Er war einfach zu aufgewühlt für die Wahrheit.

„Nur gechillt."

„Nur gechillt", wiederholte er und nickte wie einer dieser verrückten Wackelköpfe. „Na, wie schön für dich. Ich hoffe, du fühlst dich ausgeruht."

Das tat ich tatsächlich, aber ich war sicher nicht dumm genug, das meinem Vater gegenüber zuzugeben – nicht, wenn sein eigener Stresspegel ins Unermessliche reichte.

„Tja, während du *gechillt* hast, hat mich Rektor King am Telefon angeschrien. Irgendwas von inkompetenter Erziehung und ... ach ja, er hat mit dem ‚S'-Wort um sich geworfen."

Dad wusste es besser, als mich so früh am Morgen mit Rätseln zu bewerfen. Ich kratzte mich am Kopf und suchte in meinem Gehirn. „Sex?"

Ein Energieschub entkam ihm. „Schulverweigerung!"

Oh, richtig. Das machte mehr Sinn als Sex.

Dad ließ mich meinen Gedankengang nicht zu Ende führen und stellte eine Folgefrage. „Und was folgt auf das ‚S'-Wort, Keith?"

Meine Augenbrauen zogen sich konzentriert zusammen. So viel Nachdenken so früh am Morgen. „T?"

Er knallte seine Hand gegen das Lenkrad. „Hör auf, dich dumm zu stellen, Keith. Das ‚V'-Wort. Das ‚V'-Wort folgt auf das ‚S'-Wort."

Was zur Hölle sollte das mit den ganzen Buchstaben? Er wusste verdammt gut, dass ich das Alphabet nicht aufsagen konnte, ohne das Lied zu singen.

„Verweis!", platzte er heraus. Weiteres biestiges Knurren folgte. „Und wenn deine Mutter nach dem, was letztes Jahr passiert ist, noch einmal Wind von diesem Wort bekommt, bist du auf dem Weg zur Militärschule. Ich hoffe, du magst es, Toiletten zu schrubben."

Ich ignorierte seine grundlosen Einschüchterungsversuche. Man hatte mir schon öfter mit der Militärschule gedroht, als ich zählen konnte. Die Wahrheit war, dass ich wahrscheinlich jetzt schon auf dem Weg ins Bootcamp-Internat wäre, wenn meine Eltern das Geld hätten, um mich dorthin zu schicken. So aber waren meine Interventionen typischerweise von der billigen Sorte. Zum Beispiel bekam ich statt des „Durch Angst auf den rechten Weg"-Programms, bei dem eine Gruppe meiner ebenso zugedröhnten Mitschüler von Mördern im Gefängnis angeschrien wurde, bei einem Wochenend-Campingausflug zur Drogenprävention Ausschlag von der Gifteiche. Und statt teurer Drogenberatungssitzungen mit einem ausgebildeten Profi bekam ich Justin, den zuckenden Ex-Süchtigen, der die Nüchternheit lobte, während er sich Haarsträhnen ausrupfte.

Ja, meine Eltern versuchten es, aber ich war stolz darauf, ihnen immer einen Schritt voraus zu sein. Ich meine, wer sagt, dass Kiffer nicht kreativ sind? Gib uns etwas Gras und nichts, womit wir es rauchen können, und wir verwandeln uns in den verdammten MacGyver.

„Letztes Jahr war nicht meine Schuld."

„Nein?" Mein Vater schleuderte seinen Körper gewaltsam in den Autositz zurück, als würde er das Ruckeln ausgleichen, das beim Überfahren einer Leiche auf der Straße ausgelöst wird. Er lachte jetzt, doch es war die Art von düsterer Belustigung, die einem ausgewachsenen Nervenzusammenbruch vorausging. „Ich habe dich jeden Morgen zur Schule gefahren. Ich bin mit dir auf den Campus gegangen, habe dich praktisch an der Hand gehalten, als ich dich persönlich im Büro des Rektors abgesetzt habe, und trotzdem bist du irgendwie während der Schulzeit unerklärlicherweise in den Keller der Eislaufhalle eingebrochen und hast dabei genug Gras gehabt, um ein mittelgroßes Tier zu töten."

Er nahm sich einen Moment Zeit, um sich zu sammeln, ehe er in einem ruhigeren Ton fortfuhr. „Also sag mir, Keith. Wessen Schuld war es?"

Natürlich meine. Aber die Niederlage so früh in den Verhandlungen einzugestehen, war ein Anfängerzug. Denk nach. Wen konnte ich zum Schuldigen machen, wenn wir beide wussten, dass alle Finger in meine Richtung zeigten? „Ähm ... ich gebe Schwarzenegger die Schuld."

„Schwarzenegger?" Dads Augen weiteten sich und meine innovative Antwort lenkte ihn kurzzeitig von einem vorsätzlichen Mord ab. „Wie in der Gouverneur von Kalifornien?"

„Ja. Er muss sich für die Bildung stark machen. Hast du eine Ahnung, wie leicht es ist, sich aus der Schule zu schleichen?"

Dad seufzte schwer und schien meiner Eskapaden überdrüssig zu sein. Hatte auch lange genug gedauert.

Wir saßen eine Weile schweigend da, bevor ich fragte: „Weiß Mom es?"

„Nein, ich werde es ihr heute Abend beibringen. Hast du eine

Ahnung, was für ein Glück du hast, dass die Schule heute mich angerufen hat und nicht sie?"

Ich hatte eine Ahnung. Das letzte Mal, als sie meine Mom angerufen hatten, war ich plötzlich in einem Teenager-Drogenpräventionsprogramm mit einem Haufen Junkies, die ihren Schatten hinterherjagten. Ich gehörte da nicht hin. Nur weil ich ein Kiffer war, hieß das nicht, dass ich ein Drogenproblem hatte. Ich entspannte mich eben gerne mit einem Zug oder zwei, keine große Sache – na ja, bis ich es zu einer großen Sache gemacht hatte, indem ich mein Freizeitvergnügen in ein florierendes Geschäft verwandelt hatte.

Ich fuhr mit dem Finger über das Armaturenbrett, ehe ich den Blick meines Vaters traf. „Das hatte nichts mit Glück zu tun."

„Wie meinst du das?", fragte er.

„Das Büro. Die werden sie nicht anrufen."

Dad konnte seine Neugierde nicht unterdrücken. „Was macht dich da so sicher?"

„Als ich das letzte Mal im Büro war, ist in der Schule ein Feuer ausgebrochen."

Auf seinen schockierten Gesichtsausdruck hin erwiderte ich: „Ich weiß. Es hat mich auch überrascht. Wie auch immer, während sie das Gebäude evakuiert haben, habe ich mir erlaubt, ihre Telefonnummer auf dem Notfallformular zu ändern."

Meinem Vater klappte der Mund auf und seine Augen huschten zwischen der Straße und mir hin und her. „Du willst mir also sagen, dass dein erster Gedanke inmitten eines Notfalls war, offizielle Dokumente zu manipulieren?"

Ich zuckte mit den Schultern. „Was soll ich sagen? Ich arbeite gut unter Druck."

Ein zögerliches Lächeln bildete sich auf seinen Lippen. „Gab es tatsächlich ein Feuer?"

„Ein kleines im Hauswirtschaftsunterricht. Nichts, womit ich nicht umgehen konnte."

„Nein", gluckste er. „Natürlich nicht."

Ich schenkte ihm ein strahlendes Lächeln und fragte mich, ob jetzt alles in Ordnung war. War ich der Strafe entgangen?

Doch sein Lächeln verblasste so schnell, wie es aufgetaucht war. Verdammt, er wehrte sich. Ich hatte noch einiges an Arbeit vor mir.

„Weißt du, Keith, wenn du nur halb so viel Mühe in die Schule stecken würdest wie ins Schwänzen, wärst du auf dem Weg zu einer Elite-Universität."

„Oh, das würde dir gefallen, nicht wahr? Ich könnte Mitchs Laufbursche sein und all seine Trophäen putzen und polieren."

Das Gift, das aus meinem Mund spritzte, überraschte selbst mich. Normalerweise war ich besser darin, meine Gefühle in dieser Angelegenheit für mich zu behalten, denn Mitch in der Nähe meines Vaters zu kritisieren, war das Äquivalent zur Verurteilung des Papstes. Mein älterer Superstar-Halbbruder wandelte auf Weihwasser.

Mit einem säuerlichen Ausdruck im Gesicht schüttelte Dad seinen Kopf. „Lass es bleiben."

„Was?", fragte ich, aber ich wusste bereits, dass ich die Mitch-Grenze überschritten hatte.

„Hör auf, deinem Bruder die Schuld für deine Unzulänglichkeiten in die Schuhe zu schieben. Er hat verdammt hart für alles gearbeitet, was er hat. Glaubst du, dass er drei Tage lang die Schule geschwänzt hat, nur um zu chillen?"

„Nein."

„Da hast du verdammt recht, nein. Du könntest dir von seiner Arbeitsmoral ein oder zwei Scheiben abschneiden, Keith."

„Ich habe eine Arbeitsmoral", murmelte ich, obwohl die Wahrheit war, dass ich nur hart arbeitete, um mich aus Schwierigkeiten *herauszuholen*. Alles andere wurde mit halbherziger Effizienz angegangen.

Dad schnaubte und hob eine Augenbraue.

„Okay, in Ordnung", räumte ich ein. „Mitch ist ein Heiliger. Ist es das, was du hören willst? Lasst uns alle jubeln."

Mein Vater sah aus, als würde er gleich platzen, und lenkte das Auto abrupt an den Straßenrand, schnallte sich dann ab und drehte sich zu mir um. „Ist es das, worum es hier geht? Mitch?"

Verblüfft über die rasche Wendung der Ereignisse, stolperte ich über meine Worte. „Wa... was? Ich habe keine Ahnung, wovon du redest."

„Du glaubst, dass ich ihn mehr liebe, hab ich recht?"

Natürlich liebte er Mitch mehr. Jeder, der bei klarem Verstand war, würde Mitch mehr lieben.

„Nein", log ich.

Doch der perplexe Gesichtsausdruck meines Vaters verriet mir, dass er zum ersten Mal die Zusammenhänge begriff. „Keith, hör mir zu. Ich habe deinen Bruder nie bevorzugt behandelt. Ich behandle alle meine Kinder gleich und du kannst nicht das Gegenteil behaupten, denn es ist nicht wahr."

Oh, wie gerne hätte ich ihm geglaubt! Vielleicht behandelte Dad uns nicht anders, aber es war die Art, wie er Mitch ansah. Die erzählte die wahre Geschichte. Wenn mein Bruder in der Nähe war, war mein Vater wie ein Kind, das zum ersten Mal sein Idol trifft. Bei mir gab es keine Begeisterung. Ich war nur ein Problem, das ständig behoben werden musste.

Es war eine Ungerechtigkeit, die ich mein ganzes Leben lang beobachtet hatte, also konnte er sagen, was er wollte, aber ich wusste die Wahrheit. Die Wut köchelte knapp unter der Oberfläche und wenn mein Vater weiterhin diesen verräterischen Weg verfolgte, war ich mir nicht sicher, ob ich eine Explosion verhindern konnte. „Lass es bleiben!", warnte ich.

Vielleicht spürte Dad meine Labilität, denn er wich sofort zurück. Wir saßen eine Minute lang schweigend da und keiner von uns wusste, was er sagen sollte.

Schließlich senkte er seine Stimme auf kaum mehr als ein Flüstern. „Du steckst in Schwierigkeiten, Junge. In großen

Schwierigkeiten. Im Moment bin ich mir nicht sicher, ob sie dich in der Schule bleiben lassen oder dich überhaupt einen Abschluss machen lassen."

Ich schnaubte. „Ich werde meinen Abschluss machen, Dad. Mein Gott. In Kalifornien schaffen sogar die größten Idioten einen Schulabschluss."

„Ja, aber Kalifornien hat *dich* noch nicht kennengelernt."

Der Seitenhieb war so unerwartet und urkomisch, dass wir beide uns kaputtlachen mussten und das Kriegsbeil begraben konnten, wenn auch nur für kurze Zeit. Traurigerweise hielt der unbeschwerte Moment nicht lange an.

„Ich meine es jetzt ernst, Keith. Hast du überhaupt darüber nachgedacht, was du mit deinem Leben nach der High-School anfangen willst? Und sag jetzt nicht Pirat. Das ist kein echter Beruf."

„Doch, in Somalia schon."

„Ja, aber du lebst in Amerika, wo Piraterie verpönt ist."

Dads Blick verengte sich auf mich, als er zu mir herübergriff und mich an der Schulter packte. „Hör zu, Junge, wir müssen dieses sinkende Schiff wenden, bevor es zu spät ist. Dies ist dein letztes Jahr an der High-School und du hast schon fast jeden Tag verpasst. Und wenn du auf wundersame Weise doch zum Unterricht erscheinst, bist du bekifft. Ich mache mir Sorgen um dich. Ich habe Angst, dass du dich verlieren wirst. Es gibt eine große, weite Welt da draußen, die bereit ist, dich mit Haut und Haar zu verschlingen."

Das wusste ich. Natürlich wusste ich es. Meinen Vater so besorgt zu sehen, tat mir weh. Wir waren uns immer nahegestanden und obwohl er meinen Lebensstil nicht guthieß, hatte mein Vater immer zu mir gehalten. Er war während dieser harten Jahre in der Middle-School da gewesen. Er war bei meiner Verhaftung auf der Eislaufbahn da gewesen. Doch es blieb eine Tatsache, dass ich die größte Enttäuschung meines Vaters war.

„Ich werde mich nicht verlieren", flüsterte ich. „Ich habe alles unter Kontrolle."

„Nein, das hast du nicht. Es reicht nicht mehr aus, einfach nur durchzukommen. Du wirst in ein paar Monaten achtzehn und sobald das geschieht, wird dich nichts, was ich sage oder tue, schützen. Glaube ja nicht, ich wüsste nicht, dass du dealst, Keith. Mom und ich wissen nicht mehr, wie wir dir helfen können, und wir haben beide Angst. Wenn du diesen Weg weiterhin verfolgst, ist die Chance sehr groß, dass du im Gefängnis landen wirst."

Ich wandte meinen Blick aus dem Fenster und Scham färbte meine Wangen. Das war eine Angst, ganz sicher. Ich war nicht stark genug, um hinter Gittern zu überleben. „Ich weiß."

„Es ist noch nicht zu spät. Mom und ich können dich da durchbringen, aber du musst auch deinen Teil dazu beitragen. Du darfst nicht mehr die Schule schwänzen. Du musst alle deine Prüfungen bestehen und einen High-School-Abschluss machen. Und, Keith – keine Drogen mehr. Kein Dealen mehr."

Letzteres war ein bisschen viel verlangt. Mich von den übrig gebliebenen Drogen zu befreien, war eine Sache, doch da war auch noch die Sache mit meinem Nebengeschäft. Nicht nur die Schüler in Pearl Beach wären unglücklich über eine Auszeit, sondern auch mein Lieferant. Ich habe uns beiden in letzter Zeit gutes Geld eingebracht und ich würde mich nicht so einfach zurückziehen können, um mich von dem Geschäft zu trennen. Aber ich musste es versuchen … für ihn.

„Okay."

„Okay?" Er flackerte wie ein frisch entzündetes Streichholz. „Heißt das, keine Drogen mehr?"

„Ja. Ich werde mich bessern, für dich."

„Nein, Keith. Für *dich*. Es muss für dich sein."

Obwohl ich den Unterschied nicht wirklich erkannte, schien es ihm wichtig genug zu sein, dass ich zustimmend nickte. Sein Glück erfüllte mich. Mein Vater verstand mich wie kein anderer in meinem Leben. Er war einmal ich gewesen – der liebenswerte

Loser. Ich wünschte mir mehr als alles andere, dass er stolz auf mich war, so wie er stolz auf Mitch war. Vielleicht, wenn ich clean werden könnte ... Vielleicht. Denn am Ende des Tages war ich immer noch das Kind meines Vaters, das verzweifelt seine Liebe und Zuneigung suchte.

KAPITEL FÜNF

Keith
Für mich

Obwohl mein Vater und ich zu einer wackeligen Übereinkunft gekommen waren, vertraute er mir immer noch nicht genug, um mich alleine in die Schule gehen zu lassen. Nicht, dass ich es ihm übelnahm, nachdem ich so oft durch den Vordereingang der High-School geschlendert war, nur um dann durch die Hintertür zu verschwinden, sobald sein Auto den Parkplatz verlassen hatte. Dieses Mal ließ er mich nicht aus den Augen und hielt mich am Rücken meines T-Shirts fest, während er mich durch die Gänge und in das Hauptbüro führte.

Und nun saßen wir hier, Seite an Seite auf der Bank vor dem Büro des Rektors, nur zwei Rebellen, die auf ihre Verurteilung warteten.

Ich verschränkte meine Hände hinter dem Kopf und drehte mich zu ihm um. „Also, Kumpel, wofür sitzt du ein?"

Obwohl er es versuchte, konnte er sich das Lächeln, das sein Gesicht verwandelte, nicht verkneifen. Trotzdem weigerte er sich, mich mit einem Blick in meine Richtung zu amüsieren. „Das sollte besser das letzte Mal sein, dass ich ins Rektorat komme, Keith."

„Das wird es sein."

„Weil ich jedes Mal, wenn ich hier drin bin, etwa fünf Jahre meines Lebens verliere. Wenn das so weitergeht, werde ich mit fünfzig sterben."

Ich klopfte ihm auf die Schulter und beruhigte ihn. „Und du wirst ein gutes, langes Leben gelebt haben."

„Du bist ein harter Brocken, weißt du das?" Er lachte. „Ich hoffe, du kommst eines Tages in den Genuss, ein Kind wie dich zu haben."

„Man kann ja träumen."

Die Tür öffnete sich und Rektor King seufzte, als er seinen Blick auf mich verengte. Wir konnten einander nicht ausstehen. Ich schätzte, dass ich mehr von seiner Zeit in Anspruch genommen hatte, als tausend normale Schüler zusammen. Wenn ich mir sein wettergegerbtes Gesicht so ansah, könnte ich auch an seinem verfrühten Tod schuld sein.

„In mein Büro." Seine schroffe Stimme triefte vor Verachtung.

Der Drang zu fliehen war stark, doch mir gingen die Möglichkeiten aus. Diese Scheiße hatte ich mir selbst eingebrockt. Pflichtbewusst erhob ich mich, doch bevor ich im Büro des Rektors verschwand, drehte ich mich zu meinem Vater um, auf der Suche nach einer Stärke, von der ich wusste, dass ich sie nicht besaß. Doch was ich in seinen Augen sah, ließ mich erstarren – Hoffnung, Enttäuschung, Liebe, Angst. Er war niedergeschlagen und sein Gesicht war vor Sorge verzerrt. Dad hatte nicht gescherzt. Es brachte ihn um. *Ich* brachte ihn um. Ich kämpfte gegen den Drang an, zu ihm zu gehen, meine Arme um seine Schultern zu werfen und meinen Kopf an seinem Hals zu vergraben, wie ich es getan hatte, als ich klein gewesen war und die Dinge noch einfach.

Bedauern brannte tief in mir, als ich meinen Kopf senkte und ins Büro schlurfte.

Zum Glück war das Stirnrunzeln nur von kurzer Dauer. Rektor King war direkter als mein Vater es gewesen war – keine kryptischen Buchstabenhinweise, die mein Schicksal andeuteten, nur deutliche Warnungen über meine Zukunft an der Pearl Beach High-School. Noch nie war es so klar und deutlich ausgesprochen worden. Der Spielraum, auf den ich immer gesetzt hatte, war weg. Entweder ich machte mit oder ich war raus.

Ja. Ich hatte das alles schon einmal gehört. Die gleiche Drohung hatte sich über die Jahre so oft abgespielt, dass ich sie im Schlaf aufsagen konnte. Warum fühlte ich mich also dieses Mal so nervös? War es der Einblick in die Seele meines Vaters oder war es einfach nur, dass ich endlich die Zukunft vor mir sehen konnte und dass sie nicht schön aussah? Die Sonderschule – eher nicht. Entweder ich würde meinen Abschluss an der Pearl Beach machen oder gar nicht ... und „gar nicht" schien die vorherrschende Meinung zu sein.

Doch jetzt hatte ich die Macht, die Massen zu schocken. Die Wahl war eigentlich ganz einfach: Entweder ich mache reinen Tisch und entfernte das Gift aus meinen Lungen, oder ich wurde zu dem Nichts, für den mich alle hielten. Ein paar Jahre zuvor hatte ich an einem ähnlichen Scheideweg in der Mittagspause an der Barnum Middle-School gestanden. Damals hatte ich die Möglichkeit gehabt, wegzugehen, doch ich hatte den falschen Weg gewählt. Und jetzt, wo ich wieder vor einer Entscheidung stand, die möglicherweise mein Schicksal besiegeln würde, schwankte ich immer noch. Worauf wartete ich noch? Alles, was ich tun musste, war, das zu wählen, was hinter Tür Nummer zwei war ... und mir eine Zukunft zu geben.

Da wurde mir klar, dass ich mich selbst schon fast aufgegeben hatte. Ich selbst hatte den allgemeinen Glauben abgekauft, dass ich ein Versager war, und ich erfüllte diese Erwartung mit Bravour. Für alle anderen war ich eine Witzfigur. Die einzigen Menschen, die in der Karikatur, zu der ich geworden war, noch *mich* sehen konnten, war meine Familie. Mein Vater. Meine Mutter. Meine Geschwister. Für sie war ich immer noch jemand, obwohl ich spürte, dass ich auch dort an Boden verlor.

Das hier musste aufhören. Ich wollte nicht *dieser Typ* sein … derjenige, *über* den die Leute lachten, nicht mit ihm. Ich wollte nicht mehr der beliebte Faulpelz der Pearl Beach High sein. Ich wusste, dass ich es ändern konnte, wenn ich es mir in den Kopf setzte. Meine Fähigkeiten im Umgang mit Menschen und meine Vorliebe für Geld sollten ausreichen, um einen seriösen Job zu bekommen, dessen Gehalt keine Zeit im Gefängnis beinhaltete.

Während ich also dem Schulleiter zuhörte, wie er über die Zukunft sprach, die ich seiner Meinung nach niemals haben würde, traf ich eine Entscheidung, von der ich hoffte, dass sie mein Leben verändern würde. Anstatt auf die Gefahr zuzugehen, wie ich es vor so vielen Jahren getan hatte, würde ich meinen Füßen erlauben, mich in die entgegengesetzte Richtung zu tragen – an einen Ort, an dem mein Vater wieder stolz auf mich sein konnte. Und vielleicht sogar an einen Ort, an dem ich stolz auf mich sein konnte.

Gerade als es zur letzten Stunde läutete, marschierte Rektor King mit mir aus dem Hauptbüro heraus. Durch die großen Fenster, die sich über die gesamte Wand erstreckten, sah ich eine Art Begrüßungskomitee. Irgendwie waren die Freunde, die ich vor weniger als einer Stunde am Strand zurückgelassen hatte, auf der anderen Seite des Fensters und schoben ihre Nasenlöcher in grotesken Darstellungen am Glas entlang.

Ich musste es ihnen lassen. Sie hatten mich nicht zurückgelassen. Anstatt auf halbem Weg zum Zoo zu sein, hatten meine Kumpels den Abstecher zur Schule gemacht, um meinen jämmerlichen Arsch zu retten. Wie leicht würde es für mich sein, mit all den Schülern, die durch die Gänge strömten, in der Menge zu verschwinden?

King packte meinen Arm und zog mich zurück. „Ich werde in sieben Minuten in Mrs. Lees Klassenzimmer auf Sie warten. Ich erwarte, dass Sie dort auftauchen. Wenn Sie die falsche Entscheidung treffen und denen durch die Hintertür folgen, werde ich Sie für eine Versetzung vorschlagen. Haben wir uns verstanden?"

Ich riss meinen Arm aus Rektor Kings Griff. Er mochte mich zwar an den Eiern haben, doch das gab ihm nicht das Recht, mich grob zu behandeln. Außerdem brauchte er sich keine Sorgen zu machen. Ich hatte meine Entscheidung bereits getroffen und sie beinhaltete nicht, mit meinem Nasengang über ein einfachverglastes Fenster zu gleiten.

„Ja, ich verstehe."

King rückte seine Krawatte zurecht und bevor er sich wieder in Richtung seines Büros drehen konnte, fragte ich: „Werden Sie *die* nicht hereinbeordern?"

Er folgte meinem Blick und wir beide sahen auf meine Freunde, von denen nun zwei ihre Nippel anzüglich ans Fenster pressten.

„Was soll's bringen? Keiner von ihnen hat die Noten, um einen Abschluss zu machen, selbst wenn sie sich bessern. Außerdem werden sie bis zum Mittagessen weg sein."

„Das war's also? Keine Ultimaten? Sie geben sie einfach auf?"

„Sie haben sich selbst aufgegeben. Wissen Sie, dass ich heute Morgen jeden einzelnen Ihrer Eltern persönlich angerufen habe? Ich habe jede einzelne Ihrer Notrufnummern in den Akten gewählt und habe von jedem einzelnen einen Elternteil oder Erziehungsberechtigten erreicht. Ihr Vater war der einzige, der Sie zurückgebracht hat."

· · ·

Mit diesem kleinen Hammer von Erziehungswahrheit im Ohr trat ich in die Arme der schlimmsten Einflüsse auf dem Planeten. Noch bevor mein rechter Fuß das Büro verlassen hatte, eskortierte mich Valentine den Flur entlang. Er klopfte mir auf den Rücken und seine blutunterlaufenen Augen rollten in ihren Höhlen, als er sprach. „Ich habe die Hintertür der Turnhalle angelehnt. Lasst uns loslegen, Jungs. Partytime!"

Ich hielt abrupt an. „Warte, ich dachte, wir gehen in den Zoo."

„Tun wir auch", bestätigte Feuergehänge. „Aber er liegt am Strand, Kumpel. Das ist ein totaler Partyzoo."

„Weniger quatschen und mehr laufen", drängte Valentine. „Wir haben nur ein paar Minuten, um zu verschwinden, bevor es läutet."

Das schien nicht der richtige Zeitpunkt zu sein, um ihm von meiner lebensverändernden Offenbarung zu erzählen oder davon, dass ich mich von seinem zugedröhnten Arsch trennen würde, wenn er weiterhin versuchte, mich auf Abwege zu führen. Außerdem musste ich mit Valentine vorsichtig umgehen, da er im Begriff war, der neueste Dealer der Pearl Beach High zu werden. Doch dieses Gespräch musste warten, denn ich hatte weder die Zeit noch die bunten Wachsmalstifte, um ihm alles zu erklären.

„Kumpel, heute nicht. King hat mich erwischt. Ich stecke in Schwierigkeiten. Ich muss mich für eine Weile bedeckt halten."

„Bedeckt halten? Was soll der Scheiß? Wir stecken immer in Schwierigkeiten. Warum ist heute so besonders?" Er packte mich am Arm, ähnlich wie Rektor King es getan hatte, und zog mich mit.

Erneut hielt ich an. „Hör zu, ich habe meinem Vater versprochen, dass ich in der Schule bleibe und", ich senkte meine Stimme, weil ich mich plötzlich für meine bevorstehende Zukunft schämte, „im Juni meinen Abschluss mache."

Den perplexen Gesichtsausdrücken meiner Freunde nach zu urteilen, hätte man meinen können, ich hatte ihnen gerade erklärt, dass es in manchen Restaurants kein ganztägiges Frühstück gab.

Valentine blinzelte einmal. Dann nochmal. Vielleicht sogar dreimal, bevor er antwortete. „Warte, so in *diesem* kommenden Juni?"

„Ja, Mann, wir sind im Abschlussjahr, schon vergessen?"

„Ich weiß", sagte er, wobei sich seine Brauen senkten. „Ich dachte nur ... ich dachte, wir wären uns einig, dass wir nächstes Jahr die Super-Abschlussklasse werden. Der Fünfjahresplan, Bitches."

„Ich glaube, der Begriff Super-Abschlussklasse trifft nur auf geistig Behinderte zu", sagte ich.

Zum Beweis meines Standpunktes riss Bildschirmschoner seinen Kopf hoch, als wäre er gerade aus einem Tiefschlaf geweckt worden. „Oh, Mann", jammerte er. „Noch fünf Jahre?"

„Ja." Ich nickte meinem kleinen Freund zu, der den IQ eines Liegestuhls hatte. „Du wirst zweiundzwanzig sein, wenn du deinen Abschluss machst."

„Oh." Er fasste sich an die Brust und stieß einen schweren Seufzer der Erleichterung aus. „Dann ist das ja gar nicht so schlimm."

„Nicht für dich, Kumpel." Ich klopfte ihm auf die Schulter. „Nicht für dich."

„Also, was genau willst du damit sagen, Keith?", fragte Valentine.

„Ich will damit sagen, dass ich die Schule heute nicht mit dir verlasse ... oder irgendwann. Ich muss meinen Abschluss machen, Kumpel."

„Und Kiffen?", fragte er vorsichtig, als hätte er Angst vor meiner Antwort.

Ich schüttelte meinen Kopf. „Erledigt."

„Was soll der Scheiß? Was ist mit dem Geschäft?"

Brett Valentine war schon seit einer Weile meine rechte Hand, also war er mein natürlicher Nachfolger. Ich nickte ihm zu und seine Augen weiteten sich. Vielleicht hatte er mir vorher nicht geglaubt, doch jetzt verstand er, dass dies keine vorübergehende Phase war. Ich brauchte einen triftigen Grund, um das Geld, das ich verdiente, aufzugeben.

„Scheiße, du meinst es ernst. Du gibst einfach alles auf? Für was? Ein Stück Papier, das sagt, dass du nicht so dumm bist, wie du aussiehst?"

„Ich mache für meinen Dad Schluss damit."

Er und ich starrten uns einander an, bis Valentine mit den Schultern zuckte und wegschaute.

Bildschirmschoner erwachte wieder zum Leben. „Was wird mit den drei Musketieren passieren?"

Feuergehänge kratzte sich an der Schläfe. „Wir sind zu viert."

„Ja, aber jeder weiß, dass man sich nie selbst mitzählt."

Meine Augen weiteten sich. Mein Gott. Bitte sag mir, dass ich nicht so begriffsstutzig war wie sie, wenn ich high war. Ich meine, jeder hatte das Recht, dumm zu sein, aber diese Kerle missbrauchten das Privileg.

„Hört zu, Leute, ich habe fünf Minuten Zeit, bis Chemie beginnt. Ich sehe euch später. Oh, und wenn ihr in den Zoo geht", sagte ich an Bildschirmschoner gewandt, „streichelt nicht die Miezen."

Als ich wegging, konnte ich hören, wie er verzweifelt versuchte, sein früheres Argument zu retten. „Eins. Zwei. Drei. Siehst du? Die drei Musketiere."

Ich hielt Rektor Kings Deadline nicht nur ein, sondern unterbot sie um zwei Minuten. Vielleicht hätte ich mich doch verspäten sollen, denn Mrs. Lee blockierte mir den Eingang, mit ihren ganzen neunzig Pfund.

„Nicht so schnell, Mr. McKallister. Ich brauche erst eine Nachricht aus dem Büro."

„King ist auf dem Weg." Und gerade als die Worte meinen Mund verließen, bog der Rektor um die Ecke und ich stand unbeholfen daneben, während die beiden ein gedämpftes Gespräch über mich führten. Sie bat um meine Versetzung, was aber mit Nachdruck abgelehnt wurde. Als sich der große Mann verabschiedete, versuchte ich, mich so unauffällig wie möglich zu machen, indem ich mich zu meinem Labortisch zurückschlich.

„Einen Moment, Keith", rief sie mir zu. Ich drehte mich um und sie kam auf mich zu, beugte sich vor und sprach nur für meine Ohren. „Nur damit das klar ist. Sie dürfen meinen Unterricht nicht stören, es sei denn, Sie bluten, kotzten oder brennen."

Ein Lachen brach aus mir heraus. Tja, verdammt ... Mrs. Lee hatte einen Sinn für Humor. Damit konnte ich arbeiten.

„Gibt es irgendeinen Spielraum, wenn es um Feuer geht?"

Dieses Mal lachte *sie*. „Nein, Keith, den gibt es nicht."

„Gut. Ich werde mein Bestes tun, um nicht in Flammen aufzugehen."

„Danke." Ein Lächeln umspielte ihre Lippen.

Ich erwiderte ihr Lächeln und schenkte ihr eines. „Oh, und Mrs. Lee?"

„Ja?"

„Merken Sie sich meine Worte, ich werde Sie stolz machen."

„Keith, nichts würde mich glücklicher machen."

Meine Laborpartnerin war bereits da, als ich am Tisch ankam, und sie schien sich genauso zu freuen, mich zu sehen, wie Mrs. Lee es getan hatte – obwohl ich einen ganz anderen Grund vermutete. Das arme Mädchen errötete schnell. Das hatte ich am ersten Schultag in der Mittagspause herausgefunden, als ich ihr aus Langeweile zugewunken hatte. Großer Fehler. Zuerst waren das bereits erwähnte Erröten und dann die strategisch platzierte Hand gekommen, die ihr Gesicht verdeckt hatte. Dann war sie aus unerklärlichen Gründen ausgeflippt und auf übertrieben dramatische Weise aus der Mensa gerannt.

Im Nachhinein betrachtet, hätte ich weniger freundlich sein sollen. Ich meine, ich wusste nichts über die Nerdcrew oder worin vielleicht ihre Trigger bestanden, also wer konnte sagen, dass ein Winken in der Star-Trek-Menge nicht etwas ganz anderes bedeutete? Kluge Mädchen waren so verzwickt. Nach allem, was ich durch Versuche herausgefunden hatte, war eine Frau umso weniger von meinem Wesen beeindruckt, je besser ihr Notenschnitt war. Nicht, dass ich überhaupt je viel Erfahrung mit ihnen gesammelt hatte. Typischerweise mieden die guten Schüler den Kontakt zu mir. Vielleicht fürchteten sie, dass meine Dummheit auf sie abfärben würde, keine Ahnung. Aber was ich über dieses Mädchen mit ihrem geteilten, farbcodierten Ordner und ihrem pfeilgeraden Rücken wusste – sie gehörte definitiv zu den Extrapunkte-Leuten.

„Hallo, Partnerin." Haare hingen in meine Stirn, als ich meinen Kopf in ihre Richtung neigte. Nach dem Tag, den ich bereits hinter mir hatte, fühlte ich mich nicht besonders charmant, aber ich musste dieses Mädchen für mich gewinnen und zwar schnell. Normalerweise würde ich mich einen Dreck um jemanden scheren, an dem ich null Interesse hatte, aber angesichts des Versprechens, das ich meinem Vater gegeben hatte, mussten sich meine Prioritäten ändern. Menschen, die bisher nur im Hintergrund gespielt hatten, würden nun in den Mittelpunkt meines Lebens rücken. Wenn ich irgendeine Hoffnung hatte, in Chemie zu bestehen, musste ich dieses kleine Knäuel an Spannung, das vor mir saß, entwirren.

„Hey", antwortete sie mit einer Stimme, die sowohl zögerlich als auch verhärtet klang. Sie hatte nichts von dem verlegenen Kichern von vor ein paar Tagen an sich. Es war, als ob die dämliche Unterhaltung, die ich neulich mit ihr geführt hatte, überhaupt nicht bemerkt worden war und ich jetzt wieder am Anfang stand.

Okay, das Wichtigste zuerst: eine Verbindung herstellen. „Tut mir leid, ich habe deinen Namen vergessen."

„Samantha Anderson."

„Oh, richtig – Sam."

„Mein Name ist Samantha", sagte sie ganz geschäftsmäßig. „Niemand nennt mich Sam."

Ich bekämpfte den Drang zu lächeln. Samantha Anderson versuchte so sehr, knallhart zu sein, aber sie besaß einfach nicht die Glaubwürdigkeit, um es durchzuziehen. Und obwohl ich mit diesem Mädchen vorsichtig umgehen musste, konnte ich mir eine kleine subtile Neckerei nicht verkneifen.

„Aha. Also, Sam, was habe ich verpasst?", fragte ich und nahm Platz.

„Samantha", korrigierte sie sich noch einmal. „Und ... du hast drei Tage verpasst."

Das war nicht die Antwort, die ich von meiner geradlinigen Partnerin erwartet hatte. Verdammt, sie war eine mutige kleine Intelligenzbestie. Ich war beeindruckt. Trotzdem musste ich ihre Zeitrechnung als Schwachsinn bezeichnen. Ich wusste ganz genau, dass ich nur zwei Tage Chemie verpasst hatte. „Deine Zählung ist falsch."

Sie schüttelte ihren Kopf und das kleinste Lächeln fand seinen Weg auf ihre Lippen. „Ich habe das Nickerchen mitgezählt."

Was zum Teufel? Ich konnte mir das Lachen nicht verkneifen. Dieses Mädchen hatte mehr Mumm, als ich ihr zugetraut hatte. Vielleicht würde es gar nicht so schlimm werden, sie für meine Zwecke zu benutzen, wie ich es mir vorgestellt hatte. Ich könnte sogar so weit gehen zu sagen, dass ich sie irgendwie mochte – nicht auf die lüsterne „Hey Baby, willst du meinen Bleistift anspitzen?"-Art, sondern auf die eher intellektuelle „Kann ich deine Hausaufgaben abschreiben und dann vielleicht etwas von deinem nahrhaften, selbstgemachten Mittagessen haben?"-Art.

Und obwohl sie überhaupt nicht mein Typ war, konnte ich ihr Potenzial durchaus erkennen. Sie war ein kurviges Mädchen, vielleicht ein bisschen pummelig in der Mitte, aber ihre Beine waren lang und sie hatte ein natürliches, ungeschminktes Gesicht, das ehrlich gesagt gar nicht so übel aussah. Wirklich, Sam war nur eines dieser Mädchen, die völlig falsch verpackt waren. Mit ein paar Optimierungen, wie einem anständigen Haarschnitt, einer Bräune und ein paar modischen Klamotten, hätte sie vielleicht sogar etwas zu bieten. Nicht für mich, wohlgemerkt. Ich hatte nicht die Geduld, in ihre Verwandlung zu investieren ... nicht, wenn es ein reichhaltiges Angebot an gutgläubigen heißen Bräuten gab, die man nicht erst zusammensetzen musste.

Sam lachte mit mir, als sie merkte, dass sie einen Witz gemacht hatte, und ich war froh, dass ich mit ihr ein wenig vorankam. Obwohl sie immer noch nicht mein größter Fan zu sein schien, im Gegensatz zu fünfzig Prozent der Gesellschaft, die ich heute gehabt hatte, sah sie wenigstens nicht so aus, als ob sie mich tot sehen wollte.

Schritt zwei, um sie für mich zu gewinnen: auf eine gemeinsame Erfahrung verweisen. „Ich habe ein schlechtes Gefühl, weil ich dir am Montag von meinem Schnabeltier-Traum erzählt habe."

„Oh, du hast mir ganz schön was erzählt." Sie lachte und ich beobachtete, wie sich ihr Körper zu entspannen begann. „Diese Geschichte ... sie hat mich verfolgt. Ich habe nicht schlafen können – ich musste tatsächlich mitten in der Nacht aufstehen und recherchieren. Hast du gewusst, dass Schnabeltiere eines von nur zwei Säugetieren sind, die Eier legen?"

Meine Augen schweiften über die ganze Länge dieses Mädchens, fasziniert davon, dass sie sich genug für das innere Geschwafel meines lahmgelegten Geistes interessierte, um meine Behauptungen tatsächlich zu untersuchen. „Das wusste ich nicht."

Für einen ganz kurzen Moment nahm sie Augenkontakt mit mir auf und wir tauschten ein Lächeln aus.

„Ich dachte, du wärst zu Mr. Friend zurückversetzt worden", sagte sie.

„Nee, Mr. Friend war bereit, seinen Anspruch vor dem Obersten Gerichtshof geltend zu machen."

„Du musst einen ziemlichen Eindruck auf ihn gemacht haben."

„Mhm. So wie der Eindruck, den ich auf dich gemacht habe. Sei ehrlich: Wie viel weißt du jetzt über den Lebenszyklus eines Schnabeltiers?"

Mit der ausdruckslosesten Stimme, die man sich vorstellen kann, antwortete sie: „Ich könnte bei Jeopardy in der Kategorie absahnen."

Ich beäugte sie lachend. Verdammt, sie war amüsanter als ihr verklemmtes Äußeres vermuten ließ. Und obwohl es mir nicht passte, war ich irgendwie scharf darauf, ein intelligentes Gespräch zu führen. Da war sie vielleicht anderer Meinung.

„Hey, es tut mir leid, dass ich den Unterricht verpasst habe." Ehrlichkeit? Von mir? Was soll der Scheiß?

Sie nickte und nahm meine Entschuldigung an. „Warum warst du weg?"

Was konnte ich ihr sagen, ohne wie ein Volldepp zu klingen? Ich zermarterte mir das Hirn, doch mir fiel nichts ein. Es war einfach das Beste, es zuzugeben. „Ich habe mit den Jungs Urlaub gemacht."

Sie musterte mich mit intuitiven Augen und klang verwirrt. „Einen Urlaub? Die Sommerferien haben vor vier Tagen aufgehört."

„Stimmt, aber ich hatte Sommerschule, also gehe ich in gewisser Weise das ganze Jahr über zur Schule."

Das war ein Scherz – einer, den sie offensichtlich nicht verstand. Oder vielleicht fand sie ihn einfach nicht lustig. So oder so, es passte nicht zu ihr und während das Zögern in der Luft hing, knabberte Sam an ihrer Unterlippe. Offensichtlich hatte sie noch etwas hinzuzufügen. Warum verunsicherte diese Tussi *mich*?

„Was?", platzte ich heraus.

„Sieh mal, Keith, ich beneide dich um deinen sorglosen Lebensstil, das tue ich wirklich. Ich meine, manchmal wünschte ich, ich wäre du, aber ich kann es mir nicht leisten, dass mein Notendurchschnitt einen Rückschlag erleidet. Die Uni ist mir wirklich wichtig. Wenn es für dich in Ordnung ist, würde ich es vorziehen, getrennt zu arbeiten."

Nein, das ist nicht in Ordnung. Was sollte der Scheiß? Die meisten Mädchen würden mit Eifer die Chance ergreifen, mir ein wenig Aufmerksamkeit zu schenken, und dieser … dieser … *Niemand* ließ mich dafür arbeiten. Mein erster Instinkt war, sauer zu sein. Sie nahm einfach an, dass ich ein beschissener Partner sein würde, ohne einen Beweis für das Gegenteil zu haben. Okay, gut, vielleicht hatte sie ein ganzes Arsenal an Beweisen, aber war es zu viel verlangt, einen Vertrauensvorschuss zu bekommen?

Ich war kurz davor, sie für ihre Voreingenommenheit gegenüber Kiffern zu kritisieren – wir hatten auch Rechte –, als ich ihre reumütigen Augen sah und innehielt. Das war kein Seitenhieb. Für Sam waren ihre Noten kein Luxus, sondern eine Notwendigkeit und aufgrund meiner bisherigen Leistungen hatte ich diesem Mädchen keinerlei Zusicherung geboten, dass ich für sie irgendetwas anderes als eine Belastung sein würde. Wie konnte ich es ihr verübeln, dass sie etwas Abstand zwischen sich und meine Dummheit bringen wollte? Verdammt, ich würde dasselbe tun, wenn ihre Nerdigkeit plötzlich auf mich abfärben würde.

Ich hätte die Tussi in Ruhe lassen und ihre Bitte für bare Münze nehmen sollen. Aber verzweifelte Zeiten erforderten verzweifelte Maßnahmen. Ich brauchte dieses Mädchen. Sie war der Unterschied zwischen einer guten Note und einer Schublade voller Fünfer und Sechser. Ich konnte kein Nein akzeptieren.

Schritt drei: meine Hand ausstrecken. „Was wäre, wenn ich dir sage, dass ich es mit meiner Bildung ernst meine?"

Sie hob eine Augenbraue. „Ich würde sagen ‚Schön für dich', aber ich hoffe, du verstehst, dass eine Eins in diesem Fach für mich zwingend notwendig ist, wenn ich an einer guten Universität angenommen werden will."

„Ich hab's verstanden."

Eigentlich hatte ich das nicht. Die Universität bedeutete mir nichts. Ich war nicht für die höhere Bildung geschaffen, also hatte ich dem ganzen Trara um die Zulassung nie viel Aufmerksamkeit geschenkt. Ich konnte beim besten Willen nicht verstehen, warum sich jemand noch mehr Schule unterziehen wollte. Jedem das Seine, dachte ich, aber in gewisser Weise wollten Sam und ich das Gleiche.

Sie atmete aus. „Danke für dein Verständnis."

Nicht so schnell. Ich fing ihren Blick auf und bot ihr etwas an, womit ich immer gezögert hatte: Aufrichtigkeit. „Ich muss meinen Abschluss machen, Sam."

Sie musterte mich nun mit mehr Interesse. Vielleicht hatte ich endlich aufgehört, in ihren Augen eine Karikatur zu sein. Ich wusste es nicht und es war mir auch egal. Ich brauchte sie einfach an meiner Seite.

„Reichen deine Noten?", fragte sie und taute auf.

„Wenn ich alle meine Fächer mit einer Drei oder besser bestehe, kann ich im Juni gehen."

„Und das ist dir wichtig?"

„Es ist meinem Vater wichtig."

„Aber ist es dir wichtig?", erwiderte sie.

Ihre Frage verblüffte mich. Warum fragten mich die Leute das andauernd? So sehr ich mich auch bemühte, ich konnte den Unterschied nicht erkennen. „Warum ist es dir wichtig?"

„Weil, wenn es dich nicht interessiert, dann verschwendet es nur meine Zeit."

Ihr Ultimatum machte mich sprachlos. Genau hier. Genau jetzt. Ich musste mich entscheiden, für wen ich das hier tat, denn Sam hatte recht – es war wichtig. Wenn ich das alles für jemand anderen tat, war ich zum Scheitern verurteilt.

Was genau war es, was ich wollte? Ich meine, offensichtlich

wollte ich nicht mit einem Stück glitschiger Seife als einzigem Freund im Gefängnis enden, aber was war damit auf längere Sicht? Ich dachte an meinen Vater. Er arbeitete hart, war der Familie treu ergeben und bei allen beliebt. Der Mann kam jeden Tag nach Hause, ob er es wollte oder nicht. Und ich konnte bezeugen … es gab Zeiten, in denen er es definitiv nicht wollte. Aber er ging durch diese Tür wie ein Uhrwerk und wurde der Mann, den wir alle in unserem Leben brauchten. Das war es, was ich wollte.

Ich hob meinen Blick, um in ihre Augen zu sehen. „Es ist mir wichtig."

KAPITEL SECHS

Samantha
　Mein Pech

Oh Mann, war ich eine Niete in Sachen Aufrichtigkeit oder was? Vielleicht war es naiv von mir zu glauben, dass jemand wie Keith McKallister es mit einer Bitte um Hilfe ehrlich meinen konnte, aber ich glaubte ihm, wenn auch aus keinem anderen Grund, als dass ich dringend an etwas glauben musste. Meine Entscheidung wurde in keiner Weise von der Tatsache beeinflusst, dass er ein verträumter Typ war, der nach Seetang roch. Nein, ich würde gerne glauben, dass ich so prinzipientreu war, dass ich ihm auch dann geholfen hätte, wenn er ein Gesicht voller Akne gehabt hätte und wie ein wochenalter Nerd gestunken hätte.

　Doch als besagter heißer Kerl mir sein Herz ausschüttete, von seinem Vater sprach und sich wieder dem Lernen verpflichtete, war ich hin und weg. Eigentlich war ich überrascht, dass ich überhaupt Rückgrat gezeigt hatte. Ihn dazu zu bringen, ein wenig tiefer nach meiner Hilfe zu graben, war genial. Jetzt wusste er, dass ich es ernst meinte. Er nutzte mich aus – natürlich wusste ich das –, doch ich wog das Für und Wider ab und entschied, dass ich genug von diesem Typen fasziniert war, dass er meinen Zeitaufwand für die Hilfe wert war. Schließlich musste ich herausfinden, was sich seit Montag verändert hatte und warum mein Laborpartner, der kaum einen ganzen Satz hatte beenden können, ohne abzuschweifen, plötzlich klar im Kopf und bereit war, etwas zu verändern.

Als er sich neben mir niederließ, widerstand ich dem Drang, ihn zu beschnuppern. Mit seinen nassen und verfilzten Haaren war es klar, dass er gerade vom Strand ins Klassenzimmer gekommen war. Und da es die dritte Stunde war, musste ich annehmen, dass er die ersten beiden Stunden geschwänzt hatte.

„Also nehme ich an, dass dein Vater nicht gewusst hat, dass du im Urlaub bist."

„Das hast du richtig vermutet."

„Wie hast du deinen Eltern deine Abwesenheit erklärt?"

„Habe ich nicht. Wir haben Tagesausflüge gemacht. Habe meiner Mom beim Frühstück einen Abschiedskuss gegeben und war jeden Abend zum Abendessen zu Hause. Wenn man es richtig macht, Sam, muss Schulschwänzen keine unangenehme Erfahrung sein."

„Wow." Ich lächelte. „Wie einfallsreich von dir."

„Hab ich recht? Die Leute nehmen einfach an, dass Kiffer faul sind, aber ich sage: ‚Wisst ihr was, ihr Arschlöcher, der Joint reicht sich nicht selbst herum.'"

Sein Kommentar brachte mich zu einem lauten Kichern. Ich hatte noch nie jemanden kennengelernt, mit dem man so leicht reden konnte, und die Vorstellung, ihm Nachhilfe zu geben, wurde mit jeder Minute faszinierender. Wenn Keith mir nur jeden Tag ein wenig von diesem hibbeligen Gefühl geben konnte, würde ich aus dieser Partnerschaft als Gewinnerin hervorgehen.

Ich überraschte sogar mich selbst, indem ich unser Gespräch fortsetzte. „Wie waren die Wellen?"

Sofort legte sich eine Ruhe über ihn. „Rau. Danke der Nachfrage. Surfst du?"

„Ich?", lachte ich. „Nein. Ich mag die Vorstellung nicht, dass mir das Fleisch von den Knochen gerissen wird."

Keith stöhnte und tat so, als würde er seinen Kopf auf den Schreibtisch hämmern. „Jeder gibt den Haien die Schuld. Ist dir klar, dass die Wahrscheinlichkeit, von einem Hai getötet zu werden, etwa eins zu drei Millionen beträgt? Du hast eine größere Chance, vom Blitz getroffen zu werden."

„Aber sieh mal, ich gehe bei Gewitter nicht raus, also ist meine Chance, so oder so zu sterben, gleich 0. Wer gewinnt jetzt?"

„Nicht du."

Ich legte verwirrt meinen Kopf schief. „Wie kommst du denn darauf?"

„Denn Sam, alles, was das Leben lebenswert macht, birgt ein Risiko. Wenn du das ausschließt, kannst du genauso gut gleich anfangen, Katzen zu sammeln."

„Ich mag Katzen", protestierte ich.

„Da bin ich mir sicher."

Er fing meinen Blick auf und wir lächelten. Ich kann nicht genug betonen, wie überrascht ich war, dass Keith von unserer Unterhaltung noch nicht die Schnauze voll hatte. Die Wahrheit war, dass die Leute normalerweise einfach durch mich hindurchschauten.

„Denk mal nach, Sam. Gibt es eine coolere Art zu sterben? Ich meine, sowas wie Krebs wäre eine traurige Art zu gehen, aber in Spanien von den Stieren zertrampelt zu werden – episch."

„Oder eine spontane Selbstentzündung", fügte ich hinzu und spielte mit.

„Ja!" Wie aus dem Nichts gab mir Keith ein High-Five. Es war das erste Mal, dass mich jemals ein Kerl außerhalb meines Familienverbandes berührt hatte, und meine Haut errötete entsprechend. „Das ist echt krasser Scheiß. Du hängst nur rum und schaust ein bisschen fern und BUMM – du explodierst. Das ist einfach der Hammer."

Was zur Hölle war hier los? Irgendwie war ich witzig genug gewesen, um die Aufmerksamkeit eines Mitglieds der herrschenden Klasse der Pearl Beach High zu erregen. Shannon würde stolz sein.

Keith beugte sich vor und senkte seine Stimme. „Willst du meinen bösen Racheplan hören?"

Oh, Junge, das wollte ich! Zu diesem Zeitpunkt war alles, was aus seinem Mund kam, das Evangelium für mich. Mit weit aufgerissenen Augen und voller Interesse nickte ich.

„Wenn ich von einem Hai getötet werde, möchte ich, dass eine Gedenkbank in meinem Namen direkt neben einer Mülltonne errichtet wird."

Das hörte sich nach einer furchtbaren Idee an, aber ich ermutigte ihn mit einem unbeholfenen Neigen meines Kopfes, weiterzumachen. „Warum?"

„Um es den Möwen leichter zu machen, auf Leute zu kacken, die sich auf meiner Bank ausruhen."

Nochmal, ziemlich furchtbare Idee. Bis jetzt ging Keiths böser Racheplan in Richtung der Schnabeltiergeschichte. „Warum solltest du das wollen?"

„Denn Sam ..."

„Samantha."

Die Art und Weise, wie er meine frühere Bitte komplett ignorierte, sagte mir, dass er meinen Namen nie richtig aussprechen würde. Und obwohl es mich normalerweise verdammt ärgerte, wenn Leute meinen Namen aus Bequemlichkeit abkürzten, machte es mir ehrlich gesagt nicht viel aus, wenn Keith es mit diesem geringen Hauch von Schärfe tat.

„Egal. Jedenfalls, wie schaffst du es, dass die Leute sich an dich erinnern, wenn du gestorben bist?"

Ich dachte über seine Frage nach und zuckte mit den Schultern. Niemand würde sich an mich erinnern, falls ich starb, also war es irgendwie eine fragliche Sache. Aber bei jemandem wie Keith, ja, bei ihm konnte ich mir vorstellen, dass er eine Mahnwache zu seinen Ehren bekam.

„Ich habe keine Ahnung", räumte ich schließlich ein.

Sein berührendes Lächeln machte mich fertig. „Lass ein bisschen Vogelkacke auf sie fallen. Egal wie alt du wirst, du wirst dich immer daran erinnern, wo du das erste Mal warst, als dir eine Möwe in den Mund gekackt hat."

Ich verschluckte mich an einem Lachen. Es war wirklich eine brillante Art, in Erinnerung zu bleiben. „Die Keith-McKallister-Gedenkbank. Das gefällt mir."

Er nickte und war erfreut darüber, dass sein Plan bei mir gut ankam.

„Nun, leider wird es keine Gedenkbank zu meinen Ehren geben, denn, von den Haien mal abgesehen, gehe ich nicht ins Meer."

„Du kannst nicht schwimmen?"

„Eigentlich bin ich eine wirklich gute Schwimmerin", sagte ich, bevor ich eine Reihe von völlig irrelevanten unterstützenden Fakten hinzufügte. „Ich habe lange Arme und einen langen Torso. Das ist eine tolle Kombination zum Schwimmen."

Keith akzeptierte meine Argumentation ohne Gegenwehr, worüber ich froh war, denn ich konnte meine grundlose Behauptung absolut nicht untermauern.

„Also, was ist dann das Problem?"

Ich zuckte mit den Schultern. „Ich hasse den Ozean einfach."

„Du kannst den Ozean nicht hassen", sagte er. „Du lebst in einer Strandstadt."

„Das habe ich mir nicht ausgesucht. Meine Großmutter ist vor zwei Jahren gestorben und hat ihr Haus meiner Mutter hinterlassen. So sind wir in dieser Scheißstadt gelandet."

„Wow, Moment mal, Sportsfreund. Das hier ist so was von *keine* Scheißstadt. Jeder Ort, an dem man das ganze Jahr über

Shorts tragen und surfen kann, wenn die Sonne aufgeht, gilt als Paradies."

„Laut wem?"

„Laut *allen*." Seine Stimme gipfelte in Belustigung. „Auf der ganzen verdammten Welt!"

„Diese Stadt ist nicht das wahre Leben, Keith. Es ist eine Fantasiewelt voller bikinibekleideter Hohlköpfe und Ausflüge an den Strand."

„Das ist genau das, was ich gerade gesagt habe." Er nickte verständnisvoll. „Paradies."

„Na dann, genieße es, aber ich für meinen Teil werde in dem Moment weg sein, in dem ich meinen Abschluss mache, und ich werde nie zurückblicken."

„Ernsthaft? Was ist mit deiner Familie?"

„Die interessiert das nicht."

„Das stimmt sicher nicht", sagte er mit der Zuversicht eines Mannes, der nie den Verrat seiner Liebsten erlebt hatte.

Ich widersprach nicht, denn das würde bedeuten, dass ich meine Lebenssituation erklären müsste, und das war etwas, was ich nicht vorhatte, mit jemandem wie Keith McKallister zu teilen.

Er klatschte mit der Hand auf den Tisch. „Okay, ich hab's verstanden."

„Hast was verstanden?"

„Wie ich mich bei dir für die Nachhilfe in meinen Fächern revanchieren kann."

Fächern? Ich hatte gedacht, ich würde ihm nur in Chemie helfen, aber anscheinend gab ich ihm jetzt Nachhilfe in einer Vielzahl von Fächern. Okay, na ja … ich hatte nichts Besseres zu tun, also warum nicht? War eine Gegenleistung für meine Dienste überhaupt nötig? Ehrlich gesagt machte es mir nichts aus, das ganze Geben zu tun, während er das ganze Nehmen tat. Aber natürlich konnte ich ihm zuhören.

„Ich werde dir das Surfen beibringen", sagte er putzmunter. „So wirst du nie wieder Angst vor dem Ozean haben."

Das Auflachen, das aus meinem Mund schoss, klang vielleicht übertrieben und lächerlich, doch es passte zu seinem absurden Vorschlag. „Ähm, danke, aber ich glaube, ich verzichte. Außerdem, Keith, du brauchst dich nicht zu revanchieren. Ich habe bereits gesagt, dass ich dir helfen werde – ohne Bedingungen."

„Bist du dir sicher? Denn ich mache dieses Angebot nicht jedem. Surfen ist eine Lebensart, Mann. Du hast keine Ahnung, was du verpasst. Den Strand. Die Wellen. Es ist eine Freiheit, wie du sie noch nie erlebt hast."

Sein entrückter Gesichtsausdruck verriet mir, dass er seine Worte wirklich glaubte, und seine Leidenschaft hätte vielleicht ausgereicht, um jemand anderen zu überzeugen, aber nicht die praktische Samantha Anderson. Ich war mir nicht sicher, was mir mehr Angst bereitete, der dunkle Abgrund des widerspenstigen Pazifiks oder die Vorstellung, in einem Badeanzug vor diesem heißen Surferboy zu stehen. So oder so, es war ein hartes „Absolut nicht".

„Ich weiß das Angebot wirklich zu schätzen, Keith, aber wir sollten uns einfach darauf konzentrieren, dich zum Abschluss zu bringen."

Keith musterte mich länger, als mir lieb war. Alles, was ich zeigen konnte, konnte in Sekunden gesehen werden. Sein Blick brauchte nicht zu verweilen. Ich zappelte auf meinem Hocker, bis er endlich seinen Blick auf die Aufgabe vor sich lenkte.

„Okay." Er zuckte mit den Schultern. „Dein Pech."

Ja, stimmte ich im Stillen zu, *mein Pech*, aber ich war ans Verlieren gewöhnt. Was würde ein weiteres Mal schon ausmachen?

KAPITEL SIEBEN

Keith
Selbstgemacht

Mom sauste in die Küche, gefolgt von einem Hauch von Parfüm. Sie roch nach Zuhause, was neben dem Strand mein Lieblingsduft war. Ich betrachtete ihr helles, luftiges Outfit und war von ihrer Schönheit beeindruckt. Mom war jeden Tag eine gepflegte Frau, aber heute hatte sie sich besonders viel Mühe gegeben und das zeigte sich. Sie war die erste Frau, der ich jemals geschworen hatte, sie zu heiraten, und heute erinnerte ich mich daran, warum.

Ich stand auf und küsste sie auf die Wange. „Du siehst gut aus, Mamacita."

„Danke, mein Schatz. Du siehst …"

Ihr Blick wanderte über mich, zweifellos bereit, das Kompliment zu erwidern, blieb aber an meinem T-Shirt hängen, auf dem stand: „This guy likes bacon."

„Keith, komm schon. Ich habe gedacht, du hättest dich umgezogen."

„Habe ich auch. Du hättest meine andere Option sehen sollen." Irgendetwas sagte mir, dass sie von dem Shirt mit der Aufschrift „Vegetarier" auf einem riesigen Grasblatt noch weniger begeistert gewesen wäre.

Sie seufzte. „Wir gehen in ein nettes Restaurant. Würde es dich umbringen, dir mehr Mühe bei der Wahl deiner Kleidung zu geben?"

Ich warf einen Blick auf meine Klamotten. Ich hatte auf skurrilen Spaß abgezielt, aber meine Mutter hatte eindeutig keinen Sinn für Humor. „Das *war* Mühe. Ich habe sogar Deo aufgetragen."

Mom lachte. „Na dann macht das ja die Körperteile von toten Schweinen auf deinem T-Shirt mehr als wett."

„Eben. Wen wird es schon interessieren, wie ich aussehe, wenn ich nach frischer Arktis rieche?"

„Ab mit dir", sagte Mom und drehte mich in Richtung meines Zimmers.

„In Ordnung, aber ich warne dich, ich kann nicht garantieren, dass meine nächste Wahl besser sein wird."

Sie schürzte amüsiert die Lippen und antwortete: „Ich glaube an dich, Schatz. Bestimmt findest du in deinem Kleiderschrank etwas ohne Worte."

„Ehrlich gesagt, bin ich mir nicht sicher, ob ich das kann."

„Du musst tief in deinem Kleiderschrank wühlen. Erinnerst du dich an die Weihnachtskleidung, die ich dir jedes Jahr kaufe? Schau doch mal, ob du die finden kannst."

Ah ja. Weihnachten – diese besondere Zeit des Jahres, in der meine Eltern versuchten, mich in einen Golfer zu verwandeln. Ich war vielleicht nicht mehr der Drogendealer von Pearl Beach, aber ich hatte immer noch einen Ruf zu wahren und dazu gehörte keine Kleidung mit Knöpfen.

Ich konnte dort so lange stehen bleiben, wie ich wollte, doch es änderte nichts an der Tatsache, dass ich nirgendwo hingehen würde, bis ich etwas trug, das durch ihre Inspektion kam. Ohne ein weiteres Wort zu sagen, ging ich den Flur hinunter.

„Und beeil dich", rief sie mir hinterher. „Unsere Reservierung ist in fünfzehn Minuten. Wenn sie herausfinden, wer die achtköpfige Gruppe ist, bevor wir dort ankommen, sind wir am Arsch. Oh, und Keith, tu etwas mit deinen Haaren."

Auch meine Haare? Ich griff nach oben, um mit den Fingern durch meinen Mopp zu fahren, doch sie blieben in den verhedderten Strähnen stecken und zwangen ein schmerzhaftes Kreischen aus meiner Kehle. Ich war an einem Punkt in meiner Hygiene angelangt, an dem nur noch eine Kopfrasur die verfilzten Haarsträhnen auf meinem Kopf bereinigen würde.

„Oh, mein Gott, Mom", rief ich ihr vom Flur aus zu. „Es ist dein Geburtstag und nicht die Krönung eines neuen Präsidenten."

Emma ging im engen Gang an mir vorbei und hatte wie immer eine sarkastische Antwort parat.

„Ja. Denn die Krönungszeremonien unserer gewählten Amtsträger sind immer der Höhepunkt der amerikanischen Politik."

Ich hatte absolut keine Ahnung, was sie da gerade gesagt hatte, aber es war nervig genug, um sie gegen die Wand zu stoßen. Ich dachte, damit wären wir quitt, aber Emma war noch nie jemand, der sich an die Regeln gehalten hat. Die Vergeltung kam schnell in Form eines Knies in meinen Arsch. Sie hatte es auf die Kronjuwelen abgesehen, aber ich wusste ein oder zwei Dinge über ihre Kampfkünste und drehte meinen Körper in letzter Sekunde weg.

Emma grinste schelmisch und ihr Gesicht war vom Kampf gerötet. „Du gibst auf?"

„Niemals", keuchte ich. Und dann, mit einer Schnelligkeit, die ich nicht erwartet hatte, wich ich ihren stoßenden Knien aus, als wären meine Eier die Zielscheibe in einem *Whack-a-Mole*-Spiel.

„Okay", lachte ich. „Ich gebe auf. Du gewinnst. Gott, du bist rücksichtslos."

„Emma", brüllte Mom aus der Küche. „Lass deinen Bruder in

Ruhe. Er wird jede Sekunde der fünfzehn Minuten brauchen, die ich ihm gegeben habe, um vorzeigbar zu sein."

Sie öffnete ihren Arm, um mich vorbeizulassen, aber ich traute ihr keine Minute. „Du hast Mom gehört. Geh."

Ich drückte mich gegen die Wand, schlüpfte an ihr vorbei und flitzte den Flur entlang. Ich hatte es fast bis zu meinem Zimmer geschafft, als eine Liste von Forderungen durch den engen Gang geschleudert wurde.

„Denk dran, Keith. Sauberes T-Shirt, nichts Anstößiges, keine Worte, keine Löcher, keine Shorts ... und was deine Haare angeht, zieh sie dir einfach aus dem Gesicht. Das ist alles, was ich verlange."

Ich schloss die Tür vor ihren Bitten. Wenn ich mir nicht gerade einen Zettel an die Stirn kleben würde, könnte ich mir diese lange Liste nicht merken. Aber ich bekam eine ungefähre Vorstellung davon, was sie erwartete. Während ich meine Schubladen durchwühlte, schlüpfte mein Bruder Jake herein. Er sagte nichts, sondern ließ sich einfach auf meinen abgenutzten Sitzsack fallen und sah zu.

Ich konnte das Interesse verstehen. Jake betrachtete dies als eine Gelegenheit zur Unterhaltung. Es kam nicht jeden Tag vor, dass ich aufgefordert wurde, mein Äußeres zu verbessern.

„Kann ich dir helfen?"

„Nicht wirklich. Ich bin nur neugierig, was du dir einfallen lässt", sagte er und sein träges Grinsen war kaum zu übersehen.

„Tja, sei in einem anderen Raum neugierig", erwiderte ich, zog ein weißes T-Shirt hervor und hielt es zur Begutachtung hoch. Aus den Augenwinkeln sah ich, wie Jake zusammenzuckte.

„Was?", fragte ich.

Er schüttelte seinen Kopf. „Du wirst das doch nicht etwa anziehen, oder?"

„Vielleicht. Aber warum? Was ist daran falsch? Dieses T-Shirt hakt alle Punkte auf ihrer Liste ab. Keine Löcher. Keine Worte."

„Ich bin mir ziemlich sicher, dass ‚keine Deoflecken' auf ihrer

Liste gestanden hätte, wenn sie mehr Zeit gehabt hätte, diese zusammenzustellen."

Bei genauerem Hinsehen konnte ich deutlich die gelben Achselringe erkennen. „Tja, Scheiße."

Als er seinen Blick auf meinen senkte, grinste Jake. „Warum sehen deine Klamotten alle aus, als kämen sie aus einem Müllcontainer? Kümmert sich Mom nicht um dich?"

„Die meisten meiner Klamotten sind kaputt vom Klettern aus dem Fenster. Berufsrisiko." Ich zuckte mit den Schultern.

„Ich habe gedacht, du kletterst nicht mehr aus dem Fenster."

„Tue ich auch nicht, aber meine Klamotten haben noch nicht aufgeholt."

„Das ist kein Hexenwerk, Keith. Such dir ein T-Shirt aus, nimm dein Geschenk und lass uns gehen. Ich bin hungrig."

Ah, Mist. Mein Geschenk. Ich hatte das Geschenk total vergessen. Zum Glück hatte mich mein jüngerer Bruder mehrmals an Moms bevorstehenden Geburtstag erinnert, was der einzige Grund war, warum ich überhaupt ein Geschenk für sie hatte.

„Mann", antwortete ich, zog mein Bacon-T-Shirt aus und warf es auf ihn. „Du hast mir den Arsch gerettet."

„Was gibt's Neues?"

Spaß beiseite, es gab nichts Neues. Jake hatte meinen Wert in dieser Familie im Alleingang hochgehalten, obwohl ich schon längst hätte entwertet werden sollen. Während alle anderen in Mitchs leuchtend roten Wagen sprangen, blieb Jake zurück und half mir, die Räder wieder an meinem anzubringen. Seine Loyalität hatte mich durch einige harte Zeiten gebracht, wenn er also die Keith-Show genießen wollte, war ich geneigt, ihm das zu gestatten.

„Wenn du so schlau bist, hübscher Junge", sagte ich und gestikulierte zu meinen Schubladen. „Tu dir keinen Zwang an."

„Fick dich. Ich bin nicht derjenige mit Damenhaar."

„Es ist Piratenhaar und jeder weiß, dass Piraten cool

sind. Jetzt hilf mir, etwas zu finden, das Mom gefallen wird. Gott weiß, dass du der größte Arschkriecher in der Familie bist."

Jake ignorierte den Seitenhieb, erhob sich vom Sitzsack und, als würde er eine Folge von *Queer Eye For The Straight Guy* filmen, zückte mein kleiner Bruder mühelos ein Hemd aus meinem Schrank.

„Oh nein. Auf keinen Fall!", protestierte ich und fuchtelte mit den Händen herum, um meine völlige Abneigung gegen seine Wahl zu verdeutlichen. „Mom hat nicht Hemd gesagt, sondern nur sauberes T-Shirt."

„Willst du ihr an ihrem Geburtstag eine Freude machen oder nicht?"

„Nein. Definitiv nicht."

„In Ordnung. Egal. Zieh das Shirt mit den Deoflecken an. Ich bin mir sicher, sie wird es lieben", sagte er und ging zur Tür. „Und vergiss das Geschenk nicht."

Ah, Scheiße! Das Geschenk! Wie hatte ich das nur bereits vergessen können? Als ich das Hemd betrachtete, das Jake für mich ausgesucht hatte, trübten Schuldgefühle mein besseres Urteilsvermögen. Er hatte recht – sie würde es lieben und es war ihr Geburtstag. Ich musste nur hoffen, dass niemand, den ich kannte, im Restaurant sein und meine peinliche Verwandlung zum Schnösel sehen würde. Ich hatte nach der Aufgabe meines Nebengeschäfts bereits meinen ganzen Ruf auf der Straße verloren, und jetzt das hier.

Ich schlüpfte in mein Hemd und knöpfte es bis zum vorletzten Knopf zu, bevor ich mich dem Rattennest meiner Haare widmete. Das war das Ergebnis davon, dass ich meinen Kopf nach dem Surfen herumwirbelte, aber nie wirklich die Haare kämmte. Die Verfilzung geriet außer Kontrolle.

Seufzend zog ich sie zu einem kurzen Pferdeschwanz zurück und überprüfte mein Aussehen im Spiegel. Oh, sie würde das hier lieben. Außerdem war es ein Look, mit dem ich mich für den

Abend abfinden konnte. Ich war vorzeigbar und behielt trotzdem meine Kiffer- und Versagerausstrahlung.

Ich schaltete das Licht aus und joggte den Flur entlang, bevor ich abrupt umkehrte und zurück in mein Zimmer ging. Ich hatte das verdammte Geschenk vergessen.

~

„Scott, sorge dafür, dass Jake und Kyle getrennt sitzen", sagte Mom, als wir zu unserem Tisch in dem schicken Restaurant geführt wurden. In Wirklichkeit war es ein Olive Garden, doch für uns war das der Gipfel der kulinarischen Exzellenz. „Du nimmst einen und ich werde den anderen bekommen."

Meine Brüder stürzten sich beide auf den Platz neben unserem Vater, wobei Kyle Jake gerade noch beiseite drängte. Er machte dann weiter, indem er vor Freude johlte, als wäre er ein Olympiasieger. Ein verärgerter Jake boxte ihn.

„Hey." Mom hob ihre Stimme, um ihre Aufmerksamkeit zu bekommen. „Hört sofort damit auf. Das ist der Grund, warum wir keine schönen Dinge haben können."

Ich kicherte. Es war klar, dass Mom einen Scherz machte, aber hinter ihren Worten steckte ein Körnchen Wahrheit und das hatte nichts mit Jakes oder Kyles Eskapaden zu tun. Schau, Mom war nicht wie der Rest von uns. Es wäre eine Untertreibung, zu sagen, dass sie nach unten geheiratet hatte. Meine Mutter war nicht nur wohlhabend aufgewachsen. Ihre Familie gehörte zu der Art von Reichen, denen die halbe Stadt gehörte. Sie war dazu bestimmt gewesen, ihr Leben im Schoß des Luxus zu verbringen, als eine zufällige Begegnung mit einem blonden Beach Boy ihr Leben für immer verändert hatte.

Es war die typische Liebesgeschichte zwischen einem armen Jungen und einem reichen Mädchen, nur dass diese Geschichte mit dem zusätzlichen Effekt von Rechtsstreitereien, Schlägereien und einer lebenslangen Enteignung einherging. In Momenten wie diesen, wenn das Beste, was wir uns leisten konnten, ein Abend im Olive Garden war, fragte ich mich manchmal, ob sie ihre Entscheidung vor all den Jahren bereute. Sicher, sie würde uns nicht haben, aber sie würde alles andere haben, wovon sie jemals geträumt hatte und mehr.

Mom tätschelte den Stuhl neben sich und ließ Jake wissen, dass sie sich von ihm nicht den geringsten Mist gefallen ließ. „Jetzt."

Er schmollte den ganzen Weg zum Mami-Gefängnis und ließ sich auf den freien Stuhl fallen. „Das ist nicht fair. Warum werde ich bestraft? Ich habe nichts falsch gemacht."

„Bisher", korrigierte Mom ihn und nahm keinen Anstoß an der Andeutung, dass das Sitzen neben ihr das Äquivalent zum Gefängnis war. „Du und Kyle habt *noch* nichts falsch gemacht. Und Dad und ich wollen, dass das auch so bleibt."

„Das war doch nur ein einziges Mal", protestierte Jake.

„Von welchem Mal reden wir?", fragte Emma. „Das Mal, als Kyle mit dem Kopf voran in das Fass mit den Erdnüssen gefallen ist, oder das Mal, als ihr beide die Tischdecke in Brand gesetzt habt?"

„Das Feuer war ein Unfall ... und der Vorfall mit den Erdnüssen war wegen Kyle. Er ist derjenige, der wissen wollte, ob er unter all den Erdnüssen atmen kann. Ich habe ihm nur bei seinen Forschungen geholfen."

„Und nur damit du es weißt", warf Kyle ein, „sie haben diese Erdnüsse dicht gepackt."

„Wie auch immer, ich will nur einen schönen, ruhigen Abend mit meiner Familie", plädierte Mom. „Keine Feuerwehrautos oder Herz-Lungen-Wiederbelebung. Habt ihr Jungs das verstanden?"

Es verging ein Moment, in dem keiner der beiden mit den Bedingungen des Abends einverstanden war. Es bedurfte eines strengen Blickes von Mom, um die Störenfriede zu einem widerwilligen Nicken zu zwingen.

Das Abendessen verlief ohne Zwischenfälle und als es sich

dem Ende zuneigte, zappelte Quinn unruhig auf seinem Stuhl. „Mommy, ich möchte dir jetzt mein Geschenk geben."

„Ah, wie süß. Okay, ich bin so weit."

„Ich werde dir ein Lied singen."

Mom klatschte, aufrichtig gerührt von der Mühe, die sich ihr jüngster Sohn mit ihrem Geburtstag machte.

Mit einem verschmitzten Grinsen begann der sechsjährige Quinn seine eigene, einzigartige Interpretation des *Yankee Doodle* Songs. „Yankee Doodle ging in die Stadt und ritt auf einem Baby. Versehentlich drehte er sich um und sah 'ne nackte Lady!"

Mit vor Überraschung geweiteten Augen blickte sich Mom um, um sicherzugehen, dass niemand außerhalb unseres Familienkreises sein Lied gehört hatte.

„Quinny, wo hast du das denn gelernt?", fragte Mom.

„In der ersten Klasse."

„Wunderbar." Sie und Dad tauschten ein amüsiertes Lächeln aus. „Schön, dass die Ausbildung so vielseitig ist."

„Oh", neckte Kyle. „Quinn hat eine nackte Frau gesehen."

Die gebräunte Haut meines kleinsten Bruders errötete zu einem hellen Karminrot und er machte sofort einen Rückzieher bei seinem Geburtstagslied. „Das ist aber nicht wirklich passiert."

„Aha, klar", stichelte Kyle und ließ Quinn nicht von dem Haken, an dem er nun hilflos baumelte. „Hast du ihre Möpse gesehen und so?"

Die Demütigung war zu viel für den jungen Quinn. Mit zusammengebissenen Zähnen und geballten Fäusten holte mein kleiner Bruder aus und ließ eine Reihe von Schlägen auf Kyle niederprasseln. Wenn es ein Motto gab, nach dem wir McKallister-Jungs lebten, dann war es, dass Kampf der schnellste Weg zur Beilegung eines Konflikts war.

„Sollte das etwa wehtun?" Kyle pustete auf die Stelle an seinem Arm, wo die Schläge gelandet waren. „Denn es hat sich wie ein bisschen Vogelpicken angefühlt ... aber vielleicht liegt das daran, dass du erschöpft bist, nachdem du dir sooo viele nackte Frauen angeschaut hast."

Quinn brach in Tränen aus und rannte trostsuchend zu Mom, während der Rest von uns Jungs über seinen Schmerz lachte. Hey, wir mussten alle irgendwann mal hart werden. Quinns Ausbildung begann allein aufgrund der Geburtsreihenfolge nur ein bisschen früher. Als das neueste männliche Mitglied des McKallister-Clans musste er seinen Tribut zahlen.

„Kyle." Dad packte ihn am Kragen und versuchte, das Grinsen von seinem zwölfjährigen Gesicht zu wischen. „Das reicht jetzt."

Kyle hatte einen schnellen Verstand und auch einen Hang zum Ärger. Wie ich lernte er selten aus seinen Fehlern. Aber Kyle brachte es auf die nächste Stufe und fügte seinem Auftritt das gewisse Extra an Komik hinzu. Wirklich, er hatte seine Berufung verpasst. Kyle hätte ein Kinderschauspieler sein sollen, denn er konnte leicht mit dem görenhaften kleinen Bruder in jeder Fernsehsitcom-Serie, die *jemals* gedreht worden war, verwechselt werden. Zugegeben, ich war auch anstrengend, aber wenigstens konnte ich ein ganzes Abendessen durchstehen, ohne etwa vierzig verdammte Male „nackte Frau" zu sagen.

„Gib nicht mir die Schuld." Kyle zuckte mit seinen Schultern. „Ich habe nur auf die Schwächen in seiner Komposition hingewiesen."

„KLAPPE!", schrie Quinn und zog die Augenbrauen der Gäste an den benachbarten Tischen in die Höhe.

Ich drehte meinen Kopf in Moms Richtung, da ich wusste, dass sie eine solche Darstellung niemals unbeantwortet lassen würde, und ich wurde nicht enttäuscht. Sie senkte ihre Stimme, beugte sich vor und verwandelte sich vor unseren Augen von der sanftmütigen Mami in ein finsteres Biest. „Wenn ich einen von euch beiden noch einmal ermahnen muss, sich im Restaurant zivilisiert zu verhalten, werde ich euch beide am Ohr in getrennte Ecken des Raums zerren. Wollt ihr beide wirklich vor allen Leuten mit dem Gesicht zur Wand stehen?"

Ah, ja. Sie hatte sich für die öffentliche Demütigung entschieden. Eine ausgezeichnete Wahl. Das war schon immer ein Favorit von ihr gewesen. Und ich muss sagen, dass es eine überraschend effektive Bestrafung war. Da ich selbst schon ein- oder zweimal die Wand angestarrt hatte, wusste ich, dass sie nicht bluffte. Wenn Mom uns eine Kleinkind-Auszeit mitten in einem Restaurant versprach, dann sollten wir genau das erwarten. Nur hatte ich als gerissener Teenager einen Weg gefunden, Moms kämpferischen Erziehungsstil zu umgehen – rausschleichen und später um Vergebung bitten. Es war nicht die beste Strategie, da ich einen beträchtlichen Teil meines Lebens mit Hausarrest verbrachte, aber auch dafür waren Fenster und frühmorgendliche Fluchten da.

Sowohl Quinn als auch Kyle beherzigten die Drohung und hielten in weiser Voraussicht den Mund und schlossen um ihrer jeweiligen Würde willen einen unsicheren Waffenstillstand.

Zufrieden mit der Einhaltung der Regeln glättete Mom ihr Kleid und verwandelte sich in die hübsche Frau, die sie kurz vor der Auseinandersetzung gewesen war. Was die Kindererziehung betraf, war sie ein verdammter Rockstar.

Sie richtete ihre Aufmerksamkeit wieder auf ihren jüngsten Sohn und schenkte ihm die liebevolle Linderung, die nur eine Mutter bieten kann, und er sank in ihre Arme und schmiegte seinen Kopf an ihren Hals.

„Ich als Nächstes. Ich als Nächstes", sagte Grace und ihre glänzenden goldenen Locken leuchteten in dem Deckenlicht. Sie hüpfte von ihrem Stuhl und drängte sich neben Quinn auf Moms Schoß. Mit ihren knapp vier Jahren war sie das Baby der Familie und im Gegensatz zu Quinns strenger Erziehung genoss Grace grenzenlose Liebe rund um die Uhr. „Ich habe dir ein Bild gemalt."

„Oh, wow. Ich liebe es", sagte Mom und schaute mit einer komischen Grimasse im Gesicht zu ihren älteren Kindern um den Tisch herum. „Süße, ist das ... ähm ... Blut?"

„Nein, Mami", sagte sie mit der süßesten kleinen Stimme. „Es sind rote Blumen."

„Okay, stimmt, jetzt sehe ich es." Noch mehr Zuckungen. „Sind das *Leute*, die auf einer Betonplatte liegen?"

Grace nickte, obwohl sie sie das Wort offensichtlich nicht verstand, während sie alle Namen unserer Familie herunterrasselte. „Das sind Mommy und Daddy und Mitch und Keith und ..."

Mom unterbrach sie, um das Bild hochzuhalten, damit der Rest von uns einen ersten Blick darauf werfen konnte. Da war ein Keuchen, das im ganzen Raum zu hören war. Baby Grace hatte ein blutiges Gemetzel gemalt. Körper mit Armen und Beinen, die in einem Winkel von fünfundvierzig Grad gebrochen waren, bedeckten das linierte Papier. Wir schoben die Sorgen um ihre geistige Gesundheit beiseite und bewunderten die angehende Mörderin und gaben ihr das Gefühl, die talentierteste Künstlerin zu sein, die jemals ihre Familie auf einer Geburtstagskarte abgeschlachtet hatte.

„Kyle", fragte Dad und löste seine verehrenden Augen von seinem kleinen Mädchen, „hast du etwas für deine Mutter?"

„Ja." Mit null Enthusiasmus zog er ein Bündel zusammengetackerter Papiere aus seiner Gesäßtasche und warf es über den Tisch.

„Nicht schon wieder das Gutscheinbuch", stöhnte Jake. „Das schenkst du ihr jedes Jahr."

„Hör auf, Jake." Mom stieß ihn mit dem Ellbogen an. „Ich liebe es. Kyles Gutscheinbuch ist das Geschenk, das immer lange anhält."

Kyle rollte wie aufs Stichwort mit den Augen. „Ja, nur damit du es weißt, ich habe dieses Jahr einen Abschnitt mit Allgemeinen Geschäftsbedingungen hinzugefügt. Jetzt gibt es Zeitlimits. Keine zwanzigminütigen Massagen mehr oder unbegrenzte Komplimente."

Mom lächelte. „Verstanden. Komm her und gib mir eine

Umarmung."

„Eine kostenlose Umarmung steht auf Seite vier. Du musst sie erst herausreißen, sonst komme ich nicht rüber."

Mom lachte, als sie die Seite vier herauszog und Kyle den Coupon hinhielt, der aus seinem genervten Blick eine Show machte, obwohl er den Coupon pflichtbewusst annahm und sie umarmte. Er wartete sogar geduldig, als sie seinen Hals mit Küssen erstickte, bevor sie ihn losließ.

„Igitt. Nächstes Jahr muss ich mir ein anderes Geburtstagsgeschenk ausdenken – eines, das kein Schlabbern beinhaltet."

„Hier", sagte Jake und schob ein Notizbuch zu unserer Mutter hinüber. „Mein Geschenk."

Mom öffnete das Notizbuch und las, was auch immer Jake geschrieben hatte. Innerhalb von Sekunden trübten sich ihre Augen und sie legte eine Hand auf ihr Herz. Als sie mit dem Lesen fertig war, sagte sie nichts mehr. Stattdessen schob sie ihren Arm um seinen Rücken und gab ihm einen Kuss auf die Wange. Siehst du, was ich meine? Arschkriecher.

„Ich bin dran." Emma griff mit einem breiten Grinsen in eine Tüte und überreichte unserer Mutter ein makellos verpacktes Geschenk. Meine Augen huschten hin und her und nahmen den unglaublichen Anblick auf. Moment, was war hier los?

Ich blickte zu meinen Brüdern, die alle den gleichen entsetzten Ausdruck trugen. Kitschige, dumme, selbstgemachte Geschenke in letzter Minute – das waren die Regeln.

Das Geburtstagskind riss das Geschenkpapier ab und quietschte vor Freude. „Hast du nicht!"

Emma klatschte und ihre Augen leuchteten vor Aufregung.

„Die Handtasche, die ich im Laden gesehen habe?", kicherte Mom, dann ging sie so weit, dass sie die Handtasche an ihre Brust drückte und sie ein wenig knuddelte. „Emma, sie ist einfach umwerfend."

Oh, nein. Nein, es gab absolut keinen Grund für Glanz und Glorie. Mom hatte sich immer mit dem Minimum begnügt.

Meine Schwester ruinierte im Alleingang alles, wofür wir so hart gearbeitet hatten! Wie konnte Mom jemals wieder zu Hackfleisch zurückkehren, nachdem sie jetzt Filet Mignon probiert hatte?

„Süße", sagte Mom und dämpfte ihre Aufregung, als sie abwinkte. „Ich brauche so etwas Ausgefallenes nicht. Es ist zu teuer."

Natürlich war es das, *EMMA*. Kein Geld durfte den Besitzer wechseln! Wie gesagt – Hackfleisch. Die umarmte Handtasche ging zurück an den bösen Ort, von dem sie gekommen war. Das bekam meine Schwester, weil sie versuchte, uns bloßzustellen … nein, weil sie versuchte, uns zu begraben. Gib es ihr, Mamacita!

Doch Emmas Stimme zitterte vor Rührung. „Ich wollte, dass du sie bekommst. Ich habe sie von dem Geld gekauft, das ich als Babysitterin für die Nachbarskinder verdient habe. Du bist die beste Mutter der Welt und du verdienst es, schöne Dinge zu haben."

Oh, nein! Tu es nicht! Wage es ja nicht zu weinen! Und dann kamen die Tränen. Ich wusste, dass die Jungs und ich offiziell dem Untergang geweiht waren, sobald Schwesterlein die Schleusen öffnete.

„Oh, Emma, ich weiß gar nicht, was ich sagen soll. Ich liebe sie so sehr. Danke, Schatz. Ich habe solch ein Glück, so eine fürsorgliche Tochter zu haben."

Sie umarmten sich für eine unangenehm lange Zeit. Jake, Kyle und ich schauten angewidert zu. Emma hatte die Latte hoch gelegt – die, über die wir nun für immer würden springen müssen.

Ich konnte meine Zunge nicht länger im Zaum halten. „Ähm, ich will hier kein Stänkerer sein, aber die Regeln besagen, dass wir selbstgemachte Geschenke machen sollen. Emma schummelt."

„Nein, Keith", antwortete Emma. „Es sollen aufrichtige Geschenke sein, keine selbstgemachten. Du hast die Worte verwechselt. Stimmt's, Dad?"

Dad ruckte seinen Kopf hoch wie ein scheues Reh, Sekunden bevor der tödliche Schuss fiel. „Nun, ich äh ... ich ..."

Komm schon, Alter. Ich ermahnte ihn mit meinen Augen. *Steh zu deinen Söhnen!*

„Genaugenommen, Keith, hat Emma recht. Das verwendete Wort war ‚aufrichtig'. Ihr Jungs habt das immer nur so interpretiert, dass es ‚selbstgemacht' bedeutet und da eure Mutter mit Nudelketten und Eisstiel-Fotorahmen einverstanden ausgesehen hat, habe ich keinen Grund gesehen, euch zu korrigieren."

„Kinder, hört zu, ich liebe alle meine Geschenke. Sie bedeuten die Welt für mich." Tränen sammelten sich in ihren karibikblauen Augen. „Als ich aufgewachsen bin, ist am Geburtstagsmorgen immer ein Stapel Geschenke auf dem Tisch gelegen, aber es war nie jemand da, um mir beim Öffnen zuzusehen. Es hat keine Liebe oder Freude gegeben. Deshalb ist es mir egal, ob das Geschenk selbstgemacht oder gekauft ist. Ich möchte nur, dass die Idee von einem Ort der Liebe kommt und dass ihr alle hier an meiner Seite seid. Das ist alles, was ich mir zu meinem Geburtstag wünsche."

Ich seufzte. Wie schön für alle, die *vor* Moms tiefgründiger Rede dran gewesen waren. Jetzt musste ich mit meinem beschissenen Geschenk nachlegen. Ich fummelte an meinem Muschel-Bilderrahmen herum. Ja, er lag ein Level über den Eisstielen, aber nicht weit. Anstelle von Emmas ausgefallener Verpackung sah meine armselig aus, eingewickelt in Papierhandtücher und Klebeband. Aus Mangel an Möglichkeiten schob ich das Geschenk über den Tisch. „Alles Gute zum Geburtstag, Mom."

Sie lächelte, als sie die Verpackung mit akribischen Fingern zurückzog. Mom untersuchte mein Geschenk und fuhr mit ihren Fingern über die zarten Muscheln, die ich etwa dreißig Minuten lang gesammelt hatte. Wahrscheinlich nicht meine beste Leistung, aber das macht nichts, denn sie schien trotzdem zufrieden zu sein. „Hast du das gemacht?"

Ich nickte.

„Es ist wunderschön, Schatz."

„Hast du gesehen, was drin ist?"

Mom sah sich das Foto an, bevor sie in einen Anfall von Hysterie ausbrach. „Wer hat das aufgenommen?"

„Ich war es", antwortete Dad. „Und falls ich hinzufügen darf, ich verstehe jetzt, warum andere Spezies ihren Nachwuchs fressen. Es war ein Albtraum, Michelle. Hast du eine Ahnung, wie schwierig es ist, alle sechs dieser Kinder auf ein Bild zu bekommen? Und dann ist diese eine", er zeigte auf Grace, „gerade als ich sie alle in Position hatte, bumm, verschwunden und ist über den hinteren Zaun geklettert. Ihr weißes Kleid war ruiniert. Dann hat Keith vorgeschlagen, statt einem perfekten Foto lieber eins so aufzunehmen, wie sie wirklich sind – ein Haufen Ars…" Moms Blick hielt das Schimpfwort davon ab, sich vollständig zu bilden. „Pupsgesichter. So, da hast du's."

Auf dem Foto posierte jeder von uns für die Kamera, aber auf seine ganz eigene Art und Weise. Gracie hing mit ihrem schmutzigen Kleid kopfüber in meinen Armen. Quinn schwang ein Plastikschwert und hatte einen Blick stählerner Entschlossenheit aufgesetzt, der für immer festgehalten worden war. Kyle vollführte mitten in der Luft einen Spagat. Jake klimperte auf einer Luftgitarre, während sein linker Zeigefinger zum Himmel wies. Emma zeigte ihre beste Kuss-Pose aus *Drei Engel für Charlie*. Und ich wedelte mit der Zunge, während mein typisches Piratenhaar im Wind wehte.

Wir waren keine perfekte Familie, bei weitem nicht, aber wie Mom gerade in ihrer Rede bewiesen hatte, war Perfektion überbewertet. Sie wollte Herz. Sie wollte Liebe. Und mit ihrer Sippe wohlmeinender Delinquenten bekam sie all das.

„Genau das hier, Keith", lächelte Mom. „Das ist es, wovon ich spreche."

KAPITEL ACHT

Samantha
Mein Lieblingswort

Keith steckte knietief in einem Geometriearbeitsblatt, als er vor meinen Augen zusammenbrach. Zuerst kam aus den Tiefen seiner Kehle ein klägliches Stöhnen, dann ein falscher Schrei und schließlich vergrub er seinen Kopf in seinem Arm und erklärte laut: „Ich würde lieber meinen schlaffen Penis in die Autotür knallen, als einen weiteren Satz des Pythagoras zu erfüllen."

Derartige Zusammenbrüche waren für meinen Laborpartner nicht ungewöhnlich, aber dieser spezielle ließ mich hinter meinem Buch glucksen. Niemand konnte behaupten, er habe keine kreative Selbstdarstellung.

„Schhh, Keith, wir sind in einer Bibliothek."

„Wen interessiert das schon? Hier drin geht es zu wie in einer Geisterstadt."

Das stimmte nicht ganz. Es gab ein paar eingefleischte Lerner, die ihre Zeit nach der Schule in der Bibliothek verbrachten. Und jeder einzelne von ihnen beäugte uns jetzt.

„Was glotzt ihr denn so?", forderte Keith und verschreckte die schüchternen Seelen, die schnell wieder in ihren Büchern verschwanden.

Nicht zufrieden mit seinem Wutanfall rollte sich Keith auf dem langen Tisch zusammen, streckte sich auf dem Rücken aus und machte eine Show, in der er eine sehr aufwendige Messerstecherei-Szene mimte. Erst nachdem er seine Augen zurückgedreht und seine Zunge herausgestreckt hatte, war sein schieres und völliges Elend seinem begeisterten Publikum stilgerecht dargeboten.

Das löste bei mir einen Kicheranfall aus, der durch den Raum hallte, obwohl ein Blick in die Runde mir verriet, dass nicht jeder so amüsiert war. Ein scheuer Schüler packte sogar seine Sachen und ging. Die Art von Jugendlichen, die in der Bibliothek verkehrten, waren immer noch ein wenig unsicher, den berüchtigten Keith McKallister in ihrer Mitte zu haben.

„So reif", sagte ich und berührte seinen zuckenden Kadaver.

Mein Laborpartner hatte eine Art, mein beunruhigtes Gemüt zu besänftigen. Vor seinem Ausbruch war ich wegen der Zwischenprüfungen und der Wutanfälle meiner Mutter sehr gestresst gewesen. Nach seiner Theatralik lächelte ich und atmete leichter. Es war schwer zu sagen, warum ich mich in Keiths Nähe völlig entspannte, doch ich tat es. Ich würde sogar so weit gehen zu sagen, dass ich in den letzten Wochen mehr gelacht hatte als in meinem ganzen Leben.

Shannon bestand weiterhin darauf, dass ich mich in ihn verliebte, und obwohl ich es vehement bestritt, war meine Verliebtheit nicht zu widerlegen. Keith war süß. Er war lustig. Und er war der erste Junge, der mich jemals wirklich kennenlernen wollte. Also ja, ich hatte es schwer, aber ich weigerte mich, es mit Worten zuzugeben – sogar vor Shannon. Ein solches Eingeständnis konnte nur in einer Katastrophe enden, denn egal wie lustig und flirtend der Junge war, er würde sich niemals in ein Mädchen wie mich verlieben.

Trotzdem hielt mich das nicht davon ab, mit verschiedenen Techniken zu experimentieren, um mein gesamtes Erscheinungsbild zu verbessern. Das Studieren von Haar- und Make-up-Tutorials auf YouTube war zu einem Ritual nach der Schule geworden und ich hatte sogar angefangen, auf meine Kalorienzufuhr zu achten und meine Trainingsroutine zu erhöhen, in der Hoffnung, etwas von den Extrapfunden zu verlieren, die ich mit mir herumtrug. Dreieinhalb Kilo waren bereits weg und meine normalerweise ungeschminkten Wangen waren nun mit einem feinen Puder bestäubt.

Nicht, dass Keith es bemerkte. Er schien keine Ahnung von meiner Verwandlung zu haben. Für ihn war ich nur ein Kumpel – nein, nicht einmal das. Kumpels würdigten einander in der Öffentlichkeit. Keith tat das nie. Außerhalb der Sicherheit der Bibliothek waren wir Fremde und so sehr ich mir auch mehr von ihm wünschte, wusste ich, dass es nie geschehen würde. Wir waren einfach zu verschieden.

Ich wusste, wo ich stand – auf der Außenseite, wo ich immer gewesen war. Und ich war damit einverstanden, dass unsere Freundschaft nur im Bildungsbereich blieb, solange ich in seinem Leben relevant bleiben konnte. Erbärmlich, ja, aber das war die Realität meines Daseins.

Keith hob seinen Kopf vom Tisch. „Warum musst du immer so beschissene Wörter sagen?"

„Was zum Beispiel? Reif?"

„Ja. Wir sind siebzehn. Das ist die einzige Zeit in unserem Leben, in der wir Schwachköpfe sein dürfen. Nimm es hin."

„Hey, du verwendest die neuen Vokabeln in Sätzen. Gut gemacht!"

„Ich kann nicht anders. Du hast einen schlechten Einfluss auf mich."

„Manche würden sagen, ich habe einen guten Einfluss."

„Tja, aber ich hänge nicht mit solchen Leuten ab. Wie auch

immer, es juckt mich nicht, ein Genie zu sein. Wie wäre es, wenn wir einfach auf funktionale Kompetenz abzielen?"

Keiths Befürchtungen, ein Genie zu werden, waren unberechtigt. Er hatte noch einen weiten Weg vor sich, um in die Kategorie der „ganz normalen" schulischen Leistungen zu kommen, wie einige seiner jüngsten Sticheleien zeigen, wie „Du sagst also, Ägypten ist *keine* Religion?" oder „Willst du mir sagen, dass parallele Linien sich nie treffen? Wie enden sie dann?".

„Willst du *so* hoch zielen?", neckte ich ihn.

Er packte meinen Arm und zog mich zu sich, wobei er sein kokettes Lächeln aufsetzte. „Du bist heute ein ganz schön freches Ding, was, Babe?"

„Ja, bin ich. Und hör auf, mich *Babe* zu nennen." Ich zog meinen Arm aus seinem Griff.

„Wieso? Du bist doch ein Babe."

„Laut meinem Spiegel bin ich das nicht."

Keith drehte sich auf den Bauch. „Tja, meinen Augen nach bist du es."

Eine Röte kroch über meine Wangen. Seine Worte wurden verarbeitet, aber sie ergaben keinen Sinn. Nicht ein einziges Mal hatte er angedeutet, dass ich mich für den Babe-Status qualifizierte. Warum verhielt er sich auf einmal so komisch? Ich rutschte auf meinem Sitz zurück, weg von ihm.

„Hör auf dich über mich lustig zu machen, Keith. Und jetzt runter vom Tisch. Ich muss lernen. Im Gegensatz zu dir kann ich nicht auf ‚funktional' abzielen, wenn ich auf eine gute Uni im Osten gehen will."

„Warum kannst du nicht einfach in Kalifornien zur Uni gehen?"

„Weil es nicht weit genug weg ist von …" Ich stoppte mich, bevor ich die Wahrheit hinter meiner Wahl preisgeben konnte.

Das reichte jedoch aus, um sein Interesse zu wecken, und Keith setzte sich auf dem Tisch auf und legte den Kopf schief wie ein Hund, der auf einen Knochen wartet. „Nicht weit genug weg von was?"

Ich schaute auf mein Papier hinunter. „Nicht von was. Von wem."

Obwohl ich ihn nicht mehr sehen konnte, wusste ich, dass Keith mich neugierig anstarrte. Ich hatte gerade mehr verraten, als ich gewollt hatte.

„Sam?"

Ich blickte nicht auf.

„Saaamm." Dieses Mal rief er meinen Namen und stupste mich mit der Spitze seines Turnschuhs an. Ich sah auf, nur um festzustellen, dass er mich mit seinem umwerfenden Lächeln attackierte. Ich hatte keine Chance.

Ich machte eine Szene daraus, meinen Stift hinzulegen und seufzte. „Was, Keith?"

Er lehnte sich vor, sein heißer Atem war nur Zentimeter von meiner kribbelnden Haut entfernt. „Ich habe das Gefühl, dass du Geheimnisse vor mir hast, Babe. Ich meine, wenn du einem geläuterten Drogendealer nicht trauen kannst, wem kannst du dann trauen, habe ich recht?"

Trotz alle meiner Vorbehalte lachte ich. „Na gut. Ich verrate dir mein Geheimnis, wenn du mir sagst, warum du immer über deine Schulter schaust."

Er zog sich von mir zurück und kehrte in seine kreuz und quer liegende Position auf dem Bibliothekstisch zurück. Ich war mir nicht sicher, aber ich glaubte gesehen zu haben, wie er zusammenzuckte. Trotz all seiner Positivität waren die letzten Wochen nicht einfach für ihn gewesen. Er hatte eine Sucht, die gebrochen werden musste, und das war nicht etwas, das über Nacht verschwand. Und als ob das nicht schon schlimm genug wäre, musste er sich auch noch aus dem Drogenhandel entwirren. Keith redete viel, aber ich kannte ihn gut genug, um zu wissen, wann seine Unsicherheiten zu Tage traten.

„Du weißt, wer Brett Valentine ist, oder?", begann er.

„Ja, dein Freund."

„Na ja …" Keith schnitt eine Grimasse. „Ich bin mir nicht sicher, ob ich ihn noch so nennen würde. Du weißt doch, wenn ein Diktator an die Macht kommt, lässt er jeden hinrichten, der eine Bedrohung für seine Autorität darstellt? Na ja, wenn Valentine der neue Herrscher ist, wo lässt mich das dann zurück?"

Meine Augen weiteten sich zur Antwort auf seine Frage, doch dann überlagerte Angst die Überraschung. „Du glaubst, er will dich *hinrichten*?"

„Nun, nicht auf die Kopfabhacken-Art – zumindest hoffe ich das nicht –, aber Valentine will mich loswerden. Und er hat die Rückendeckung meines ehemaligen Chefs. Also, ja, ich bin ein bisschen panisch."

„Keith, das ist kein Scherz. Du musst etwas sagen."

„Richtig, denn den Tyrannen zu verpetzen ist absolut das Beste, was man in so einer Situation tun kann. Nein, ich muss mich nur zurückhalten und keine Aufmerksamkeit auf mich ziehen, das ist alles. Okay, du bist dran. Wem versuchst du zu entkommen?"

Meine Schultern sackten zusammen, als ich die Worte aussprach. „Meiner Mutter."

„Deiner Mutter? Warum? Schneidet sie dir nicht die Brotkruste von den Sandwiches weg?"

„Sie ist kein guter Mensch, das ist alles. Lassen wir das und machen wir uns wieder an die Arbeit."

„Na, warte mal. Du willst tausende von Kilometern wegziehen, weil deine Mutter eine Schlampe ist? Wenn das das Kriterium wäre, gäbe es eine jährliche Pilgerfahrt ins Zentrum des Landes."

„Sie ist schlimmer als eine Schlampe, Keith."

Ich kämpfte gegen die Tränen an, die sich ihren Weg an die Oberfläche bahnten. Ich konnte nicht zulassen, dass er mich weinen sah. Meine Schwächen zu offenbaren würde Keith die

Munition geben, die er brauchte, um mich zu zerstören, wenn das sein Wunsch war.

„Hey ..." Er steckte seine Hand aus und berührte mit seinen Fingerspitzen meinen Handrücken. Es war nur eine kleine, schnelle Berührung, doch sie bedeutete mir mehr, als er wusste. „Alles in Ordnung? Ich wollte dich nicht zum Weinen bringen. Es tut mir leid."

„Nein, es liegt nicht an dir. Meine Mutter ... sie – sie gibt mir das Gefühl, wertlos zu sein."

Seine Finger legten sich nun um meine Hand. Keith starrte mir tief in die Augen, bevor er seine Stimme senkte. „Warum hast du nichts gesagt?"

„Zu dir?" Jemandem wie Keith, der die scheinbar perfekte Familie hatte, zu sagen, dass meine Mutter verbalen Missbrauch praktizierte ... und Schlimmeres ... na ja, das würde nur jede Menge Schande zu einer ohnehin schon peinliche Situation hinzufügen. Wenn er nur wüsste, was für ein Feigling ich gewesen war.

„Ja, zu mir", antwortete er leicht beleidigt. Er ließ meine Hand fallen, was mich nach der Wärme seiner Berührung sehnen ließ. „Warum nicht zu mir? Wir sind doch Freunde, oder nicht?"

„Ich ..."

Obwohl er mich vor allen anderen versteckt hatte, war er für mich mehr ein Freund als jeder andere Schüler der Schule, mit Ausnahme einer gelockten Superheldin.

„Ja", lächelte ich. „Wir sind Freunde. Und ich schätze, ich habe dir aus dem gleichen Grund nichts gesagt, aus dem du mir nichts von deinem Diktatorproblem erzählt hast. Ich halte mich einfach bedeckt und will keine Aufmerksamkeit auf mich lenken, bis ich auf der Uni bin und ..."

„So weit weg von ihr wie möglich ziehen kannst." Keith fing meinen Blick auf, als er meinen Satz beendete. Hörte ich da etwa Enttäuschung?

Ich nickte. „Nächste Woche werde ich siebzehn. Das ist ein Jahr näher an der Flucht."

„Nun, das ist mal eine Art, einen Geburtstag zu betrachten", grinste er.

„Es ist die einzige Art, ihn zu betrachten ... wenn es niemanden interessiert, ob du ein weiteres Jahr älter wirst."

Keith steckte sich einen Bleistift hinters Ohr und betrachtete mein Dilemma. „Dann sorge dafür, dass es sie interessiert. Schmeiß eine Party. Lass die Puppen tanzen."

„Mit wem, Keith? Ich habe keine Clique."

„Okay, aber du hast doch ein *paar* Freunde, oder?"

„Ich glaube, ich kenne vier oder fünf Leute, die nicht wollen, dass ich sterbe."

„Tja, siehst du." Er klopfte mir auf die Schulter. „Das ist ein Anfang."

Und trotz meiner Melancholie über eine Versagermutter lächelte ich. Ich liebte es, mit ihm zu reden. Es gab kein Verhätscheln und keine politisch korrekten Formulierungen. Keith war brutal ehrlich und nachdem ich ein Leben lang um den heißen Brei herum geredet hatte, war das eine erfrischende Abwechslung.

Die Bibliothekarin räusperte sich laut genug, damit wir sie hören konnten. Sie bedeutete Keith mit einer Kopfbewegung, vom Tisch runterzugehen. Es überraschte mich, dass Miss Markel ihm erlaubt hatte, so lange zu verweilen, wo doch schon ein übereifriges Rascheln von Papieren sie in einen Rausch von sich aufblähenden Nasenlöchern versetzen konnte.

„Keith", flüsterte ich. „Du gehst besser runter, bevor sie dich zum Nachsitzen schickt."

„Na ja", spöttelte er. „Miss Markel würde sich das nicht trauen."

Die Tatsache, dass er so selbstsicher war, machte mich sofort neugierig. „Und warum nicht?"

Keith sah sich um, bevor er seine Stimme senkte. „Kannst du ein Geheimnis für dich behalten?"

„Klar."

„Miss Markel ist eine ehemalige Kundin von mir. Es hat sich herausgestellt, dass sie sich gerne mit ein wenig Teufelskraut austobt, wenn du verstehst, was ich meine."

Miss Markel – eine Kifferin? Ich glaubte ihm keine Sekunde. Mit ihren Poloshirts und den Haarknoten war sie geradliniger als ich. Ich grinste. „Du bist so ein Lügner."

„Glaub, was du willst." Er zuckte mit den Schultern. „Ich will damit nur sagen, dass ich genug über sie weiß, dass ich mitten in der Bibliothek kacken könnte und sie nichts anderes tun könnte, als mir eine Rolle Klopapier zu reichen."

Mein Mund klappte auf, als ich zwischen Keith und meiner einstigen Buchkauf-Heldin hin und her sah. Allein die Tatsache, dass er immer noch auf dem Tisch hockte, während sie durch die Bibliothek wanderte, war Beweis genug, dass an seiner Behauptung etwas dran sein könnte. „Wie viele Geheimnisse hast du noch über unsere feine Einrichtung?"

Seine Augen funkelten schelmisch. „Sagen wir es mal so – wenn der Leiter des Schulamts mich auf der Suche nach Informationen foltern würde, wäre die Hälfte des Lehrkörpers weg."

„Verdammt", kicherte ich. „Wo war ich nur mein ganzes Leben lang?"

Wie aus der Pistole geschossen, antwortete er: „Beim Nein-Sagen."

Und mit diesen kurzen Worten fasste Keith McKallister meine letzten zwei Jahre perfekt zusammen. Ich konnte mich unmöglich verteidigen, denn wir beide wussten, dass er Recht hatte. Wann „Nein" zu meinem Lieblingswort geworden war, konnte ich nicht mal sagen, aber es war jetzt meine Lebensweise. Ich hatte ihm sogar einen Korb gegeben, als er mich das erste Mal um meine Hilfe gebeten hatte. Wäre er nicht so hartnäckig gewesen, hätte ich es verpasst, ihn kennenzulernen, und das wäre der größte Fehler meines kurzen Lebens gewesen.

Vielleicht spürte er meinen Aufruhr und machte einen Rückzieher. „Das war ein Scherz. Entspann dich. Weißt du, was du brauchst?"

„Wenn du sagst, dass ich Sex brauche, werde ich meine Vergewaltigungspfeife benutzen … genau hier, mitten in der Bibliothek."

Er hob die Arme. „Wow, das ist schnell eskaliert. Nein, ich wollte sagen, dass du dich betrinken musst – lass dich vom Alkohol für ein paar Stunden von allem ablenken."

„Stimmt, aber danach bin ich wieder genau da, wo ich angefangen habe."

Er kratzte sich am Kopf. „Hm. So funktioniert also die Sucht? So einfach."

Ich lachte. „Ja, Keith. So funktioniert sie und ich muss sie nicht zu meiner Liste der Leiden hinzufügen."

„Ein Saufgelage macht noch keine Gewohnheit, Sam."

„Okay, wenn ich deinem Plan folgen würde, wie könnte eine nicht mal Siebzehnjährige diesen Alkohol, von dem du sprichst, kaufen?"

„Wie könnte?", äffte Keith mich nach. „Wie kommt es, dass du wie eine Figur aus einem prähistorischen Roman redest? Eilmeldung, Sam. Du lebst im 20. Jahrhundert. Benimm dich auch so."

Ich erschauderte. Wir hatten einen so langen Weg vor uns. Ich erwog, seine Jahrhundertzahl zu korrigieren, aber er schien von dem heftigen Ansturm des Lernens ein wenig überwältigt zu sein, also ließ ich es bleiben. „Ich weiß. Ich muss lockerer werden. Ich wünschte, ich wäre mehr wie du. Manchmal fühle ich mich so alt."

Erneut streckte Keith seine Hand aus und ließ seine Finger über meinen Handrücken gleiten. Abgesehen von gelegentlichem Stupsen und Boxen in meinen Arm hatte er mich nie berührt und jetzt hatte mein Lernfreund plötzlich Oktopus-Tentakel. Was geschah gerade und warum erschauderte mein Körper unter Hitzewellen? War es so falsch, sich nach Zuneigung von ihm zu sehen ... oder wirklich nur von irgendjemandem?

„Keith", unterbrach Miss Markel und ihre Augen glitten mit einem wissenden Blick über ihn. Diese Frau hatte Beihilfe zur Straftat eines Minderjährigen geleistet. Ich hatte keinen Respekt mehr vor ihr. „Runter vom Tisch, bitte."

Sie tauschten einen Blick aus, bevor Keith sich in ein faultierartiges Wesen verwandelte und mit möglichst langsamen, bedächtigen Bewegungen zu seinem Stuhl zurückkehrte. Ich beobachtete seine ganze Show amüsiert. Offensichtlich wollte er ein Zeichen setzen und Miss Markel blieb keine andere Wahl, als es zu erlauben.

Fragend begegnete ich Keiths Blick. Er grinste, zuckte mit den Schultern und vertiefte sich wieder in seine Geometrie-Hausaufgaben. Widerwillig kehrte ich zu meiner Englischaufgabe zurück.

Einige Minuten vergingen, bevor er mich anstupste und flüsterte: „Hey, Sam?"

Ich legte meinen Kopf schief. „Ja?"

„Es ist mir wichtig."

„Was?"

„Dass du siebzehn wirst. Es ist mir wichtig."

KAPITEL NEUN

Keith
Vertrau mir

Als ich zu meiner Nachhilfestunde kam, war Sam in der Bibliothek und hatte Papiere um sich herum ausgebreitet. Ihr glänzendes braunes Haar streifte den Tisch, während sie sich auf ihre Aufgabe konzentrierte. Als sie mich bemerkte, blickte sie von ihrer Arbeit auf und lächelte. Nicht die Art von Lächeln, mit der man jemandes Anwesenheit einfach nur bestätigt, sondern ein breites, strahlendes, das in Verbindung mit ihren funkelnden Augen wirkte. Mein Puls beschleunigte sich, wie es jetzt öfters der Fall war. Ich war mir nicht ganz sicher, was geschah, doch das verklemmte Mädchen, das ich vor eineinhalb Monaten kennengelernt hatte, mutierte vor meinen Augen zu meiner Traumfrau. Wie schaffte sie es nur, immer heißer zu werden?

Ganz klar, ich hatte Sam unterschätzt. Zu Beginn unserer Partnerschaft hatte ich sie nur als eine Möglichkeit betrachtet, um mit möglichst geringem Aufwand in die Endzone zu gelangen. Aber bei diesem Mädchen gab es kein willkürliches Kopieren von

Hausaufgaben. Oh, nein. Sam war nicht wie die meisten Mädchen, die sich liebend gerne meinem Willen beugten. Sie musste immer Gegenwehr leisten und mich zum Nachdenken bringen. Ich hatte noch nie härter gearbeitet oder tiefer nachgedacht.

So seltsam es auch klingen mag, sie verdrahtete mein Gehirn im Alleingang neu. Der Plan, ein Pirat zu werden, reichte einfach nicht mehr aus. Ich wollte mehr für mich. Sie hatte mir die Augen für eine Zukunft geöffnet, von der ich vielleicht nichts gewusst hätte, wenn ich sie nicht kennengelernt hätte. Für Sam war ich nicht Kali, der drogenabhängige Kiffer. Stattdessen war ich der Typ, der versuchte, das Leben, das er beinahe weggeworfen hatte, wieder aufzubauen. Und dieser Unterschied war ihr nicht entgangen. Sie war stolz auf mich und das war die Bestätigung, an die ich mich klammerte.

Und hier war der verrückte Teil: Je mehr sie mich herausforderte, desto tiefer geriet ich in ihren Bann. Es war, als wäre jede verruchte Lehrerfantasie, die ich je gehabt hatte, zum Leben erwacht. Wer hätte gedacht, dass ich Mädchen mit Grips mochte? Ich nicht. Doch die Art und Weise, wie sich mein schüchternes Häschen in eine schlagfertige Jessica Rabbit verwandelte, zwang mich dazu, zu einem Gläubigen zu werden. Plötzlich war alles, woran ich denken konnte, meine sexy Streberin hinter ein Regal mit gebundenen Büchern zu schleifen und ihr ein paar Dinge beizubringen, die sie in keinem ihrer staubigen Bücher finden würde.

Ich blieb vor dem Tisch stehen, legte meinen Kopf schief und zeigte mein hoffentlich eindrucksvollstes Lächeln. „Hallo, Sam."

„Auch hallo, Keith", lächelte sie. „Bist du bereit, anzufangen?"

„Eigentlich nicht." Ich hielt ihr meine Hand hin und forderte sie auf, sie klaglos zu nehmen. „Lass uns hier verschwinden."

„Was? Wohin?"

„Es ist eine Überraschung."

Sie beäugte mich misstrauisch. Da Sam ein berechnender

Mensch war, brauchte jede Entscheidung Zeit und sorgfältige Überlegung. Das wusste ich und wartete geduldig auf die Ablehnung, von der ich annahm, dass sie kommen würde. „Nein" *war* schließlich ihr Motto. Nur heute, an ihrem siebzehnten Geburtstag, würde ich das nicht als Antwort hinnehmen.

„Was ist mit deinem Test am Freitag?", fragte sie.

„Was soll schon damit sein?" Ich zuckte mit den Schultern.

Sie legte ihren Bleistift weg und starrte mich mit einer Intensität an, die ich nicht erwartet hatte. „Was ist mit deinen Freunden? Was ist, wenn sie uns zusammen sehen?"

Ich zuckte zusammen, denn es war mir peinlich, dass sie so eine Frage überhaupt zu stellen brauchte. So sehr ich dieses Mädchen auch mochte, ich hatte sie vor meinen Freunden versteckt, weil ich wusste, dass sie sie – und mich – in Stücke reißen würden, falls ich meine Verbindung zu Sam aufdeckte. Ich redete mir ein, dass ich Sam damit schützen wollte, doch ich wusste es besser. Meine Position in Utopia war prekär, da ich nun nicht mehr auf mein flügge gewordenes Unternehmen zurückgreifen konnte und nur ein Fehltritt genügte, um ausgestoßen zu werden. Um mich selbst zu schützen, hielt ich die Verbindung zwischen Sam und mir vor allen geheim, außer vor den Mega-Freaks in der Bibliothek, die sich einen feuchten Dreck um den Status Quo scherten.

„Wen interessiert das schon?", sagte ich. „Lass uns gehen."

Das Strahlen, das sich über ihr Gesicht ausbreitete, bildete einen Knoten in meinem Magen. Sie glaubte, dass ich endlich bereit war, sie meiner Welt zu präsentieren, während ich in Wirklichkeit fünfzehn Minuten zu spät in die Bibliothek gekommen war, was mir reichlich Zeit gegeben hatte, mich von meinen Leuten zu trennen. Ich war so ein Arsch.

„Na dann, okay." Sie klappte ihr Buch zu und legte ihre Papiere fein säuberlich in ihre Mappen, bevor sie alles in ihren Rucksack schob. „Warum nicht?"

Eben. Warum nicht? Und dann sprach ich ein stummes Gebet

zu den Kiffergöttern – wortlos darum bittend, dass meine berauschte Truppe inzwischen ohnmächtig geworden war. Ich seufzte über meinen totalen Idiotismus.

Verzeih mir, Sam, denn ich habe gesündigt.

Meine Hände umfassten ihre Hüften, als ich sie an ihrem Platz hielt. Wie ein Giraffenbaby, das laufen lernte, spreizten sich Sams Beine in unnatürlichen Winkeln, was ihr das Geradestehen unmöglich machte. Ich lachte mit Hingabe. Verdammt, sie machte mich glücklich. Es war, als wären wir ungleiche Socken in dieser seltsamen Welt der statischen Aufladung.

Ich schüttelte sie spielerisch, doch was ich eigentlich wollte, war, meine Lippen in ihrer Halsbeuge zu versenken und zusehen, wie sie unter meiner Berührung zusammenbrach. „Was ist jetzt mit locker-flockig?", stichelte ich wie so ein neunjähriger Popel, der sich in das süße Mädchen am Nachbartisch verknallte. „Stell dich gerade hin, Nostradamus. Du bringst mich in Verlegenheit."

„Keith, ich glaube, du könntest den Glöckner von Notre Dame meinen."

Tat ich das? Ich rollte nachdenklich mit den Augen. War da ein Unterschied? Seit ich Sam kennengelernt hatte, schien es, als würde ich eine Menge Zeit damit verschwenden, Zeug nachzuschlagen.

„Wie auch immer, ich tue hier mein Bestes angesichts der Tatsache, dass du dich entschieden hast, eine meiner größten Ängste an meinem Geburtstag zum Leben zu erwecken."

„Es ist Schlittschuhlaufen." Ich schüttelte den Kopf. „Wie furchterregend kann das schon sein?"

„Viele Menschen haben Angst vor dem Schlittschuhlaufen. Nur weil du vor nichts Angst hast, heißt das nicht, dass der Rest von uns keine hat."

„Ich habe Angst vor Dingen."

„Ja? Vor was zum Beispiel?"

„Senklöchern."

„Senklöchern?" Sams Stimme stieg in komische Höhen. „Lass mich das klarstellen. Du hast kein Problem mit Haiangriffen, von Stieren zertrampelt zu werden und spontaner Selbstentzündung, aber Senklöcher in Kalifornien – wo es nie regnet – *davor* hast du Angst?"

„Ist das seltsam?" Ich blinzelte und versuchte, lustig zu wirken. „Ich habe das Gefühl, du findest das seltsam."

Sie lachte, was dazu führte, dass sie wackelte, und das wiederum führte dazu, dass Sam ihre eisigen Hände mit knochenbrechender Kraft an meine krallte.

„Tja, die Chancen, dass ich auf meinen Hintern falle, sind höher als die, dass du von der Erde verschluckt wirst. Also ist es meiner Meinung nach fair, dir mitzuteilen, dass ich persönlich dafür sorgen werde, dass du für den Rest des Halbjahres in jedem einzelnen Fach durchfällst, falls du mich loslässt."

„Oh, nein, Sam", keuchte ich in gespieltem Entsetzen. „Nicht den akademischen Ruin, bitte! Alles, nur das nicht!"

„Du lachst jetzt, aber ..." Sam stolperte auf dem Eis und schrie, als sie sich zurückschob und ihren wohlgeformten Hintern in mir vergrub. So süß ihre Angst auch war, der Kontakt löste eine Kettenreaktion in meiner Jeans aus. Scheiße, sie würde so sauer sein, wenn sie meinen übereifrigen Ständer spürte, der eine Brücke zwischen uns baute.

In dem Bemühen, ihr das Beweisstück nicht in den Hintern zu schieben, brachte ich sie auf meine Seite und legte meinen Arm um ihre schrumpfende Taille. Die rasche Bewegung erschreckte sie und sie grub ihre Nägel noch tiefer in mein Fleisch.

„Ich mag diese Stellung nicht", protestierte sie.

„Nein?" Ich senkte meinen Kopf zu ihrem Hals. „Welche Stellung magst du denn?"

„Flirtest du etw..." Sam ließ ihren Blick über mich gleiten und dieser landete auf meinem deutlich spürbaren Ständer.

Aus Sicherheitsgründen vergrößerte ich den Abstand zwischen uns, doch in meiner Eile kollidierte mein Schlittschuh mit dem von Sam. Sie stolperte nach vorne und als ich versuchte, sie aufzurichten, verlor ich ebenfalls das Gleichgewicht und wir beide stürzten auf das Eis. Ich landete in der Missionarsstellung auf ihr, während mein Stahlträger jetzt in einem 90-Grad-Winkel von mir abstand und gegen ihr Schambein stieß. Sams Schock war so groß, dass ich mir wünschte, ein Senkloch würde sich öffnen und mich vor ihrem Zorn bewahren. Doch statt Wut legten sich ihre Augenwinkel in Falten und das reinste, unverfälschte Glück brach hervor. Ihr Lachen war so ansteckend, dass es sich auf die anderen Schlittschuhläufer übertrug, die lächelten, während sie vorbeizogen.

Wir blieben so, in den Armen des anderen, bis schmelzendes Eis durch ihre Jeans drang und uns von der Eisbahn zwang. Ich packte sie noch einmal an der Taille, bereit, mit ihr in meiner schützenden Umarmung weiterzulaufen, doch sie nahm meine Hände und als sich unsere Blicke trafen, sah ich eine Veränderung in ihren Augen. Die Angst, die dort innewohnte, verlor an Boden.

„Ich kann das alleine schaffen", sagte sie und eine neue Zielstrebigkeit stählte ihre Entschlossenheit. Und einfach so machte Sam ihre ersten zaghaft gleitenden Schritte nach vorne.

Nachdem wir eine gute Stunde lang Schlittschuh gelaufen waren, hörten wir schließlich auf, ließen uns auf die Bänke fallen und zogen unsere Schlittschuhe aus.

„Das war …" Sams Lächeln erhellte ihr Gesicht. „Der beste Geburtstag aller Zeiten."

„Warte mal", sagte ich und erinnerte mich an die Überraschung, die ich für sie in meinem Rucksack hatte. „Ich habe noch etwas für dich."

Ich kramte in meinem Rucksack und fand, was ich gesucht

hatte: eine Plastikdose mit einem Cupcake, der nur für sie dekoriert worden war. Als ich den Deckel öffnete, erschrak ich beim Anblick der zuckrigen Überreste, die sich darin befanden. Statt meiner stolzen Kreation gab es nur noch einen Haufen Cupcakekrümel und einen Ring aus Zuckerguss um die Wände des Plastikbehälters herum. Die 17, die ich geformt hatte, war zu einem Klumpen Nichts verschmiert. Ich schloss den Deckel und steckte die Dose zurück in meinen Rucksack.

„Vergiss es", grummelte ich. „Ich nehme an, ich habe nichts für dich."

„Was war das denn? Ich will es sehen." Sie griff herum und schnappte sich meine Tasche.

„Das würde ich an deiner Stelle nicht tun."

Sam nahm den Deckel von der Dose ab und würgte ein Lachen zurück.

„Es war ein Schokoladen-Cupcake", stieß ich hastig hervor. „Kein, ähm ... überfahrenes Tier."

„Du hast mir einen Cupcake gemacht?" Sam legte eine Hand auf ihr Herz und schwärmte sichtlich.

„Meine Mom hat mir geholfen, aber ja, natürlich ... du hast ja Geburtstag."

Sam fixierte weiterhin die Überreste, bis ihr unerwartet eine einzelne Träne über die Wange kullerte.

Ich legte meinen Arm über ihre Schulter. „Es tut mir leid, Sam. Ich weiß, dass er jetzt scheiße aussieht, aber ich verspreche dir, als ich ihn heute Morgen eingepackt habe, hat er gut ausgesehen. Im Nachhinein betrachtet, hätte ich ihn vielleicht nicht verkehrtherum in meinem Rucksack verstauen sollen."

Sie steckte sich eine Haarsträhne hinters Ohr, hob schüchtern ihren Blick, um meinem zu begegnen, und ich verlor mich in ihrem Anblick. Sie war wunderschön und verletzlich und alles, wovon ich nie gewusst hatte, dass ich es wollte. Dieses verletzte Mädchen reaktivierte mein Gehirn und wie bei einem schnell fahrenden Zug, der auf mich zuraste, konnte ich nichts unternehmen, um es aufzuhalten.

„Entschuldige dich nicht", sagte sie mit belegter Stimme und ihre Hand streckte sich aus, um meine zu ergreifen. „Du bist das beste Geburtstagsgeschenk, das ich je bekommen habe."

KAPITEL ZEHN

Samantha
Krokodilstränen

Sie laufen in tristen Klamotten herum und ihre bedrückten Gesichter bieten einander Trost in dieser Zeit der Trauer. Ich sollte dankbar sein, dass sie überhaupt gekommen sind, doch ich bin es nicht. Ich bin wütend. Stinksauer. Wo waren diese Leute, als er sie gebraucht hat? Nicht hier, soviel stand verdammt fest. Tatsächlich wäre es schon zu viel verlangt gewesen, das Telefon abzunehmen, wenn er sie mitten am Tag angerufen hätte, um zu reden. Aber jetzt – jetzt kommen sie und tun so als ob. „So traurig", sagen sie. „Solch eine Tragödie."

Geht und weint eure Krokodilstränen woanders.

Da ist sie, meine Mutter, allen voran, die Märtyrerin. Unter all dem Schwarz sieht sie zerbrechlich aus und ihre Hände zittern. Keine Tränen werden vergossen. „Sie ist stark", sagen sie. „Sie wird das durchstehen." Oh ja, ich habe keinen Zweifel, dass sie es überleben wird. Anstatt die Schuld auf sich zu nehmen, die eigentlich auf ihren Schultern lasten sollte, wird sie wie ein Opfer dastehen. „Er war schwach", sagt sie. „Er musste ja nur um Hilfe bitten."

Geht und spuckt eure hasserfüllten Lügen woanders aus.

Mein Vater ist auch da und vergießt Tränen. „Warum?", fragt er. „Mein Junge war doch so glücklich." Ja, das war er. Als er zehn war! Bevor wir allein gelassen wurden – mit ihr. Ich kann ihm kaum in die Augen sehen. Verräter. Er hält seinen vierjährigen Sohn in seinen Armen. Der Sechsjährige umkreist seine Füße. Die Ersatzkinder. Diese wird er nie loslassen. Wo war diese Hingabe vor sieben Jahren, als sein anderer Sohn noch gerettet werden konnte?

Geh und tu so, als wärst du woanders der Vater des Jahres.

Diese Leute sind nichts als Hochstapler. Es ist ihnen egal. Sie haben ihn nicht geliebt – nicht so wie ich es tat. Sie können ohne mich trauern. Ich bin fertig. Ich schlüpfe zur Haustür hinaus und gehe zum Baum – unserem Baum. Ich lasse mich auf den Boden sinken, lehne meinen Rücken gegen den verwitterten Stamm und erinnere mich. An ihn. An uns. Tränen kullern über meine Wangen. Er war hier einmal glücklich.

Der Postbote, der auf der Straße vorbeikommt, stellt unbeholfenen Augenkontakt her, während er Briefe in unseren Briefkasten steckt. Weiß er, dass mein Herz heute aus meiner Brust gerissen worden ist? Schert es ihn überhaupt? Sobald er weg ist, stehe ich auf und gehe zum Briefkasten. Wer will noch so tun, als würde es ihn interessieren? Ich blättere durch die Briefumschläge im Kartenformat und werfe sie zurück in den Briefkasten. Ich will ihr Mitleid nicht. Ich will Sullivan.

Etwas fällt mir ins Auge – ein Umschlag. Ein ganz normaler Brief, doch die Handschrift ist unverkennbar. Das scharfe Einatmen, das meine Kehle zerreißt, erschreckt selbst mich. An Samantha. Von ... ihm.

Mit zittrigen Fingern öffne ich den Brief. Etwas Dickes ist in Papier eingewickelt und mit Klebeband verschlossen. Daran befestigt ist ein Post-it-Zettel. „Es tut mir so leid, Schwesterherz. Ich habe es versucht, das habe ich wirklich. Ich hoffe, der hier gibt dir mehr Kraft, als er mir gegeben hat. Ich liebe dich für immer. Sullivan."

Er war mein Bruder. Mein bester Freund. Und jetzt war er weg ... für immer. Ich riss Papier und Klebeband auf und wusste bereits, was drin war, bevor ich den Inhalt sah. Schluchzend befestigte ich den Achat-Anhänger um meinen Hals und schaute dann dankbar zum Himmel, während ich den glatten Stein rieb.

Die Tür zu meinem Zimmer ging auf und schreckte mich aus dem Tagtraum hoch, der mich gerade zerstörte. Ich wischte mir die Tränen aus den Augen. Warum hatte Sullivan den Tag drei Tage nach meinem Geburtstag gewählt, um die schreckliche Tat zu begehen? Es gab keinen guten Zeitpunkt zum Sterben, aber einen Schatten auf den Tag meiner Geburt zu werfen, fühlte sich wie eine Strafe an.

Meine Mutter stürmte herein. „Was tust du da, Samantha? Heute ist ein Schultag."

„Ich weiß, aber ich kann nicht gehen. Nicht heute."

„Doch, du kannst. Jetzt steh auf, raus aus dem Bett." Mom riss mir die Laken herunter, bevor sie die Jalousien öffnete und den Raum mit Licht flutete. „Heute ist nicht anders als jeder andere Tag."

Doch, ist es.

„Heute ist der zweite Jahrestag", flüsterte ich. „Ich kann nicht."

Obwohl sie versuchte, es zu unterdrücken, konnte ich ein leichtes Zittern ihrer Lippen erkennen. Irgendwo tief in ihrem Inneren hatte sie noch immer Gefühle.

„Er hat sich entschieden, uns zu verlassen, Samantha. Wir trauern nicht um Schwäche. Steh jetzt auf. Es ist ein Schultag und du willst nicht zu spät kommen."

Mit jedem Schritt, den ich machte, konnte ich die Schwere spüren, wie Gewichte, die an meine Knöchel gebunden waren. Ich wollte mich auf den Boden fallen lassen und schluchzen, doch das war ein Luxus, der mir nicht erlaubt war. Schwäche war nicht erlaubt. Dieses Mantra war Sullivan in sein Grab gefolgt. Ihm war es nicht erlaubt gewesen, zu fühlen. *Sei ein Mann, Sullivan. Was ist los mit dir, Sullivan?* Warum konnte sie nicht sehen, dass er perfekt gewesen war, so wie er gewesen war? Warum hatte er das nicht können? Mein sensibler großer Bruder hatte im Stillen gelitten und den schlechtesten Weg gewählt, um sich Gehör zu verschaffen. Er war erst neunzehn gewesen.

Manchmal fragte ich mich, wie es wohl wäre, es ihm gleichzutun. Wie leicht wäre es, einfach mit der Existenz aufzuhören? Kein Schmerz mehr. Aber dann wäre ich genau wie Sullivan – eine Erinnerung, die um Shannons Hals hängt – und das wollte ich ihr nicht antun. Sie war wie eine Schwester für mich und ich würde ihr nicht die Last aufbürden, die Sullivan mir auferlegt hatte.

Hunderte von ahnungslosen Schülern zogen an mir vorbei, als ich meinen Spind öffnete und mich zur Unterstützung anlehnte. Was würden sie denken, falls ich starb? Ohne Zweifel würden sie sich am Kopf kratzen und sagen: *Samantha wer?* Genau wie Sullivan würde ich in der Dunkelheit sterben und niemand würde mein Ableben betrauern.

Plötzliche Wärme breitete sich aus, als sich Arme von hinten um mich legten. Meine Knie gaben durch die Kraft der Umarmung fast nach.

„Dir geht's gut", flüsterte Shannon in mein Ohr. „Es tut mir so leid, Samantha. Ich habe das Datum vergessen. Es tut mir so leid."

Shannons Stärke war das, was ich jetzt brauchte. Sie würde mich durch den Tag bringen und dann würde ich morgen aufwachen und weitermachen ... erneut. Langsam drehte ich mich um und verlagerte einen Teil der überwältigenden Last auf ihre hingebungsvollen Schultern. Gott sei Dank gab es Shannon. Ich fragte mich oft, ob Sullivan heute noch hier wäre, falls ich genau in dem Moment für ihn da gewesen wäre, als er die Entscheidung getroffen hatte, sein Leben zu beenden? Oder hätte mein

Eingreifen seinen Tod nur auf einen anderen Tag und eine andere Zeit verschoben? Kann man wirklich jemanden retten, der unbedingt sterben will?

Ich berührte den Stein mit meinen Fingern und stellte mir Sullys letzte Momente vor. In meinen Gedanken sah ich, wie er feierlich die Halskette abnahm, sie vorsichtig in den Umschlag steckte und schnell die Notiz kritzelte. Es war ihm in seinen letzten Minuten wichtig gewesen, mir die Kette zukommen zu lassen. Vielleicht hatte er gewusst, dass der Stein das Einzige sein würde, woran ich mich festhalten würde, wenn er weg war. Vielleicht war es eine Art gewesen, seine schuldige Seele zu reinigen. Immerhin hatte er das getan, was er versprochen hatte, niemals zu tun. *Ich werde dich nicht verlassen, Samantha. Du bist alles, was ich habe.* Und natürlich hatte ich diese Zeilen erwidert.

Wir hatten eine Abmachung gehabt. Er hatte sie gebrochen.

Ich presste meine Augen zusammen und versuchte – erfolglos – die Gedanken an seine letzten Minuten zu verdrängen. Was hatte er sich nur dabei gedacht? Wie hatte er es geschafft, seine Beine über den Campus zu bewegen, um meinen Brief abzuschicken? Und warum war die Person, die mich am meisten auf der Welt geliebt hatte, die Treppe zum Dach seines Wohnheims hinaufgestiegen und gesprungen?

Ich eilte zur dritten Stunde, in der Hoffnung, vor Keith anzukommen, um die Schutzbrille über meine blutunterlaufenen, geschwollenen Augen zu ziehen. Doch als ich das Klassenzimmer betrat, sah ich, dass er schon da war und mit einem trotzigen Grinsen auf dem Gesicht die Hand über die offene Flamme hielt. So elend ich mich auch fühlte, mein Leid wurde in seiner Gegenwart ein kleines bisschen leichter. Immerhin hatte er mir einen Cupcake gemacht.

„Autsch", jaulte er und riss seine Hand von der Flamme weg. „Süße, barmherzige Scheiße, ist das heiß."

Was hatte er denn erwartet? Er spielte buchstäblich mit dem Feuer. Ich schüttelte meinen Kopf über seine Eskapaden und das Lächeln, das üblicherweise für ihn reserviert war, verflüchtigte sich langsam. Normalerweise bewunderte ich Keiths jugendlichen Überschwang, beneidete ihn sogar um seine Mittelstufenmentalität. Er war so voller Leben und ich wünschte, ich hätte nur ein wenig von seiner Energie stehlen und sie an Sully weitergeben können, bevor er gestorben war. Vielleicht hätte sie ihn retten können.

Keith blies auf seine brutzelnde Hand und hob seinen Blick, um mich zu würdigen.

„Hey du, Sammy."

Ich zuckte zusammen. Sammy war noch schlimmer als Sam und heute war sicher nicht der Tag, um mir einen neuen Spitznamen zu verpassen.

„Samantha", schnauzte ich ihn an.

Keith war nicht an meinen harschen Ton gewöhnt und musterte mich von oben bis unten. „Okay, wow. Vielleicht ist das nicht der richtige Zeitpunkt, um dich zu fragen, warum Inseln nicht wegschwimmen. Ich meine, sie sind doch von Wasser umgeben."

Ich hielt an meinem finsteren Blick fest, entschlossen, mich nicht von Keiths dummen Fragen aufmuntern zu lassen. Nicht heute. Mein saures Gesicht schien ihm Vernunft einzubläuen.

Er lehnte sich näher heran und das Funkeln war aus seinen Augen verschwunden. „Geht es dir gut?"

Sich um meinen Geburtstag zu scheren war etwas anderes, als sich um mich als Person zu scheren. Leute, die sich um mich scherten, nahmen keine Umwege auf dem Schulparkplatz, um zu vermeiden, ihren Kumpels mit einem nerdigen Mädchen an ihrer Seite über den Weg zu laufen. Ich meine, wenn Keith nicht einmal die Mensa für mich durchqueren konnte, dann würde er mir sicher nicht den Rücken freihalten, wenn ich ihn wirklich brauchte.

„Mir geht's gut", antwortete ich und schaute zurück zur Tür, durch die ich unbedingt entkommen wollte. Aber was dann? Nach Hause? Zu ihr? Das Mobbing meiner Mutter wurde immer schlimmer und zwang mich, den Großteil meiner Zeit zu Hause verbarrikadiert in meinem Zimmer zu verbringen. Löffel waren das geringste meiner Probleme. Meine Arme und mein Rücken waren mit blauen Flecken übersät und das Porzellan meiner Großmutter, das einst als Erbstück gegolten hatte, war nur noch ein wertloser Scherbenhaufen.

Zu Hause bleiben, mich in meinem Bett zusammenrollen und meine Traurigkeit wegschlafen – das war alles, was ich wollte. Doch selbst diese Bitte wurde mir verwehrt. Es war nicht so, dass es meiner Mutter etwas ausmachte, wenn ich die Schule verpasste, sie konnte mir einfach nicht einmal den geringsten Erfolg gönnen. Nicht, dass es ein Sieg gewesen wäre, Sullivans Tod zu betrauern, aber wenigstens würde ich nicht an dem Tag, an dem mir das Herz aus der Brust gerissen worden war, in der Schlange der Mensa anstehen müssen.

„Du siehst nicht gut aus", sagte er und unterbrach meinen inneren Aufruhr.

„Du auch nicht", erwiderte ich. „Sind das Verbrennungen dritten Grades an deiner Hand?"

„Wechsle nicht das Thema."

Ich packte seine Hand und drehte sie um. Seine Handfläche war rot, aber ansonsten unverletzt. Ich pustete darauf, wie es eine Mutter tun würde, um ihr kleines Kind zu heilen.

„Heiß", warnte ich in einem vorsichtigen Ton. „Aua."

Er lachte und riss seine Hand weg.

„Hat dir nie jemand gesagt, dass man nicht mit Feuer spielen soll?", fragte ich.

„Nicht mehr, seit ich acht war und Streichhölzer im Bad angezündet habe."

„Offensichtlich ist *diese* Botschaft nicht hängengeblieben. Warum hast du überhaupt Streichhölzer im Bad angezündet?"

„Um sie brennen zu sehen. Was sonst?"

Bei Keith war oft die einfachste Antwort die richtige. Unberührt von Widrigkeiten, wusste er, dass die Welt ein guter Ort war. Ich war da weniger überzeugt.

„Ich jage auch gerne Dinge in die Luft. Macht mich das zu einem Pyromanen? Ich glaube nicht."

„Eigentlich schon", antwortete ich und konnte mir ein Lächeln nicht mehr verkneifen. „Wie oft jagst du eigentlich Sachen in die Luft?"

„Na ja, weißt du." Keith fuhr sich mit den Fingern über seine stoppelige Kieferpartie. „Eigentlich ziemlich oft."

Wir tauschten amüsierte Blicke aus und ich konnte spüren, wie die Traurigkeit zu verblassen begann. Manche könnten sagen, dass Keith der einzige Nutznießer unserer Nachhilfestunden war, denn seine Belohnungen waren deutlich zu sehen. Sie konnten in höheren Punktzahlen und bestandenen Tests gemessen werden – ein greifbarer Beweis für unsere Partnerschaft. Aber was Keith mir gab, war eine viel stärkere Kraft. Jedes Lächeln, jedes Lachen, das ich ihm zuschrieb, war ein weiterer Tag, an dem ich nach vorne schritt – weiterhin atmete. Spielte es also wirklich eine Rolle, dass er sich weigerte, mit mir in der Öffentlichkeit gesehen zu werden? Nach allem, was er mir sonst noch gegeben hatte, wie wichtig war es da, dass er mir am Mittagstisch gegenüber saß?

„Hier ist das heutige Labor", sagte ich und reichte ihm die Aufgabe. „Sieh es dir an. Wenn du irgendwelche Fragen hast, frag einfach."

Ohne mit der Wimper zu zucken, hob er seine Hand.

Ich versuchte das hektische Winken auszublenden, da ich wusste, dass er in der kurzen Zeit, die ihm zugestanden worden war, unmöglich eine intelligente Frage hatte formulieren können. Ich ignorierte ihn und kramte in meiner Tasche nach meiner eigenen Arbeit, während ich meinen grinsenden Laborpartner im

Auge behielt. Wenn er doch nur weniger attraktiv gewesen wäre. Das hätte es so viel einfacher gemacht, ihn zu ignorieren.

Ich seufzte. „Ja, Keith?"

„Ich habe eine Frage."

„Okay, schieß los."

„Ist das das Experiment, bei dem wir Säure kochen, um zu beweisen, dass sie Wasserstoff enthält?"

Ich lehnte mich auf meinem Sitz zurück und betrachtete ihn neugierig. Keith hatte seit dem ersten Tag, an dem er der Junge gewesen war, der mich nach der Schule in der Bibliothek getroffen und nur einen unangespitzten Bleistift bei sich gehabt hatte, viel erreicht. Wenn er jetzt auf den Sitz neben mir rutschte, war er vorbereitet und blühte auf, als ob eine Niedervolt-Glühbirne in seinem Kopf angegangen wäre. Dennoch liebte es Keith, mir mit dummen Fragen unter die Haut zu gehen. Die ganze Sache mit den schwimmenden Inseln war nur die Spitze des Eisbergs. Und ob seine Unwissenheit echt oder vorgetäuscht war, spielte keine Rolle, denn Keith hatte ein ganzes Arsenal an dummen Fragen im Ärmel.

„Wow, Keith", sagte ich aus Respekt vor seiner intelligenten Frage. „Du hast deine Hausaufgaben gemacht. Gut für dich."

Er schüttelte den Kopf. „Nee, das ist einer meiner Wiederholungskurse. Ich erinnere mich an dieses Experiment vom letzten Jahr. Das war krass." Er zeigte auf das Diagramm auf seinem Blatt. „Aus diesem Schlauch wird Gas austreten und wenn es das tut, gib mir ein Streichholz – ich werde diesen Ort abfackeln wie ein Feuerwerk."

„Äh, das glaube ich nicht", mischte sich Mrs. Lee ein. Sie hatte in der Nähe gestanden, als Keith seine lautstarke Erklärung abgegeben hatte, und jetzt war sie in höchster Alarmbereitschaft. „Denken Sie an Ihr Versprechen, Keith. Kein Feuer."

„Eigentlich, glaube ich, war die Abmachung, dass *ich* nicht brennen darf. Von dem Klassenzimmer war nicht die Rede."

„Es wurde angedeutet." Sie grinste und legte seinen Test

umgedreht auf den Tisch. „Lassen Sie uns die gute Sache, die Sie hier am Laufen haben, nicht ruinieren."

Sie tätschelte seine Schulter und als sie wegging, stürzten Keith und ich uns beide auf den Test. Ich erreichte ihn zuerst und drehte ihn um.

„88%", flüsterte ich, griff sein Handgelenk und schüttelte es. Ich konnte meinen Stolz nicht verbergen. Keith hatte bewiesen, dass kein Hindernis zu groß war, wenn man sich etwas vorgenommen hatte.

„Weinst du etwa?", fragte er und ließ seinen Blick über mich gleiten. „Bist du von meiner Note so schockiert?"

Erst jetzt spürte ich, wie die Tränen über meine Wangen liefen. Ich wischte sie mit dem Handrücken weg und versuchte, meinen Ausrutscher mit einem vorgetäuschten Lächeln zu überspielen, musste aber feststellen, dass die Tränen, wenn sie erst einmal angefangen hatten, nicht mehr aufzuhalten waren.

„Hey, was ist los?", fragte er, als er zum ersten Mal merkte, dass ich wegen etwas weinte, das nichts mit ihm zu tun hatte. „Echt jetzt, Sam?"

„Mir geht's gut."

„Nein, geht es dir nicht. Du reibst den Stein."

Ich wollte ihm verzweifelt vertrauen, doch die Menschen in meinem Leben hatten es mir schwer gemacht, ihnen diesen Vertrauensvorschuss zu geben. Meine Unterlippe bebte. „Ich hab Schwierigkeiten."

Das war alles, was Keith zu hören brauchte, und er lehnte sich nahe heran, bis wir uns fast berührten. Wenn es irgendeinen Zweifel daran gegeben hatte, dass ich ihm wichtig war, wurde dieser ausgeräumt, als ich in seine Augen sah und Schmerz darin erkannte – meinetwegen. „Was kann ich tun, um dir zu helfen?"

Ich zuckte mit den Schultern, unfähig, einen Satz zu bilden, ohne zu schluchzen und die Schüler um uns herum auf meinen Zusammenbruch aufmerksam zu machen. Mein Blick wanderte zu meinen zitternden Fingern.

„Hey." Er stupste mich an. „Sam, sieh mich an."
Ich hob meinen Blick.
„Bitte mich um irgendwas. Ich werde es tun."
Nur eine Person an der Pearl Beach kannte meine Geschichte ... und all die Geheimnisse, die damit verbunden waren. Und selbst dann bekam Shannon nur Zugang, nachdem sie ihre Hand an meine geprellte Schulter gelegt und gesehen hatte, wie ich zusammengezuckt war. Doch hier war Keith, ein Kerl, den ich erst seit ein paar Wochen kannte und der sich mit Leichtigkeit in mein Leben drängte. Aber wie weit war ich in sein Leben vorgedrungen? Dann fiel es mir ein. Vielleicht lag die Tatsache, dass er mich von seinen Freunden fernhielt, mehr an seinen Unsicherheiten als meinen Unzulänglichkeiten. Vielleicht wusste Keith genauso wenig, wer er war, wie ich es tat.

„Mein Bruder ist heute vor zwei Jahren gestorben."

Die Hintergrundgeräusche fielen weg und für einen Moment gab es nur uns beide, die einen zutiefst persönlichen Moment teilten.

„Oh, Sam", sagte er und schüttelte den Kopf. „Es tut mir so leid. Ich hatte ja keine Ahnung. Hätte ich es gewusst, hätte ich keine Witze gerissen."

„Dann bin ich froh, dass ich es dir nicht vorher gesagt habe. Bitte hör nie auf, mich zum Lächeln zu bringen."

Er nickte und starrte auf seine ringenden Finger. „Wie ist er ...?"

„Gestorben?", beendete ich die Frage.

„Ja."

„Das willst du nicht wissen."

„Oh."

Mehr Information brauchte Keith nicht. Normalerweise endete das Gespräch an dieser Stelle. Selbstmord war nie ein angenehmes Thema, aber er überraschte mich, indem er tiefer in meine düstere Vergangenheit vordrang. „Wie?"

Wie? Warum spielte das Wie eine Rolle? Er hatte sich umgebracht – Ende der Geschichte. Doch ich wusste es besser. Die Art, wie Menschen ihr Leben verbringen wollten, war von Bedeutung und so auch die Art, wie manche sterben wollten. Sullivan hatte mit seinem Tod ein Statement abgegeben, wie unangebracht auch immer es gewesen sein mochte. Er hätte still und leise mit einem Cocktail aus Pillen in seinem Zimmer in die Vergessenheit abdriften können, doch stattdessen hatte er sich entschieden, auf die schrecklichste und unschönste Weise an die Öffentlichkeit zu gehen. Und das Schlimmste an der ganzen Sache war, dass ich seine Beweggründe verstand. Wie ich hatte Sully sein Leben im Schatten verbracht. Im Tod wollte er gesehen werden.

Mit stockendem Atem erzählte ich Keith die Geschichte, jedes schmutzige Detail und je mehr ich auf ihm ablud, desto leichter fiel mir das Atmen. Als ich zum Ende gelangte, schien Keith derjenige zu sein, der keine Luft mehr bekam. Wir saßen schweigend da und starrten auf die leeren Arbeitsblätter auf dem Tisch.

„Hey", sagte er und senkte seine Stimme, sodass nur ich sie hören konnte. „Was kann ich tun, um dir diesen Tag leichter zu machen?"

Er hatte ihn bereits leichter gemacht, indem er einfach für mich da war. Aber Keith war auf der Suche nach etwas Greifbarem, etwas, das er mit hochgekrempelten Ärmeln in Ordnung bringen konnte. Ich hatte eine Idee, einen Gedanken, der schon seit einiger Zeit in den Schatten meines Verstandes brodelte. Es war etwas, das er mir einmal angeboten hatte, doch ich hatte damals zu viel Angst gehabt, um es anzunehmen. Jetzt schien es, als ob ich nichts mehr zu verlieren hatte.

„Es gibt tatsächlich etwas, das du für mich tun kannst."

Seine Augen leuchteten auf und mir wurde klar, dass mein Glück ihm etwas bedeutete. Es war das erste Mal, dass ich merkte, dass dieser schöne, lustige, freundliche Junge mich tatsächlich für etwas anderes als meine Nachhilfefähigkeiten mögen könnte. So verrückt es auch schien, ich dachte … vielleicht … möglicherweise könnte sich Keith McKallister in mich verlieben.

Und als sich die ersten Schmetterlinge auf meinen Bauch stürzten, drängte ich das Hochgefühl zurück und sagte: „Ich möchte, dass du mir das Surfen beibringst."

Eine schnelle Abfolge von Blinzeln sprach für seine Überraschung, aber zu seiner Ehre muss ich sagen, dass sich Keith schnell fasste und lächelnd nickte. *Herausforderung angenommen.* Und dann erhöhte Keith den Einsatz noch weiter, als seine langen, starken Finger unter dem Schutz des Tisches nach meinen griffen. Ich hob schüchtern meinen Blick und begegnete seinem. Er lächelte, aber es war nicht sein normales, fröhliches Grinsen. Nein, es war weich und warm und glühte vor Zuneigung. Was hatte ich getan, um das zu verdienen? Was auch immer es war, ich war mehr als dankbar. Keith hatte mir einen der traurigsten Tage meines Lebens genommen und ihn erträglich gemacht. Das würde ich nicht vergessen.

„Ich verspreche dir, dass du das nicht bereuen wirst", flüsterte er mit seinen Lippen gefährlich nahe an meinem Ohr, als wäre es ihm egal, wer zusah. Und dann, mit seinem Atem, der meine Haut kitzelte, gab Keith mir ein letztes Versprechen. „Ich werde dein Leben bald für immer verändern."

Als ich meine Hand umdrehte, verschränkten sich Keiths Finger nahtlos mit meinen und ich hielt seine Hand mit einer Entschlossenheit, die ich noch nie zuvor gespürt hatte. Seine Worte, seine schützende Hand, die meine ergriff, und diese unerschütterlichen Versprechen, all das brachte mein Herz auf einen Kollisionskurs mit dem Schicksal. In diesem Moment wusste ich: Ich würde diesen Jungen für immer lieben.

KAPITEL ELF

Keith
Die Notlage

„Meine Umsätze sind doppelt so hoch, wie deine es gewesen sind. Hast du mich verstanden, Kali? Jules denkt, du warst entweder faul oder hast ihn abgezockt."

Ich machte mir nicht die Mühe, Valentine zu antworten, denn er versuchte nur, mich zu einer Konfrontation anzustacheln, die ich mir nicht leisten konnte, zumindest nicht, wenn ich an dieser Schule bleiben wollte.

„Hast du mich gehört?", fragte er, nur schlug er mir dieses Mal auf den Kopf.

„Ich habe dich gehört", antwortete ich und kontrollierte sorgfältig die Gehässigkeit, die aus meinem Bauch zu spucken drohte. „Und darf ich der Erste sein, der dir gratuliert? Ich finde, du und Jules seid ein schönes Paar."

„Fick dich", entgegnete Valentine, wobei sich seine Gesichtszüge genervt verzogen.

Mir unter die Haut zu gehen, war in letzter Zeit seine oberste

Priorität und es kostete mich meine volle Selbstkontrolle, meine Fassung zu bewahren. Sein passiv-aggressives Verhalten hatte fast sofort nach seiner Übernahme von meiner Gras-Route begonnen und seitdem war es nur weiter eskaliert. Obwohl es Zeiten gab wie diese, in denen ich ihn am liebsten zu einem blutigen Brei geschlagen hätte, waren mir die Hände gebunden. Nicht nur, dass ich mir einen Ausraster an der Schule nicht leisten konnte, sondern er hatte auch noch die Unterstützung einiger skrupelloser Typen, die damit gedroht hatten, mich allein aufgrund meiner Existenz zu verprügeln. Unter dem Radar zu bleiben, war eine Frage des Überlebens.

Machttrunken wie er war, hatte Valentine mich zu seinem Lieblingscocktail gemacht. Wie jeder Tyrann glaubte er, dass es ihn erheben würde, wenn er mich vor der Menge entmannte, doch die Wahrheit war, dass meine bloße Existenz eine Bedrohung für seine Herrschaft war. Valentine und ich führten unsere Geschäfte auf sehr unterschiedliche Art und Weise. Ich hatte meine Geschäfte meistens leicht und schmerzfrei gehalten – ein Witz hier, ein Lachen dort. Es gab keinen Grund, eine Drogentransaktion zu einer unangenehmen Erfahrung zu machen. Ein bisschen Geld und Dope wechselten den Besitzer und dann gingen wir alle zurück zu unseren Leben, als ob nichts Ruchloses passiert wäre.

Nicht so bei Valentine. Er verfolgte den Ansatz der Bedrohung und Einschüchterung und hatte bereits einen großen Teil meiner ehemaligen Kundschaft verprellt. Tatsächlich flehten mich viele von ihnen an, zurückzukommen, was den neuen König nur noch mehr nervte. Wären da nicht die losen Bindungen, die ich noch zu den anderen Jungs in unserer Gruppe hatte, wäre ich wahrscheinlich bereits aus Utopia vertrieben worden.

Manchmal wünschte ich mir, Valentine würde es einfach tun und es hinter sich bringen. Ich existierte sowieso in einem Schwebezustand – weder hier noch dort und seit ich Sam kennengelernt hatte, kam ich langsam zu der Erkenntnis, dass das Leben für mich als Ausgestoßener einfacher wäre. Zur Hölle, ich war bereits einer. Mein Ruf hatte so sehr gelitten, dass ich sowieso keinen wirklichen Status mehr in der Schule hatte. Und je weiter ich mich von der Beliebtheitsfalle entfernte, desto schwieriger wurde es, herauszufinden, warum ich sie so sehr gebraucht hatte. Vielleicht war es an der Zeit, den endgültigen Sprung zu wagen und einfach zu akzeptieren, dass ich nicht besonders genug war, um einen Platz am Tisch der coolen Kinder einzunehmen.

Als ich Sam über den Raum hinweg anpeilte, wurde mein Blick weicher. Sie war wie eine belagerte Blume, die in der unnachgiebigen Dunkelheit darum kämpfte, zu blühen. Ihre Geschichte heute hatte mich erschüttert, aber sie hatte mir auch neuen Respekt für das Mädchen gegeben, das sich mit Anmut und Freundlichkeit über die Widrigkeiten erhoben hatte. Ihre Stärke stellte mich in den Schatten – jeden Menschen in dieser Schule – und ich hatte bereits beschlossen, dass ich alles tun würde, was nötig war, um ihr zu helfen – angefangen beim Surfen und endend mit ... na ja, allem anderen, was sie mir erlauben würde.

Ich hatte schon vor Sam Mädchen gemocht, aber nicht auf diese Art. Manchmal vergaß ich sogar zu essen, so sehr war ich in Gedanken an sie vertieft. Daher wusste ich, dass sie anders war. Ich hatte viele weibliche Freunde. Wir trafen uns auf Partys. Wir wurden wild. Wir machten rum. Aber ihr Leben war mir noch nie wichtig gewesen. Ich hatte nie an jedem ihrer Worte gehangen. Und ich hatte sie ganz sicher nicht angerufen, um sie zu fragen, wie ihr Test gelaufen war, oder hatte ihnen einen verdammten Cupcake an ihrem Geburtstag verziert. Das war für Sam reserviert ... die Bücherwurm-Tutorin, die sich unerwartet um mich geschlungen hatte.

Als ich wieder nach ihr schaute, sah ich, wie Sam mit ihrer Freundin über dem Tisch gebeugt war, so wie sie es am ersten Schultag getan hatte. Ich lächelte, denn ich wusste genau, worüber sie sprachen – über mich. Ah, verdammt, wie sehr ich dort drüben sitzen und in ihre zutiefst alberne Unterhaltung eintauchen wollte. Obwohl ich das Gefühl hatte, sie zu kennen, hatten Shannon und ich einander nie persönlich kennengelernt, weil ich mich nicht getraut hatte, rüberzugehen und mich vorzustellen. Es war, als wäre ich immer noch der unsichere Siebtklässler, der Entscheidungen auf der Basis meines wackeligen Selbstwertes traf. Vielleicht hatte ich so sehr versucht, mich anzupassen, dass ich das Offensichtliche übersehen hatte. Ich war geboren, um ein Außenseiter zu sein, der sich an den Rändern herumtrieb, und je eher ich mich dafür respektieren konnte, desto besser.

Sam sah von ihrem Gespräch auf und bemerkte meinen Blick. Sie lächelte. Mein Magen zog sich zusammen wie ein Schraubstock, als mich die Scham packte. Wie konnte ich von Respekt sprechen, wenn ich nicht bereit war, ihn der einzigen Person in dieser Schule zu zeigen, die mir wirklich etwas bedeutete? Sam hatte etwas Besseres verdient. Warum war sie also dort drüben und ich hier? Warum hielt ich nicht mehr ihre Hand? Weil ich ein gottverdammter Feigling war, das war der Grund. Ich trennte uns aus keinem anderen Grund als aus Angst davor, von den Leuten, die behaupteten, meine Freunde zu sein, verurteilt und verspottet zu werden. Wenn sie das wirklich waren, würden sie sich für mich freuen. Sie würden sie mit offenen Armen empfangen.

Doch das war nicht die Art, wie meine Leute miteinander umgingen, und ich hatte mir erlaubt, ein Sklave ihrer Regeln zu sein, weil ich nicht genug Selbstvertrauen besaß, um für das einzustehen, woran ich glaubte. Und solange ich meine Unsicherheit wie ein Schockhalsband um meinen Hals trug, würde ich nie gut genug, klug genug oder selbstbewusst genug sein, um wirklich dazuzugehören. Das war meine Lebensgeschichte ... und es musste aufhören. Alles, was ich tat, war die Hinauszögerung des Unvermeidlichen, denn wenn ich mir auch nur einer Sache sicher war, dann der, dass Sam und ich zusammen sein würden.

Veränderung hing in der Luft und es lag an mir, sie zu

verwirklichen. Es war ja nicht so, dass ich viel zu verlieren hatte, denn die Anzahl der Skater an der Pearl Beach High war drastisch reduziert worden, nachdem ein Drogenspürhund die Hälfte unserer Herde ausgelöscht hatte. Man hätte denken können, dass die Cops das Lagerhaus eines mexikanischen Drogenkartells stürmten, so wie meine Kumpels aufgereiht und in Handschellen vom Campus geführt worden waren. Das hätte ich sein können – hätte ich sein sollen. Doch ich war einer der Glücklichen und das Mädchen dort drüben war der Grund, warum ich heute noch hier war.

Valentine hatte die Säuberung nur überstanden, weil er gerade eine Suspendierung für eine Woche ausgesessen hatte, nachdem er dabei erwischt worden war, wie er einen Test vom Lehrerpult gestohlen hatte. Bildschirmschoner hatte ebenfalls überstanden, aber nur, weil er in seiner Dummheit überzeugend genug gewesen war, um in allen Anklagepunkten freigesprochen zu werden. Traurigerweise hatte Feuergehänge weniger Glück gehabt. Wie es das Pech gewollt hatte, war ein Viertel der Drei Musketiere von der Schule geschmissen worden, um nie wieder zurückzukehren.

„Stehst du auf diese Tussi?", fragte Valentine und hatte seinen Blick in die Richtung gewandt, in die ich schaute. Das selbstgefällige Lächeln in seinem Gesicht nervte mich sofort. Für ihn war sie ein Witz.

„Was, wenn ich es tue?", forderte ich ihn heraus.

„Warte mal." Seine Augenbrauen hoben sich, als er mit seinem Blick zwischen Sam und mir hin und her hüpfte. „Das war nur ein Scherz. Meinst du das jetzt ernst?"

Ich ballte meine Fäuste und blickte meinen Erzfeind finster an. „Sehr."

„Alter." Er lachte schnaubend und fiel dabei fast vom Tisch. „Wenn du das heiß findest, musst du mehr Drogen nehmen."

Ich schoss auf meine Füße und stürzte mich auf Valentine. Mein einziges Ziel war es, ihm das Grinsen physisch aus dem

Gesicht zu wischen, doch bevor ich ihn erreichen konnte, sprang Bildschirmschoner zwischen uns und schob mich zurück.

„Tu es nicht", warnte er. „Das ist es nicht wert, Kali. Du bist schon zu weit gekommen, um alles zu riskieren."

Blinzelnd ließ ich Bildschirmschoners Worte der Weisheit auf mich wirken. Auf keinen Fall konnte ich zulassen, dass jemand wie Valentine die gute Sache, die ich am Laufen hatte, ruinierte. Ich holte tief Luft, entspannte meine Fäuste und sprach meinen Freund mit seinem Vornamen an. „Du hast recht, James. Er ist es nicht wert."

James blickte nervös zwischen uns beiden hin und her. Er war klug genug gewesen, sich in der neutralen Zone dieses speziellen Pisswettbewerbs zu halten. „Na ja ... das ist ... äh ... nicht wirklich das, was ich gesagt habe."

Nun, da er sich seiner Sicherheit bewusst war, blähte Valentine seine Brust auf, bevor er noch mehr Schimpfwörter von sich gab. „Du solltest besser auf dich aufpassen, Vollidiot, das ist alles, was ich sage."

„Ja? Warum warten? Ich bin genau hier." Ich legte einladend die Arme an meine Seiten. „Zeig mir, was du kannst."

Er wollte nicht. Die größten Schwätzer hatten immer am wenigsten zu zeigen. Trotz all seiner Angeberei war Brett kein Kämpfer. Ich hatte gesehen, wie er auf der Straße geweint hatte, nachdem er von seinem Skateboard gefallen war, und wie er in die Büsche gerannt war, wenn es Ärger gegeben hatte. Glaub mir, wenn ich sagte, dass er einen Schlag ins Gesicht genauso wenig wollte, wie ich ihn austeilen wollte.

„Nein? Okay dann. Lass mein Mädchen aus dem Spiel und wir haben kein Problem. Sind wir uns einig?"

Keine Antwort.

Ich trat einen Schritt nach vorne und wiederholte mich. „Sind wir uns einig?"

Seine Schultern sackten in sich zusammen. „Ja, Mann. Ich weiß nicht, was dein Problem ist."

Genau, wie ich vermutet hatte. Hatte nichts vorzuweisen.

Ich griff nach James' Schulter und lächelte. „Danke, dass du mich beruhigt hast."

„Alter, jederzeit." Bildschirmschoner nickte mit seinem Wackelkopf, bevor er seine Stimme senkte. „Und, äh, nur fürs Protokoll – sie ist heiß. Da würde ich voll zuschlagen."

Es war als Kompliment gemeint, wenn auch ein verkehrtes, also ließ ich es durchgehen, denn so war Bildschirmschoner eben, der Typ, der immer noch Hasenohren machte, wenn er sich die Schuhe zuband.

Als ich mich auf den Weg machte, rief mir Valentine hinterher. „Wo gehst du hin?"

„Dahin, wo ich schon vor fünf Jahren hätte hingehen sollen. Man sieht sich, Valentine."

Jeder Schritt, den ich machte, brachte neuen Schwung mit sich und als ich die Schwelle von Utopia überschritt, atmete ich die frische Luft ein. Endlich wusste ich, wo ich hinwollte.

Sam und Shannon sahen meiner Annäherung staunend und mit offenen Mündern zu. Ich kam an ihrem Tisch zum Stehen, während sich die Blicke der umliegenden Leute in meinen Rücken brannten.

„Hey, Shannon." Ich nickte mit dem Kopf in ihre Richtung und lächelte. „Ich bin Keith."

„Ja, das bist du." Sie kicherte, wobei das Erröten ihre liebenswerten Sommersprossen nur noch vervielfachte. „Ich habe schon viel von dir gehört."

Ich machte eine Show daraus, als ich zusammenzuckte. „Ist irgendetwas davon gut?"

„Ein klitzekleines bisschen." Zur Betonung benutzte sie ihre Finger.

Sam gab ihr einen Klaps auf den Arm und sie lachten. Hier gab es keine Verstellung, kein Einander-Übertrumpfen. Es war diese Art von Freundschaft, die ich anstreben musste.

„Es ist schön, dich in dieser Gegend zu sehen, Keith", sagte

Shannon und schaute hinter mich. „Aber vielleicht solltest du zurückgehen, bevor deine Freunde eine Intervention starten."

Meine Augen waren nun auf die von Sam gerichtet und ich machte mir nicht die Mühe, mich umzudrehen. Ich wusste, was ich finden würde – eine Menge Schaulustige, die in meine Richtung blickten. Wen interessierte das schon? Sollten sie doch starren. Ich würde nicht zurückgehen. Niemals.

„Kann ich mich setzen?"

Sam nickte und lächelte, während sie meinen Blick mit ihren warmen, honigfarbenen Augen festhielt. „Warum hast du so lange gebraucht?"

KAPITEL ZWÖLF

Samantha
Die Schildkrötenrolle

6:30 Uhr am Samstagmorgen. Das hatte er gesagt. Ich schaute auf meine Uhr. 6:32. Jep, er würde nicht kommen. Ich hätte ihn gestern Abend um eine Bestätigung bitten sollen. Im besten Fall hatte er es einfach vergessen. Schlimmstenfalls hatte er entschieden, dass ich die Mühe nicht wert war. Ich meine, was hatte ich schon erwartet? Ein Tag an meinem Tisch in der Mensa und plötzlich war ich vertrauensvoll in seine Arme gefallen.

Ich sollte gehen. Eigentlich hätte ich gar nicht erst herkommen sollen. In diesen Ozean zu gehen, wäre mein wahrgewordener Albtraum. Etwas an den unerforschten Tiefen des Unbekannten machte mir Angst. Meine Angst war über die Jahre immer größer geworden und ich verband den Ozean irgendwie mit dem Tod – meinem Tod. Und seit Sullys Selbstmord hielt ich mich von der Gefahr fern und zog es vor, in einer in Luftpolsterfolie gehüllten Welt zu existieren.

Ich schaute wieder auf meine Uhr. 6:33 Uhr. *Fick dich, Keith*

McKallister – du zwingst mich, neben einem Mülleimer auf einer Bank zu sitzen, auf einem Parkplatz deiner Wahl! Wenn er glaubte, dass ich ihm Nachhilfe geben würde, nachdem er mich hier zurückgelassen hatte, um von seinen beschissenen Gedenkmöwen bombardiert zu werden, sollte er besser nochmal nachdenken. *Viel Glück beim Bestehen von Geometrie, du Trottel.* Ich meine, guter Gott, jeder weiß, dass parallele Linien sich nicht kreuzen!

Als ich um 6:34 Uhr morgens gedemütigt auf einer Parkbank saß, begann mein Körper zu rebellieren. Ich zog das Sweatshirt enger um mich, als mich eine Welle von Schüttelfrost erfasste. Ich war mir nicht sicher, ob die Reaktion auf die Kälte zurückzuführen war oder ob ich vor Angst zitterte. Ich hob den Kopf und sah mich in der feinen Nebelschicht um. Der Sonnenschein, den wir täglich genossen, hatte sich noch nicht durch den Küstennebel gebrannt und machte die Luft heute besonders kühl.

Meine Zähne klapperten. Wie konnte ich nur daran denken, meinen Körper in den widerspenstigen Pazifischen Ozean zu tauchen? Touristen neigten dazu zu glauben, dass die kalifornische Küste nettes, lauwarmes Wasser zum Herumtollen bot. Ähm ... nein. Dies war nicht die Karibik. Der Pazifik war zu tief, zu wild und zu sehr von gefährlichen Kreaturen bevölkert, um dieses warme, kuschelige Gefühl abzugeben.

Das Aufheulen eines Motors in der Ferne erregte meine Aufmerksamkeit und ich erstarrte in Erwartung. *Bitte sei er. Bitte rette meinen Glauben an die Menschheit.*

„Sam! Hey, Sam!" Keith brüllte meinen Namen aus dem Fenster und fügte seinem lauten Auftritt eine Hupe hinzu. Und einfach so vergaß ich, wie sehr ich ihn verachtet hatte. Oder wie kalt mir war. Oder wie verängstigt ich war. Er war wegen mir gekommen und das war alles, was zählte.

Ich joggte zu ihm hinüber und gab ihm einen Klaps auf den Arm, der aus dem Fenster baumelte. „Mein Name ist Samantha, du Idiot."

„Sorry, dass ich zu spät bin. Ich konnte den verdammten Pick-up nicht starten. Bist du sauer? Du siehst sauer aus."

Ich schüttelte den Kopf.

„Lügnerin. Du hast meinen Tod geplant, stimmt's?"

Wie genau er mich doch kannte. Ich lachte und nickte. „Ja."

Er sprang aus seinem Pick-up, umarmte mich und ging dann nach hinten, um zwei Surfbretter von der Ladefläche zu ziehen.

Ich fuhr mit der Hand über die Rostlaube, die er Pick-up nannte. „Netter Schlitten. Was ist denn mit deinem Schrottauto passiert?"

„Tja, wie es der Zufall so will, steht bei meinem Haus eine Menge beschissener Fahrzeuge zur Auswahl herum. Dieses hier eignet sich gut für Fahrten zum Strand. Surfbretter. Siehst du?"

„Ah." Ich nickte. *Sei still, mein Herz.* Keith war so liebenswert geschwätzig – genau, wie ich ihn mochte. „Ich verstehe."

„Offiziell darf ich das Surfmobil nur zum und vom Strand fahren, denn jedes Mal, wenn dieses Baby achtzig Kilometer pro Stunde erreicht, fängt es an, Teile zu verlieren. Kannst du glauben, dass mein Vater diesen Pick-up schon seit über zwanzig Jahren hat?"

Ich warf einen Blick auf das uralte Biest. „Ja. Ja, das kann ich."

Mit seiner gewinnenden Art und seinem durchdringenden Blick hatte ich fast vergessen, dass Keith im Begriff war, meine vorhersehbare Welt zum Teufel zu jagen. „Entspann dich, Sam. Du siehst aus, als hättest du gerade einen abgetrennten Finger in deiner Chilischüssel gefunden."

„Schön wär's. Ich habe dir ja gesagt, dass ich den Ozean nicht mag."

Er drückte mir einen Neoprenanzug in die Hand. „Und ich habe dir gesagt, dass ich das bald ändern werde. Geh und zieh den hier an."

Ich hielt den winzigen Anzug hoch und begann ernsthaft, nicht nur an meinem Verstand zu zweifeln, sondern auch an seinem. Glaubte er wirklich, dass ich mehr als einen Oberschenkel in diesen klitzekleinen Anzug zwängen konnte?

„Er gehört meiner Schwester", erklärte er.

„Der Vierjährigen?"

„Nein", lachte er. „Emma."

Oh, das erklärte es. Ich hatte seine Schwester in der Schule gesehen und selbst mit meinen mittlerweile fünf Kilo Gewichtsverlust würde ich auf keinen Fall in einen Anzug passen, den sie trug. Sie war die sonnenumschmeichelte Perfektion. Ich war wie ihr blasser, molliger, zweieiiger Zwilling.

Keith schien mein Zögern zu bemerken. „Er soll eng anliegen."

Oh, ja. Er wird auf jeden Fall eng sein.

„Komm schon. Lass uns gehen, Anderson. Hör auf, Zeit zu verschwenden. Ich gebe dir drei Minuten, um den Neoprenanzug anzuziehen. Wenn du länger brauchst, treffen wir uns am Strand."

Ich wollte ihn daran erinnern, dass er derjenige war, der sich verspätet hatte, doch sein ungeduldiger Gesichtsausdruck verriet mir, dass Keith nicht mit mir spielte. Er hatte vor, mich zu verlassen, wenn ich mich nicht an das Programm halten würde. Vielleicht war es genau das, was ich brauchte, denn anstatt mich ewig zu hinterfragen, raste ich zu den Toiletten und begann den mühsamen Prozess, den Anzug über meine breiten Hüften zu zerren. Das war der schwierige Teil, der einen delikaten Tanz des Hin- und Herverteilens erforderte, bevor der Rest des Anzugs mit organ-zwickender Perfektion seinen Platz einnahm. Und, wie ein Seehund in einer sehr eng anliegenden zweiten Haut watschelte ich nur Sekunden vor Ablauf der Zeit zu Keith hinaus.

Seine Augen wanderten über mich, landeten direkt auf meinem Robbenfellanzug und er nickte.

„Was? Ist er gerissen?", fragte ich und verschränkte meine Arme vor mir. Ich war so was von nicht in meinem Element.

„Nein. Ich habe nur ... verdammt, du siehst heiß aus."

„Tue ich das?"

Er schlang seinen Arm um meine Taille und zog mich an sich, sodass sich unsere Körper verführerisch aneinander pressten. Keiths Lippen schwebten dicht bei mir, neckten und verführten mich. Zu sagen, dass ich nicht in meinem Element war, wäre eine Untertreibung. Letzte Woche hatte ein Junge zum ersten Mal meine Hand gehalten. Heute wollte er mich küssen. Es war ein Moment, von dem ich geträumt hatte, doch jetzt, wo der Junge hier und begierig darauf war, hatte ich keine Ahnung, was ich mit ihm tun sollte. Ich duckte mich unter seiner Umarmung weg.

„Was ist los?", fragte er mit gerunzelten Brauen.

„Nichts ist los. Es ist nur – ich bin noch nie geküsst worden. Falls du das vorhattest. Vielleicht wolltest du das nicht und ich habe die ganze Sache völlig falsch verstanden und wenn ja, tut es mir leid, aber ..."

Als ich das Grinsen auf Keiths Gesicht bemerkte, hörte ich auf zu schwafeln.

„Ich wollte dich küssen, aber mir war nicht klar, dass du erst einen Entwurf machen musst."

„Eher einen groben Entwurf", fügte ich spielerisch hinzu.

„Ich denke, dich ins Bett zu bekommen, würde eine ganze Dissertation erfordern."

„Wow. Du musst es langsamer angehen, Keith. Ich werde mit dir nicht über eine Hausarbeit hinauskommen."

„Das werden wir ja sehen", antwortete er selbstbewusst.

Seine Verspieltheit zauberte ein Lächeln auf meine Lippen. „Nein, werden wir nicht."

Er packte mich wieder und bevor ich nachdenken konnte, drückte er mir einen schnellen Kuss auf die Lippen. „So. Jetzt wurdest du geküsst. Hör auf, es seltsam zu machen."

Er ließ mich los, nahm sein Surfbrett und begann in Richtung Wasser zu joggen.

Meine Finger fanden meine Lippen und ich grinste wie eine

Verrückte, bevor ich mein eigenes Brett nahm und ihm hinterherlief.

Erschöpft, durchnässt und ernsthaft herausgefordert, paddelte ich raus, vorbei an den gebrochenen Wellen, um mich an der richtigen Stelle zu positionieren, um den perfekten Ritt zu erwischen. Bis zu diesem Punkt zu kommen war ein Kampf für Körper und Geist gewesen. Es gab nichts Besseres als nach Luft zu schnappen, während ich in den Wellen umhergeworfen wurde, um das Offensichtliche zu verdeutlichen – dass ich ernsthaft aus der Form war. Als ich einiges an Gewicht verloren hatte, hatte ich mir selbst vorgemacht, dass ich eine schlanke, gemeine Kampfmaschine war, doch nur ein Tag am Strand bewies das Gegenteil. Selbst wenn ich nie eine Welle erwischen würde, würde ich meine Fitness von diesem Tag an zu meiner Aufgabe machen.

Der Kampf mit meiner Seele erwies sich als leichter zu überwinden, denn in dem Moment, in dem ich meinen großen Zeh in den eiskalten Pazifik tauchte, verlangsamte sich jede Gehirnaktivität. Ich konnte mich nicht mehr daran erinnern, wo oben war, geschweige denn, dass ich mir Gedanken über alberne Dinge wie Tod und Zerstückelung machte. Mein Verstand hatte nur ein Ziel: Surfen. Irgendwie wusste ich, dass alle Probleme der Welt gelöst werden würden, wenn ich nur meinen unsportlichen Körper auf das Brett bekam. Ich hielt die Macht des Universums in meinen Händen … wenn ich nur die nächste Brandung überstand.

Doch als ich meine Siegesrede vorbereitete, schlug mir eine Wand aus Wasser ins Gesicht. Ich würgte an dem salzigen Gebräu, das meine Nase flutete. Jede Bewegung mit meinen Händen, um das Wasser wegzuwischen, machte mein Gesicht nur noch nasser. Ich betatschte mich und hustete einen Schwall Wasser heraus, bevor ich mich umdrehte und Keith sah, der mich amüsiert musterte.

„Alles klar bei dir, Champ?"

„Abgesehen davon, dass ich einen Schwarm Guppys verschluckt habe? Klar."

„Das ist die Surfer-Version von Sushi."

„Ja. Lecker."

Keith ließ sich auf den Bauch fallen und paddelte los. „Du musst dich vor den Wellen in Acht nehmen, Sam. Die kriegen dich jedes Mal. Also, los geht's. Wir wollen unseren Platz im Lineup nicht verlieren."

„Stimmt, denn es wäre doch schade, wenn ich es nicht rechtzeitig nach vorne schaffe, damit die anderen Surfer mich auslachen können."

„Nichts ist umsonst, Sam. Du musst dir den Respekt verdienen."

Und dann war Keith plötzlich weg, nachdem er sein Brett unter Wasser geschleudert hatte, um dann kopfüber zu schweben, bis die Welle vorbei war.

„Oh, scheiße." Ich umfasste die Seite meines Boards und folgte ihm unter die Wasserlinie. Die gefürchtete Schildkrötenrolle. Egal wie oft ich sie heute schon gemacht hatte, das Manöver löste jedes Mal Panik aus. Unter Wasser die Luft anzuhalten war eine Sache, aber sie anzuhalten, während man kopfüber baumelte, war eine ganz andere.

Sobald die Brandung über mich hinweggezogen war, drehte ich das Brett wieder um und schob meinen Bauch wieder auf die glatte Oberfläche. Keith war bereits zurück und wippte auf seinem Board, als ob ihm die Anstrengung des Kampfes mit der Strömung nichts ausgemacht hätte. Er zeigte auf den Horizont.

„Siehst du sie, Sam? Sie kommt."

Ich folgte der Richtung seines Fingers, um die perfekte Welle entstehen zu sehen. Es war meine. Ich konnte es fühlen. Ohne meinen Blick von der Erlösung abzuwenden, die sich nicht weit in der Ferne bildete, nickte ich Keith zu. Das war es, was ich die ganze Zeit gebraucht hatte – etwas, das mir Konzentration abverlangte und mich herausforderte. Zum ersten Mal seit Sullivans Tod konnte ich klar denken und alles ergab endlich einen Sinn. Wir waren nicht auf diese Erde gebracht worden, um zu überleben. Wir waren hierher gebracht worden, um zu leben. Sullys Selbstmord hatte mich unter die Wasserlinie gezogen, doch anstatt wieder aufzutauchen, war ich kopfüber in der Schwebe hängen geblieben. Es war wie die Schildkrötenrolle meines Lebens, bei der ich die Drehung nie vollendet hatte.

Heute war der Tag, an dem ich wieder auftauchen würde. Ich würde wieder auf meinen eigenen Füßen stehen und wenn die Welle kam, würde ich sie bis zum Ufer reiten, so wahr mir Gott helfe.

Keith drehte sich auf seinem Board und starrte mir in die Augen, der Nervenkitzel des Augenblicks war uns beiden anzumerken. „Sie ist wunderschön, Sam, und trägt deinen Namen."

„Samantha", korrigierte ich mit einem breiten Lächeln.

Keith packte meinen Arm und zog mich zu sich heran. Seine Hände legten sich um meinen Nacken und er presste seine salzigen Lippen auf meine. Dieses Mal war ich nicht schüchtern und zaghaft. Dieses Mal küsste ich ihn mit all der Aufregung zurück, die dieser Moment für mich bedeutete. Als er unsere Verbindung unterbrach, schob Keith mein Board in Richtung der Welle.

„Geh und hol dir den Respekt, den du verdienst, Samantha."

Ohne Neoprenanzug lagen Keith und ich auf dem Rücken am Fuße einer Sanddüne und sonnten uns. Ich war gerötet von meiner Leistung und ein Gefühl der Euphorie hatte sich über mich gelegt.

„Warum habe ich das nicht schon früher gemacht?"

Keith drehte sich auf seine Seite und stützte sich auf seinen Ellenbogen, bevor er mit einem Finger an meinem Dekolleté entlangfuhr. „Es heißt ‚Nein'. Ich habe dir gesagt, dass Surfen dein Leben verändern wird."

Seine Berührung war so beiläufig, als ob er mich regelmäßig streicheln würde und es für ihn zu einer Nebensache geworden wäre. Aber ich? Ja, mein Körper nahm es nicht so nonchalant hin. Ich zitterte, als wäre ich gerade mit einem Eisberg kollidiert.

„Ist dir kalt?", fragte er und der Hauch eines Grinsens umspielte seine Lippen. Er wusste verdammt genau, warum ich zitterte.

„Nein. Ich bin verwirrt."

„Verwirrt?" Keith stützte sich ein wenig höher auf seinen Ellbogen, doch anstatt aufzuhören, glitten seine Finger einfach weiter meinen Hals hinunter, bis sie sich in die Vertiefung meines Dekolletés schmiegten. „Worüber? Ich denke, ich habe meine Absichten verdammt deutlich gemacht."

„Oh, das hast du", erwiderte ich und schnappte nach Luft, als seine Hand noch tiefer ging. „Ich kann nur nicht herausfinden, was dein Standpunkt ist."

Keith lachte. „Du sagst das, als ob ich ein komplizierter Typ wäre, Sam. Ich weiß nicht mal, wo die Sonne hingeht, wenn der Mond herauskommt. Ich habe keinerlei Masterplan. Ich kann dir versichern, dass ich, wenn es um Verführung geht, ein Einfaltspinsel bin."

„Also, darum geht es hier? Du versuchst, mich zu verführen?"

„Wenn du es wissen willst, dann mache ich meinen Job nicht richtig. Wie wäre es damit?" Keith schmiegte sich etwas näher an mich, bis ich spürte, wie sich sein „Standpunkt" in meinen Oberschenkel drückte.

„Ja, ich weiß, dass du ein Fuckboy bist, Keith. Das ist in der Schule allgemein bekannt. Was ich nicht verstehe, ist, warum ich? Ich bin nicht das typische One-Night-Stand-Flittchen."

„Oh, Sam." Keith grinste, seine Hand glitt über meine Brust und die Länge meines Bauches hinunter, bevor sie Zentimeter über meinem Geschlecht zum Halt kam. „Wenn der Kerl es richtig macht, hat jedes Mädchen ein kleines Flittchen in sich."

Seine Hand entspannte sich auf meinem Hügel und ich pulsierte vor Erregung. Da ich noch nie von einem Mitglied des anderen Geschlechts berührt worden war, war das, als würde ich in sieben Sekunden von Null auf Hochtouren kommen. Oh Gott, wie sehr wollte ich Teil des Abhebens sein. Keith übte nur ein wenig Druck aus und ich klemmte meine Lippe unter meine Zähne und stöhnte. Was war hier nur los? Wie konnte mein Körper mich so leicht betrügen? Ich bebte und erwiderte seine Berührung mit dem Wippen meiner Hüften.

Die Laute der Kinder, die am Strand herumtollten, rissen mich aus der Trance, als mir klar wurde, dass ich in neun Monaten selbst stolzer Besitzer eines solchen Krachmachers sein könnte.

„Keith." Ich setzte mich auf und bedeckte mich mit meinen Armen. „Zu schnell."

„Sorry. Ich war erregt. Du hast mich nicht aufgehalten, also habe ich gedacht: ‚Zur Hölle, ja.'"

Die Vorstellung, dass ich ihn erregt hatte, war so neu, dass ich Mühe hatte, sie für wahr zu halten. Angst zeigte sich auf meinem Gesicht und fand Keiths Aufmerksamkeit.

„Hey, es tut mir leid. Mein Fehler. Ich hätte nicht so viel Druck machen sollen."

„Nein. Es hat mir gefallen, es ist nur … ich muss wissen, was genau wir sind."

„Brauchst du eine Definition?"

„Ich würde eine bevorzugen, ja."

„Wir sind …" Seine Finger fuhren über mein Bein. „Was auch immer du willst, dass wir sind."

„Was ich will?", fragte ich. „Ich denke, wir wissen beide, was ich will."

„Dann ist es das, was wir sind."

„Kannst du etwas genauer sein?"

Keith drehte sich um und war in Sekundenschnelle auf den

Beinen. Ich beobachtete, wie er sich einen Stock schnappte und begann, in den feuchten Sand zu schreiben. Innerhalb eines grob gezeichneten Herzens standen die Worte: *Willst du meine Freundin sein?*

Als er sich wieder zu mir umdrehte, breitete er seine Arme weit aus und rief: „Ist das spezifisch genug?"

∼

Als er im Fahrerhaus seines Pick-ups über mir hockte, ließ ich meine Hand mit langsamen, sicheren Bewegungen über ihn gleiten.

„Sam", keuchte er.

Es war weder eine Frage noch ein Befehl, nur mein Name, der mit jeder quälenden Berührung aus seiner Kehle gerissen wurde. Ich hatte die Macht, ihn in die Knie zu zwingen, und das tat ich, wann immer sich die Gelegenheit ergab. Vor Ekstase pulsierend, griff ich mit meiner freien Hand nach seinem sehnigen Bauch. Abgesehen von seinem allzu antatschbaren Arsch war das mein Lieblingsteil an ihm. Seine Bauchmuskeln waren vom Surfen kräftig und schlank und sie hoben und senkten sich unter meinen Manipulationen, was eine Flutwelle der Lust durch mich sandte.

Das hier – was wir im Surfmobil taten – brachte uns auf eine Art und Weise zusammen, die ich mir nie hätte vorstellen können. Es hat uns von Freunden zu Liebenden gemacht, ja. Doch es war so viel mehr. Ich war kein trauriges kleines Mädchen mehr. Wenn Keith jetzt mit seinen Fingern über meine Haut fuhr, hatte ich das Vertrauen, seine Berührung zu genießen. Mein Körper, einst ein Gefäß der Lethargie, hatte sich in etwas verwandelt, das ich nie für möglich gehalten hätte. Nicht nur, dass meine sonnenentwöhnte Haut unter den warmen Strahlen braun geworden war, sondern auch etwas, das an Muskeln erinnerte, hatte begonnen, meine Arme und Beine neu zu gestalten. Sogar meine Bauchmuskeln zeigten Anzeichen des Erwachens aus einem Tiefschlaf.

Wenn ich jetzt mit meinem eigenen Surferboy, der an meiner Seite klebte, durch die Gänge unserer High-School ging, war ich das Bild von Selbstvertrauen und Gelassenheit. Bei ihm zu sein und seine Liebe zu spüren, gab mir den Mut, zu einem neuen Ich aufzublühen. Zum ersten Mal in meinem Leben entschied ich mich für meinen eigenen Weg und der war mit Keith.

Zwei Monate waren vergangen, seit er mich im Sand gefragt hatte, ob ich seine Freundin sein wollte, und wir hatten nicht zurückgeblickt, nicht eine Minute lang. Der Strand wurde zu unserem Zuhause und jede Minute, die wir gemeinsam auf den Wellen verbrachten, führte uns näher zusammen. Wir redeten viel, während wir auf den Brettern wippten, über meine familiäre Situation und über seine Träume, eines Tages mit seinen Brüdern einen Surfshop zu besitzen. Und je länger wir redeten, desto mehr geriet mein College-Fluchtplan ins Wanken. Ich wollte für immer hier bei Keith bleiben.

Die einzige Person, die meine Verwandlung nicht feierte, war meine Mutter. Je mehr ich mich zu lieben begann, desto mehr schien sie mein neues Ich zu hassen. Als klar geworden war, dass sie mich nicht mehr mit Einschüchterung und Gewalt kontrollieren konnte, hatte sie ihre Strategie geändert und setzte nun regelmäßig Sabotage und hinterhältige Angriffe ein.

Keith geheim zu halten, war zu einer Notwendigkeit geworden. Falls sie herausfand, was wir im Fahrerhaus des zwanzig Jahre alten Pick-ups seines Vaters taten, fürchtete ich um unsere Sicherheit. Sie war labil und es wurde immer schlimmer. Zweimal in den letzten Monaten wäre sie wegen ihres unberechenbaren Verhaltens fast von der Immobilienfirma, in der sie arbeitete, gefeuert worden. Wäre sie nicht so eine produktive Maklerin gewesen, wäre man sie sicher schon längst losgeworden. Trotzdem hatte sie im Moment nur eine letzte Chance bekommen und ich musste mich fragen, wie lange sie noch in der Lage sein würde, die Rechnungen zu bezahlen.

„Hey", flüsterte Keith und strich mit seiner Zunge leicht über meine Nippel. „Bist du bei mir?"

Während er die feste Spitze in seinen Mund saugte, glitt seine freie Hand zu meiner anderen Brust und seine Finger spielten mit dem Nippel.

Ja, ich war bei ihm. Natürlich war ich das. Immer. Keith war die einzige Konstante in meinem Leben und niemand konnte mich jemals davon überzeugen, dass das, was wir taten, falsch war. Ich liebte Keith. Er liebte mich. Das war alles, was zählte.

„Ich bin bei dir", antwortete ich und zitterte, als er mich weiter mit seiner Zunge bearbeitete. Ich ließ einen Fuß über die Sitzbank des Pick-ups baumeln und spreizte meine Beine weit, um ihn einzuladen. So nah, nur eine dünne Schicht Stoff trennte mich von dem, was ich begehrte.

Keith wusste, was ich wollte. Er brauchte nicht zu fragen. Schließlich war er derjenige, der mich überhaupt erst in dieses Vergnügen eingeführt hatte.

Wir hatten langsam angefangen und jeder Abend brachte uns weiter und weiter, bis ich eine bebende Masse von Verlangen war, bereit und willig, mich zu ergeben. Und wenn ich am nächsten Morgen aufwachte, konnte ich den Unterschied spüren. Die Kraft. Es war, als ob ich die Welt durch eine andere Brille sehen würde. Ich fühlte mich stärker und entschlossener. Niemand würde mich jemals wieder für Zielübungen benutzen.

Keith fuhr mit seinen Fingern an meinem inneren Oberschenkel entlang und über meinen pulsierenden Hügel. Ich streckte mich nach oben und wollte, dass er tiefer vordrang, während mein Körper unter seiner Berührung wie elektrisiert war. Seine Hand wanderte unter den Rand meines Höschens und fand mich gierig vor. Glitschig und erregt und bereit. Er glitt am Schlitz entlang, bevor er zwischen meinen Lippen eintauchte. Ich krümmte mich gegen ihn und tat es ihm Stoß für Stoß nach, unfähig, meinen Körper ruhig zu halten oder meine Schreie zu unterdrücken. Und dann passierte es. Die Welt zersplitterte in tausend Stücke und riss mich mit sich.

Erschöpft und keuchend fiel ich zurück auf den Sitz. Keith legte seinen Kopf auf meine Brust und beobachtete mich mit einem kleinen Lächeln.

Ich fuhr mit den Fingern durch sein Haar und drückte ihm einen Kuss auf die Lippen. Und er wusste es. Ich war bereit. Ohne den Blickkontakt abzubrechen, öffnete Keith das Handschuhfach und fand das Folienpaket, riss die Kondompackung mit seinen Zähnen auf. Und dann war er über mir und ich konnte das Gewicht seiner Liebe spüren. Ich sah es auf seinem Gesicht und in seinem Lächeln.

Ich legte eine Hand auf seine Schulter und gab ihm einen sanften Stups.

„Nein", flüsterte ich. „Ich bin dran."

KAPITEL DREIZEHN

Keith
Die Metamorphose

Der Himmel war der einzige Weg, um die süße kleine Handvoll Hintern zu beschreiben, die sich gerade an meine Erektion schmiegte und sich langsam auf quälende Weise an mir rieb. Sam benötigte weder meine Hilfe noch meine Führung, als sie ihren Körper über meinem positionierte und diese Einstellung war eines meiner Lieblingsdinge an ihr – na ja, das und ihr wohlgeformter Arsch ... und ihr Killer-Body ... und ihre seidig glatte Haut. Versteh mich nicht falsch, ich mochte auch ihre Persönlichkeit, aber in diesem Moment trat das hinter ihrer körperlichen Perfektion in den Hintergrund.

Nichts auf dieser Welt war besser, als meinem Mädchen dabei zuzusehen, wie sie sich krümmte und stöhnte und über die Kante der Lust fiel. Ja, das war meine absolute Lieblingseigenschaft an ihr – so sehr, dass die Erinnerung an ihren Höhepunkt durch meinen Kopf schweben würde, falls ich heute starb und ins Licht wanderte.

Ich war jetzt in ihr und Sam bewegte sich langsam und neckte mich. Ihr Gesicht verzog sich, als die Lust sie übermannte. Verdammt noch mal, sie war wunderschön. Meine ungeduldigen Finger fuhren der Länge nach über ihre gebräunte Haut, die von den Wellen gestaltet worden war. Ihr Körper war jetzt eine durchtrainierte Maschine, aber irgendwie fühlte sie sich immer noch so weich wie Butter an – makellos und glatt unter meinen Händen. Wenn ich tausend Leben hätte, ich könnte nie genug von ihrem Körper bekommen.

Sie beugte sich vor und drückte mich in das Polster. Ein Sturm sammelte sich an der Basis meiner Wirbelsäule, als ich in sie stieß. Sie warf ihren Kopf zurück und hielt mit mir Schritt, während ich ihren Hals mit einer Raserei von Küssen bedeckte. Sam legte faul einen Arm über meine Schulter und streichelte meinen Nacken, während ihre andere Hand leicht über meinen Rücken strich. Meine Handflächen schmiegten sich an die Wölbungen ihrer Brüste und ich fuhr mit meinen Fingern über ihre Nippel. Stockende Atemzüge drangen aus ihrer Kehle und mein Name entwich ihr mit einem rauen Stöhnen. Ermutigt ließ ich meine Zunge über ihre Nippel gleiten und verlor mich in der Raserei. Sie drückte fester zu und ich kam ihr mit Hingabe entgegen.

Ihr Mund fand meinen und als sich unsere Bewegungen beschleunigten, wurde Sams Zunge zum Angreifer und verhedderte sich mit meiner in einem Rausch. Schließlich zog sie sich zurück und ihre Lippen waren geschwollen, feucht und wollüstig. Und Scheiße – so wie sie mich ansah –, war ich es nicht wert.

„Du bringst mich um, Sam."

Sie fuhr mit ihrer Zunge an meinem Schlüsselbein entlang und ihre Lippen verzogen sich zu einem Lächeln. Sie wusste, was sie mit mir anstellte, die Art, wie mein Körper bei jeder glitschigen Berührung zuckte. Das Licht von oben beleuchtete die goldenen Strähnen in ihrem langen braunen Haar. Sam sah aus wie ein vom Himmel gesandter Engel ... und fühlte sich auch wie einer an.

„Ich liebe dich so sehr, Babe."

Sie antwortete nicht – konnte nicht antworten, denn ein strategisch platzierter Daumen begleitete meine Erklärung und erschütterte sie unter meiner Berührung. Mit ihrer Unterlippe zwischen den perfekt geraden Zähnen warf Sam ihren Kopf zurück und wimmerte.

Nichts hatte jemals so gut ausgesehen. So appetitlich. So richtig. Ein Rausch der Euphorie durchströmte mich. Ich hatte mich noch nie so lebendig gefühlt.

Ich wippte mit ihr, während sich die Ekstase aufbaute und als ich mit einem letzten Stoß ihr Ende erreichte, brach ich tief in ihr aus. Mit jeder Bewegung, jedem Zucken, das wir teilten, wurde unsere Verbindung besiegelt.

Da Sam meine Existenz vor ihrer verrückten Mutter verheimlichte, setzte ich sie am Lebensmittelladen ab, wo sie früher am Tag ihr Auto geparkt hatte. Hier trennten sich unsere Wege bis zu dem Tag, an dem wir beide unsere Beziehung in die Öffentlichkeit bringen konnten. Mein Geburtstag rückte immer näher und Sam befürchtete, dass ihre Mutter, wenn sie Wind davon bekäme, was wir nach Feierabend in meinem Pick-up taten, versuchen würde, mich verhaften zu lassen, wenn ich volljährig würde. Ich hatte ihre Mutter noch nicht kennengelernt, aber ich hatte nicht vor, mich mit ihr anzulegen. Ich hatte zu viel erreicht, hatte mich zu sehr verändert, um ins Gefängnis zu kommen, weil ich ihre Tochter liebte.

Meine Familie war eine ganz andere Geschichte. Sie würden Sam lieben und ich wollte sie ihnen vorstellen, aber sie war in der Nähe von elterlichen Figuren verständlicherweise nervös. Es bedurfte einiger Überzeugungsarbeit, doch schließlich hatte sie zugestimmt, sie an meinem bevorstehenden Geburtstag kennenzulernen.

Ein Ort, an dem wir uns nicht mehr verstecken mussten, war in der Schule. Dort wusste jeder, dass wir ein Paar waren. Na ja, ein Paar mit einer „Begleitperson" in Form einer sehr großen und sehr dünnen besten Freundin namens Shannon O'Malley. Wenn es je einen Schwanzblocker gegeben hatte, dann sie. Aber weil Sam sich weigerte, das Mädchen zu sein, das die beste Freundin für einen Kerl im Stich ließ, war Shannon ein fester Bestandteil unserer Beziehung geworden. Zum Glück verstanden wir uns wie dysfunktionale Geschwister.

„Bist du sicher, dass du morgen nicht abhängen kannst?"', fragte ich, obwohl ich die Antwort bereits kannte, doch ich überprüfte sie auf Risse.

„Du weißt doch, dass Shannon und ich einen Mädelstag haben. Aber du triffst mich am Montagmorgen am Strand, oder?"

„An einem Schultag?", fragte ich erstaunt, denn obwohl Sam ein kleines bisschen ein böses Mädchen geworden war, vernachlässigte sie nie das Lernen. „Du rebellierst!"

„Denk nach, Keith. Wovon redest du schon seit zwei Wochen?"

„Dass es uns erlaubt sein sollte, Kissen mit in den Unterricht zu nehmen?"

„Nein", lachte sie. „In welcher Welt wäre das denn eine gute Idee? Ich spreche vom Fortbildungstag der Lehrer. Den haben wir frei, schon vergessen?"

„Oh, fuck ja!" Ich klatschte auf das Dach meines Pick-ups. „Das habe ich total vergessen! Wir können den ganzen Tag zusammen verbringen."

„Das tun wir", sagte sie und kuschelte sich an meine Seite. Ich beugte mich hinunter und lächelte, ehe ich ihr einen feuchten Kuss auf die Lippen gab. Mann, ich konnte mich nicht erinnern, mich jemals so gut gefühlt zu haben. Mit Sam waren die Möglichkeiten endlos. Ich hatte bereits beschlossen, dass ich ihr folgen würde, wohin auch immer die Uni sie führen würde. So sehr war ich auf uns fixiert. Aber ich würde meinen Teil dazu beitragen und etwas aus mir machen, damit ich der Mann sein konnte, den sie verdiente. Die Dinge fügten sich zusammen. Unsere Zukunft sah rosig aus. Ich nahm mein Mädchen in die Arme, kraulte ihren Nacken und flüsterte ihr etwas Süßes ins Ohr und dann, als unser Surfdate feststand, gab ich ihr einen schnellen Abschiedskuss und wir trennten uns voneinander.

Hätte ich gewusst, dass dies unser letzter Tag als Paar sein würde, hätte ich den Moment genossen, aber hinterher ist man immer schlauer.

KAPITEL VIERZEHN

Samantha
Ich kenne ihn

Shannon und ich hatten den Tag mit ihrer Mutter in Los Angeles verbracht und kamen spät am Abend zurück, nachdem wir geshoppt, zu Abend gegessen und einen Film angeschaut hatten. Es schien alles in Ordnung zu sein, bis ich durch die Tür zu meinem Haus trat und meine Mutter auf mich zukam wie eine Kugel aus einer Pistole.

„Oh, mein Gott." Ich zuckte zurück und schlug gegen die Wand hinter mir. Was hatte ich mir nur dabei gedacht? Warum war ich nicht auf der Hut gewesen? Normalerweise öffnete ich die Tür einen Spalt und spähte zuerst hinein, doch mein Tag war so leicht und locker gewesen, dass ich die geladene Waffe in meinem Haus vergessen hatte.

„Wo bist du gewesen?", kreischte sie und kam direkt auf mich zu.

Ich wich ihr aus, an diesen Tagen erlaubte ich meiner Mutter nicht, die Oberhand zu gewinnen. Sie schien zu verstehen, dass ich stärker war als je zuvor und dass die Tage der körperlichen Tyrannei vorbei waren. Sie konnte mich mit ihren Worten angreifen, doch ihre Fäuste würden mich nie wieder berühren.

„Ich habe dir gesagt, dass ich mit Shannon ausgehen würde. Das hast du gewusst."

Der Fernseher dröhnte im Wohnzimmer und ich sah in ihr besorgtes Gesicht. „Tja, ich habe mir gedacht, du würdest unter diesen Umständen früher nach Hause kommen."

„Unter diesen Umständen?", fragte ich. „Wovon redest du?"

Da klingelte mein Handy. Ich sah nach – es war Shannon. Ich hatte sie gerade noch gesehen. Was konnte sie nur drei Minuten später von mir wollen? Ich ignorierte ihren Anruf. Es klingelte erneut.

„Hast du eine Ahnung, was da draußen los ist? Da läuft ein Verrückter frei herum! Und was hat meine Tochter getan – ist herumgelatscht wie eine Hure?"

Wenn sie es nur wüsste. Soweit meine Mutter wusste, war ich so rein wie an dem Tag, an dem ich geboren wurde, also waren diese Beleidigungen als Rufmord gedacht und nichts weiter.

„Warte. Wovon redest du da, ein Verrückter?"

Mein Handy klingelte erneut. Shannon. Jetzt machte ich mir ein wenig Sorgen, aber ich wusste, dass meine Mutter ausrasten würde, wenn ich unsere kleine Schrei-Session für einen persönlichen Anruf unterbrechen würde. Erneut ignorierte ich es.

„Der Kidnapper?" Ihre Stimme erreichte das höchste Crescendo. „Wie kannst du das nicht wissen? Ehrlich gesagt, Samantha, bin ich überrascht, dass du nicht selbst irgendwo in einem Graben liegst."

Sie war zu freundlich. Meine Mutter hatte schon immer einen bestimmten Umgang mit Worten. Aber ich war zu sehr an den Details dieses Verrückten interessiert, um auf sie loszugehen. „Welcher Kidnapper? Wovon redest du?"

„Der Junge, Samantha, der vor ein paar Stunden hier in

unserer Kleinstadt von der Straße weggeschnappt wurde. Es ist überall in den Nachrichten."

Im Wohnzimmer sah ich, dass im Fernsehen eine Pressekonferenz stattfand, und ich überging die Berichterstattung meiner Mutter, um mir ein genaueres Bild von den Profis zu machen. Eine Reihe von Reportern feuerte Fragen an den verantwortlichen Kommissar ab.

Da sie nicht wollte, dass meine Informationen von irgendjemandem außer ihr kamen, trat meine Mutter vor den Fernseher und erzählte hastig die Details. „Es ist direkt die Straße runter passiert, in diesem Gewerbegebiet bei Jenkins. Dreizehn Jahre alt. Er war mit seinem Bruder auf dem Skateboard unterwegs und irgendein Typ hat ihn einfach geschnappt. Ich bin mir sicher, dass er inzwischen tot ist."

Ich bekämpfte den Drang, meine Mutter für ihre Gefühllosigkeit zu beschimpfen, als ein Bild auf dem Bildschirm aufblitzte und ich einen Schritt zurücktrat. Der entführte Junge ... er sah aus wie Keith, aber er war es nicht. Ich blinzelte entsetzt.

„Was ... wie heißt er?"

„Wer?"

„Der gekidnappte Junge! Sein Name?" Ich erhob meine Stimme über ein akzeptables Maß hinaus und machte mich auf ihren Zorn gefasst, doch meine Mutter schien zu fassungslos über meinen Ausbruch zu sein, um aufs Stichwort zu kontern.

„Jake McKallister."

Das Gewicht einer Monsterwelle haute mich um und ich stolperte rückwärts und konnte mich gerade noch davor bewahren, über den Couchtisch zu kippen. Mein Handy klingelte erneut. Shannon. Das war der Grund, warum sie angerufen hatte. Sie wusste bereits, was passiert war. Tränen sammelten sich in meinen Wimpern und bereiteten sich darauf vor, mein Gesicht hinunterzulaufen. *Keith.*

„Samantha!" Die schrille Stimme meiner Mutter platzte in

meine Gedanken. „Was um alles in der Welt ist los mit dir? Du siehst aus, als hättest du einen Geist gesehen."

„Bist du sicher?", flüsterte ich, als schwarze Punkte durch meine Sicht wirbelten und drohten, mich zu Fall zu bringen. „Der Name. Bist du dir sicher mit dem Namen?"

„Ja. Wie ich schon gesagt habe, es steht überall in den Nachrichten. Was ist in dich gefahren?"

„Ich ... ich kenne ihn."

„Du kennst den entführten Jungen?", fragte sie, schockiert von der Wendung der Ereignisse. „Woher?"

„Ich meine, nicht ihn. Ich kenne seinen Bruder. Aus der Schule."

Doch in gewisser Weise kannte ich Jake, weil Keith ständig von ihm sprach. Ich wusste von seinen musikalischen Talenten. Keith schwor, dass er eines Tages ein Rockstar werden würde. Ich wusste, dass er der Bruder war, der Keith am nächsten stand und dass er sich manchmal seiner Hingabe unwürdig fühlte. Ich wusste diese Dinge, denn es gab Momente auf diesen Brettern, wenn wir auf dem Meer dümpelten, in denen wir Wahrheiten austauschten. Wenn das, was meine Mutter sagte, der Wahrheit entsprach, hatte Keith gerade seinen Sullivan verloren.

Mein erster Anruf ging an Shannon, um das zu bestätigen, wovon ich hoffte, dass es falsch war. Der zweite ging an Keith. Als er unbeantwortet blieb, stützte ich meine zitternden Hände auf den Küchentisch und schluckte die Angst hinunter – für Jake und für Keith. Dies war vor mehreren Stunden passiert, aber er hatte sich nicht bei mir gemeldet. Nicht ein einziges Mal. Wir redeten den ganzen Tag, jeden Tag, manchmal sogar bis spät in die Nacht. Wenn Keith mich deswegen nicht kontaktierte, war er entweder körperlich nicht in der Lage oder, schlimmer noch, er hatte sich geistig bereits abgemeldet. Ich musste zu ihm gelangen.

Trotz der Tatsache, dass es bereits nach meiner Sperrstunde war, schnappte ich mir meine Autoschlüssel und sprintete zur Tür. Ich ließ die inbrünstigen Proteste meiner Mutter hinter mir zurück und konzentrierte mich nur noch darauf, zu Keith zu gelangen, bevor er etwas tat, was er nicht mehr rückgängig machen konnte. Ich betete, dass meine Angst unangebracht war, doch Keith hatte mehr pharmazeutische Leichen im Keller, als andere wussten. In jenen Wochen vor seiner Entscheidung, dieses ganze Leben hinter sich zu lassen, hatte Keith nicht nur Gras geraucht, sondern auch Pillen geschluckt und geschnupft. Wäre er nicht zum rechten Zeitpunkt ausgestiegen, hätten die Dinge sehr weit außer Kontrolle geraten können.

Doch jetzt, nur wenige Monate nachdem er diesem Leben entkommen war, wurde seine Nüchternheit auf die schlimmste Art und Weise getestet und ich war mir nicht sicher, ob er die Disziplin besaß, um nicht durchzudrehen.

Ich war nur noch einen Block von Keiths Haus entfernt, als mir klar wurde, dass ich nicht mit dem Auto dorthin kommen würde. Zwei Polizeiautos blockierten die Einfahrt zu seiner Straße, was mich dazu zwang, zu parken und das letzte Stück zu Fuß zu gehen. Was ich sah, als ich ankam, ließ mich zusammenzucken. Eine Reihe von dunklen, unmarkierten Fahrzeugen, gemischt mit Streifenwagen. Reporter. Lichter. Und Geschrei – so viel Geschrei.

Ein paar Häuser weiter kam ich zum Stehen, als ein Schwall aus Eis meine Adern gefrieren ließ. Eine Frau, von der ich nur annehmen konnte, dass sie Keiths Mutter war, heulte irgendwo in seinem Haus. Ich war mit diesem Laut vertraut. Ich hatte in der Nacht, in der ich von Sullivan erfahren hatte, den gleichen Refrain geschluchzt. Ich erinnerte mich daran, als wäre es gestern gewesen: dieser schrecklich persönliche Moment, in dem die Wahrheit mit einem ekelerregenden Knall durchgesickert war.

Hatte die Traurigkeit bereits Keiths Herz umklammert? Würde mein süßer, alberner Surferboy jemals wieder derselbe sein, nachdem er die schrecklichen Folgen einer Tragödie erlitten hatte? Keith war in diesem Haus und er brauchte mich. Ich drängte mich durch die Menge nach vorne.

„Miss, ich muss Sie bitten, zurückzutreten", sagte ein junger Beamter und trieb mich weg. Er war kaum ein paar Jahre älter als ich und sah aus, als würde er die Uniform seines Vaters tragen. „Niemand kommt hier durch, wenn Sie keinen Wohnsitznachweis haben."

„Nein. Ich wohne hier nicht. Ich bin nur … der Vermisste ist der Bruder von meinem Freund."

Mir entging nicht das Zusammenzucken, das ihn überkam. Vielleicht würde er mit mehr Jahren im Job sein Pokerface entwickeln, doch im Moment sah der Beamte genauso entsetzt aus, wie ich mich fühlte.

Wusste er etwas, was ich nicht wusste? War es das, was er so unauffällig zu verbergen versuchte? Ein Keuchen entkam meiner Kehle. „Oh Gott, Jake ist doch nicht tot, oder?"

Der Beamte wandte seine Aufmerksamkeit dem Haus zu, bevor er den Kopf wieder zu mir drehte. „Ich weiß es nicht, Miss, aber er wünscht sich wahrscheinlich, er wäre es."

KAPITEL FÜNFZEHN

Keith

Teppichabschürfungen

Es war seltsam, welche Dinge eine Rolle spielten, wenn alles in der Welt in Ordnung war – wie das Internet, das mitten in einem Spiel ausfiel, oder jemand, der vergaß, die Rolle Toilettenpapier zu ersetzen. Wenn das Leben einfach war, wurde selbst die kleinste Unannehmlichkeit zur Hauptsache und erst als die Hölle wütend auf meine kleine, bequeme Existenz herabregnete, war ich in der Lage zu erkennen, was wirklich wichtig war. Familie.

Und nun war ein Teil von uns weg – gestohlen in die Nacht. Ich wusste nicht, wohin ich gehen oder wie ich mich verhalten sollte. Hektik wirbelte um mich herum, doch ich nahm nichts davon wahr. Die Angst war alles verzehrend. Jake war weg und nach der Geschichte zu urteilen, die Kyle über seine letzten Momente erzählt hatte, bestand eine gute Chance, dass er nicht zurückkehren würde – zumindest nicht ohne ein gottverdammtes Wunder. Und ich hatte meine Zweifel, ob meine Familie, als kollektives Ganzes, genug getan hatte, um solche Segnungen zu rechtfertigen.

Während meine verzweifelte Mutter aus vollem Hals heulte, überkam mich ein Gefühl des Schicksals. Ich wusste instinktiv, dass unsere Familie es nicht überleben würde, wenn Jake nicht nach Hause kam. Meine Gedanken gingen zu Sam. Wie hatte sie ihren Kopf über Wasser gehalten? Welche Reserven hatte sie angezapft, um weiterzumachen, als ihre Welt zusammengebrochen war? Ich war für sie da gewesen, als sie mir ihre Seele ausgeschüttet hatte. Ich hatte ihr Trost gespendet und ihr zugesichert, dass sie nicht allein war. Aber ich hatte keine Ahnung gehabt, wovon ich gesprochen hatte – keine Ahnung von dem Schmerz, der mit ihrem Verlust verbunden war. Wenn es darauf ankam, gingen wir alle alleine durch die Dunkelheit und, Gott hilf mir, wenn dieser Albtraum real war, wollte ich der Erste sein, der sich den Weg in die Vergessenheit bahnte.

So vergingen die Stunden ohne ein Zeichen meines kleinen Bruders und ohne einen Hoffnungsschimmer und ich begann, nach einem Ausweg zu suchen. Und, oh Mann, ich war so leichte Beute. Die bösen Einflüsse hätten mühelos ihre Hände um meinen Hals legen und mich in die Tiefe ziehen können. Ich war noch nicht lange genug clean, um mir neue Bewältigungsmechanismen angeeignet zu haben, und obwohl ich geglaubt hatte, dass jenes Leben hinter mir lag, war es in Wirklichkeit immer noch da, es schlummerte einfach nur und wartete auf den richtigen Auslöser, um das schwelende Jucken in mir zu entzünden. Und was könnte zündender sein, als meinen kleinen Bruder an einen Dämon zu verlieren?

Das Handy vibrierte in meiner zitternden Hand. Sam. Schon wieder. Warum konnte ich nicht einfach ihren Anruf entgegennehmen? Ich brauchte sie in diesem Moment. Sie liebte mich. Ich liebte sie. Wenn irgendjemand mich von der Kante des Abgrunds holen konnte, dann war es mein Mädchen. Warum also lehnte ich ihre Hilfe ab? Die Antwort war offensichtlich. Ich weigerte mich, mir den Luxus ihrer Stimme zu gönnen, denn Sam würde wollen, dass ich mich der Realität stellte – dass ich mit klaren Augen damit umging. Aber mit der Klarheit kam der Schmerz und wenn ich eines im Leben bewiesen hatte, dann dass ich nicht stark genug war, um harte Zeiten zu ertragen. Zur Hölle, selbst leicht unangenehme Zeiten waren genug, um mich über die Kante zu schubsen.

Ich schob das Handy in die Schublade und streckte mich auf meinem Bett aus, Bedauern brannte eine Schneise durch mein gequältes Gehirn. Anstatt die letzten Minuten, die mir mit Jake geblieben waren, zu genießen, hatte ich die letzten Stunden wie jedes andere Wochenende im McKallister-Haushalt verbracht – im Streit mit meinen Brüdern. Das war unsere einzigartige Art, die Langeweile zu vertreiben. Der heutige Streit war nichts Außergewöhnliches gewesen ... außer, dass ich mich jetzt, im Nachhinein betrachtet, deswegen übergeben wollte.

Wie die frechen kleinen Brüder, die sie waren, hatten sich Jake und Kyle in mein Zimmer geschlichen, während ich Videospiele gespielt hatte, und die gesamte Einrichtung umgestellt. Sie hatten mein Bett unter das Fenster geschoben und meine Kommode in den Schrank gezwängt. Sie hatten sogar die Poster von meiner Wand entfernt und sie verkehrtherum aufgehängt. Ich war wütend gewesen und hatte mich berechtigt gefühlt, ihnen eine Lektion zu erteilen. Jake war als Erster dran gewesen und wie ein Höhlenmensch hatte ich ihn durch den Flur unseres Hauses geschleift. Nicht, dass er es mir übelgenommen hätte. Jake war schließlich ein McKallister-Junge. Vergeltung wurde nicht nur erwartet, sondern vorausgesehen. Tatsächlich hatte er so getan, als ob eine Reihe von Teppichabschürfungen der größte Spaß wäre, den er die ganze Woche über gehabt hatte.

An jedem anderen Tag wäre unser Streit wie alle anderen abgeklungen. Doch jetzt, wo es möglicherweise meine letzte Erinnerung an ihn war – und vielleicht auch Jakes letzte Erinnerung an mich –, wollte ich nur noch den ganzen Tag zurückspulen, bevor er und Kyle beschlossen hatten, Skateboard zu fahren, bevor ihm eine Waffe an den Kopf gehalten worden war ... bevor mein kleiner Bruder zu einer Statistik geworden war.

Ich drückte ein Kissen auf mein Gesicht und versuchte, die Bilder von Jake und dem, was er durchmachen musste, zu verdrängen – falls er überhaupt noch am Leben war. Natürlich war er das. Ich konnte ihn nicht aufgeben. Es gab immer Hoffnung, richtig? Jake war erst seit etwa acht Stunden verschwunden und das bedeutete, dass wir noch Zeit für ein Wunder hatten. Er konnte immer noch befreit werden und nach Hause kommen – natürlich nicht unversehrt, aber wir konnten uns später mit den Nachwirkungen beschäftigen. Ich denke, ich sprach für uns alle, als ich sagte, dass wir jeden Ausgang akzeptieren würden, der nicht mit dem Tod endete.

Moms Wehklagen war verstummt. Ich wusste, dass ich da draußen sein sollte, um ihr meine Unterstützung anzubieten. Oder ich könnte im Krankenhaus sein, wo Kyle gerade wegen seiner Verletzungen behandelt wurde, die er bei der Entführung erlitten hatte. Zumindest könnte ich bei Emma auf der Couch sein und ihr Angebot, mir das kalte Abendessen zu servieren, das immer noch auf dem Küchentisch stand, leise abwehren. Aber ich hatte keinen Hunger – na ja, jedenfalls nicht von dieser Art. Das Einzige, was mich jetzt sättigen konnte, war in einem Schuhkarton in der hintersten Ecke meines Schranks versteckt. Ich hatte mich schon vor langer Zeit von seinem Inhalt befreien wollen, aber wie die Kalorienbombe, die in der Speisekammer einer Person auf Jo-Jo-Diäten versteckt war, war er immer noch da und wartete geduldig auf meinen Rückfall.

Als die Nacht ohne Nachricht von meinem Bruder zum Morgengrauen wurde, kroch ich aus meinem sicheren Versteck und holte die Schachtel heraus. Sams wunderschönes Gesicht erfüllte mein Sichtfeld und ihr sonnenverwöhntes Haar wehte in der Brise, als sie mir sagte, dass sie mich liebte. Ich konnte mich auf sie stützen. Sie würde mich verstehen und mir helfen, die vor mir liegenden Herausforderungen mit klarem Blick und einem funktionierenden Gehirn zu meistern. Ich umklammerte die Schachtel, welche süße Linderung des Schmerzes versprach.

Es tut mir so leid, Babe. Es tut mir so verdammt leid, aber ich muss dich aus meinen Gedächtnisspeichern löschen – nur für heute Nacht.

Tief im Inneren wusste ich, dass es nicht nur eine Nacht sein würde – nicht für mich. Dies war ein weiterer Scheideweg und ich war im Begriff, eine weitere sehr schlechte Entscheidung zu treffen.

Mit Reue, die bereits meine Eingeweide aufriss, öffne ich den Deckel.

KAPITEL SECHZEHN

Samantha
Zugespitzte Lage

Ich saß in meinem Auto und beobachtete das Haus. In den drei Wochen, in denen ich nach der Schule hierhergekommen war, um meine Hausaufgaben zu machen und das Haus der Familie McKallister zu überwachen, hatte sich nichts geändert. Jake war immer noch verschwunden und Keith war immer noch weg, verloren in einer Welt, die ich nicht verstand.

In den ersten Tagen nach Jakes Entführung war ich überzeugt gewesen, dass Keith zu mir kommen würde. Wir würden reden und weinen und uns aneinander festhalten. Ich würde ihm über alle Hindernisse hinweghelfen, die uns voneinander trennten. Doch dieser Tag war nie gekommen. Es war, als ob er vom Erdboden verschluckt wäre. Na ja, nicht ganz. Seine Kifferfreunde wussten, wo er war, doch sie redeten nicht, so dass ich mich auf die Suche nach meinem Freund machen musste, bevor die dunklen Mächte ihn ganz verschluckten.

Meine tägliche Suche am Strand ergab nichts und auch meine

Überwachungen seines Elternhauses – die mir ein Gespräch mit dem FBI einbrachten – hatten keine Hinweise erbracht. Während alle unermüdlich nach Jake suchten, schien niemand zu bemerken, dass der Junge, den ich liebte, wie vom Erdboden verschwunden zu sein schien. Und ich war mir nicht ganz sicher, ob außer mir noch jemand nach ihm suchte.

Langsam, aber sicher kehrte das Leben in dieser verschlafenen Küstenstadt zur Normalität zurück ... für alle außer der Familie McKallister. Und für mich. Sobald die Realität eintrat und die Wahrscheinlichkeit, Jake lebend zu finden, geringer wurde, blieben die Reporter weg und die Polizei und das FBI, einst ein großes Aufgebot, schrumpften auf eine Handvoll zusammen.

Wie jeden Tag überlegte ich, ob ich an ihre Tür klopfen sollte. An manchen Tagen tat ich es, ohne eine Antwort zu erhalten, und an anderen Tagen ließ ich sie mit ihrem Kummer allein. Als ich meine Entscheidung für diesen Tag getroffen hatte, stieg ich aus meinem Auto aus, ging die Treppe hinauf und klopfte an. Ich wusste, dass Keith nicht da war, aber ich fühlte, dass ich seine Fürsprecherin sein musste – um sicher zu sein, dass sie sich seiner Abwesenheit bewusst waren. Außerdem, wenn sie etwas über ihn wussten, würde das vielleicht die Angst lindern, die sich in meinem Magen zusammenballte.

Als es keine Reaktion gab, klopfte ich erneut. Es war das, was ich immer tat – ich gab ihnen etwas Zeit, um zu reagieren, in der Hoffnung, dass heute mein Glückstag sein könnte. Ich schreckte auf, als sich auf der anderen Seite der Tür etwas bewegte, dann öffnete sie sich plötzlich einen Spalt und ein kleiner Junge starrte zu mir hoch. Seine Haare waren ein wildes Durcheinander und er trug nichts außer einer, wie ich annahm, handgefertigten Pyjamahose, die an seinem kleinen Körper schlackerte.

„Hi." Ich beugte mich herunter, um ihn anzusprechen. „Du musst Quinn sein."

Er schaute zu mir hoch, blinzelte in die Sonne und ich fragte mich, wie lange es her war, dass er das Haus verlassen hatte.

„Wer bist du?", fragte er, viel zu misstrauisch für ein Kind in seinem Alter. „Ich darf nicht mit Reportern sprechen."

„Das ist klug, aber ich bin keine Reporterin."

„Kommst du, um mich mitzunehmen?"

Seine Frage war verunsichernd genug, dass ich mich ganz auf seine Höhe hinunterbeugte, bevor ich fragte: „Dich wohin mitnehmen?"

Der Blick des kleinen Jungen fiel auf den Boden und dann verstand ich. Quinn wollte wissen, ob er der Nächste war – ob ich gekommen war, um ihn zu entführen. Er war zu jung, um zu begreifen, was geschah, und so hatte er seine eigenen Schlüsse gezogen.

„Nein, Süßer. Du brauchst keine Angst zu haben. Ich bin die Freundin von Keith. Mein Name ist Samantha."

„Quinn!" Eine junge Frauenstimme durchbrach unser Gespräch. „Was tust du da? Was habe ich dir über das Öffnen der Haustür gesagt?"

Keiths Schwester Emma erschien in der Tür, packte Quinns Hand und zog ihn schützend zurück und weg von mir. „Wer bist du?", verlangte sie. „Was willst du von uns?"

„Ist schon gut", sagte Quinn und spähte durch unmöglich lange Wimpern zu seiner Schwester hinauf. „Das ist Keiths Freundin. Vielleicht weiß sie, wo er ist."

Emmas Blick verengte sich auf mich. „Du bist Sam?"

„Na ja, ja. Samantha."

Sie musterte mich weiter und einen Moment lang hatte ich Angst, dass sie mich wegschicken würde. Womit ich nicht gerechnet hatte, war, dass ihre Arme sich um meinen Rücken legten und mich in eine Umarmung zogen. Vor ein paar Monaten wäre ein solches Szenario noch unmöglich gewesen; die Gräben der Beliebtheit hätten uns ein gutes Stück voneinander entfernt gehalten. Doch ich fühlte mich diesem Mädchen nicht länger unterlegen. Ja, sie war immer noch körperlich perfekt, aber das Leben hatte eine Art, den Spielstand auszugleichen. Und Emma McKallister war gedemütigt worden.

Ich hatte sie kürzlich in der Schule gesehen und war von ihrer Verwandlung schockiert gewesen. Einst die Anführerin der beliebtesten Schülerinnenclique der Schule, wanderte Emma nun alleine durch die Flure und zog es vor, ihre Mittagspause allein in der Schulbibliothek zu verbringen.

„Ich habe dich schon öfters gesehen und gedacht, dass du vielleicht sie bist, aber da Zehntklässler zu anderen Zeiten Mittagspause haben als Elft- und Zwölftklässler, habe ich dich und Keith nie wirklich zusammen gesehen. Er hat mir vor Monaten ein Bild von dir gezeigt. Du hast dich seitdem so sehr verändert, dass ich mir nicht sicher war."

„Ja, ich ..." Ich war kurz davor, ihr die Gründe für meine Verwandlung zu erklären, doch ich dachte mir, dass sie zu viel um die Ohren hatte, um eine langwierige Erklärung durchzustehen, also stellte ich einfach die dringlichste Frage. „Er hat dir von mir erzählt?"

Ein Lächeln erhellte ihr schönes Gesicht und ließ mich wissen, dass sie und Keith tatsächlich irgendwann über mich gesprochen hatten. „Das hat er und ich möchte dir einfach für alles danken, was du für meinen Bruder getan hast."

Tränen stiegen mir in die Augen. „Es war nicht genug."

„Es gibt nichts, was du noch mehr hättest tun können. Keith ... er nimmt gerne den einfachen Weg. In der ersten Nacht hat er nicht einmal den Sonnenaufgang abgewartet, bevor er high war. Ich verstehe, dass er versucht, den Schmerz zu betäuben, aber was er nicht versteht, ist, dass er nicht weggeht. Irgendwann wird er sich damit auseinandersetzen müssen und bis dahin wird er nur noch viel schlimmer geworden sein."

Wie jeden Tag, seit dieser Alptraum begonnen hatte, wünschte ich mir, dass ich mehr tun konnte, denn ich war mir sicher, dass ich Keith helfen konnte, wenn ich ihn nur in die Finger bekam. „Weißt du, wo er ist? Ich kann ihn nirgends finden und er beantwortet meine Anrufe nicht. Ich habe Angst um ihn, Emma. Ich habe richtig Angst."

„Das habe ich auch." Sie seufzte und es war ein schwerer Laut. „Er kommt ab und zu mal vorbei, meistens nachts, aber er bleibt nie lange. Ich habe ihn jetzt bestimmt schon fünf Tage nicht mehr gesehen. Es ist nicht gut, Sam. Es geht ihm schlecht."

„Weißt du, was er nimmt?"

„Ich weiß es nicht, aber ich vermute, dass Gras nicht mehr sein einziges Laster ist."

Das alles war kein Schock, aber gleichzeitig war es auch nicht das, was ich hören wollte. Ich ließ meinen Kopf sinken. „Genau das habe ich befürchtet."

„Es ist einfach alles in die Hose gegangen." Ihre Stimme brach vor lauter Emotionen. „Keith hat einen Weg gefunden, damit umzugehen, indem er sein Gehirn betäubt hat. Ehrlich gesagt, ich würde ihn beneiden, wenn ich ihn nicht dafür verprügeln wollte, dass er mich im Stich gelassen hat. Ich meine, wir alle wissen, wohin das für ihn führen wird. Ich habe gedacht, vielleicht ..."

Ich streckte meine Hand nach ihr aus und bot ihr so viel Unterstützung an, wie ich konnte. „Du dachtest was?"

„Ich dachte, vielleicht reißt er sich für dich zusammen. Ich weiß nicht, ob er es dir schon gesagt hat, aber er liebt dich, Sam. Ist Hals über Kopf in dich verliebt. Vor ... *dieser Sache* ... war er voll dabei. Er hat sogar davon gesprochen, wegzuziehen, dorthin, wo du auf die Uni gehen wirst. So sehr hat er sich an dich gebunden. Ich weiß, dass du von ihm enttäuscht bist – das bin ich auch –, aber wenn ich ihn finden kann, wirst du mir helfen? Vielleicht können wir gemeinsam etwas tun."

Erleichterung machte sich in mir breit. Natürlich würde ich helfen. Ich war diejenige, die auf seiner Türschwelle stand und um Informationen bat. „Ich werde alles tun, Emma. Nimm meine Nummer und wenn er das nächste Mal nach Hause kommt, ruf mich an. Egal, wie spät es ist. Ich werde mich rausschleichen, wenn es sein muss."

Und das würde ich. Für Keith würde ich alles tun. Doch die Frage, die mich quälte, lautete: Würde er es tun? Denn wenn es darauf ankam, lag nichts davon in meiner Hand. Der zugekiffte Keith hatte jetzt das Sagen und wenn er sich schon vor Wochen nicht auf mich gestützt hatte, wie groß waren dann die Chancen, dass er jetzt seine Meinung ändern würde? Ich liebte ihn, aber ich war mir nicht sicher, ob das ausreichen würde, um ihn zu retten – oder uns.

„Okay, danke", antwortete sie und ihre zittrige Stimme wurde fester. „Was auch immer du tust, Samantha, bitte gib ihn nicht auf."

Ich packte ihren Arm und wir kamen zu einem wortlosen Verständnis. „Niemals."

Abgekämpft, aber hoffnungsvoll nach dem Treffen mit Emma, wollte ich, als ich nach Hause kam, nur noch in meinem Zimmer abhängen, doch das Leben mit meiner Mutter verlief nie nach Plan. Ich hatte noch nicht einmal einen Fuß durch die Tür gesetzt, als ein Gegenstand an meinem Kopf vorbeizischte und gegen die Wand krachte.

„Was zum ...?"

Beim zweiten Mal hatte ich weniger Glück und bekam einen direkten Treffer an den Kopf. Ich stolperte geschockt zurück und meine Hände krallten sich an die Wunde. Blut tropfte von meinem Haaransatz.

„Dachtest du, ich würde es nicht herausfinden? Dachtest du, du könntest dein Hurenleben einfach vor mir verstecken? Hast du deshalb abgenommen – damit du hinter meinem Rücken irgendeinen Jungen vögeln kannst?"

Meine Mutter fuchtelte mit einem Schwangerschaftstest vor meinen Augen herum. Ich hatte ihn eine Woche zuvor benutzt, als meine Periode ausgeblieben war. Er war negativ ausgefallen, was mich aber nicht davon abhielt, den Beweis für seine Existenz sofort am Boden des Müllcontainers draußen zu verstecken. Wie zur Hölle hatte sie den gefunden? Bei näherer Betrachtung erkannte ich jedoch, dass sie den zweiten Schwangerschaftstest in der Hand hielt, den, auf den ich noch nicht gepinkelt hatte. Ich dankte meinen Glückssternen für kleine Wunder. Dennoch blieb die Tatsache bestehen, dass sie meine Schubladen durchwühlt hatte ... und dass ich aus dem Kopf blutete.

„Wo ist der andere Test, Samantha? Bist du schwanger? Wer ist der Junge?"

„Ich bin nicht schwanger. Und der Junge geht dich nichts an."

Sie stürzte auf mich zu und ich war zu benommen, um zu fliehen, als ihre offene Handfläche meine Wange traf und mich über den Beistelltisch stieß. Ich landete in einem Haufen auf dem Teppich. Mit vor Wahnsinn glasigen Augen sprang meine Mutter auf meinen Bauch und drückte mich nieder. Die Macht, die sie aus dem Wahnsinn bezog, war eine Kraft, gegen die ich mich nicht im Traum hätte wehren können. Aber selbst so unkontrolliert, wie sie in solchen Momenten wurde, hätte ich nicht vorhersehen können, was als Nächstes kam – ein Kissen, das über meine Nase und meinen Mund gelegt wurde. Zuerst schien es nicht real zu sein, als würde sie ein Spiel spielen, aber als der Druck zunahm, begann ich um mein Leben zu kämpfen.

Die Kopfwunde verlangsamte meine Abwehr und mein Atem wurde schwer, als Panik einsetzte. Meine Mutter, die Frau, die mir das Leben geschenkt hatte, versuchte nun, es aus mir herauszuquetschen. Ich wehrte mich mit aller Kraft gegen ihren eisernen Griff, aber sie war zu verrückt vor Wut und schrie aus voller Kehle Obszönitäten. Meine Nägel zerrten an ihren Händen und versuchten, mich zu befreien, aber ich konnte spüren, wie das Leben aus mir herausfloss. *Ich hätte nie gedacht ... ich hätte nie ...*

Und dann strömte plötzlich wieder Luft in meine Lungen. Das Kissen war weg und meine Mutter wurde durch eine Kraft, die ich nur langsam verstand, von meinem entleerten Körper weggerissen. Doch als mein Sehvermögen und mein Verstand langsam zurückkehrten, konnte ich sehen, wer mich vor dem sicheren Tod gerettet hatte: ein namenloser Nachbar.

„Beruhigen Sie sich!", schrie er meiner um sich schlagenden Mutter zu, die sich mit den Zähnen aus seinem Griff zu befreien versuchte. „Ruf die Bullen. Sie ist ein Psycho."

Erst jetzt bemerkte ich die Frau, die neben mir kniete und meinen Kopf in ihrem Schoß wiegte. Sie war ihrem Mann bereits weit voraus und hatte ein Handy ans Ohr gepresst.

„Dir geht's gut", sagte sie und wiederholte diese zwei Worte, bis Hilfe auf der anderen Seite der Leitung kam. „Ja, mein Mann und ich haben Schreie gehört. Die Haustür der Nachbarin war offen, also sind wir hinübergegangen, um zu sehen, ob wir helfen können und haben die Mutter dabei gefunden, wie sie versucht hat, ihre Tochter zu ersticken. Die Mutter ist verrückt. Das Mädchen blutet. Wir brauchen einen Krankenwagen ... und die Polizei."

Es gibt keine größere Liebe als die einer Mutter für ihr Kind. Sie kann die Traurigkeit ihres Babys mit einer Umarmung heilen oder ein Auto von ihrem eingeklemmten Kind heben oder ins Meer springen, um ihr Kleinkind vor dem sicheren Tod zu retten. Es hatte einmal eine Zeit gegeben, da hatte ich diese Mutter gehabt. Obwohl schwach, war sie immer noch eine Erinnerung, die ich in mir trug. Sie war einst liebevoll und nett gewesen und Sullivan und ich ... wir waren glücklich gewesen. Ich erinnerte mich, wie sie uns in der Grundschulzeit von der Schule abgeholt hatte und wie ein strahlendes Lächeln ihr Gesicht geziert hatte, als sie uns umarmt und nach unserem Tag gefragt hatte. Damals war ich stolz darauf gewesen, ihre Tochter zu sein.

Doch allmählich hatte sich etwas in ihr verändert. Eine böse

Macht hatte sie erfasst und in das Monster verwandelt, das ich heute kannte. Anstelle von Liebe spie sie Hass. Anstatt uns aufzubauen, riss sie uns nieder. Was war mit ihr geschehen? Wo war die Mutter, an die ich mich erinnerte, geblieben?

Als ich zur Middle-School gegangen war, war Dad fast verschwunden und Sullivan und ich hatten hinter ihrer Verdeckung gelebt, hatten die Misshandlungen stillschweigend über uns ergehen lassen, weil wir darauf konditioniert worden waren, Grausamkeit als eine Lebensart hinzunehmen. Vielleicht hätten mein Bruder und ich nicht so viel Angst gehabt, die Wahrheit zu sagen, wenn sie nicht so hinterhältig gewesen wäre und ihre Misshandlungen für private Momente reserviert hätte, damit andere sie nicht sehen konnten.

Sullivan hatte schließlich die Wahrheit gesagt ... doch erst, nachdem sein Körper den Boden berührt hatte.

Und nun war ich an der Reihe. Ich musste meine Stimme finden ... ich musste aufhören, sie zu beschützen. Die Mutter, an die ich mich erinnerte, war weg und sie würde nie wieder zurückkommen. Ich musste jetzt auf mich selbst aufpassen. Und so sprach ich meine Wahrheit – im Krankenhaus zu den Beamten, die meine Mutter verhaftet und ins Bezirksgefängnis gebracht hatten. Während ihre abscheulichen Worte mir noch immer in den Ohren klingelten, erzählte ich dem sympathischen Duo meine Geheimnisse. Erst nachdem die Wunde an meinem Kopf genäht worden war und der diensthabende Arzt der Notaufnahme mich entlassen hatte, wurde ich in die Obhut von Shannons mitfühlenden Eltern entlassen.

In den kommenden Tagen würde mein Leben auf den Kopf gestellt werden, doch für den Moment war ich sicher neben Shannon in ihrem Doppelbett eingekuschelt. Ich wusste, dass dieses Arrangement nicht ewig andauern konnte. Die O'Malleys waren mehr als bereit, mich für ein oder zwei Wochen aufzunehmen, aber ich bezweifelte, dass ihre Nächstenliebe ein ganzes Schuljahr oder länger anhalten würde. Ich brauchte eine dauerhaftere Lösung, denn selbst wenn meine Mutter eine Abmachung einging, die sie morgen Abend vor dem Abendessen nach Hause brachte, würde ich niemals zurückkehren.

Zu meinem Vater zu ziehen war keine Option, denn ich wusste, dass er in seiner neuen Familie niemals für mich Platz schaffen würde. Mein lieber alter Vater hatte sich längst abgemeldet. So blieb nur noch ein Familienmitglied übrig, an das ich mich wenden konnte – Tante Kim, die entfremdete Stiefschwester meiner Mutter. Obwohl sie keine Blutsverwandte war, war sie das, was einer Familie am nächsten kam. Die mir zugewiesene Sachbearbeiterin hatte sie bereits kontaktiert und sie hatte zugestimmt, mich bei sich aufzunehmen. Aber zu ihr zu gehen bedeutete, Shannon und Keith und den Strand, den ich liebgewonnen hatte, zurückzulassen.

Apropos Shannon, sie drehte sich plötzlich im Bett um und katapultierte mich fast auf den Boden.

„Oh, je. Tut mir leid", kicherte sie, packte mich an der Taille und zog mich vom Rande der Katastrophe zurück. „Ich bin es nicht gewohnt, mein Bett mit einer heißen Surferbraut zu teilen ... oder, du weißt schon, einfach mit irgendwem. Nicht, dass ich prüde wäre oder so. Ich meine, ich stehe auf Kerle, aber ich würde total auf dich abfahren, wenn ich es nicht täte."

„Du hättest diese ganze Erklärung wirklich nicht gebraucht", sagte ich und setzte mein bestes Schmollgesicht auf. „Ich hab's verstanden. Ich bin nicht deine erste Wahl."

„Na, dann warte mal." Sie schnaubte. „Du hast mich überredet. Warum nicht? Komm her, Chicky."

Wir rollten lachend herum, während ich ihre grabschenden Hände wegschlug.

„Aber mal ehrlich." Shannon drehte sich auf den Rücken. „Ist es nicht möglich, dass ein unbeholfener eins fünfundachtzig großer Rotschopf in dieser Stadt ein Date bekommt? Ich schwöre, ich habe sogar meine Fühler nach diesem Nerd Pete mit fettigen Haaren im Englischleistungskurs ausgetreckt – du weißt schon, derjenige, der während der Lesung von *Hamlet* spontane Erektionen bekommt? Wie auch immer, ich lüge nicht, Samantha, selbst er war nicht interessiert."

„Weil er wahrscheinlich zu nerdig war, um zu begreifen, dass du ihn um ein Date bitten hast wollen. Du musst einen Kerl finden, der wenigstens ein bisschen Prahlerei in sich hat."

„Sagt das Mädchen, das Optionen hat."

Wie falsch sie doch lag. Ja, vielleicht gab es seit meiner Verwandlung einen Anstieg des Interesses der männlichen Spezies, doch der einzige Junge, dem ich erlaubte, seine Hände an mich zu legen, war einfach aus meinem Leben verschwunden.

Und sehr bald würde auch meine Freundin mit den Sommersprossen weg sein.

Shannon setzte sich keuchend auf. „Es tut mir so leid. Ich habe nicht gemeint, dass du nicht mehr mit Keith zusammen bist. Ich meinte nur, dass du mehr Chancen haben könntest als ich."

„Ich könnte nie mehr Chancen haben als du", antwortete ich und unterdrückte die Emotionen, die mich zu übermannen drohten.

Meine beste Freundin strich mit ihren Fingern über meine Wange mit den blauen Flecken und spendete mir den Trost, den ich brauchte.

„Shannon?", flüsterte ich, erschöpft.

„Ja?"

„Es ist für mich zu Hause nicht mehr sicher. Ich muss weg."

Ihre Augen füllten sich augenblicklich mit Tränen. „Ich weiß, dass du das willst, Samantha."

Ich drehte eine ihrer spektakulären Spirallocken durch meine Fingerspitzen. „Du wirst für immer die beste Freundin sein, die sich ein Mädchen wünschen kann."

„Ich weiß", erwiderte sie. „Ich bin ziemlich besonders."

„Ja, das bist du." Ich wischte die Tränen weg, die über ihre Wangen kullerten.

Mit schwerer Stimme fragte sie: „Wo wirst du hingehen?"

„Meine Tante wurde bereits kontaktiert und sie hat zugestimmt, mich aufzunehmen. Bis nächste Woche werde ich wahrscheinlich weg sein."

„Okay, dann", sagte sie und setzte ein tapferes Gesicht auf. „Wenn das der Fall ist, müssen wir Keith finden und ihm Bescheid sagen."

„Wie soll ich das anstellen, Shan? Ich suche schon seit Wochen nach ihm. Er will nicht gefunden werden. Vielleicht ... vielleicht ist es das Beste, wenn ich einfach gehe."

„Aber du liebst ihn."

„Ja. Aber manchmal ist das nicht genug."

„Liebesromane enden nicht so, Samantha."

„Nun, tja, meiner ist halt scheiße. Ende." Ich packte Shannons Hände und sah ihr in die Augen. „Aber genug von Keith. Ich muss wissen, ob du in der Schule allein klarkommen wirst. Ich hasse den Gedanken, dass du in der Mittagspause alleine sitzt. Kannst du dich vielleicht zu Mia oder Nicole setzen?"

Shannon senkte ihren Blick und sah weg.

„Was?", fragte ich.

„Nichts", zögerte sie. „Es ist nur ... ich habe dich irgendwie angelogen. Ich habe keinen Unterricht in der fünften Stunde. Ich kann die Schule eigentlich vor dem Mittagessen verlassen. Ich bin nur geblieben, damit du nicht alleine essen musst."

Der Platz in meinem Herzen, der nur für sie reserviert war, erweiterte sich. Ich mochte in Sachen Familie und Liebe Pech gehabt haben, doch was Shannon O'Malley betraf, war ich eine Gewinnerin.

KAPITEL SIEBZEHN

Keith
Die Schuld

Ich war zu sehr weggetreten, um ihn kommen zu hören. Erst als seine Hände mich vom Sofa hoben und quer durch den Raum schleuderten, bekam ich das Memo, dass Steve im Haus war. Nachdem ich gegen die Wand geprallt und auf den Boden gerutscht war, versuchte ich mich wieder aufzurichten, doch es war zwecklos. Ich war zu erschöpft.

„Wo ist es?", verlangte er, bevor die Spitze seines Stiefels auf meinen Bauch traf. Ich konnte so tun, als wüsste ich nicht, wovon er sprach, aber wir beide würden wissen, dass es eine Lüge war. Ich schuldete ihm Geld, was er wiederum seinen Bossen schuldete und so weiter und so fort. Wir alle waren Köpfe auf demselben Totempfahl und meiner war der ganz unten.

Ich hielt meine Hände vor mich, in der Hoffnung, ihn ein wenig zu beruhigen, und sagte: „Mir wurden drei Tage gegeben, Kumpel, und ich habe immer noch einen."

„Nein, Idiot, *mir* wurden drei Tage gegeben. *Du* hast zwei bekommen. So funktioniert das eben, du bezahlst mich, ich bezahle sie und alle sind glücklich. Aber siehst du, jetzt brichst du das Muster und das macht niemanden glücklich."

Nachdem ich wieder angefangen hatte, Drogen zu nehmen, hatte ich festgestellt, dass es nicht mehr so einfach war, an meinen Nachschub zu kommen, wie früher. Brett Valentine war verbittert darüber, dass ich ihn im Stich gelassen hatte, und weigerte sich, die wiederauferstandene Sucht seines Rivalen zu füttern. Er hatte mich so ziemlich aus seinem Distrikt vertrieben und zwang mich, meinen Vorrat direkt an der Quelle zu besorgen. Und traurigerweise war diese Quelle ein schmieriger Kerl namens Steve, der immer da war, um größere und bessere Highs anzubieten, alles zu einem Preis, der immer schwieriger zu bezahlen war. Doch ich war bereit, alles zu tun, um den Schmerz zu lindern und mein Gehirn in einem ständigen Zustand der Lethargie zu halten. Ich hatte meinen Ausweg gefunden ... doch zu welchem Preis? Da Cannabis mir nicht mehr half, war ich gezwungen, auf Opiate umzusteigen, und von dort aus arbeitete ich mich die Leiter zur Hölle hinunter.

Ein weiterer schneller Tritt in meine Rippen raubte mir den Atem.

„Steh auf, damit ich deinen Arsch wieder zu Boden prügeln kann."

„Komm schon, Mann", versuchte ich zu argumentieren. „Schau, du weißt, dass ich im Moment Probleme habe. Mein Bruder, er wird vermisst und ich tue mein Bestes, um alles zusammenzuhalten. Ich verspreche es dir, Steve. Morgen wirst du dein Geld haben."

Jake. Ich hasste mich dafür, dass ich seinen guten Namen in meinen Schlamassel hineingezogen hatte, als wäre er irgendeine Ausrede. Er hatte Besseres verdient ... so viel Besseres. Wochen waren vergangen, und nichts. Keine wundersame Wiedervereinigung. Kein Aufwachen aus einem entsetzlichen Traum. Nicht einmal eine Leiche, die man mit einem angemessenen Abschied begraben konnte. Jakes Abwesenheit hatte ein klaffendes Loch hinterlassen, das jeden Tag größer wurde.

„Jake? Sprichst du von Jake?" Er lachte bei jedem Wort und löste damit den Beginn eines Aufruhrs in meinem Kopf aus. „Du bist so doof. Dein Bruder ist nicht verschwunden, Keith, er ist verdammt noch mal tot. Jeder weiß es. Er wurde wahrscheinlich in der ersten Nacht umgebracht."

Steve sagte nichts, was ich nicht schon zuvor gehört hatte. Er sagte auch nichts, was ich nicht selbst schon gedacht hatte, aber verdammt, ich würde es nicht zulassen, dass irgendein Abschaum den Namen meines Bruders aussprach, als wäre er unwichtig. Dampf stieg durch meinen Körper wie bei einem Teekessel, der kurz davor war, seinen Deckel zu sprengen, und als er auf die Luft an der Oberfläche traf, kam ich schwungvoll hoch. Meine Faust traf seinen Sack ohne die geringste Warnung und er fiel neben mir zu Boden, umklammerte seine verbeulten Eier und stank wie der Haufen Dreck, der er auch war.

Ich sammelte alle Kraft, die ich noch hatte, hob mich vom Boden auf und stellte mich über Steve, bereit, ihn zu verprügeln. Ich war nie ein wütender Mensch gewesen ... egoistisch und nachtragend, ja, aber nicht wütend. Jetzt wollte ich Menschen dafür verletzen, dass sie die Wahrheit sagten. Ja, das wahrscheinlichste Szenario war, dass mein Bruder eines grausamen Todes gestorben war, doch die Alternative war genauso entsetzlich. Wenn Jake noch lebte, dann litt er und mein Gehirn konnte unmöglich daran denken. Es war nicht so, dass ich ihm den Tod wünschte, aber ich hatte nicht die mentale Stärke, ihm das Leben zu wünschen.

„Sag nie wieder seinen Namen, hast du das verstanden? Nie wieder!"

Ich schlug weiter auf den Empfänger meiner Wut ein, bis seine Kollegen mich von seinem Körper wegzerrten. Steve war natürlich wütend und wie könnte ich es ihm verdenken? Sein Sack hatte gerade einen ganzen Monat meiner aufgestauten Wut abbekommen und nun brannte er auf Rache. Anscheinend war es nicht einschüchternd genug, mich vor Ort zu verprügeln, also wurde ich auf den Rücksitz von Steves Auto geworfen, was sicherlich eine wilde Fahrt werden würde.

Trotz des Ernstes meiner Situation breitete sich ein Lächeln auf meinem Gesicht aus. Dieser kleine Kontrollverlust würde wahrscheinlich dafür sorgen, dass sie mich zu einem blutigen Brei verprügelten, doch ich begrüßte den Schmerz. Gierte danach. Zu diesem Zeitpunkt hatte ich wirklich nichts mehr zu verlieren. Meine Familie war in dem Moment explodiert, als Jake gewaltsam aus unserem Leben gerissen worden war. Einige von uns hielten länger durch als andere. Nein, das nehme ich zurück. Emma war die Einzige, die noch durchhielt. Der Rest von uns hatte von Anfang an losgelassen und bestand jetzt nur noch aus Körpern, die auf einer Betonplatte verstreut lagen, wie es Graces Geburtstagszeichnung vorhergesehen hatte.

Ohne Zweifel auf mein lächelndes Profil reagierend, warnte Steve: „Ich glaube, du verstehst den Ernst der Lage nicht ganz, Keith. Ausstehende Salden kommen bei meinem Chef nicht gut an."

„Nun, ich hasse es, dir das zu sagen, aber ich habe keine Möglichkeit, meine Schulden in dieser Sekunde zu bezahlen, also wird dieser kleine Ausflug von dir deiner Sache nicht helfen. Wie gesagt, ich kann dir dein Geld morgen besorgen und dann sind unsere beiden Probleme vom Tisch."

„Das wäre prima, Keith, wenn ich auch nur einem Wort aus deinem Mund trauen würde. Es ist an der Zeit, dass du eine Lektion lernst."

Ich saß den Rest des Weges schweigend da und meine Gedanken zogen sich zurück in eine einfachere Zeit – eine Zeit, in der ich zwar ein Versager war, aber wenigstens ein liebenswerter; eine Zeit, in der meine Familie unvollkommen, aber gnädigerweise intakt war; eine Zeit, in der ich das Mädchen meiner Träume in meinem Pick-up auf mir sitzen hatte. Jetzt war ich nur noch ein Junkie, nicht besser als die Junkies, über die ich vor Monaten noch die Nase gerümpft hatte.

Gott, was war ich erbärmlich. Ich sollte jetzt nicht hier sein und mich zu Brei schlagen lassen. Ich sollte mit Sam an meiner Seite stark sein, wir beide sollten Emma helfen und das, was von meiner zerfledderten Familie noch übrig war, zusammenhalten. Doch in der Sekunde, in der ich die Schachtel aus meinem Schrank geholt hatte, hatte ich jeden Anspruch auf sie verloren. Sam hatte etwas Besseres verdient als jemanden wie mich und je eher ich losließ, was wir gehabt hatten, desto besser.

Ich saß zappelnd auf meinem Stuhl. Der Mann kreiste um mich herum und führte Selbstgespräche, während seine Finger den Linien des Stuhls folgten. Wenn man in der halluzinogenen Welt lebte, in der ich mich befand, war bizarres Verhalten die Norm. Obwohl ich also alleine mit ihm war, war ich nicht allzu besorgt. Ich meine, es war ja nicht so, dass dieser Schwächling von Mann in den Vierzigern mit Glatze und ein paar fehlenden Zähnen eine imposante Gestalt war. Ich fragte mich ernsthaft, wie er überhaupt in die Position eines Mittelsmannes aufgestiegen war. Ich meine, ich war selbst kein Muskelprotz und nach dem vergangenen Monat auch nicht in bester körperlicher Verfassung, aber selbst ich konnte den Kerl mit einem Lufthauch umhauen. Eine Tracht Prügel von diesem Kerl würde ungefähr so schmerzhaft sein, wie von einer Fliegenklatsche verprügelt zu werden.

„Weißt du, wer ich bin?", fragte er ganz großspurig, als wäre er eine hochkarätige Berühmtheit und nicht das Stück Scheiße, das er wirklich war.

Nein, ich wusste nicht, wer er war, und es war mir auch egal. Mein Rausch verblasste und ich musste zurück und einen Freund finden, der mich bis zum Morgen durchbringen konnte. *Lass uns die Prügel hinter uns bringen, ja?*

„Mein Name ist Paulie. Ich bin der Typ, den du bestiehlst."

„Ich bestehle dich nicht, Alter. Wie ich Steve schon gesagt habe ..."

Noch ehe ich meinen Schwachsinn beenden konnte, verpasste mir Paulie eine Ohrfeige und ich musste zugeben, dass sie mehr wehtat, als ich von einem Skelett erwartet hätte.

„Keeeithhh", sagte er und dehnte meinen Namen auf eine gehauchte, gruselige Art. „So wird es von jetzt an funktionieren. Ich rede. Du hörst zu. Verstanden?"

Ich nickte.

„Ausgezeichnet. Wie ich höre, steckst du in einer etwas besonderen Situation. Ich weiß, wer deine Familie ist und was mit deinem Bruder passiert ist. Nun, ich bin nicht herzlos, Keith. Das bin ich nicht. Ich verstehe, dass du eine schwere Zeit durchmachst. Aber ich bin auch ein Geschäftsmann und ich erwarte, dass mir bezahlt wird, was mir zusteht."

„Und ich werde es dir morgen geben, wie ich es Steve gesagt habe."

Schmerz explodierte in meinem Augapfel und ich konnte spüren, wie er beim Aufprall anschwoll. Gott, diese Feder von einem Mann hatte einen höllischen rechten Haken. Mein Kopf drehte sich von der Gewalt und plötzlich fühlte ich mich meiner Fähigkeit, den Klauen dieses Mannes mit minimalem Schaden zu entkommen, nicht mehr so sicher.

„Was habe ich gesagt, Keith?"

„Nicht reden", antwortete ich und mein Gesicht kribbelte, als es anschwoll.

„Eben. Du kannst Anweisungen nicht gut befolgen, was?"

„Nein, das war noch nie meine Stärke."

Ein weiterer Hieb brachte meine Welt ins Wanken. Er verwirrte mich. Ich dachte, wir würden ein Gespräch führen. Ich meine, warum stellte er mir Fragen, wenn er keine Antwort bekommen wollte? Gott, man sollte meinen, er könnte sich klarer ausdrücken. Ich versuchte den Schmerz, der sich in meinem

Gesicht ausbreitete, abzuschütteln, doch es war zwecklos. Ich befand mich in einer Welt des Schmerzes.

„Hier ist das Problem, Keith. Du sagst, du wirst mich bezahlen, aber ich glaube dir nicht. Also bin ich jetzt gezwungen, einen anderen Weg einzuschlagen."

Paulie ging zu seinem Schreibtisch und drehte den Computer um. Was auf dem Bildschirm zu sehen war, raubte mir den Atem: Fotos von meiner Familie. Einige waren bei der Pressekonferenz aufgenommen worden, andere waren aus nächster Nähe geknipst worden, als mein Vater und meine Geschwister das Haus betreten und verlassen hatten. Sogar Grace und Quinn wurden bei dieser Erpressung nicht verschont.

„Was ist das?", fragte ich mit kaum mehr als einem Flüstern. „Warum hast du diese Bilder?"

„Versicherung, Keith. Du hast bis morgen um 15:00 Uhr Zeit, sonst mache ich einen Hausbesuch, der dir garantiert nicht gefallen wird."

Vielleicht hatte ich angenommen, dass es nicht schlimmer werden konnte, aber natürlich hatte ich mich geirrt. Ich hatte mich immer darauf verlassen können, dass meine Dummheit mich in die Irre führte, aber es war immer nur ich selbst gewesen, der verletzt wurde. Dieses Mal war es anders. Ich hatte diese Menschen zu meiner Haustür geführt ... und damit diejenigen gefährdet, die ich liebte. Es war meine Seele, die den Preis dafür zahlen musste. Ich senkte meinen Blick auf den Boden und nickte. Die Schuld würde bezahlt werden.

Ich war high, als ich mich langsam dem Rand der Klippe näherte und meine Augen fest auf die Gummikappe über den Zehen meiner zerschlissenen weißen Vans gerichtet hielt. Es war, als hätten meine Schuhe ein Eigenleben und zögen mich mit den Füßen voran in Richtung Vergessenheit. Wie einfach wäre es, das alles zu beenden? Einfach von der Kante springen und alle Schmerzen würden aufhören. Oh Gott, wie schön das klang! Was für eine Erleichterung. Ich kam näher und Kieselsteine stürzten über den Grat.

„Wow." Mir entfuhr ein nervöses Gackern, als ich mit meinen Füßen ein Stückchen zurückrutschte. Ich hatte nicht richtig nachgedacht. Ich wollte nicht sterben ... oder doch? Nein. Das konnte ich meiner Familie nicht antun. Sie hatten schon genug gelitten. Aber wenn ich darüber nachdachte, was trug ich wirklich bei? Nichts – vor allem jetzt, wo ich Einbruch zu meiner Liste der Verbrechen hinzufügen konnte.

Nachdem Paulie mit Vergeltung gedroht hatte, hatte ich mir mit allen Mitteln Geld beschafft, zuerst von meinem Vater und dann, um meine Sucht zu stillen, hatte ich leicht verpfändbare Gegenstände gestohlen und verschreibungspflichtige Medikamente aus den Regalen der Häuser geklaut, in die ich eingebrochen war. Ich rechtfertigte mein Verhalten, indem ich mir einrede, dass ich es für meine Familie tat, doch meine Schuld war schon am ersten Tag beglichen und jetzt wurde meine Beute einfach meinem Körper zugeführt.

Ich hätte zu Hause bleiben sollen. Nachdem ich Emma nach der Schlägerei hilfesuchend angerufen hatte, hatte ich mich plötzlich zu Hause wiedergefunden und einen bevorstehenden Besuch von Paulie gefürchtet. Ich hatte keine andere Wahl gehabt, als es meinem Vater zu sagen. Er hatte sich um meine Schulden gekümmert und ich hatte ihm versprochen, dass ich zu Hause bleiben würde. Doch der Entzug hatte mir in den Arsch getreten und als er mir einen Moment Zeit alleine gegeben hatte, war ich aus dem Fenster geklettert und nicht mehr zurückgekehrt.

Welche Pille auch immer jetzt in mir war, sie füllte meinen Kopf mit gefährlichen Gedanken. Ich fühlte mich schwerelos und bereit zum Abheben. Ich hob meine Arme zur Seite und kroch ganz leicht nach vorne, bis meine Zehenspitzen wieder die Luft berührten. Die absichtlichen Bewegungen ließen Steinchen und andere staubige Teile über den Felsvorsprung in ihr Verderben stürzen. Teufelssturz, so hatten die Einheimischen dieses hoch aufragende Fleckchen Erde unheilvoll genannt und es machte seinem düsteren Namen alle Ehre. Jedes Jahr lockte er verlorene Seelen an und jedes Jahr wurden zahlreiche von ihnen stillschweigend von den Klauen der Hölle beansprucht.

Ich könnte mich ihnen leicht anschließen. Und sobald das geschehen war, wäre ich nichts weiter als eine Nummer, vergessen von allen außer ein paar Auserwählten. Es würde keine Keith-McKallister-Gedenkbank geben, weil ich auf keine knallharte Art sterben würde. Für mich würde es keine schreckliche Hai-Attacke geben. Nein, nur ein kalkulierter und schwacher Tod, der seinen Zweck erfüllen würde, um meine eigenen Dämonen zum Schweigen zu bringen ... aber er würde neue Dämonen auf die Menschen werfen, die ich hinterließ.

Ich warf einen kurzen Blick über die Felswand und richtete meinen Fokus auf die aufgetürmten Felsen am Fuße der Klippe. Das Wasser des Ozeans brandete, füllte die Lücken zwischen den Felsen und dann, fast so, als ob das Wasser seine Meinung änderte, eilte es in einem Strudel von Wellen zurück auf das Meer hinaus. Es war ein Zeichen. *Geh weg von der Kante.* Doch meine Füße standen fest da und wankten am Rande des Todes.

Ich konnte es fühlen – den Drang nach Stille, nach Tod. Was auch immer in dieser Pille war, die ich genommen hatte, machte es so einfach. Ich dachte an all die anderen Klippenspringer, die vor mir gekommen waren, und fragte mich, was ihr letzter Strohhalm gewesen war. Hatten sie an dieser Stelle gestanden und über ihr Leben nachgedacht bis zu dem Punkt, an dem sie aufgegeben hatten?

Eine vertraute Stimme warnte mich. *Geh zurück, Keith. Tu es nicht.* Ihr Gesicht materialisierte sich vor mir, so klar. Sam.

„Was tust du hier?", fragte mein benebeltes Gehirn. Und dann erinnerte ich mich an ihren Bruder Sullivan und seine ähnliche Flucht in die Vergessenheit. Die Felsen begannen unter meinen

Füßen nachzugeben und ich spürte, wie ich abrutschte. Ich würde sterben. Angst entfernte den Schleier aus meinem Gehirn und durchbrach meine Trance. Ich trat einen Schritt zurück. Dann noch einen. Bald war ich frei vom Rand der Klippe und von einem Tod, der nicht für mich bestimmt war.

In sicherer Entfernung ließ ich mich auf den Hintern fallen und vergrub meinen Kopf in den Knien, als Erleichterung meine Seele erfasste. Sams Hologramm ruhte neben mir und ihre transparenten Finger bedeckten meine eigenen. *Dir wird es wieder besser gehen*, versicherte sie mir. Wenn es jemals einen Weckruf gegeben hatte, dann war es dieser. Mein verkrampftes Gehirn hatte mich fast im Stich gelassen. Wäre Sam nicht aufgetaucht, wäre ich jetzt tot. Ich holte tief Luft und schloss die Augen. Mit dem hier musste Schluss sein. Ich musste mich von der Kante zurückziehen – irgendwie.

„KEITH!"

Der Schrei kam von irgendwo auf dem Pfad. Ich hob meinen Kopf in Richtung der Rufe einer meiner neuen Drogenfreunde, dessen Name mir völlig entfallen war. In der Art, wie er nach mir rief, lag eine Verzweiflung, die mich auf die Füße kommen ließ. Irgendetwas stimmte nicht.

Der schmuddelige Kerl bog um die Kurve, seine Augen waren weit aufgerissen und sein Gesicht war von der Wanderung den Berg hinauf knallrot. Sobald er mich sah, sank er mit den Händen auf die Knie, schnappte keuchend nach Luft und sagte: „Jake."

Obwohl ich mich nicht erinnern konnte, wer zum Teufel er war, war ich mir sicher, dass er wissen sollte, dass er den Namen meines Bruders nicht aussprechen sollte. Hatte ich das nicht unmissverständlich klargestellt? Ich verengte meine Augen auf den Verräter, bevor ich an ihm vorbeiging, weg von der Kante, weg vom Tod.

„Nein", keuchte er und packte mich von hinten am T-Shirt. „Keith. Warte. Es ist überall im Radio zu hören. Jake ist gefunden worden."

KAPITEL ACHTZEHN

Samantha
Ufer

Ich war erst seit zwei Tagen bei Shannon, als die verzweifelte Stimme ihrer Mutter durch den Flur schallte und unsere Aufmerksamkeit forderte. Ihr Ton klang so schrill, dass wir beide unsere Köpfe aus den Büchern hoben und alarmierte Blicke austauschten, bevor wir ins Wohnzimmer rannten. Ihre Mutter und ihr Vater saßen um den Fernseher herum, als wir ankamen, und Shannons Mutter reichte mir ihre Hand.

„Er ist gefunden worden", sagte sie.

Mein erster Gedanke war, dass sie von Keith sprach, doch als ein Bild von Jake den Bildschirm füllte, wurde mir die ganze Tragweite ihrer Worte klar.

„Er lebt, Samantha."

∼

Jakes Flucht wurde bald zur größten Nachrichtenstory, die je aus unserer Stadt gekommen war. Die Details waren so außergewöhnlich, dass sie ein weltweites Publikum erreichte. Wir hatten gedacht, dass die Medien bei der Entführung wild gewesen waren, doch das war nichts im Vergleich zu seiner Rückkehr. Über Nacht vervierfachte sich die Bevölkerungszahl unserer Stadt, als die Nachrichtenorganisationen anrückten und sich erneut im Vorgarten der McKallisters, vor dem Krankenhaus, in dem Jake gerade um sein Leben kämpfte, und vor dem Haus von Ray Davis, dem Mann, der für alles verantwortlich war, niederließen.

In den nächsten Tagen saß ich mit der Familie O'Malley vor der Glotze und beobachtete zusammen mit dem Rest der Welt, wie das Wunder von Jakes Rückkehr in etwas Dunkles und Unheimliches verwandelt wurde. Die entsetzlichen Details seiner Gefangenschaft und seiner anschließenden Flucht zu erfahren, war wie ein lebendig gewordener Horrorfilm – und das war noch, bevor die Polizei anfing, Leichen auszugraben.

Ich grub meine Füße in den warmen Sand und verdrängte die Bilder aus meinem Kopf. Heute ging es darum, Frieden zu finden und diesen Ort zu schätzen, den ich die letzten zweieinhalb Jahre mein Zuhause genannt hatte. Morgen Abend würde ich mit meiner Tante und ihren zwei kleinen Töchtern ein neues Leben an der Küste von San Diego beginnen. Und obwohl mein Herz für die trauerte, die ich zurücklassen würde, war ich bereit. Ein Leben frei von Angst war alles, was ich je gewollt hatte, und nun, da es in greifbarer Nähe war, klammerte ich mich mit neugefundener Energie daran.

Doch als ich am Fuße der Sanddüne saß und über den weiten Ozean blickte, um mir diesen wunderschönen Ort einzuprägen, lag Nostalgie in der Luft,. Es schien absolut passend, dass ich für ein letztes Lebewohl hierhergekommen war. Dies war der Ort, an dem alles begonnen hatte – wo ich mich verliebt hatte, aber auch, wo ich mein gebrochenes Herz gepflegt hatte. Und es war der Ort, an dem ich nach Keith gesucht hatte, in der Hoffnung, dass er eines Tages den Weg nach Hause finden würde.

Eine Bewegung in der Ferne erregte meine Aufmerksamkeit und ich folgte der Gestalt eines Mannes, der am Strand entlang ging. Wie ein Eindringling saß ich leise auf meinem Handtuch und spionierte seinen privaten Moment aus. Ich beobachtete, wie er seine nackten Zehen ins Wasser tauchte und sich gelegentlich bückte, um etwas aus dem Sand zu heben. Dann, nach einer sorgfältigen Inspektion, warf er das, was er in der Hand hielt, zurück ins Meer. Ich fragte mich, wonach er suchte und warum es ihm so wichtig war.

Zuerst war er nur ein Fremder, der am Ufer entlang wanderte, doch als er näher kam, beschleunigte sich mein Herzschlag. Ich setzte mich ein wenig aufrechter hin und versuchte, sein Gesicht ins Blickfeld zu bekommen. Und obwohl er zu weit weg war, um ihn klar zu erkennen, wusste ich es. Es war Keith. Ich schlang meine Arme schützend um meine Knie und musterte ihn weiter. Sein Gang war schwer, doch das charakteristische Wiegen seines Körpers war unverkennbar. Ich hatte mich oft genug um ihn gewickelt, dass jetzt allein die Erinnerung an unsere Intimität ein Zittern des Bedürfnisses in mir auslöste.

Das Versprechen an Emma hatte ich ihr vor Jakes Rückkehr gegeben, vor dem Angriff meiner Mutter und bevor Keith nach Hause zurückgekehrt war, ohne jemals das Handy abzunehmen und mich anzurufen. Ich hatte keine andere Wahl gehabt, als uns aufzugeben – besonders jetzt, wo ein Festhalten keinem von uns beiden guttun würde.

Als Keith näher kam, erschrak ich über sein hageres Aussehen. Sein Haar war länger als zuvor und statt der zotteligen Mähne, durch die ich so gerne mit den Fingern gefahren war, waren die Strähnen nun faserig und leblos. Und seine Schultern, die einst so stolz und stark gewesen waren, waren nach vorne gesackt, als ob ein unsichtbares Gewicht ihn nach unten ziehen würde. Das war nicht der Junge, an den ich mich erinnerte. Mein Keith ging mit einem federnden Schritt und einem Lächeln, das ihm permanent ins Gesicht gezeichnet stand. Mein Herz schmerzte für ihn. Ich wollte meine Arme um ihn legen und seine Traurigkeit heilen, aber ich war nicht mehr genug für Keith. Er hatte eine neue Geliebte und sie zog ihn in den Boden. Ich wollte ihn zurückstehlen, doch ich wusste, dass ich ihn nicht festhalten konnte. Er brauchte Hilfe, die ich ihm nicht geben konnte, vor allem, da ich für ein neues Leben weggehen würde. Alles, was ich ihm heute geben konnte, würde uns morgen nur noch mehr Kummer bereiten. Nein, ich würde jetzt nicht zu ihm gehen. Es war das Beste, ihn in Ruhe zu lassen.

Doch das war, bevor er in den Sand fiel. Bevor er seine Stirn an seine gebeugten Knie legte. Und bevor seine verschränkten Finger mit einer Schwere hinter seinem Kopf ruhten, die ich nur zu gut kannte. Ich war mir nicht sicher, ob ich jemals einen so einsamen und konfliktreichen Moment erlebt hatte. Keith war eine gebrochene Seele am Rande des Abgrunds und ich stellte mir Sullivan in diesem gleichen verzweifelten Moment in seinem Leben vor. Ich konnte jetzt auf keinen Fall weggehen.

Ich erhob mich, klopfte den Staub von mir ab und machte mich auf den Weg über den Sand. Würde er mein Eindringen begrüßen oder mich beiseiteschieben, wie er es schon viele Wochen lang getan hatte? Nicht, dass es eine Rolle spielen würde. Er würde meine Hilfe so oder so bekommen. Um ihn nicht zu erschrecken, kickte ich ein wenig Sand in seine Richtung, um meine Anwesenheit anzukündigen. Keith folgte der Flugbahn der Körnchen, ehe er seinen Kopf in meine Richtung wandte. Es dauerte einen Moment, bis die Erkenntnis in seinen Augen aufblitzte.

„Sam?"

Oh, mein Gott, er war völlig fertig. Verletzt und zerschunden.

Ich wollte gar nicht wissen, was mit ihm passiert war, seit er weggegangen war. Ich schluckte einen Schluchzer des Mitleids hinunter und korrigierte ihn – wie es unsere Art war. „Samantha."

Ein winziges Lächeln trat auf seine Lippen und ungeachtet der Tatsache, dass ich den letzten Monat damit verbracht hatte, ihn körperlich erdrosseln zu wollen, weil er mich verlassen hatte, schwebte ich von hinten über ihm und schlang meine Arme wie eine gemütliche Decke um ihn. Keith packte meine Arme, die nun vor seiner Brust verschränkt waren und legte seinen Kopf gegen meinen und wir blieben so lange in dieser Position, bis sich die Anspannung aus seinem Körper löste. Dann erst nahm ich neben ihm Platz und unsere Schultern pressten sich wie in alten Zeiten aneinander.

Schweigend saßen wir beide da und blickten auf das Meer hinaus. Erst später spürte ich seinen Blick auf mir. Langsam drehte ich meinen Kopf und unsere Blicke trafen sich. Seine Augen spiegelten das Wasser wider und waren eine Verschmelzung von Blau-, Grün- und Grautönen – wie die wirbelnden Farben meines Steins. Unter all dem Schmerz steckte der überschwängliche Junge, den ich im Unterricht kennengelernt hatte, derjenige, der mich von meinen wackeligen Füßen gefegt und mich als veränderte Person wieder auf festem Boden abgesetzt hatte.

Er hob seine Hand und berührte sanft meine Wange. „Verdammt, du bist eine Augenweide."

Ich erstarrte, sehnte mich nach seiner Berührung, verstand aber, dass ich sie nie wieder haben konnte. Ich griff nach oben und nahm seine Hand weg. Ich gehörte ihm nicht mehr. Dafür hatte er schon vor Wochen gesorgt, als er losgezogen war, um die Schlacht allein zu schlagen.

„Es hätte nicht so kommen müssen", erwiderte ich. „Du hast gewusst, wo du mich finden konntest. Ich wäre an deiner Seite gestanden."

Sein Blick senkte sich und ein Stirnrunzeln straffte seine Züge. „Wenn du enttäuscht von mir bist, Sam, dann stell dich hinten an."

Es ging über Enttäuschung hinaus. Ich liebte ihn und er hatte mich im Grunde für eine pharmazeutische Geliebte weggeworfen. Ich könnte diese Zeit damit verbringen, ihn für seine Taten in Stücke zu reißen, aber dann wäre Keith noch schlechter dran als vor meiner Annäherung. Ich hatte genug Zeit gehabt, um die Enttäuschung zu verarbeiten, und konnte sie beiseiteschieben, um diesen Jungen über Wasser zu halten. „Ich habe mir Sorgen um dich gemacht. Wo bist du gewesen? Was ist mit der Schule?"

„Was soll damit schon sein?", grummelte er.

„Hast du deinen Abschluss aufgegeben? Ich glaube nämlich nicht, dass es zu spät ist. Ich bin mir sicher, dass die Schule angesichts der Situation mit deinem Bruder dir entgegenkommen würde."

„Es ist mehr als nur eine Situation." Keith hob eine Augenbraue. „Oder vielleicht hast du die Nachrichten nicht verfolgt."

„Oh, ich habe sie verfolgt. Es ist ein bisschen schwer, es nicht zu tun. Aber ich rede im Moment nicht über Jake. Ich mache mir Sorgen um dich."

„Warum?"

„Warum sollte ich das nicht tun?"

„Weil du mich hasst, Sam. Ich kann es in deinen Augen sehen."

„Ich hasse dich nicht. Vielleicht mag ich dich momentan nicht besonders, aber ich könnte dich niemals hassen." Und es stimmte. Egal wohin das Leben uns führte, ich würde in meinem Herzen immer einen besonderen Platz für meine erste Liebe haben.

Wir starrten wieder auf die Küstenlinie. Ich nahm den Sand in meine Handfläche und ließ ihn über meine nackten Füße rieseln.

„Falls es dich interessiert", sagte er, „es tut mir leid."

„Ich weiß."

„Tust du das?" Keith atmete aus und entleerte sich wie ein Ballon. „Ich wünschte ... ich wünschte, ich könnte das alles rückgängig machen. Ich wünschte, ich wäre stärker."

Ich bedeckte seine Hand mit meiner eigenen, weil ich in meinem Herzen wusste, dass er nicht beabsichtigt hatte, mich zu verletzen. Er war nur verloren und allein und brauchte Heilung. „Schau, ich war mal an deiner Stelle. Ich verstehe es. Aber jetzt ist es an der Zeit, dich zusammenzureißen und gegen die Mächte zu kämpfen, die versuchen, dich herunterzuziehen. Dies ist dein Leben, Keith – das einzige, das du jemals leben wirst. Bist du der, der du sein willst?"

Keith dachte schier ewig über meine Worte nach, bevor er seinen müden Kopf schüttelte. „Nicht einmal annähernd."

„Dann ändere dich. Geh in dich und finde deine Stärke. Und wenn du sie hast, dann gib etwas davon an Jake weiter. Er braucht seinen großen Bruder."

Keith ließ den Kopf sinken und die Schultern hängen. „Er braucht mich nicht. Er braucht ein Wunder."

„Er hat sein Wunder schon bekommen."

„Hat er das? Ich bin mir da nicht so sicher."

„Er ist am Leben."

„Gerade so. Und was von ihm übrig ist ..." Keith schüttelte seinen Kopf.

„Er lebt", unterbrach ich ihn. „Und das ist mehr, als ich von Sullivan sagen kann. Solange Jake noch atmet, solange du noch atmest, hast du die Kraft in dir, die Sache umzukehren. Aber Keith, hör mir zu – du musst aufhören, dich mit dem Schicksal anzulegen. Es wird dir nicht unendlich viele Chancen geben."

„Ich weiß", erwiderte er und fuhr sich mit den Fingern durch seine ungleichmäßigen Bartstoppeln. „Vielleicht musste ich es nur von dir hören. Du bist gut für mich, Sam. So gut."

Ich ignorierte seine Worte, denn sie taten uns jetzt nicht gut. Ich lenkte das Gespräch auf ein andere Thema und fragte: „Was tust du hier draußen, Keith? Was hast du gesammelt?"

Keith griff in seine Tasche und holte ein paar Muscheln heraus und warf die gebrochenen Stücke in den Sand zwischen uns. „Die sind für Jake. Ich werde ihn heute Nachmittag zum ersten Mal sehen. Er liebt das Meer und ich wollte ihm etwas mitbringen …"

Keith hielt abrupt inne und hatte Tränen in den Augen. „Aber ich kann keine ganzen finden, Sam. Alles ist kaputt."

„Hey", sagte ich und berührte sanft sein Gesicht. Es sollte tröstend sein, doch in dem Moment, in dem sich unsere Blicke trafen, umfasste Keith meinen Nacken und zog mich an sich und seine Lippen trafen auf meine. An der Art, wie er mich küsste, war nichts süß oder liebevoll. Sie war durchzogen von Wut, Lust und Verlangen. Trotz der Tatsache, dass ich ihn dafür hassen wollte, dass er mich verlassen hatte, erwiderte ich seinen Kuss und drückte meine Lippen mit aller Kraft gegen die seinen. Mit seiner Zunge, die mit meiner rang, erwachte mein Körper, der wochenlang geschlummert hatte, plötzlich wieder zum Leben. Der Kitzel, wieder begehrt zu werden, trübte mein Urteilsvermögen und als Keith mit einer Hand über meine Brust strich, bebte ich vor Verlangen.

Die hypnotische Verbindung wurde unterbrochen, als er mich nach hinten in den Sand legte. In diesem Moment kam ich wieder zur Besinnung. Das hier konnte nicht geschehen. Wir konnten niemals zusammen sein. Widerwillig löste ich meine Lippen von seinen, setzte mich auf und drückte ihn mit meinen Händen weg.

„Nein. Ich kann nicht."

„Warum?"

„Es gibt einfach Dinge …" Ich hielt mitten im Satz inne. Es hatte keinen Sinn, ihm von meinem Umzug zu erzählen, von der Tat meiner Mutter. Er musste sich auf das konzentrieren, was er ändern konnte – sich selbst. Ich war bereits weg. „Ich … ich kann einfach nicht. Es tut mir leid."

„Ich verstehe", sagte er und seine Finger fuhren sanft über meine Wangen. „Ich weiß, dass ich uns ruiniert habe."

Während der letzten schwierigen Wochen hatte ich mir vorgestellt, wie einfach es für Keith gewesen war, die Entscheidung zu treffen, mich zu verlassen, aber jetzt, als ich in seine niedergeschlagenen Augen sah, verstand ich endlich. Keith hatte uns nicht ruiniert, das Leben hatte es.

„Ich mache dir keine Vorwürfe. Vielleicht waren wir einfach nicht füreinander bestimmt", antwortete ich. „Jeder hat eine erste Liebe, Keith. Deshalb nennt man sie auch ‚erste'. Wir beide werden weiterziehen – und besser dran sein."

Er warf mir einen schrägen Blick zu. „Glaubst du das wirklich?"

Ich biss mir auf die Lippe, um ein Zittern zu verhindern. Natürlich glaubte ich das nicht, aber mich selbst – und ihn – zu belügen, war die einzige Möglichkeit, Keith auf einen Weg nach vorne zu lenken, während ich in einer neuen Stadt sicher und allein neu begann.

Ich zwang ein Lächeln auf mein Gesicht, stand auf und reichte ihm meine Hand. „Das tue ich. Und jetzt lass uns gehen."

„Wohin?"

„Wir holen Jake seinen Ozean."

KAPITEL NEUNZEHN

Keith
Kontaktaufnahme

Sam hatte die Papiertüte ihres Mittagessens geleert und wir hatten sie mit Muscheln und Steinen vollgestopft. Die Plastiktüten hatten wir für Wasser und Sand benutzt. Wenn Jake nicht an den Strand kommen konnte, konnte ich ihn zu ihm bringen. Nicht, dass ich dort selbst noch viel Zeit verbrachte. Tatsächlich war es das erste Mal, dass ich seit seiner Entführung wieder einen Fuß an die Küste gesetzt hatte. Irgendetwas hatte sich in mir verändert und ich spürte mich nicht mehr zum Meer hingezogen. Wenn Jake zurückging, würde ich es vielleicht auch tun. Vielleicht.

Ich dachte zurück an meine Zeit mit Sam. Sie war anders gewesen – distanziert – und ich verstand, dass sie wütend war. Warum auch nicht? Ich hatte sie beiseitegeschoben – sie aus meinen Gedanken gestrichen, als hätte sie nicht existiert. Wenn ich nur ihre Anrufe beantwortet hätte. Sie wieder zu sehen, brachte alles zurück, all die Gefühle, die ich mir nicht erlaubt hatte zu fühlen. Ich liebte sie. Nicht in der Vergangenheitsform, wie sie es am Strand angedeutet hatte. Ich liebte sie in der Gegenwart. Aber aufgrund der aktuellen Umstände würde es lange dauern, bis ich in der Lage sein würde, sie zurückzugewinnen. Wenn ich Glück hatte, würde sie vielleicht warten.

Mitch, Emma und ich warteten an der Tür darauf, dass Kyle seinen Besuch bei Jake beendete. Nach einstimmigem Beschluss war er der Erste, denn er hatte am meisten unter Jakes Abwesenheit gelitten. Und während ich darauf wartete, dass ich an der Reihe war, umklammerte ich Sams Strandtüte, als wäre sie eine Rettungsleine.

Mitch lehnte an einer Wand und sah braungebrannt, entspannt und gesund aus, im Gegensatz zum Rest von uns Geisterwesen, die gerade aus einem Atomkrieg zu humpeln schienen. Mit seinen einundzwanzig Jahren war mein Halbbruder ein akademischer Athlet und hatte den Körper, um es zu beweisen. Er war jedermanns Lieblingstyp. Gutaussehend. Sportlich. Und nett – nett in der Art, wie Mormonen nett sind. Er war immer ein Ideal gewesen, dem ich nicht gerecht werden konnte, und statt ihn zum Helden meiner Geschichte zu machen, hatte ich ihn zum Bösewicht erklärt, den ich entsprechend hasste.

Als Jake verschwunden war, war Mitch in Südamerika gewesen und hatte im Rahmen eines Austauschprogramms seiner Universität Infrastruktur für geschwächte Dörfer aufgebaut. Die Nachricht von der Tragödie hatte ihn nur langsam erreicht und als er endlich aus dem Entwicklungsland herausgekommen war und seinen Weg nach Hause gefunden hatte, war er einen Monat zu spät dran gewesen.

Aber das hatte nichts gemacht, denn sobald er zu Hause angekommen war, hatte Mitch die Führung übernommen. Plötzlich waren die Müllberge weg gewesen, die Löcher in den Wänden geflickt und das Geschirr abgewaschen. Und nicht nur das, denn Superman hatte der armen Emma eine Pause mit den Kindern verschafft und erreicht, dass Dad sauber aussah und auf dem Weg der Besserung war. Und dann, bumm, vier Tage später hatte Jake die wundersame Flucht geschafft, von der die ganze Welt hörte, und Mitch sah aus wie der Glücksbringer, den wir die ganze Zeit gebraucht hatten. Es hatte kein Leiden für ihn gegeben, keine langen Nächte mit dem FBI, die sein Haus auf der Suche nach Hinweisen auseinandernahmen, und keine Steves, die ihm sagten, er solle aufhören zu hoffen, weil sein Bruder tot sei. Nein, Mitch war zu spät zum Spiel erschienen und hatte trotzdem noch ein Tor geschossen.

Die Tür zu Jakes Krankenzimmer ging auf und Kyle stolperte heraus, wobei er seinen Kopf herumwirbelte, als wäre er ein in die Enge getriebener Waschbär, der nach einem Ausweg suchte. Ich griff nach seinem Arm und er zuckte zurück, fast so, als hätte ich ihn aus einem Alptraum aufgeschreckt.

„Was ist passiert?", fragte ich.

Seine Stimme brach, als er die Worte herauspresste. „Er ist nicht da."

Verwirrt fragte ich nach. „Was meinst du? Ist das nicht sein Zimmer?"

Mitch grunzte, als ob der Umgang mit meiner Dummheit so lästig wäre. Er schob mich zur Seite, packte Kyle und zog ihn in eine Umarmung. „Das ist nicht das, was er meint, Keith. Benutze deinen Verstand."

Dann verdrängte das Entsetzen meine Verwirrung und mich traf das volle Gewicht von Kyles Worten. *Jake. War. Nicht. Da.* In all meinen Fantasie-Szenarien, in denen er die Entführung überlebt hatte, hatte ich mir nie dieses Szenario ausgedacht: dass er zu uns zurückkehren würde ... aber nicht wirklich.

Trotz Mitchs Seitenhieb war mein Patzer irgendwie gerechtfertigt. Meine Geschwister und ich waren nicht in die Einzelheiten von Jakes Zustand eingeweiht worden. Die Details waren von unseren blutenden Ohren ferngehalten worden. Doch als die Leichen von Ray Davis' ehemaligen Opfern aus dem kalten, harten Boden aufgetaucht waren, hatte man kein Genie zu sein brauchen, um die großen Teile des Puzzles zusammenzusetzen. Jake war nicht nur einem Serienmörder entkommen, sondern er hatte diesen Wichser auch zur Strecke gebracht. Bei seinem letzten Widerstand hatte es einen ausgewachsenen Messerkampf gegeben und irgendwie war mein kleiner Bruder als Sieger hervorgegangen – gewissermaßen. Es fiel mir schwer, ihn zum „Sieger" zu erklären, da der dreizehnjährige Junge, der jetzt zerbrochen und zerschmettert hinter jener Tür lag, absolut alles verloren hatte.

Die Tür ging weiter auf, als meine Eltern Kyle aus dem Zimmer folgten und grimmig dreinschauten, als sie uns mit ihren Blicken musterten. Scheiße, sie würden die ganze Sache abblasen. Mitch, Kyle, Emma und ich hatten acht Tage gewartet, um Jake zu sehen, und ich würde nicht kampflos untergehen. Ich musste ihn sehen und sei es nur, um meine Angst vor dem zu lindern, was hinter dieser Tür lag. Ich wusste, dass Jake nicht mehr der lächelnde, sarkastische Junge sein würde, der er früher gewesen war, aber ich musste wissen, dass er wieder dorthin gelangen konnte – irgendwann.

Mom fuhr mit ihrer Hand sanft durch das, was von Kyles frisch geschorenem Haar übriggeblieben war. „Ihr Kinder könnt ihn immer noch besuchen, aber versteht einfach, dass Jake eine Menge Schmerzmittel nimmt. Er könnte verwirrt sein und Schwierigkeiten haben, sich daran zu erinnern, wer ihr seid."

War es das, was passiert war? Hatte er sich nicht an Kyle erinnert – seinen Spielpartner? Die beiden waren unzertrennlich. Das hier war schlimm. Was mich am meisten beunruhigte, war nicht die Art, wie Jakes Körper gezeichnet worden war, sondern das, was man nicht sehen konnte – die psychische Gewalt, die ihn ein Leben lang begleiten würde.

Mom legte ihren Arm um Kyle und flüsterte ihm etwas ins Ohr, bevor sie ihn wegführte.

Als sie außer Hörweite waren, fragte Emma: „Was ist da drinnen passiert?"

Dads Blick hob sich und ich sah die dunklen Ränder, die unter seinen Augen hingen. Er sah so müde aus und Mom ebenfalls. Beide waren in den letzten anderthalb Monaten um Jahre gealtert und so wie es aussah, würden sie diesen ausgemergelten Weg noch lange weitergehen. Ich hätte da sein sollen, um einen Teil der Last zu tragen.

„Jake hat einfach durch Kyle hindurchgeschaut, als ob er ihn gar nicht sehen würde. Es war herzzerreißend. Deine Mutter sagt, wir sollen ihm Zeit geben, aber ..."

Während Mitch Dad die emotionale Unterstützung bot, die er brauchte, sah Emma mich an und die Angst in ihren Augen passte zu meiner eigenen. Wenn Jake sich nicht an Kyle erinnern konnte, welche Hoffnung hatte dann der Rest von uns? Meine Schwester strich abwesend über das Griffbrett der Gitarre, die sie unbedingt für Jake hatte mitbringen wollen. Vor ihrem geistigen Auge würde die Musik seine heilende Gnade sein, doch nach dem, was wir gerade erfahren hatten, hatte sie vielleicht ihre Zeit damit verschwendet, sie den ganzen Weg hierher zu schleppen.

„Nein. Es wird ihm wieder gutgehen", schlussfolgerte Dad und riss sich wieder zusammen. „Wenn sie ihn erst einmal von den Schmerzmitteln entwöhnt haben, wird es ihm wieder gutgehen."

Im Laufe der letzten Woche hatte ich mich ebenfalls von den Schmerzmitteln entwöhnt, aber ich hatte nie vergessen, wer Kyle war.

„Er braucht einfach Zeit, um sich zurechtzufinden und zu heilen. Haltet euren Besuch kurz und eure Erwartungen niedrig. Auf diese Weise werdet ihr nicht enttäuscht werden. Mitch, warum gehst du nicht als Nächstes?"

Mitch? Was sollte der Scheiß? Warum war er immer als Erster dran? Es spielte keine Rolle, dass die Zeit, die er in unserer Familie verbracht hatte, nur aus Sommern und Ferien bestanden hatte, und das auch nur, bis er sechzehn geworden war und beschlossen hatte, dass wir des Besuches nicht mehr wert waren.

Der letzte Sommer, den er mit uns verbracht hatte, war, als Jake erst acht gewesen war. Und trotzdem bekam Mitch den begehrten ersten Platz.

Normalerweise grollte ich nur im Stillen, aber nicht heute ... nicht wenn ich den Stachel der Ungerechtigkeit spürte. „Warum darf er als Erster gehen? Wenn Jake nicht gewusst hat, wer Kyle war, wieso sollte er dann Mitch erkennen? Er ist nicht einmal Jakes richtiger Bruder."

Meine Worte trafen ihr Ziel. Mitch zuckte zusammen. Dad zuckte zusammen. Selbst Emma schauderte, bevor sie hastig wegschaute. Mein Blick prallte an jedem fassungslosen Gesicht ab und vielleicht hätte ich den verbalen Sieg sogar gefeiert, wenn Mitch mich nicht schnell an die Wand gedrückt hätte.

„Sprich nie wieder so mit mir", fauchte er, sein Griff wurde fester und er lehnte sich so nah an mich heran, dass ich seinen Atem auf meiner erhitzten Haut spüren konnte. „Er ist auch mein Bruder."

In seinen Träumen. Mitch war nur die glänzende Trophäe auf dem Regal – derjenige, den man um Rat fragte, wie man ein Gewinner sein konnte. Aber ich war der Echte – Jakes ältester Bruder, derjenige, der für ihn da war, wenn er gegen Tyrannen verteidigt werden musste oder einen Rat für seinen ersten Kuss brauchte. Ich war sein Held – nicht Mitch. Niemals.

„Hast du eine Ahnung, wie ich mich fühle, wenn du mich so herabwürdigst, Keith? Hm? War es meine Schuld, dass Dad meine Mom nicht geheiratet und mir vollblütige Geschwister geschenkt hat? Nein! Du hast genauso wenig Anspruch auf deine Geschwister wie ich, also halt dein verdammtes Maul."

Mitch verlor selten die Fassung, aber wenn er es tat, war es immer spektakulär – und immer meine Schuld. Nachdem er mir seine Meinung gegeigt hatte, ließ er mich von der Wand los. Dad schüttelte seinen müden Kopf und starrte mich mit dem enttäuschten Blick an, den ich so gut kannte. Scheiß auf ihn! Scheiß auf sie alle! Ich brauchte diesen Scheiß nicht.

„Weißt du was? Geh vor, Mitch. Ich werde in den Hintergrund rücken ... wie immer."

Ich drängte mich an meinem Vater vorbei und stellte dabei sicher, dass ich meine Schulter senkte und als Zugabe meinen falschen Bruder rammte. Als ich davonstolzierte, drehte ich mich um und stellte Augenkontakt mit Emma her. Weder entging mir das Flehen in ihren Augen ... noch änderte es meinen Weg.

∼

Je weiter ich mich vom Krankenhaus entfernte, desto schlechter fühlte ich mich. Ich schaffte mehrere Blocks zu Fuß, bevor mir klar wurde, was ich tat – ich rieb es nicht Mitch unter die Nase, sondern ich kehrte Jake den Rücken zu. Das war nicht die Person, die ich sein wollte. Und ganz sicher nicht die Person, die ich sein musste, um Sam zurückzugewinnen.

Wenn es darauf ankam, war Mitch nur eine Ausrede – ein leichtes Ziel. War es seine Schuld, dass er der Goldesel war? Manche Menschen waren einfach dazu bestimmt, in der Startaufstellung zu stehen. Es war in ihre DNA geschrieben. Und indem ich so abgehauen war, wie ich es getan hatte, hatte ich lediglich bewiesen, dass ich zweitrangig war.

Wieso lief ich weg, wenn Jake mich brauchte? Was für ein Idiot tat denn so etwas? Ich, offensichtlich. Tja, Scheiße! Wenn ich mich zum Besseren verändern wollte, musste ich zurückgehen und mich bei Mitch entschuldigen. Das war der einzige Ausweg aus dem Loch, das ich mir selbst gegraben hatte.

Seufzend drehte ich mich auf einem Fußballen um und stapfte zurück zum Krankenhaus.

∼

Mom saß in dem kleinen Wartebereich vor Jakes Tür.

„Ich hab's gewusst, dass du zurückkommen würdest", sagte sie.

„Ja? Das macht eine von uns. Hast du es gehört?"

„Oh, ich habe es gehört."

„Wo ist er? Ich muss mich entschuldigen."

„Er ist mit Kyle, Emma und Dad gegangen." Ihr müder Blick schweifte über mich hinweg. „Du Glückspilz."

Ich trat von einem Fuß auf den anderen, als Scham meine Wangen erröten ließ. „Ich hätte diese Dinge nicht zu ihm sagen sollen."

„Nein, das hättest du nicht tun sollen. Mitch ist nicht dein Feind, Keith. Das war er noch nie."

„Ich weiß. Er hat nichts falsch gemacht. Ich kann meine Engstirnigkeit in seiner Nähe kaum kontrollieren."

„Vertrau mir, diese spezielle Eigenschaft hast du von mir geerbt." Sie lächelte und tätschelte den Stuhl neben sich. Ich ließ mich darauf sinken und legte meinen Kopf an ihre Schulter. „Ich weiß nicht, wie viel ich dir über die Probleme erzählt habe, die Tante Mel und ich in unserer Kindheit hatten. Sie war die perfekte ältere Schwester. Jeder hat sie geliebt. Manchmal habe ich mich wie ein Anhängsel gefühlt. Ich habe mein Leben damit verbracht, ihr gerecht zu werden, und das hat unsere Beziehung zerstört. Erst als ich mich entschieden habe, mit dem, was ich war, einverstanden zu sein, waren wir in der Lage, alles hinter uns zu lassen. Weil deine Situation der meinen ähnelte, habe ich mich extra angestrengt, damit du dich besonders fühlst, aber offensichtlich habe ich dabei versagt."

„Du hast nicht versagt, Mom. Ich habe meine eigenen Entscheidungen getroffen. Du weißt, dass ich noch nie leicht zu kontrollieren war."

„Nein." Sie gluckste. „Das warst du definitiv nicht. Als Kleinkind hast du immer den Couchtisch umgeworfen, weil du geglaubt hast, du wärst der Hulk. Wenn ich mich auf Spielplätzen nur eine Sekunde abgewendet habe, hast du dich nackt ausgezogen und an Bäume gepinkelt."

„Na ja, zu meiner Verteidigung, das klingt einfach nach beschissener Erziehung. Super gemacht, Mom."

Wir lachten und sie beugte sich vor, um mir einen Kuss auf die Stirn zu geben, als wäre ich noch ein kleines Kind. „Ich habe dich vermisst."

„Ich habe dich auch vermisst. So sehr. Es tut mir alles leid."

Sie hielt ihre Hand hoch. „Wir alle haben unsere Kreuze zu tragen, Keith. Alles, was du getan hast, ist im Vergleich zu mir ein Zwerg. Und wenn es ein Leben lang dauert, ich werde es bei dir und den anderen wieder gutmachen, das verspreche ich dir." Moms Stimme bebte und ich konnte spüren, wie ihr Körper zitterte.

Ich hob meinen Kopf wieder an und sah ihr in die tränennassen Augen. „Hey, was ist denn los?"

Was für eine dumme Frage, wenn man bedenkt, dass im Moment alles los war. Ich legte meinen Arm über ihre Schulter und drückte sie an mich. Sie wirkte unter meiner Berührung zerbrechlich. Die Strapazen forderten ihren Tribut. Jake lebte und das hätte eigentlich Freude bringen sollen, doch unsere gegenwärtige Situation bot nur wenig Grund zum Feiern.

„Es tut mir leid, Baby." Ihr entwich ein Schluchzen. „Ich habe dich durch meine Finger gleiten lassen. Du warst noch zerbrechlich, das habe ich gewusst und ich hätte dich fester halten sollen. Jetzt hast du einen Rückfall und bist wieder da, wo du angefangen hast."

Schön wär's. Wenn sie nur wüsste, wie viel tiefer ich gefallen war. Doch ich schwieg, als wir uns umarmten.

„Es ist okay", flüsterte ich in ihr Ohr. „Es ist nicht deine Schuld."

Ihr Körper bebte. „Ich weiß nicht, wie ich es besser machen kann, Keith. Wie kann ich Kyle, dich und Jake reparieren?"

„Ich weiß es nicht, Mom. Ich will nur unsere Familie zurückbekommen."

„Ich auch."

Mom nahm meine Hand und führte mich zu Jakes Tür. Bevor sie sie öffnete, hielt sie inne und legte eine unsichere Hand an meine Wange. „Erwarte nicht viel. Er hat mit den anderen nicht gesprochen."

„Hat er mit dir gesprochen?"

„Nicht zusammenhängend, nein. Hör zu, bevor du reingehst: ich habe mit ein paar Leuten gesprochen. Wir werden dir die Hilfe besorgen, die du brauchst. Es ist bereits alles vorbereitet."

Ich war nicht überrascht, aber ich war auch nicht glücklich. „Ich will nicht weggeschickt werden. Nicht jetzt. Ich muss für Jake da sein."

„Ich weiß. Es ist ambulant. Aber es wird stationär werden, wenn du es nicht ernstnimmst."

Ich hatte keine andere Wahl, als ihre Bedingungen zu akzeptieren, also nickte ich feierlich, während ich versuchte, um sie herum zu gehen.

„Eine Sache noch", sagte sie und hielt mich auf. „Du musst mir versprechen, dass du dich von dem, was du da drinnen siehst, nicht wieder von uns wegbringen lässt. Wir brauchen dich hier. Und zwar stark."

Versprechen waren leicht. Sie zu halten, war der Punkt, mit dem ich immer Schwierigkeiten hatte. Aber ich würde alles geben, was nötig war, um dieses Zimmer zu betreten.

„Ich verspreche es", sagte ich, griff nach ihrer Hand und drückte sie, bevor ich die Tür aufstieß und mich meiner Angst stellte.

Falls Jake mich reinkommen sah, nahm er es nicht zur Kenntnis. Tatsächlich zuckte er nicht mal mit der Wimper. Mein Bruder starrte einfach nur ausdruckslos an die Wand. Das Erste, was mir an ihm auffiel, waren die kahlen Stellen, die über seinen Kopf verstreut waren. Hatte er sich selbst die Haare ausgerissen oder war das ein Gefallen von Ray Davis gewesen?

So viele Emotionen durchströmten mich in diesem Moment und ich wollte wütend sein wegen all der Ungerechtigkeiten, die er erlitten hatte, doch ich wusste, dass er das nicht brauchen konnte. Falls ich gerade eine Chance hatte, ihn zu erreichen, musste ich der lustige Bruder sein, den Jake liebte.

„Hey, Kumpel, ich bin's, Keith", sagte ich und ging einen Schritt auf ihn zu.

Keine Reaktion. Nicht einmal ein Zucken. Und obwohl ich vor seinem Zustand gewarnt worden war, zwang mich die Realität seines Anblicks beinahe in die Knie. Blass, abgemagert und mit heftig aussehenden, violetten Blutergüssen übersät, war Jake unter all den Schläuchen und Drähten, die überall aus seinem gebrochenen Körper ragten, kaum wiederzuerkennen. Ein einengender Gips umfasste sein Bein und reichte ihm bis zum Oberschenkel.

„Ich habe dir was mitgebracht."

Immer noch keine Reaktion. Kein Ausdruck des Erkennens. Konnte er mich überhaupt hören? Wo war er? Irgendwo in seinem Kopf eingesperrt? Jetzt, wo ich näher bei ihm war, konnte ich sehen, wie seine Knochen unter seiner Haut hervorstanden. Er war so dünn. Hatte er jemals etwas zu essen bekommen? Was für ein Ungeheuer stiehlt ein Kind, missbraucht es und lässt es dann verhungern? Visionen von seinem Leben in Ketten zwangen mich, wegzuschauen. Ich verstand jetzt, warum Kyle rausgerannt war. Es war das, was ich auch tun wollte, aber ich konnte ihn nicht verlassen – nicht jetzt. Niemals. Mitch mochte Dads idealer Sohn sein, aber ich war Jakes Liebling und ich würde verdammt sein, wenn ich diesen Raum verließ, ohne dass er meinen Namen kannte.

Ich ließ mich auf dem Stuhl nieder und achtete darauf, ihn

nicht zu berühren. Das war ein Trigger, wie mir warnend gesagt worden war. Ich kramte in meiner Papiertüte und holte eine Muschel heraus, die ich neben ihn auf das Bettlaken legte.

„Für dich. Mit freundlicher Genehmigung des Ozeans. Er richtet übrigens Grüße aus."

Er bewegte sich nicht und drehte nicht einmal die Augen, um mein Friedensangebot zu betrachten.

„Schau, ich verstehe, dass du die Hölle erlebt hast, und ich mache dir keine Vorwürfe, dass du dich wie ein Zombie benimmst, aber ich sage es dir ganz direkt, Kumpel: Wenn du so weitermachst, werden die Leute denken, dass du ein paar Tassen zu wenig für ein ganzes Service hast, verstehst du mich? Ehe du dich versiehst, werden Seelenklempner hier reinkommen und mit großen Worten um sich werfen, die mit ‚-ologie' enden. Also, du musst Folgendes tun, Champ. Wach verdammt noch mal auf."

Offensichtlich war ich zu sehr in meine inspirierende Rede vertieft gewesen, um Jakes Bewegung zu bemerken. Erst als die Muschel durch die Luft flog, wurde mir klar, was passiert war. Ich sah geschockt zu, wie die fragile Muschel mit einem dumpfen Aufprall die Wand traf und in tausend kleine Teile zerbrach, als sie auf den Boden fiel.

„Wow. Alter. Das war krass. Netter Wurf. Du bist ein zerstörerischer kleiner Scheißer, was? Willst du noch eine kaputtmachen?"

Jake starrte wieder geradeaus und glitt zurück in seinen komatösen Zustand. *Oh nein, das wirst du nicht.* Jetzt, wo ich wusste, dass er da drinnen steckte, würde ich ihn auf keinen Fall kampflos gehen lassen. Ich zog eine weitere Muschel aus der Tasche und legte sie neben ihn. „Richte deinen Schaden an."

Diese Muschel lag untätig an seiner Seite. Ich schob sie näher heran wie ein Hund, der seinem Besitzer einen Ball zuschiebt. Nichts.

„Okay, ich hab's verstanden. Du brauchst erst einen Witz. Was liegt am Strand und hat einen Sprachfehler?"

Ich wartete. Jeder Witz brauchte eine Pause, um zu wirken.

„Eine Nuschel."

Ich lachte und ich wusste, wenn Jake sich besser fühlen würde, hätte er es auch getan. Wir erzählten uns diese Witze, seit wir kleine Kinder waren, je dümmer, desto besser.

„Verdammt, Kumpel. Du bist ein harter Brocken. In Ordnung, Zeit für weitere Überraschungen."

Aus einem der Plastikbeutel zog ich einen Klumpen Seetang und legte das schleimige Zeug auf seinen Arm. „Hast du gewusst, dass Seetang eine leicht abführende Wirkung hat und sehr nützlich für eine gesunde Verdauung ist?"

Keine Reaktion.

„Na ja, ich weiß, was du denkst, Jake. Wer ist der arme Trottel, der *diese* Theorie testen musste? Habe ich recht?"

Endlich bekam ich eine Reaktion. Jake blickte für die kürzeste Sekunde zu mir auf, bevor er wegschaute. Seine blauen Augen schillerten in allen Regenbogenfarben und seine Unterlippe war mit schwarzen Stichen gesäumt, aber trotzdem seufzte ich erleichtert. Jetzt hatte ich ihn und ich würde nicht mehr loslassen.

Sanft strich ich mit den kühlen Algen über seinen Arm und Jake schien von dem glitschigen Gefühl fasziniert zu sein. Nachdem ich noch mehr Algen aufgehäuft hatte, schaute ich auf und sah, dass er mich anstarrte. Unsere Blicke trafen sich und obwohl keine Worte zwischen uns fielen, verstand ich, was er wollte. Wenn ich bei ihm war, würde es kein Mitleid geben – keine Tränen. Alles, was von mir verlangt wurde, war, ihm das Gefühl zu geben, lebendig zu sein. Das konnte ich tun.

Und um ihn für den nonverbalen Deal, den wir ausgehandelt hatten, zu belohnen, schlug ich ihn mit einem weiteren Witz. „Was liegt mit Erkältung am Strand?"

Jake räusperte sich und mit kaum mehr als einem rauen Flüstern sprach er seit sechs langen und zermürbenden Wochen seine ersten Worte zu mir. „Eine Niesmuschel."

KAPITEL ZWANZIG

Samantha
Die Geschichte des Steins

Nachdem ich mich von Keith verabschiedet hatte, wusste ich, dass es noch eine letzte Sache gab, die ich tun musste. Als ich zu Shannons Haus zurückfuhr, setzte ich mich an ihren Schreibtisch und begann, einen Brief für Keith auf das einzige Papier zu schreiben, das ich finden konnte, einen Notizblock mit der Aufschrift *Achtung! Nicht den Rotschopf streicheln.*

Meine Finger flogen, als die Worte mit Leichtigkeit von meinem Gehirn auf das Pergament übertragen wurden. Ich hatte immer dann am besten geschrieben, wenn es wirklich darauf ankam, und dies war einer dieser Momente. Ursprünglich hatte ich vorgehabt, die Stadt ohne viel Aufhebens zu verlassen, doch als ich Keith wiedergesehen hatte, hatte ich meine Meinung geändert. Wenn ich die Chance hatte, mich richtig zu verabschieden, warum sollte ich es dann nicht tun? Hatte Keith es nicht verdient, die Wahrheit über mich zu erfahren – über das Mädchen, in das er sich verliebt hatte? Ich wünschte, ich hätte den Mut gehabt, die Wahrheit zu sagen, als wir noch zusammen waren. Wenn ich vielleicht ehrlich zu ihm gewesen wäre, als es wirklich gezählt hatte, hätte er vielleicht das Gleiche getan, als es für ihn am wichtigsten war.

Ich begann mit dem Teil, den er kannte, Sullivans Tod und das Verlassenwerden durch meinen Vater, und dann ging ich zu der Isolation über, die ich in der Schule gefühlt hatte und wie er und Shannon mich auf verschiedene Weisen gerettet hatten. Dann kam der harte Tobak, der Teil meines Lebens, den ich außer Sichtweite verborgen gehalten hatte – meine psychisch kranke Mutter. Jedes böse Detail wurde beschrieben, bis hin zu dem schrecklichen letzten Tag, den ich mit ihr verbracht hatte. Und als ich fertig war, war ich mir sicher, dass Keith verstehen würde, dass der Grund für meinen Weggang nicht seine Abkehr war, sondern dass ich die Chance brauchte, zu erfahren, wie es sich anfühlte, in meinem eigenen Zuhause sicher zu sein.

Und schließlich ging ich zu einer Geschichte über, die erzählt werden musste: die Geschichte meiner Achat-Halskette. Sie war mehr als nur eine hübsche Krücke, die um meinen Hals hing. Sie hatte eine besondere Bedeutung, besondere Schutzkräfte. Das sollte nicht heißen, dass der Stein nicht auch seinen Anteil an Misserfolgen erlebt hatte, wobei Sullivan der größte von allen war. Seine Heilkräfte hatten nicht ausgereicht, um meinen Bruder zu retten, aber sie hatten gereicht, um mich zu retten. Ich spielte mit dem Stein und ließ ihn an der Lederschnur entlang gleiten, als ich mich an den Moment erinnerte, als er in mein Leben getreten war.

Ich war zehn und zitterte. Sullivan war neben mir und zappelte vor sich hin. Mein Großvater lag im Sterben und wir waren zu einem letzten Abschied gerufen worden. In meinem jungen Leben hatte ich den Tod noch nie erlebt und ich hatte Angst, dass er vor meinen Augen seinen letzten Atemzug tun würde.

„Es ist Zeit", sagte mein Vater und seine fröhliche Stimme überdeckte den Schmerz. „Er will euch Kinder sehen. Sullivan, du zuerst."

Ich wartete vielleicht zehn Minuten, bevor mein Bruder erschüttert und mit glasigen Augen aus dem Zimmer trat. Ich versuchte, seine Aufmerksamkeit zu erregen, um zu fragen, was passiert war, aber er war nicht in der Stimmung, mich zu informieren. Tatsächlich schlich er sich ins Bad, was schon immer sein bevorzugter Ort fürs Weinen gewesen war.

„Samantha?", sagte Dad und öffnete die Tür. Ich atmete tief durch und betrat das Krankenzimmer meines Großvaters. Er lag im Bett, hatte die Augen geschlossen und sah friedlich aus. *Bitte stirb jetzt nicht.* Als ich nach vorne trat, drehte er seinen Kopf in meine Richtung und lächelte. Ich hatte ihn nur eine Handvoll Male getroffen, aber das Einzige, woran ich mich bei ihm erinnerte, war sein Lächeln. Manchmal wünschte ich mir, wir hätten eine Generation übersprungen und er wäre stattdessen mein Vater gewesen.

„Komm, Samantha", sagte er. „Du brauchst keine Angst zu haben."

Ich trat auf Zehenspitzen näher.

„Schatz." Seine müden Augen waren auf mich gerichtet. „Kannst du herumgreifen und meine Halskette öffnen?"

Ich tat wie mir geheißen, nahm den Schmuck von seinem Hals und legte ihn in seine gegerbte Handfläche.

„Setz dich." Seine Unterlippe bebte, als irgendeine verborgene Erinnerung seinen Geist durchkreuzte. „Ich möchte dir von diesem Stein erzählen."

Und dann begann er eine bemerkenswerte Geschichte über seine Zeit in Vietnam. Als er während eines Einsatzes in einem Bunker gekauert hatte, hatte er die Kette im Dreck liegend vorgefunden. In der Annahme, dass sie jemand versehentlich fallen gelassen hatte, hatte mein Großvater sie sich zur Sicherheit um den Hals gelegt, in der festen Absicht, sie nach seiner Rückkehr ins Basislager dem rechtmäßigen Besitzer zu geben. Doch kurz darauf waren er und sein Zug angegriffen worden und mein Großvater war einer von nur vier Überlebenden. Die Halskette, so sagte er, war sein Glücksbringer.

„Und jetzt gehört sie dir, Samantha. Du bist etwas Besonderes und ich weiß, dass du mit diesem Stein gut umgehen wirst. Verstehst du das?"

Ich erinnerte mich daran, dass ich genickt hatte, doch damals hatte ich nicht wirklich seine Bedeutung verstanden oder warum mein Großvater ihn mir und nicht Sullivan geschenkt hatte. Vielleicht hatte er gewusst, dass das Leben mich auf die Probe stellen und ich dieses Extra an Schutz brauchen würde. Vielleicht hatte er aber auch nur den Kampfgeist in mir gesehen und gewusst, dass ich auch in schwierigen Zeiten weitermachen würde – genau wie er es vor all den Jahren getan hatte. Ob der Stein magische Kräfte hatte oder nicht, war weniger relevant wie der Glaube des Trägers daran. Und ich glaubte.

Mein Großvater war ein paar Tage später verstorben. Und obwohl sie sich nie nahegestanden hatten, hatte sein Tod Sullivan schwer zu schaffen gemacht. Ich hatte alles getan, was ich gekonnt hatte, um ihn zu beruhigen, doch mein Bruder war untröstlich gewesen. In diesem Moment hatte ich gewusst, was ich zu tun hatte. Obwohl er ihn mir geschenkt hatte, hatte ich Großvaters Stein abgenommen und ihn meinem Bruder um den Hals gelegt. Und während ich ihm die Geschichte des Steins erzählt hatte, hatte ich staunend zugesehen, wie er seinen Schmerz gelindert hatte.

∽

Meine Geschichte war erzählt und so versiegelte ich den Umschlag und adressierte ihn sorgfältig. Dann drehte ich ihn um und schrieb auf die Rückseite: „Sei, wer du sein willst – In Liebe, Samantha."

Und dann war ich zur Tür raus und in meinem Auto, entschlossen, meinem Weggang einen Abschluss zu geben. Als ich in die Einfahrt des Postamts bog, fand ich vorne einen Parkplatz und stellte das Auto ab. Als ich zum Briefkasten ging, stiegen mir die Tränen in die Augen, doch ich ließ mich von ihnen nicht davon abhalten, das zu tun, was getan werden musste. Ich küsste den Umschlag und warf ihn in den Briefkasten. Als ich zu meinem Auto zurückging, fuhr ich mit den Fingern an meinem Schlüsselbein entlang, wo einst die Achat-Halskette gehangen hatte.

Ich trieb im Wasser, bereit auf meinem Brett, und entdeckte die ungebrochene Welle und paddelte wie verrückt, um sie zu erwischen. Die letzten paar Wellen waren in sich zusammengefallen, ehe ich genug Schwung gehabt hatte, aber diese ... ich wusste einfach, dass sie episch sein würde. Und dann war ich oben, mein Haar wehte in der Brise und ich trug ein Lächeln mitten im Gesicht. Der Ritt war genau so, wie ich ihn mir vorgestellt hatte.

Ich war so glücklich, hier zu sein und mich so lebendig zu fühlen. Das Einfügen ins Leben in San Diego hatte sich als weniger schwierig entpuppt, wie ich gedacht hatte. Meine beiden kleinen Cousinen, neun und elf Jahre alt, waren alt genug, dass ich nachmittags ohne Probleme auf sie aufpassen konnte, während ihre Mutter bei der Arbeit war. An meiner neuen Schule hatte ich ein paar Freundschaften geschlossen und war begeistert gewesen, als ich erfahren hatte, dass das Haus meiner Tante mit dem Auto nur zwölf Minuten von diesem Surfspot entfernt lag.

Der Ozean füllte eine Leere in meinem Leben, die sich durch das Fehlen eines engagierten Vaters, den Stress einer psychisch labilen Mutter und den Tod meines großen Bruders aufgetan hatte. Es war, als ob das Wasser alle gleich machte. Klar, ich hatte ein schweres Los gezogen, aber sieh, was ich hatte – diesen Ritt und dann den nächsten. Frieden war das, was ich vermisst hatte, und hier auf den Wellen hatte ich ihn gefunden.

Natürlich wusste ich, wem ich für mein neu gefundenes Glück zu danken hatte – dem Jungen mit den dummen Fragen, der nach Seetang roch. Ich lächelte. Das war ein weiterer Vorteil meines neuen Zen-Lebensstils. Die Erinnerung an Keith tat nicht mehr weh. Wenn ich jetzt an ihn dachte, dachte ich nicht mehr daran, was hätte sein können, sondern tröstete mich mit dem Wissen, dass wir einander zum Besseren verändert hatten. Am Ende hatte Keith nur ein sehr kurzes Kapitel in der Geschichte meines Lebens eingenommen, doch es würde als der entscheidende Wendepunkt in Erinnerung bleiben – der Zeitpunkt, an dem ich mein Leben wieder an mich gerissen hatte. Keith McKallister hatte mir nicht nur meine erste Liebe geschenkt, er hatte mir meine Leidenschaft gegeben.

„Hey", unterbrach eine Männerstimme meinen Tagtraum. Ich sah auf und beschattete meine Augen mit meinem Arm. Er war im Studenten-Alter, tief gebräunt und lächelte mich mit einem rührenden Grinsen an. „Geiler Ritt."

„Danke. Die Bedingungen sind heute schwierig."

„Als ob ich das nicht wüsste. Ich bin schon den ganzen Tag am Fallen. Übrigens, ich bin Drew."

„Samantha", sagte ich und griff nach seiner ausgestreckten Hand. „Aber alle nennen mich Sam."

KAPITEL EINUNDZWANZIG

Fünf Jahre später

Keith
Yogi

„Entschuldigt mich, Leute. Ich muss hier durch."
„Nein, Ma'am. Behalten Sie bitte Ihre Hände bei sich."
„Ruhig, Killer, halten wir mal den Lautstärkepegel im gesunden Bereich."
„Sir, ich versichere Ihnen, niemand will das sehen ... niemand."
Das Meer aus bebenden Körpern teilte sich, als bullige Sicherheitsleute uns den Weg durch die hinteren Tore freimachten, wo Vernunft herrschen würde. Mit dem Anstieg von Jakes Berühmtheit waren auch die Menschenmassen gewachsen. Und trotz der Tatsache, dass er erst achtzehn Jahre alt war, waren nicht alle seine Anhänger schwärmende Teenagermädchen – wie die Frau mittleren Alters bewies, die ihren Nippelring entblößte. Jake zog

eine breite Palette von Musikliebhabern an, von den ganz jungen bis zu den sehr betagten Leuten, Männer und Frauen gleichermaßen. Meine Aufgabe war es, ihre Hände, Füße, Brüste und Zähne von ihm fernzuhalten. Ich kann dir versichern, dass das nicht so einfach war, wie es sich anhört.

„Halt dich fest, Bruder. Wir sind fast da."

Während wir uns durch die Horden drängten, neigte Jake seinen Kopf, quittierte meine Worte, antwortete aber nicht. Das brauchte er auch nicht. Ich war in der Lage, seine Wünsche und Bedürfnisse zu verstehen, ohne dass klobige Gespräche uns ausbremsten. Vor mir hatte Jake diese haifischverseuchten Gewässer allein durchquert. Er hatte niemanden gehabt, der seine nonverbalen Signale lesen oder ihn zum Lächeln bringen konnte, wenn sein Tag den Bach runterging. Die Leute, die in den ersten Tagen zu seinem Team gehört hatten, hatten sich nicht um ihn gekümmert. Er war ein Gehaltsscheck gewesen, nicht mehr und nicht weniger. Damals war Jake mehr ein Zootier als ein Musiker gewesen. Er war auf die Bühne gestellt worden, damit die Leute den Jungen hatten anglotzen können, der ein grausames Verbrechen überlebt hatte. Den Anzugträgern war es egal gewesen, ob er singen, schreiben oder performen konnte. Alles, was sie interessiert hatte, war, dass die zahlenden Konzertbesucher Geld ausgaben, um das berüchtigte One-Hit-Wonder mit seinem Hit „Deception" auftreten zu sehen.

Zweifelsohne hatte das Plattenlabel erwartet, dass Jake nach seinem ersten Soloflug eine Bruchlandung hinlegen würde, und war darauf bedacht gewesen, seinen Bekanntheitsgrad zu melken, während sie ihre Ausgaben auf ein Minimum beschränkt hatten. Warum Ressourcen in eine verlorene Sache stecken? Also hatten sie Jake in eine Schrottkarre von einem Tourbus gesetzt, einen achtundvierzigjährigen Betrunkenen als seinen Manager/Betreuer engagiert und die kunterbunteste Bühnencrew zusammengestellt, die sie auf die Schnelle hatten zusammenkratzen können, und hatten ihm Lassen zugeteilt, den mürrischsten Busfahrer, den die Menschheit kannte.

Doch das Lustige an Underdogs war, dass man sie nie wirklich abschreiben konnte, und während die Bosse ein paar Kröten zusammenaddiert hatten, hatte Jake im Stillen eine treue Fangemeinde aufgebaut. Bevor die Studiobosse es gemerkt hatten, hatte sich ihr One-Hit-Wonder in ein Zwei- und Drei-Hit-Phänomen verwandelt. Die Anhänger waren in Scharen gekommen, hatten Konzerthallen und Turnhallen und später auch Stadien und Arenen gefüllt. Jake war ein aufstrebender Star gewesen, der sich plötzlich in einer beneidenswerten Machtposition befunden hatte. Und zur Überraschung aller hatte er sie sich zunutze gemacht.

Nach nur einem Album hatte Jake den Spieß umgedreht, sein Label verklagt und behauptet, er sei als Minderjähriger gezwungen worden, den Vertrag zu unterschreiben. Um ein PR-Desaster abzuwenden, war Jake aus seinem Vertrag entlassen worden. Prompt hatte er einen vorteilhaften Multi-Millionen-Dollar-Deal bei der größten Konkurrenz unterschrieben. Es war ein Umbruch gewesen, von dem man in der ganzen Musikwelt gehört hatte und der noch fantastischer geworden war, weil das alles von einem Jungen choreographiert worden war, der gerade mal seinen achtzehnten Geburtstag erreicht hatte. Na ja, von ihm, unseren genervten Eltern und Moms Anwalt-Freund Larry.

Weg waren der besoffene Manager, die unprofessionellen Tourneemitarbeiter und der heruntergekommene Tourbus, den er sich mit der gesamten Band geteilt hatte. Es war eine totale Überholung des Status Quo gewesen. Na ja, vielleicht nicht total. Es hatte tatsächlich einen unerwarteten Überlebenden der Säuberung gegeben – Lassen, der idiotische Busfahrer, der von allen gehasst wurde, außer von der einen Person, die zählte. Jake.

Und so waren die leeren Ränge nach den spezifischen Anforderungen meines Bruders aufgefüllt worden und er hatte alles, was er gewollt hatte, auf dem Silbertablett serviert bekommen:

einen neuen Manager, eine professionelle Crew, einen privaten Tourbus und meine Wenigkeit – persönlicher Assistent der Stars –, Keith McKallister.

Die Bodyguards und ich hatten Jake umzingelt, als wir unseren letzten Vorstoß durch die Menge machten. Ich achtete nicht auf die Leute um mich herum, bis eine Hand nach mir griff und meinen Schritt drückte. Zu verblüfft, um zu reagieren, drehte ich mich zu der Täterin um, aber sie hatte meinen Schwanz bereits fallen gelassen und drückte stattdessen mit der Hand auf eine Seite meines Gesichts und schob ihre Zunge aggressiv so weit in meinen Hals, dass sie meine Mandeln kitzelte. Ich wünschte, ich könnte sagen, dass mich ihre raue Behandlung anwiderte, doch das wäre eine Lüge. Tatsächlich war der gesamte Jake-Zug gezwungen anzuhalten, damit ich meiner Angreiferin eine angemessene Antwort geben konnte. Ich umfasste ihren Nacken, zog sie an mich heran und drückte ihr einen Kuss auf die Lippen, der ihr einen kleinen Vorgeschmack auf das gab, was sie niemals bekommen würde.

Dann, so schnell wie es begonnen hatte, zog ich mich zurück und ging weiter durch die Menge.

„Heilige Scheiße!", rief die Frau. „Komm zurück. Setze mich nicht in Flammen, Baby, wenn du mich nicht löschen wirst."

Ich grinste ohne einen Blick zurück. Es war eine gewisse Genugtuung, meine Belästigende im Staub stehen zu lassen. Als ich einen Blick auf Jake warf, befürchtete ich, er könnte sauer über meinen Boxenstopp sein, doch stattdessen begegnete er mir mit einem Lächeln voller verrücktem Respekt.

„Piratenhaar." Ich zuckte mit den Schultern. „Die Frauen lieben es."

Nachdem wir es auf den hinteren Parkplatz geschafft hatten, wo die Busse und Lastwagen geparkt waren, kehrte die Welt um uns herum zur Normalität zurück. Keine grabschenden Hände mehr. Keine Schreihälse mehr. Lassen wartete an der Bustür auf uns. Er grunzte etwas Unverständliches zu Jake, der nickend seinen eigenen seltsamen Gruß abgab.

Ich kratzte mich am Kopf, da ich ihre urzeitliche Sprache nicht verstand. Soweit ich es beurteilen konnte, schienen sie sich wirklich zu mögen, aber ich konnte beim besten Willen nicht herausfinden, warum ... oder wie ... oder wann. Zugegeben, das einzige bisschen Unterhaltung, das ich je mit ihm geführt hatte, war gewesen, als ein Vogel unerwartet auf die Windschutzscheibe des Busses geklatscht war.

Ich hatte gesagt: „Oh, Scheiße, Mann, du hast einen Vogel getroffen."

Und er hatte geantwortet: „Jep."

Das war's gewesen.

Sobald Lassen außer Hörweite war, sprach ich meine Meinung aus. „Weißt du, Jake, du solltest dir wirklich ein paar Freunde in deinem Alter suchen."

„Ich weiß, aber Leute in meinem Alter sind viel zu jung."

„Tja, dann können wir dir vielleicht einen Welpen oder so besorgen. Alles ist besser als Lassen."

„Gib ihm eine Chance. Ich habe Lassen auch nicht gemocht, als ich ihn das erste Mal getroffen habe, aber er wächst einem ans Herz."

„Hmm, interessant, meinst du so wie fleischfressende Bakterien?"

„Ja", grinste Jake. „Genau so."

„Na gut, solange du ein starkes Antibiotikum hast, wer bin ich, mich zu beschweren, was?"

Jake ließ sich an den Küchentisch plumpsen und fuhr fort, mich anzustarren, während ich den Kühlschrank durchwühlte.

Ich hob meinen Kopf und fragte: „Hast du eine Frage? Oder bewunderst du nur meinen knackigen Hintern?"

„Eigentlich habe ich schon eine Frage", antwortete er. „Was

wird deine Freundin davon halten, dass du die Frau da hinten anbaggerst?"

„Meine Freundin?", fragte ich und rümpfte meine Nase. „Meinst du etwa Sophie?"

„Ich habe gedacht, sie heißt Sophia."

Jetzt musste ich nachdenken. Ich lehnte meinen Kiefer gegen die offene Kühlschranktür und suchte in meinem Kopf nach Klarheit. „Nein, ich bin mir ziemlich sicher, dass sie Sophie heißt."

„Du bist dir ziemlich sicher?", lachte Jake. „Du solltest es vielleicht wirklich wissen."

„Warum? Ihr ist das egal."

„Oh, ich garantiere dir, dass es ihr nicht egal ist."

„Ja, aber sie ist nicht meine Freundin, also ist es ihr egal, mein Freund."

„Siehst du, das Problem dabei ist, dass *sie* denkt, sie sei deine Freundin. Ich habe sie neulich dabei erwischt, wie sie etwas auf einen Notizblock gekritzelt hat, und als sie gegangen ist, habe ich gesehen, dass sie Sophia McKallister geschrieben hat, direkt über zwei ineinander verschlungene Ringe und eine Überzahl von aufgeblasenen Herzen. Du könntest bereits verlobt sein, Jack Sparrow."

Ich schnaubte. Nicht mit Sophie, ganz bestimmt nicht. Sie war ein Treuhandfonds-Groupie, das von Ort zu Ort fuhr und sich durch den Backstage-Bereich vögelte, weil sie mit all ihrem Geld nichts Besseres zu tun hatte. Dort hatte ich sie vor ein paar Wochen gefunden und seitdem trieben wir es auf verschiedenen Konzerten miteinander. Aber sie war weit davon entfernt, Ehematerial zu sein.

„Vertrau mir, was das betrifft. Sophie wird nie eine McKallister sein."

„Sophia", korrigierte er.

Ich schüttelte meinen Kopf und grinste über seine Hartnäckigkeit, bevor ich ihm eine Flasche Wasser aus dem Kühlschrank zuwarf.

„Wie auch immer. Ich muss sowieso mit ihr Schluss machen. Ich brauche jemanden, der schlauer ist als ich."

„Das sollte kein Problem sein."

„Könnte man meinen, aber als wir das letzte Mal zusammen waren, hat sie davon gesprochen, zu einem Wahrsager zu gehen, also habe ich einen Witz gemacht und gesagt, dass ich mir wünschte, sie wäre eine Seherin. Sie ist eifersüchtig geworden und hat geglaubt, dass ich irgendwas an ihrem Aussehen kritisiert hatte."

Jake gluckste. „Das kann doch nicht wahr sein."

„Oh, aber das ist es. Und hör dir das an – sie spricht das ‚ch' in Lachs wie geschrieben aus. Wer tut denn so einen Scheiß?"

„Frauen, die du datest."

Ich nickte süffisant und spielte dabei die Rolle des ewigen Playboys. Meine Erfolgsbilanz bei Frauen war bei meinen Brüdern legendär. Sie hielten mich für eine Art Gott, der von Frau zu Frau zog und sich nie dazu herabließ, sesshaft zu werden. Aber das war nur eine Rolle, die ich spielte, um ihren Respekt zu verdienen. Der Grund, warum ich nie jemanden länger als ein paar Wochen halten konnte, war, dass ich immer noch dem Ideal eines ganz bestimmten Mädchens nachhing, das ich vor langer Zeit verloren hatte.

Als ich in den Kühlschrank spähte, schüttelte ich Sams Bild ab, das mir durch den Kopf spukte. Es tat mir nicht gut, in der Vergangenheit zu schwelgen. Außerdem versetzte mich die Erinnerung an sie in eine düstere Stimmung und Jake brauchte mich in fröhlichem und spaßigem Zustand. Diese Rolle im Leben meines Bruders hatte ich seit jenem Tag im Krankenhaus gespielt, als ich ihn wieder zum Reden gebracht hatte. Ich war die lustige Abwechslung, die Person, an die er sich wandte, um die Düsternis zu lindern, die noch immer hinter seinen besorgten Augen brodelte. Wenn ich ihn ein paar Mal am Tag zum Lachen bringen konnte, hatte ich meinen Lohn verdient.

„Willst du meinen Duschgedanken des Tages hören?"

Jeden Morgen, während ich meinen Fleischsack einseifte, tauchten bedeutungslose Gedanken in meinem Gehirn auf, die das Phänomen hervorriefen, das in unserer Familie gemeinhin als „Duschgedanken" bezeichnet wurde. Mein Vater war mit dieser Gabe gesegnet, genau wie ich, aber ich glaubte, dass meine Gedanken tiefgründiger waren.

„Du weißt, dass ich das tue", antwortete Jake, wobei sich bereits Belustigung auf seinem Gesicht ausbreitete.

„Also, kennst du die Werbung, in der es heißt, dass vier von fünf Menschen unter Durchfall leiden? Bedeutet das, dass eine Person es tatsächlich genießt?"

Jake hustete ein Lachen heraus und Wasser spritzte aus seinem Mund. „Du hast die Reife von einem zehnjährigen Kind, das immer noch über Furzwitze lacht."

„Es ist mir egal, wie alt du bist, Furzwitze sind immer urkomisch. Außerdem kannst du wohl kaum über Reife reden. Du bist achtzehn Jahre alt und hältst ein Stofftier in der Hand."

Das Kuscheltier war eines der vielen Geschenke, die jeden Abend auf die Bühne geworfen wurden. Warum er dieses aufgehoben und zum Bus mitgenommen hatte, war mir ein Rätsel, aber Jake war eben so – ein wandelndes Rätsel.

Mein Bruder reagierte auf meinen Seitenhieb, indem er den Plüschbären nach mir warf. Ich fing ihn in der Luft auf und machte mich an ihm zu schaffen. Während ich seinen pelzigen Körper an meinem Gesicht rieb, wechselte ich in die Kindersprache. „Ich werde dich Kuschli nennen und wir werden *beste* Freunde sein."

Mein Bruder lächelte, ignorierte aber ansonsten meine Sticheleien. Ich klemmte mir den Bären unter den Arm, denn ich brauchte ihn für den Gegenangriff, den ich gerade plante.

Nach einer schnellen Suche in den Regalen wurde ich fündig. Ja! Frieda war mein Mädchen! Sie hatte den Kühlschrank nach meinen Vorstellungen bestückt. Ganz hinten im unteren Regal standen die Bierflaschen, die ich bestellt hatte. Ich schnappte mir eine, öffnete den Deckel und nahm einen kräftigen Schluck.

„Trinkst du?", fragte Jake und tat so, als wäre die Frage ganz beiläufig und kein kalkulierter Versuch, mich zu kontrollieren.

Ich hob eine Augenbraue. „Ein Bier ist nicht trinken."

Bevor er etwas erwidern konnte, vollführte ich ein Drehmanöver und traf meinen Bruder mit der Daunenbombe an der rechten Schläfe. Er kippte durch die Wucht des hinterhältigen Angriffs in seinem Stuhl zurück.

„Gott", grummelte er und rieb sich den Kopf.

„Außerdem, was bist du, Jake, die verdammte Trinkpolizei?"

Er dachte tatsächlich über meine Worte nach, bevor er konterte: „Ich glaube nicht, dass das eine tatsächliche Abteilung der Polizei ist."

Mit einem Lächeln auf den Lippen zeigte ich ihm den Stinkefinger und tat so, als ob es mich nicht verdammt nerven würde, dass ich überhaupt hinterfragt wurde. Ich war dreiundzwanzig Jahre alt. Wenn ich einen Drink wollte, war das meine gottverdammte Entscheidung. „Wollen Sie, dass ich es weggieße, Kommissar Arschgesicht?"

„Nein." Er zuckte mit den Schultern und sah weg. „Trink es. Es ist mir egal."

Na, Scheiße. Jetzt war ich stinksauer. „Offensichtlich ist es dir nicht egal, sonst hättest du es nicht erwähnt."

Meine Familie hatte eine Art, das zu tun – meine Entscheidungen zu überwachen, als ob man mir nicht vertrauen könnte, dass ich selbst die richtigen traf. Und, ja, in Ordnung, es hatte auf der Tournee ein oder zwei Probleme gegeben, aber ich hatte nie die Kontrolle verloren. Okay, vielleicht das eine Mal. Aber sonst war ich clean geblieben. Egal, was ich in meiner Freizeit tat, ging niemanden etwas an. Ich war kein Leibeigener. Ich diente Jake nicht rund um die Uhr.

Mein Bruder setzte sich etwas aufrechter hin und sah mir mutig in die Augen. „Wenn du die Wahrheit wissen willst, ich glaube nicht, dass es die beste Idee ist, Alkohol im Bus zu haben, wenn du und Lassen beide genesende Süchtige seid."

„Lassen?" Meine Ohren brannten. So eine Frechheit. „Soll ich mir jetzt auch noch Sorgen um Lassen machen? Ist es meine Schuld, dass du einen durchgeknallten Vogelmörder eingestellt hast?"

„Worüber bist du so sauer?", fragte Jake. „Ich habe keine Ahnung, warum wir uns überhaupt streiten."

„Wir streiten, weil du ein herablassender kleiner Scheißer bist. Sag mir nicht, was ich tun und lassen soll. Du bist nicht mein Boss, Arschloch."

„Eigentlich bin ich das und ich habe einen Vertrag, den du unterschrieben hast, um es zu beweisen."

Er hatte recht und diese Tatsache brachte mich dazu, ihm das Grinsen aus dem Gesicht schlagen zu wollen. Aber die Tage, an denen ich körperliche Gewalt gegen Jake hatte anwenden können, waren vorbei. Es gab kein Zerren durch Flure mehr. Kein schnelles Boxen auf den Arm. Selbst das Ballen einer Faust konnte meinen kleinen Bruder dazu bringen, zurückzuzucken. Nein, heutzutage blieb mir nichts anderes, als Stofftiere gegen ihn einzusetzen. Und Erpressung.

„Sieh dir an, wie du deine Brust aufbläst, großer Mann. Denk daran, wer schmutzige Geheimnisse über dich weiß."

„Welche Geheimnisse? Die einzigen Geheimnisse, die ich habe, kennt die ganze verdammte Welt, also geht der Witz auf deine Kosten."

Er hatte seinen Trumpf ausgespielt. Wir sprachen nie über *jene* Geheimnisse und ich hatte nicht vor, heute Abend damit anzufangen. Doch ich hatte noch ein paar andere Asse im Ärmel. „Ich spreche von dem alten Porno-Versteck, das du und Kyle in dem Baumhaus im Wald gefunden habt, als du zwölf warst."

Eine Mischung aus Beschämung und Belustigung kroch über Jakes Wangen.

„Aha, das habe ich alles gewusst. Was glaubst du, wer diese

antiquierten Zeitschriften aus deinem Versteck unter der Kommode geklaut und im Bad wie ein Pilger gerubbelt hat?"

Seine Verlegenheit verwandelte sich in schallendes Gelächter, als sich jegliche Spannung zwischen uns beiden auflöste. Plötzlich waren wir wieder bei unserer lockeren Kameradschaft angelangt.

„Wo wir gerade von Pilgern und Pornos sprechen", fuhr ich fort und beäugte ihn, während ich mein restliches Bier in die Spüle kippte und mich dann zu Seiner Majestät wandte und ihn mit einer flachen Verbeugung bedachte, „dir ist schon klar, dass wir dank des Internets mehr nackte Frauen gesehen haben als alle unsere Vorfahren zusammen."

Jakes Augen wurden rund, als er sich diesen Duschgedanken durch den Kopf gehen ließ.

„Scheiße, darüber habe ich nie nachgedacht", sagte er und kratzte sich.

„Stark, oder?" Jetzt war ich an der Reihe, meine Brust aufzublähen. Immerhin hatte ich soeben zu den Schmuddelwissenschaften beigetragen. „Wir haben so ein Glück, dass wir in diesem Jahrhundert geboren sind."

Jake nickte zustimmend und beugte sich hinunter, um den Plüschbären vom Boden aufzuheben, wo er von seinem Schädel abgeprallt war. Er untersuchte ihn für eine lange Zeit, bevor er ihn über den Tisch zu mir schob und auf die Worte und Zahlen zeigte, die mit silbernem Edding auf seinen Rücken geschrieben standen.

Ruf mich an. Ich verspreche dir, du wirst es nicht bereuen. LeAnn.

Ich schaute von dem Bären zu Jake und dann wieder zu dem Bären, bevor es mir dämmerte. Oh, Scheiße. Er wollte sie anrufen. Das war eine neue Entwicklung. In der ganzen Zeit, in der ich mit ihm auf Tour gewesen war, hatte Sex mit einem Groupie nie zum Programm gehört.

„Willst du mit ihr rummachen? Ist es das, was du mir sagen willst?" Ich versuchte, mein Erstaunen zu verbergen. Wirklich,

ich hätte nicht überrascht sein sollen. Immerhin war er ein Teenager. Aber mit ihm war alles anders. Er war nicht wie alle anderen. Obwohl er auf dem Weg war, eine Musikikone zu werden, war Jake im Privaten isoliert und zurückhaltend.

„Solange es das ist, was sie mit ‚Du wirst es nicht bereuen' gemeint hat. Woher soll ich das denn wissen?"

Eben. Woher sollte er das wissen? Jake kam nicht oft mit Mädchen in seinem Alter in Kontakt, es sei denn, sie fielen zu seinen Füßen in Ohnmacht. Und es war nicht so, dass er einfach auf einen Universitäts-Campus spazieren und als Gewinner hervorgehen konnte.

Ich musste dieses Gespräch umlenken, sodass Jake nicht so aussah, als würde er gleich seine Eingeweide auskotzen. Ich beugte mich vor und las die Worte, die auf dem Rücken des Plüschtieres für die Ewigkeit festgehalten waren. „Ich meine, wenn ich wetten würde, dann, dass sie nicht meint, dass du es bereuen wirst, ihr nicht stundenlang zuzuhören. Aber Frauen sind ein gottverdammtes Mysterium, also nimm mich da nicht beim Wort."

„Was denkst du, was ich tun sollte?"

„Ich denke, du solltest deine Gelegenheit beim Schopf packen. Das Schlimmste, was passieren kann, ist, dass du eine geschwätzige, neue beste Freundin bekommst. Und das Beste – na ja, du weißt schon, du wirst sie reiten, mein Sohn."

Allein die Art, wie er seinen Blick auf den Boden lenkte, sagte mir, dass ich sein *Wissen* überschätzt hatte. Die offensichtliche Frage nach seiner Jungfräulichkeit schwankte nun am Rande meiner Gedanken – welche er prompt las.

Jake rutschte unbehaglich auf seinem Sitz herum und unterbrach mich, bevor ich überhaupt fragen konnte. „Nein. Habe ich nicht."

„Und du willst, dass dein erstes Mal mit Yogi-Bär stattfindet?", fragte ich, wobei mein Blick auf das besagte Stofftier fiel.

„Nicht speziell mit dem Bären, nein." Er grinste, nahm dem

Raum die Spannung und brachte seine Augen wieder dazu, in meine zu sehen. „Das Mädchen, das den Bären auf die Bühne geworfen hat – ja."

„Du hast sie also gesehen und es wird keine bösen Überraschungen geben?"

„Ich habe sie gesehen. Sie ist heiß."

„Oh, puh. Ich meine, gegen ästhetisch Benachteiligte ist ja nichts einzuwenden. Wie ich immer sage, habe nie Angst davor, hier und da ein paar Vierer zu pflügen."

„Wirklich? Sagst du das immer?"

„Was? Es ist durch Studien erwiesen, dass ein niedriger Standard automatisch deine Chancen, flachgelegt zu werden, vervierfacht."

Jake schüttelte seinen Kopf, aber er konnte seine Belustigung nicht verbergen. „Ich hätte jemand anderen um Rat fragen sollen."

„Richtig. Denn Lassen ist ein richtiger alter Sex-Guru."

„In der Tat, das ist er. Wusstest du, dass Lassen dreimal verheiratet war und, er hat es nicht mit so vielen Worten ausgedrückt, aber ich glaube, er war mit mehr als einer Frau gleichzeitig verheiratet."

Mir fiel der Mund auf. „Lassen hat das getan?"

Er nickte.

Die Vorstellung des verschwitzten, übergewichtigen Busfahrers, der es mit einer Frau trieb, war verstörend genug, aber zwei? „Tja, Fuck."

Jake beachtete mich nicht, während er den Bären in seinen Händen umdrehte. „Meinst du ... meinst du, ich sollte sie anrufen?", stammelte er.

Mehrere Male in der Woche beobachtete ich ihn, wie er die Bühne mit einer Reife betrat, die sein Alter Lügen strafte. Er war souverän und talentiert. Ein Star. Manchmal vergaß ich, dass er noch immer ein Jugendlicher war – der seinen großen Bruder brauchte, um ihm den Weg zu zeigen. Ich zog meinen Stuhl heraus, drehte ihn um und setzte mich rittlings drauf. Zeit für ein ernstes Gespräch.

Ich streckte meine Hand aus. „Gib mir den Bären."

Seine Finger schlossen sich um das weiche Tier. „Nein. Warum, was hast du vor?"

„Ich werde die Nummer anrufen und sie hierherholen, das werde ich tun."

„Du? Soll ich sie nicht selbst anrufen?"

„Wenn du ein normaler Typ wärst, ja. Aber Jake, du bist ein Star. Du rufst keine Frauen an."

„Tue ich nicht?"

„Nein, du hast Leute, die das für dich tun. Jetzt gib mir den Bären."

Jake drückte ihn fester. „Ich weiß es nicht."

„Willst du jetzt flachgelegt werden oder nicht?"

Unzählige Emotionen zogen über sein Gesicht, bevor sich seine Finger lösten und der Bär auf den Tisch fiel. Das Handy war aus meiner Tasche heraus und ich wählte ihre Nummer, noch bevor er seine Hand zurückgezogen hatte.

Ich schaltete den Lautsprecher ein.

„Hallo?", meldete sich eine weibliche Stimme nach dem ersten Klingeln. Vielleicht hatte sie auf den Anruf gewartet. Jake sprang von seinem Stuhl auf und signalisierte mir den Abbruch der Mission mit einer subtilen Mimik, bei der er sich mit den Fingern den Hals aufschnitt. Ich lächelte und schüttelte meinen Kopf. *Keine Chance, Hengst.*

Ich lenkte meine Aufmerksamkeit wieder auf das Telefongespräch und fragte: „Bist du LeAnn?"

Sie stieß einen hohen Schrei aus, während das Kichern ihrer Freundinnen die Leitung mit hibbeligen, kleinen Luftblasen füllte. „Ja. Bist du Jake? Oh, mein Gott, ich kann nicht glauben, dass du mich angerufen hast."

Mein Bruder lief hin und her und kaute auf seinem Fingerknöchel herum, während er ein leises Stöhnen von sich gab, wie ein Tier, das in einer Beinklemme gefangen war.

„Nein, ich bin nicht Jake, aber ich arbeite für ihn. Er hat deine Nachricht bekommen."

„Hat er das?" Noch mehr Quieken. „Ich habe gesehen, wie er sie aufgehoben hat, aber ich hätte nie gedacht …" Sie hielt inne, um zu atmen. „Will er, dass ich vorbeikomme? Ich bin noch beim Stadion."

Ich suchte Jake und fand ihn mit der Hand auf dem Mund zusammengekauert in der Nähe des Bodens. Er schwankte zwischen Entsetzen und Begeisterung. Unsere Blicke trafen sich und ich fragte mit meinem Daumen – ja oder nein?

Nach einem Moment des Nachdenkens nahm er die Hand vom Mund und drehte den Daumen nach oben, um der Operation grünes Licht zu geben.

„Ja, LeAnn. Jake will dich kennenlernen. Ich werde dir eine SMS schicken. Zeig sie der Security und sag ihnen, dass Keith dich geschickt hat. Sie werden dich zu seinem Bus bringen."

Als ich auflegte, lag mein Bruder flach auf dem Rücken auf dem Boden des Tourbusses und hyperventilierte. Ich stand auf und stupste ihn mit meinem Fuß an. „*Das* wird LeAnn nicht beeindrucken."

„Vielleicht ist *das* keine gute Idee", stöhnte er.

„Natürlich ist es das. Sex ist wie Pizza … wenn er gut ist, ist er gut, aber wenn er schlecht ist, ist er immer noch ziemlich gut."

Ich reichte ihm meine Hand und zu meiner Überraschung schlossen sich seine Finger um die meinen. Ich zog ihn auf seine Füße.

„Du schaffst das schon. Ich warne dich jetzt schon mal vor, sei nicht zu ehrgeizig, denn die Chancen stehen gut, dass du es nicht schaffst. Ich meine, Kumpel, das erste Mal ist nie schön. Die meisten Neulinge sind ‚Zweimal-pumpen-Trottel', wenn du weißt, was ich meine. Nur keine Panik. Es ist völlig normal, dass dir einer abgeht, bevor sie überhaupt warmgelaufen ist. Aber hier ist die Sache – in dieser Phase des Spiels ist ihre Befriedigung nicht dein Problem, genauso wenig wie die Sicherheit anderer Autofahrer auf der Straße die Sorge eines 16-Jährigen mit einem frisch erworbenen Führerschein ist."

Jake nickte und sog meine Weisheit in sich auf. „Aber was ist, wenn ich es auch für sie gut machen will?"

„Das wird nicht geschehen, also hat es keinen Sinn, sich darüber Gedanken zu machen."

„Keith, ich meine es ernst. Ich habe nicht viel Zeit."

Ich seufzte. „Na gut, schön. Ein kleines Geschäftsgeheimnis – du kannst mit einem gut platzierten Daumen eine Menge Zeit schinden."

Als es an der Tür klopfte, machte ich mich auf den Weg. Ich schlenderte noch eine Weile in der Dunkelheit umher und widerstand den Geräuschen von ausgelassenem Spaß, die aus den Bussen der Band und der Crew drangen. Jake spielte auch am folgenden Tag im selben Stadion, also campten wir für die Nacht auf dem Parkplatz. Und aus Übernachtungen wurden Parkplatz-Partys. Und aus Parkplatz-Partys wurden hemmungslose Partys. Und das Feiern kam mit Zeug, mit dem ich mich nie wieder einlassen sollte.

Die Sucht hatte mich auf einen tückischen Pfad geführt und ich bemerkte, dass ich immer näher dorthin trieb, je weiter ich mich vom Schutz meines Zuhauses entfernte. Es war einfacher, auf dem rechten Weg zu bleiben, wenn die Menschen um mich herum sich genauso für meine Nüchternheit einsetzten wie ich selbst. Doch unterwegs waren die Grenzen verworren und es wurde schwieriger, sich an Überzeugungen zu halten.

Nach Jakes Rückkehr hatte ich so sehr versucht, mich zusammenzureißen, dass ich nur ihn als Motivation gebraucht hatte. Der Entzug war schlimm gewesen, aber ich hatte gewusst, wenn

Jake sein Leben nach allem, was er durchgemacht hatte, aus dem Dreck hatte ziehen können, dann konnte ich es auch. Dieser Tag im Krankenhaus war der Wendepunkt für mich gewesen. Welche Probleme auch immer ich hatte, Jake hatte zehnmal mehr davon und mein einziger Weg, um ihn zu unterstützen, war, mich selbst zusammenzureißen. Also tat ich genau das. Für Jake. Und für meine Eltern, die schon genug gelitten hatten. Und für mich – wie ich es Sam vor all diesen Jahren versprochen hatte.

Doch lange Phasen der Nüchternheit wurden regelmäßig von bösartigen Rückfällen unterbrochen, wovon der letzte mich sogar in eine ambulante Reha-Klinik geführt hatte. Ich war erst seit vier Monaten clean gewesen, als das Angebot gekommen war, mit Jake auf Tour zu gehen. Sein Manager hatte mir eine sehr detaillierte Liste von Pflichten vorgelegt und die Liste der Dinge, die man nicht tun sollte, war genauso lang gewesen. Ich hatte auf der Linie neben meinem Namen unterschrieben und dabei die Risiken, die damit verbunden waren, gekannt, allerdings hatte ich geglaubt, dass ein verbindlicher Vertrag der beste Weg wäre, mich von den schlechten Einflüssen fernzuhalten. Falsch. In wahrer Keith-Manier hatte er mich lediglich in die Schatten getrieben. Ein Drink hier, ein Zug dort ... vielleicht noch dazu sogar ein oder zwei Pillen. Es ging nur um Mäßigung und darum, meinen Kopf über Wasser zu halten.

Ich fuhr mir mit den Händen durch die Haare und ging auf das Tor zu, das mich von der echten Welt trennte. Die Fans wuselten immer noch herum, vielleicht warteten sie auf eine Einladung zur Crew-Party, die sie sogar vom anderen Ende des Parkplatzes aus hören konnten. Ich wusste, dass auf der anderen Seite des Zauns Ärger lauerte, und dennoch ging ich geradewegs darauf zu, als würde ich von einer hypnotischen Kraft auf die dunkle Seite gezogen werden. Mit einem Kopfschütteln dachte ich daran, was vor ein paar Wochen passiert war, als Jake mich erwischt hatte, als ich high gewesen war. Ich hatte ihm damals versprochen, dass es das letzte Mal sein würde. Und er hatte mir damals versprochen, dass es keine zweite Chance mehr geben würde.

„Hey, arbeitest du für Jake?", fragte eine Frau, die sich gegen den Zaun drückte. Sie schien nur ein paar Jahre älter zu sein als ich, doch die relativ kurze Zeit, die sie auf dieser Erde gewandelt war, hatte ihr nicht gut getan. „Das da hinten hört sich nach Spaß an, aber du weißt ja, jede Party braucht ein bisschen Unterhaltung."

Ich hielt an. Warum hielt ich an? „Von welcher Art von Unterhaltung reden wir?"

Sie wurde hellhörig, vielleicht hatte sie nicht mit meinem plötzlichen Interesse gerechnet. „Schatz, ich bin meine eigene Talentagentur. Ich kann dir alles besorgen, was du brauchst, und noch mehr."

Ich warf ihr einen eifrigen Blick zu. Es gab keinen Zweifel, dass sie Beziehungen hatte, und in nur wenigen Minuten könnte ich das Medikament meiner Wahl in der Hand halten. Die Versuchung rief meinen Namen. Ich könnte mir eine leere Ecke auf dem Gelände suchen und zur Abwechslung mal ein wenig Ruhe genießen. *Nein. Reiß dich zusammen.* Jegliche Erleichterung, die ich verspürte, würde nur vorübergehend sein und sobald die Euphorie verblasste, wäre ich sofort wieder auf der Jagd nach dem Rausch – und wieder dabei, Pizzen an eine andere Art von Süchtigen auszuliefern.

Geh verdammt noch mal weg.

Und ausnahmsweise hörte ich auf die Stimme in meinem Kopf und machte zwei große Schritte zurück. „Hey. Sorry. Ich habe mich geirrt."

Vielleicht witterte sie den Verlust des leicht verdienten Geldes, denn die Verführerin streckte ihren Arm durch den Zaun. „Nein. Geh nicht weg. Ich kann dir den besten Koks besorgen. Schatz, komm zurück."

Als sie immer wieder nach mir rief, wurde mir klar, dass es mit dem bloßen Gehen nicht mehr getan war und ehe ich mich versah, sprintete ich hektisch von der Gefahr weg, zurück zum Bus, wo ich in Sicherheit sein würde. Beim Klang von Lassens rauer, heiserer Stimme kam ich zum Stehen.

„Sie sind immer noch da drin", warnte er in einem anklagenden Ton. „Gib dem Jungen seine Privatsphäre."

„Ich wollte nicht reingehen", erwiderte ich mit ebenso viel Feindseligkeit. Glaubte er allen Ernstes, dass es mein Plan war, meinem kleinen Bruder am Tag seiner Errettung einen Staudamm zu bauen?

Lassen und ich starrten uns finster an wie die Feinde, die wir waren. Während der ganzen Zeit spuckte er Sonnenblumenkernschalen aus seinem Mundwinkel. Neben ihm lag bereits ein Haufen auf dem Boden.

„Wovor rennst du weg?", fragte er, wobei noch mehr Schalen aus der winzigen Öffnung in seiner Lippe herausschossen.

„Was geht dich das an?"

Er zuckte mit den Schultern, während eine Schale abhob. „Nichts. Ich vertreibe mir nur die Zeit. Sag es mir nicht, wenn du nicht willst. Es ist ja nicht so, dass du mir deswegen den Schlaf rauben würdest."

Nein, das würde ich wohl nicht. Lassen hatte nie Probleme mit dem Schlafen, wie die unruhigen Nächte bewiesen, in denen ich ihm beim Schnarchen und Furzen zugehört und mir vorgestellt hatte, ihn für immer zum Schweigen zu bringen. Ich warf einen Blick auf den leeren Stuhl neben ihm. Es gab immer einen leeren Stuhl neben dem Grinch, der das Glück stahl. Nur um ihm zu trotzen, ließ ich mich darauf plumpsen und machte es mir bequem.

Wir saßen schweigend da, während er den Samenhaufen zwischen unseren Stühlen vergrößerte und obwohl er kein Interesse an meinem Drama hatte, fühlte ich das Bedürfnis, mich zu erklären. „Ich laufe vor meiner Vergangenheit davon."

Knirsch. Spuck. „Und, wie läuft's?"

„Na ja, ich bin ohne Pillen in der Tasche zurückgekommen, also würde ich das einen guten Tag nennen."

Lassen nickte und spuckte einen weiteren Mundvoll Samen auf die Mülldeponie. Ohne meine ziemlich aufschlussreiche Aussage zu kommentieren, kippte er die Tüte in meine Richtung. „Willst du was?"

„Nee", antwortete ich und winkte sein Angebot ab. „Ich mag keine Sonnenblumenkerne."

Spuck. Spuck. „Ich schlage vor, dass du einen Geschmack für sie entwickelst."

„Warum?"

„Sie werden dir helfen, das Bedürfnis zu stillen."

„Ich brauche keine Hilfe", erwiderte ich trotzig.

„Wie du willst. Aber nur damit du es weißt, auch ich laufe vor meiner Vergangenheit davon."

Später, als ich in meiner Koje im Bus lag, rasten meine Gedanken. Ich war heute Abend so kurz vor der Zerstörung gestanden. Warum musste ich immer darauf bestehen, mich zu zerstören? Der Drang wurde immer stärker, bis zu dem Punkt, an dem ich mich jetzt aktiv selbst sabotierte. Heute Nacht war ich der Versuchung direkt in die Arme gelaufen. Irgendetwas hatte meine Vorwärtsbewegung gestoppt … dieses Mal … aber es wurde immer schwieriger zu widerstehen.

Ich wollte einfach nur, dass das Leben wieder normal war, so wie es vor der Entführung gewesen war. Vor den endlosen Rückfällen. Bevor ich sie verloren hatte. Mit jedem Tag, der verging, entfernte ich mich weiter von dort, wo ich einmal gewesen war … von dem Mann, der ich sein wollte. Es war ja nicht so, dass ich damals ein echter Gewinn gewesen wäre, aber wenigstens war das Leben einfach und lustig gewesen und ich hatte Sonnenlicht und Träume gehabt. Ich hatte das Meer … und Sam gehabt. Jetzt war das alles weg und es war so entmutigend, den Weg zurück zu diesem Licht zu finden, wie nach einem heftigen Regenschauer meine Fußspuren durch einen Wald zurückzuverfolgen.

Wenn ich mich besonders deprimiert fühlte, so wie heute, lag ich im Bett und dachte darüber nach, was mich zu dem einzigen Heruntergekommenen in einer Familie von Champions gemacht hatte. Was war in meiner Erziehung anders gelaufen? Warum hatte ich das Bedürfnis, Pillen zu schlucken, während meine Geschwister in ihrem eigenen Kopf zufrieden schienen? Selbst Jake, der eindeutig am meisten zu verlieren hatte, schien auf einer höheren Ebene zu funktionieren als ich. Nach außen hin war ich ein flirtender, kontaktfreudiger Typ, aber in meinem Inneren herrschte Dunkelheit – ein Wesen, das sich weigerte, mich einfach sein zu lassen.

Wäre ich mir selbst überlassen, würde ich irgendwo tot in einem Graben liegen. Aber ich war ein McKallister und das bedeutete, dass jede einzelne Person in meiner Familie sich in meine Angelegenheiten einmischte, so wie es Jake vorhin getan hatte. Ich wusste, dass es aus Besorgnis geschah, aber solange ich nicht bereit war, die Hilfe anzunehmen, würde keine Intervention meine Abwärtsspirale stoppen – nicht die Beratung oder die Beteiligung meiner Eltern und sicherlich nicht die ambulanten Entzugsprogramme, die mir routinemäßig aufgezwungen wurden. Gott weiß, ich hatte herausgefunden, wie ich dieses System wie ein Champion austricksen konnte. Ich hatte es nie ernst genommen oder versucht, aus meinen Fehlern zu lernen. Ich hatte in der Reha nichts anderes getan, als herumzualbern, die Mitarbeiter zu bezirzen und unter dem Radar zu fliegen.

Meine Liebsten versuchten es, wirklich, aber mich zu kurieren war so, als würde man eine Schusswunde mit Pflastern behandeln. Als ich die verschiedenen Programme, die sie für mich ausgearbeitet hatten, abgeschlossen hatte, war ich nicht besser dran als zu dem Zeitpunkt, als ich eingewiesen worden war. Es war ja nicht so, dass ich nicht der Mann sein wollte, der ich laut den Erwartungen sein sollte, ich wusste einfach nicht, wie. Es war, als wäre ein Licht in mir erloschen und nun, da überall das Böse lauerte, begnügte ich mich damit, es mir in dessen Schatten gemütlich zu machen.

Ich griff nach dem kleinen Regal über meinem Bett und zog den abgenutzten Brief herunter, den ich all die Jahre bei mir behalten hatte. Manchmal las ich ihn, wenn ich eine kleine zusätzliche Perspektive brauchte, wie heute Abend. Die Ränder waren ausgefranst und der Text wurde jetzt mit Klebeband zusammengehalten. Aber obwohl ich die Worte auswendig gelernt hatte und sie im Schlaf aufsagen konnte, las ich den Brief trotzdem noch einmal.

Einst hatte ich eine Hauptrolle in der Geschichte von Samantha Andersons Leben gespielt. Und ich wurde nicht müde, immer wieder den Teil zu lesen, in dem sie beschrieb, wie ich sie zum Besseren verändert hatte. Ja, ich hatte einen Frieden zwischen ihr und dem Meer vermittelt, aber ich hatte noch mehr getan – ich hatte sie bedingungslos geliebt, etwas, das, wie sie zugab, in ihrem Leben gefehlt hatte. Und ich konnte mit jedem Wort, das sie schrieb, spüren, dass Sam mich ebenfalls liebte. Allein mit ihrem Federstrich erhob sie mich über den Versager hinaus, den alle anderen in mir sahen. Sie machte mich echt und fehlerhaft und würdig. Und das war es, woran ich mich in meinen dunkelsten Tagen festhielt. Irgendwo da draußen gab es ein Mädchen, das mich geliebt hatte ... und vielleicht, nur vielleicht, tat sie das noch immer.

Ich hatte einen großen Fehler begangen. Das wusste ich jetzt. Jung und dumm, hatte ich gedacht, dass sie für immer da sein würde. Aber ich hatte die Entführung, die Drogensucht und das mörderische Verhalten ihrer Mutter nicht mit einkalkuliert. Ich hatte gewusst, dass ich Sam liebte, aber ich hatte weder gewusst, was sie mir bedeutete, noch hatte ich vor ihrem Weggang das Ausmaß ihres Leidens erkannt. Ich wünschte, ich könnte zurückgehen und die Entscheidung ändern, die ich an dem Tag getroffen hatte, an dem Jake entführt worden war ... der Tag, an dem ich nach den Drogen gegriffen hatte, anstatt nach ihr. Wenn ich eine andere Entscheidung getroffen hätte, wäre ich vielleicht heute nicht hier und würde das, was mir von ihr geblieben war, in der Hand halten.

Der Drang, nach ihr zu suchen, war immer da, aber was würde ich tun, wenn ich sie gefunden hatte? Ich konnte mich nicht einfach mit einer Drogensucht in ihr Leben stürzen. Das brauchte sie nicht, nicht nach dem, was sie mit ihrer Mutter durchgemacht hatte. Wenn jemand Frieden und Glück verdiente, dann war es Sam. Ich würde ihr nur noch mehr Leiden aufbürden und ich weigerte mich, ihr zur Last zu fallen. Außerdem, wenn Sam ihre Träume von einem Studium an der Ostküste verwirklicht hatte, dann trennten uns mit Sicherheit Tausende von Meilen.

Vielleicht würde ich Sam eines Tages wiederfinden, wenn ich ihrer Liebe würdig war – und dann wäre alles möglich. Ich würde um sie kämpfen und nichts unversucht lassen, um sie zurückzugewinnen. Kein Hindernis würde groß genug sein, um mich von ihr fernzuhalten. Aber das war, wenn ich würdig war und ich war mir nicht so sicher, ob dieser Tag jemals kommen würde.

Ich faltete den Brief und fuhr mit den Fingern über das abgenutzte Papier, bevor ich ihn wieder ins Regal legte und flüsterte: „Gute Nacht, Sam – wo auch immer du bist."

KAPITEL ZWEIUNDZWANZIG

Samantha
Genetik

„Samantha Olivia Anderson."

Die Sonne war warm und ich konnte das Geräusch der Wellen hören, die am Strand brachen, als ich die Bühne überquerte, um an dieser Universität am Meer mein Diplom entgegenzunehmen. Nein, ich hatte keinen Abschluss an einer Elite-Universität gemacht und nein, ich hatte nicht den Abschluss in englischer Literatur bekommen, den ich mir immer vorgestellt hatte, doch das Leben hat eine Art, einen zu verändern, wenn man es am wenigsten erwartet, und Anpassung war der einzige Weg, um die Nase vorne zu behalten. Und genau da war ich jetzt – vorne. So viel weiter vorne, als ich jemals erwartet hatte. Mein Verstand war herausgefordert, mein Körper war stark und meine Seele war mit Glück erfüllt. Die alten Träume, an einen weit entfernten Ort zu fliehen, waren verblasst, als ich mich entschieden hatte, mein Leben offen und frei von Angst zu leben.

Mit dieser veränderten Sichtweise war auch eine Neuausrichtung meiner Leidenschaften gekommen. Anstatt mein Leben mit der Analyse der literarischen Klassiker zu verbringen, hatte ich mich an der UC Santa Barbara für ein Biologiestudium mit dem Schwerpunkt Aquaristik beworben und war auch angenommen worden. Ich hatte meine vier Jahre damit verbracht, Ökologie, Meeresbotanik und Tiefseebiologie zu studieren. Nicht übel für ein Mädchen, das Naturwissenschaften einst gehasst hatte.

Und nun war ich hier, mit hocherhobenem Kopf, als ich über die Bühne ging, um meine gebührende Belohnung entgegenzunehmen. Dieses Diplom war für mich mehr als nur ein Stück Papier. Es bedeutete, dass ich aufgehört hatte, in der Vergangenheit zu leben, und meine Zukunft ergriffen hatte. Sicherlich fehlten ein paar Schlüsselfiguren bei der Feier – nämlich alle, die mit mir blutsverwandt waren –, aber ich hatte ein kleines Kontingent an unterstützenden Spielern kultiviert, die mir mehr bedeuteten als irgendein Titel. Wer brauchte schon Knochenmark-Übereinstimmung, wenn man Freunde wie ich hatte?

Aus San Diego waren meine Tante Kim und meine Cousinen Jennie und Joyce angereist. In den anderthalb Jahren, die ich bei ihnen gelebt hatte, waren wir uns unglaublich nahe gekommen ... so viel näher als ich meiner Mutter in den ersten siebzehn Jahren meines Lebens jemals gewesen war. Bei ihnen hatte ich den vollen Umfang dessen erkannt, wer ich als Person sein konnte.

Und dann war da noch Shannon, die eine Konstante in meinem Leben. Sie hatte letztes Jahr ihren Abschluss als Bioingenieurin gemacht und war zurück nach Hause gezogen, um in demselben Labor zu arbeiten, in dem auch ihre Eltern und einer ihrer beiden Brüder beschäftigt waren.

„Samantha! Samantha Anderson." Ihre Rufe hallten durch die Menge, aber es war nicht nur ihre Stimme, die ich hörte. Stewart, seit drei Jahren Shannons Freund, schrie genauso laut. Niemals in der Geschichte der Seelenverwandten hatte es zwei Menschen gegeben, die besser zueinander passten als Shannon O'Malley und Stewart Fitzpatrick.

Geboren am selben Tag, hätten Shannon und Stewart Wurfgeschwister sein können. Ihre Haare hatten den gleichen Rotton, beide waren groß und schlank und sie hatten gleich aussehende Asthmasprays mit den Aufschriften „Er" und „Sie". Ja, das war richtig – wenn es überhaupt die Möglichkeit gab, war Stewart sogar noch allergischer auf die Welt als Shannon.

Und die Ähnlichkeiten hörten damit noch nicht auf. Die beiden waren Harry Potter-Fanatiker, die sich regelmäßig als ihre Lieblingscharaktere verkleideten und durch die Stadt zogen, um mit ihren Zauberstäben zu schnipsen und falsche Zaubersprüche vor verblüfften Zuschauern vorzuführen. Wie Journalisten bei den landesweiten Nachrichtensendern waren sie sich buchstäblich in allem einig. Sie aßen das gleiche Essen, sie mochten die gleichen Fernsehsendungen und sie beendeten regelmäßig die Sätze des anderen und spielten das ganze Fluch-/Doppelfluch-Spiel bis zum Überdruss.

Die beiden riefen jetzt auch synchron und kombinierten ihre Stimmen, um meine Aufmerksamkeit zu erregen. Als ob das nicht schon genug wäre, gingen sie noch einen Schritt weiter und benutzten gleichzeitig Kuhglocken. In dem Irrglauben, dass es bei Abschlussritualen nicht genug von diesen praktischen kleinen Krachmachern geben konnte, hatte Shannon vier mitgebracht – eine für sich, eine für Stew und zwei weitere für meine Cousinen, die sich dem ohrenbetäubenden Lärm anschlossen.

„Samantha Anderson!" Kuhglocke. Kuhglocke.

Ich folgte den Lauten, bis ich meine Bohnenstangen-Freundin hoch oben auf einem Stuhl stehend entdeckte, mit ihrem ebenso schlaksigen Verehrer neben sich auf dem klapprigen Gestell.

„Hattest du Probleme, uns zu finden?", fragte Stewart und versuchte ernst zu wirken, obwohl man genau wusste, dass er innerlich lachte. Shannons Eroberung war einer von der Sorte. Es gab Nerds und dann war da noch Stewart – ihr intergalaktischer Kommandant. Mit einer Größe von eins neunzig und einem Gewicht von federleichten siebzig Kilogramm war sein blasser Körper bei bestimmten Lichtverhältnissen durchsichtig und wenn er nicht fest verankert war, konnte Stew leicht von einem böigen Wind aufs Meer geweht werden.

„Waren wir laut genug?", fragte Shannon und hatte ein unschuldiges Grinsen im Gesicht.

„Ja, danke. Ich glaube, dass eure Kuhglocken die Wanderung der Grauwale an der Küste gestört haben könnten."

„Hm." Shannon winkte abweisend ab, während sie vom Stuhl herunterstieg und mich umarmte. „Sie stehen nicht mehr auf der Liste der vom Aussterben bedrohten Tiere. Wenn sie für ein paar Stunden im Kreis schwimmen, ist das ein kleiner Preis für deine ungetrübte Freude."

„Was für ein Vergnügen", stimmte ich mit einem schiefen Lächeln zu.

„Ich glaube nicht, dass sie ver*muh*gt ist." Stew schnaubte über seinen eigenen Witz. Oh, wie sehr er Wortspiele liebte! Und eines Tages würde ich das vielleicht auch tun – in meinen späten Siebzigern.

Trotzdem lachte ich. Nichts, nicht einmal Wortspiele, konnte mir diesen Tag ruinieren …

„Herzlichen Glückwunsch, Sam. Ich bin so stolz auf dich."

Außer ihm. Ich erstarrte. Was hatte er hier zu suchen? Langsam drehte ich mich um, in der Hoffnung, er hätte einen Stimmzwilling oder so, aber nein, da war er – mein Ex. An zweiter Stelle hinter meiner Mutter der Leute, die ich nicht sehen wollte, war Preston kein willkommener Anblick. Das war *mein* Tag, nichts, was er ruinieren sollte. Und natürlich musste er vor mir stehen, umwerfend schön und so, als käme er direkt aus einer J.-Crew-Werbung. Mit einem gewinnenden Lächeln und der Heisman-Trophäe aller Blumensträuße in seinen Armen war

Preston das Upgrade-Paket, nach dem die Frauen – die meisten Frauen – auf der ganzen Welt lechzten.

„Hi, Preston", begrüßte ich ihn mit einem gezwungenen Lächeln. „Was machst du denn hier? Kennst du jemanden, der heute seinen Abschluss macht?"

Ja, ich wusste, dass es weit hergeholt war, aber ich hoffte immer noch, dass er einfach zufällig über mich gestolpert war, während er nach dem wahren Empfänger des blumigen Sargschmucks in Übergröße suchte.

Er gluckste, als hätte ich einen Witz gemacht. Das sagte mir alles, was ich wissen musste. Trotz der Prügel, die ich ihm vor ein paar Wochen verpasst hatte, war Preston für Nachschub zurückgekehrt.

„Was glaubst du denn, Sam? Natürlich bin ich wegen dir da."

Und plötzlich wurden mir die Blumen in die Arme geschoben – alle vierhundert Kilo davon – und ich wankte unter ihrem Gewicht.

„Danke, sie sind wunderschön", sagte ich und versuchte, den Strauß zu jonglieren, während Preston sich zu einer Umarmung vorbeugte. Meine Augen trafen sich mit denen von Shannon. Sie stand direkt hinter Preston und imitierte dramatisch einen Asthmaanfall.

„Ich bin überrascht, dich hier zu sehen", sagte ich, als wir uns wieder lösten.

Und das war ich wirklich. Ich dachte, ich hatte mich ziemlich klar ausgedrückt, dass wir kein Paar mehr waren, aber siehe da, da war er wieder. Ich wusste, dass Preston nicht schnell aufgab, aber ich glaubte auch nicht, dass er ein Masochist war. Außerdem hatte er eine Reihe von Frauen, die auf Abruf bereit standen. Was brauchte er von mir?

„Ich weiß und ich bin mir sicher, dass du dir in diesem Moment eine Ausstiegsstrategie ausdenkst, aber du musst mich anhören, Sam. Ich habe einen Fehler gemacht. Das weiß ich jetzt und ich bin bereit, alles zu tun, was nötig ist, um dich zurückzugewinnen."

Ich blickte in die Runde, in all die neugierigen Gesichter. Sogar einige Fremde im Gang weiter hinter schienen übermäßig an unserem Gespräch interessiert zu sein. Ich drückte Stewart die Blüten in die Hand und packte Preston am Arm, um ihn wegzuführen.

„Ähm, Samantha", rief Stewart mir zu. „Vielleicht ist das ein guter Zeitpunkt, um dir zu sagen, dass ich auf absolut jede Blume in diesem Strauß allergisch bin."

Ich lenkte Preston von der Menge weg und blieb erst stehen, als ich einen Platz gefunden hatte, an dem wir unter vier Augen sprechen konnten. „Vielen Dank, dass du gekommen bist. Ich weiß es wirklich zu schätzen, dass du heute an mich denkst. Aber ich möchte, dass du weißt – es ist vorbei."

„Ich habe dich schon verstanden. Ich akzeptiere es einfach nicht. Wenn du jemanden liebst, Sam, dann kämpfst du um ihn."

„So wie du für mich gekämpft hast? Vor deiner Familie?"

„Ich habe daran gearbeitet. Sie haben sich für dich erwärmt."

„Preston." Ich hielt meine Hand hoch, um seine erfundene Nacherzählung der Ereignisse, die zu unserer Trennung geführt hatten, zu unterbrechen. „Deine Mutter hat alle außer mir auf eine Reise zu den Bahamas eingeladen. Zur Hölle, sogar die Fickfreundin deines Bruders wurde eingeladen – natürlich besitzt ihr Daddy eine börsennotierte Firma, also kann man ihr verzeihen, dass sie mit ihrer Moral eher locker flockig umgeht."

„Es gibt keinen Grund, immer die gleichen Details durchzukauen. Ja, ich gebe es zu. Das war schlecht. Ich hätte nicht gehen sollen. Das verstehe ich jetzt. Es war nur so, dass ich von dir und von ihnen Druck bekommen habe. Ich habe mich falsch entschieden und ich habe mich schon tausendmal entschuldigt."

Das war nicht gelogen. Preston hatte sich schuldig gefühlt ... im Nachhinein. Aber ich hatte die Instagram-Bilder gesehen, auf denen er getaggt worden war. Es hatte ihm nicht leidgetan, als er am Strand einen Bahama Mama getrunken hatte, und so sehr ich mich auch bemühte, ich bekam das Bild seines lächelnden Gesichts nicht aus meinem Kopf. Preston mochte es jetzt leidtun, aber er hatte nicht um mich gekämpft, als es darauf angekommen war, und das war der Punkt, an dem ich die Grenze im Sand zog.

Preston packte meine Arme und zog mich an sich. Ich blinzelte zu ihm hoch und sein Gesicht blendete mich. *Oh, Preston. Warum musst du nur so schön sein?* Das machte das, was ich vorhatte, nur noch schwieriger. Ich hätte ihn schon am ersten Tag, an dem ich ihn am Strand kennengelernt hatte, abweisen sollen. Ich war die Surflehrerin gewesen und er der unsichere Schüler. So sehr ich es auch versucht hatte, ich hatte es nie geschafft, ihn auf seine Beine zu bringen. Preston war es gewohnt, schnell zu gewinnen, und als klar geworden war, dass er für jedes bisschen Können, das ihm das Surfen abverlangte, hart arbeiten musste, hatte er aufgegeben – das heißt, das Surfen, nicht mich.

Er hatte mich heftig verfolgt, das musste ich ihm lassen. Wie ein Holzfäller hatte er meinen Widerstand gebrochen, bis ich schließlich einem Date zugestimmt hatte. Und wirklich, warum hätte ich es nicht sollen? Auf dem Papier war Preston der perfekte Kerl – eine Trophäe für den ersten Platz. Er war fünf Jahre älter als ich und besaß die reife Stabilität, die ich suchte. Preston war gutaussehend, wohlhabend und ein echtes Arbeitstier, ein aufsteigender Stern in der Speditionsfirma seines Vaters. Er war auf dem Weg nach oben, wenn auch mit ein wenig Hilfe von seinem Freund namens Vetternwirtschaft. Dennoch versprach das Leben mit ihm, beständig und erfüllend zu sein – und langweilig.

Aber es war die eklige Besessenheit, die seine Mutter für ihr erstgeborenes Kind an den Tag legte, die uns auseinandergebracht hatte. Die Sticheleien hatten schon beim ersten Kennenlernen begonnen, als Prestons Botox-gefüllte Mutter mich von oben bis unten gemustert und gefragt hatte, ob ich eine Nasenoperation gehabt hätte. Als ich mit „Nein" geantwortet hatte, hatte sie meine Hand getätschelt und gesagt, sie würde mir den Namen ihres Chirurgen geben. Und die Sticheleien waren ungebremst weitergegangen. Seine Mutter hatte mir klargemacht, wo ich stand, und das war gleich hinter der Katze namens Swanky, die als zu hässlich galt, um auf den Weihnachtsfotos der Familie gezeigt zu werden.

Ich war mir nie sicher gewesen, warum sie mich für unwürdig hielt, aber ich nahm an, dass es etwas mit meiner niedrigen sozialen Klasse zu tun hatte. Sie waren die High Society, die Leuchttürme der Gesellschaft mit Geld zum Verschwenden. Ich war eine arme Studentin, die einen rostigen alten Pick-up fuhr. Sagen wir es mal so: Wären wir auf der *Titanic* gewesen, wäre ich der Wegwerfcharakter vom Unterdeck gewesen, der von der Seite des Schiffes baumelte, als es sank, während Preston und seine Familie sicher unter Decken in einem Rettungsboot gekuschelt gesessen hätten, während seine Mutter ihre Brut verteidigt hätte, indem sie Nachzügler mit einem Ruder von der Seite des Floßes gestoßen hätte.

Ich nahm seine Hand und wollte nicht, dass er unnötig litt. Er war mir wichtig gewesen, nur nicht wichtig genug. „Es geht nicht nur um deine Mutter. Du und ich, wir fühlen uns einfach nicht wohl. Du bist ein toller Kerl, Pres, und du wirst irgendein Mädchen sehr glücklich machen. Nur werde das nicht ich sein."

„Du fühlst es nicht?" Sein Kiefer mahlte, als er meine Worte verarbeitete. „Ja, aber du hast es nie wirklich versucht, oder?"

„Was soll das denn heißen?"

„Es bedeutet, dass du manchmal so kalt bist. Du hast Angst, Menschen nahe zu kommen. Das verstehe ich ja, aber Sam? Wenn du nicht aufpasst, endest du noch genau wie sie."

Ich erstarrte. Wie sie? Auf keinen Fall konnte er von meiner Mutter sprechen. Soviel er wusste, war sie tot. Zumindest hatte ich ihm das gesagt. Aber seinem Gesichtsausdruck nach zu urteilen, wusste er eindeutig mehr, als er zugegeben hatte. Und dann traf es mich.

„Du hast mir nachspioniert?", flüsterte ich und der Schock breitete sich blitzschnell in mir aus. Diese Schlussfolgerung war gar nicht so weit hergeholt, wenn man bedenkt, dass seine Familie in der Kennenlernphase eines jeden Geschäftspartners Privatdetektive einsetzte. Es machte Sinn, dass sie die gleiche Taktik bei ihren Seelenverwandten anwenden würden.

Weder antwortete er, noch blinzelte er. Dieser Bastard.

„Du ... hast ... mir ... nachspioniert." Ich wiederholte jedes Wort, als wäre es ein ganzer, quälender Satz.

Er schüttelte seinen Kopf. „Ich nicht."

Meine Augen verengten sich auf Preston. Natürlich war es nicht er gewesen. Das stank nach seiner sich einmischenden Mutter. Ich hatte noch nie jemanden so sehr verstümmeln wollen wie diese Frau. Wie konnte sie es wagen, in meiner Vergangenheit zu wühlen? Das war meine, die von niemandem sonst. Wenigstens wusste ich jetzt, warum sie mich nicht in ihr stinkendes Rettungsboot einladen wollte. Wer wollte schon die Tochter der verrückten Frau retten?

„Sam, ich verstehe, warum du Vertrauensprobleme hast und warum du Menschen wegstoßen willst – warum du keine Kinder willst."

Das ließ mich aufschrecken. „Ich habe nie gesagt, dass ich keine Kinder will."

„Doch, das hast du. Ich habe dich einmal gefragt, was du vom Kinderkriegen hältst, und du hast mir gesagt, dass du keine willst."

Ah, okay, er hatte recht. Das hatte ich gesagt, aber nur, weil ich geglaubt hatte, dass *er* sie wollte, und ich hatte nach Wegen gesucht, um sein Interesse an mir zu mindern. Ich hatte gedacht, einem familienorientierten Typen wie Preston zu sagen, dass ich keine Kinder wollte, wäre das Ende.

Er nahm meine Hände. „Aber das ist okay, denn ich will auch keine."

Tja, Scheiße, das ging nach hinten los.

„Hör zu, Preston, ich verstehe nicht, was Kinder damit zu tun haben, aber ich habe sie nie ausgeschlossen."

„Vielleicht solltest du das."

„Was soll das heißen?"

„In deiner Familie gibt es psychische Krankheiten, Sam. Es ist nicht nur deine Mutter. Deine Großmutter war wiederholt in einer Anstalt ebenso wie zwei ihrer vier Geschwister. Und dein Bruder …"

Warum brachte er Sullivan ins Spiel? Ein Zittern setzte meinen Körper in Bewegung. Preston packte mich am Arm, um mich zu beruhigen.

„Hör zu, ich will dir nicht wehtun. Ich liebe dich. Und ich weiß, dass du nicht krank bist. Ich denke, dass du es vielleicht abwehren konntest, indem du im Wasser warst – beim Surfen –, und das ist großartig, aber es bedeutet nicht, dass deine Kinder genauso viel Glück haben werden."

Preston ließ eine Bombe nach der anderen platzen. Sah er nicht, dass er mich gerade auslöschte? Ich wehrte mich mit dem letzten Rest meiner Kraft. „Dafür gibt es keine Wissenschaft. Niemand kann mit Sicherheit sagen, dass psychische Erkrankungen genetisch vererbbar sind."

„Und niemand kann sagen, dass es nicht der Fall ist. Ich versuche nicht, dich niederzuschlagen. Ich versuche, dir zu zeigen, dass wir die gleichen Ziele haben und ein tolles Leben zusammen haben könnten, nur du und ich." Sein Blick haftete weiterhin auf meinen Augen. „Babe, hör mir zu. Erinnerst du dich, als ich dir erzählt habe, dass ich gegen Krebs gekämpft habe, als ich jünger war? Na ja, die Medikamente haben mich unfruchtbar gemacht. Das ist … na ja, das ist für die meisten Frauen ein Trennungsgrund."

Meine Unterlippe begann zu beben, als mich die ganze Tragweite seiner Worte traf. Es war ein Trennungsgrund für normale, vollständige Frauen, hätte er sagen sollen.

„Wie auch immer, ich kann keine Kinder haben und du …"

„Solltest sie nicht haben", flüsterte ich den Schluss seiner Aussage. Die glückliche Blase, in der ich in den letzten Jahren existiert hatte, war gerade geplatzt. Preston, bewaffnet mit meiner schmutzigen Familiengeschichte, hatte soeben meine Zukunft zerstört.

KAPITEL DREIUNDZWANZIG

Keith
 Über dem Dunst

Meine Augen standen offen, fokussierten sich aber nicht. Ich existierte in einem Dunst. Wo zum Teufel war ich? Was hatte ich getan? Und warum fühlten sich meine Knochen so schwer an? Dann wurde es mir klar: Ich war unter Drogen gesetzt worden. Ich zermarterte mir das Hirn und versuchte, mich daran zu erinnern, dass ich etwas genommen hatte, das mich so fühlen ließ, aber ich hatte nur schwache Erinnerungen an die Nacht zuvor – und an die Frau aus der Bar. Oh, Scheiße, was hatte sie mir angetan? Ich erinnerte mich daran, ihr zu ihrem Auto gefolgt zu sein. Ich erinnerte mich an die Party. Ich erinnerte mich an den Sex.

Und dann erinnerte ich mich daran, wo ich eigentlich sein sollte – auf Tournee. Mit Jake. Oh scheiße. Oh nein. Meine erste Chance war bereits vergeigt. Ich musste zu ihm zurückkehren, bevor er herausfand, dass ich weg war … bevor sein Manager mich wegen Vertragsbruchs feuerte. Aber je mehr ich darum kämpfte, mich zu erinnern, desto mehr wünschte ich mir, ich hätte mir nicht die Mühe gemacht, denn als die vergangene Nacht in meine Erinnerung zurückkehrte, wusste ich, dass ich es so richtig versaut hatte.

Ich versuchte ängstlich, den Schleier aus meinen Augen zu blinzeln, doch das Einzige, was ich erkennen konnte, waren steriles Weiß und Beutel mit Flüssigkeiten, die an einem Haken baumelten. Verdammt noch mal! Ich war in einem Krankenhaus. Wenn sie herausfanden, wo ich war und warum, würde mich kein noch so intensives Katzbuckeln retten können. Aber wie sollte ich hier rauskommen, wenn ich an Maschinen gebunden war? Verzweifelte Zeiten erforderten verzweifelte Maßnahmen und ich zerrte an den Schläuchen, die mich gefangen hielten. In diesem Moment spürte ich, wie Finger meinen Unterarm packten und ich zuckte zurück und griff an wie ein in die Enge getriebenes Tier. Weitere Hände hielten mich nieder. Wer auch immer mit mir in diesem drogeninduzierten Dunst war, sollte sich besser verdammt noch mal zurückziehen.

„Es ist okay, Keith. Entspann dich. Es ist eine Infusion. Wenn du daran ziehst, werden sie dich fesseln."

Mom? Was zum Teufel tat sie denn hier? Wir waren doch in Massachusetts, oder etwa nicht? Wie war sie über Nacht hierhergekommen? Halluzinierte ich gerade? Jetzt wurde es wirklich notwendig, meinen verworrenen Verstand zu schärfen. Entweder war ich in ein verdammtes Kaninchenloch gefallen, oder meine Mutter hatte zufällig ein paar tausend Meilen übriggehabt, die sie hatte verschwenden können.

Als ich wütend blinzelte, wurde die Welt um mich herum klarer und in diesem Moment sah ich auch ihn. *Dad?* Falls ich mich in einer Fantasiewelt befand, hatte ich sie mit meiner Vorstellungskraft ziemlich versaut.

„Keith, können Sie mich hören?" Mein Blick wanderte von der Fata Morgana meiner Eltern zu einem Mann in einem Kittel, der viel zu alt und viel zu müde aussah, um nicht real zu sein. Aber solange ich keinen Beweis dafür hatte, dass ich mich im Hier und Jetzt befand, verschwendete ich keinen Atem, um Worte zu bilden. Also grunzte ich.

„Ich bin Dr. Hilton. Sie hatten ein paar schwere Tage, Sohn. Sie sind bewusstlos hier eingeliefert worden. Wir warten noch auf den toxikologischen Befund, aber aufgrund Ihrer Symptome gehen wir von einer Kokainüberdosis aus. Sie sind mit Tachykardie hier angekommen und wir konnten keinen Blutdruck messen, weil Sie sich so sehr gewehrt haben. Deshalb wurden Sie sediert. Sie sollten hier im Krankenhaus für ein paar Tage überwacht werden, bis sich Ihre Nierenfunktion wieder normalisiert hat."

„Überdosis" war das Letzte, was ich hörte, bevor ich ihn aus Bequemlichkeit ausblendete. Ich brauchte die Einzelheiten nicht zu hören, denn ich war mir sicher, dass sie für eine lange Zeit auf Dauerschleife abgespielt werden würden. Meine Eltern waren keine Illusion. Sie waren meinetwegen in Massachusetts. Ich hatte sie durch meine schiere Dummheit herbeigerufen.

Jetzt fluten alle Erinnerungen meinen Verstand. Es war eine Übernachtung in Springfield gewesen und nachdem ich ein „Fantreffen" für Jake arrangiert hatte, hatte ich mich in mein Hotelzimmer zurückgezogen. Yogis – unser Codewort für Gelegenheitssex – war zu einer regelmäßigen Sache geworden. Nicht, dass er mich gestört hätte. Schön für ihn. Es war nur so, dass seine Freizeitaktivitäten mir mehr Zeit ließen und keine guten Absichten mit sich brachten. Ich vertrieb mir die Zeit mit meinen eigenen Yogis und obwohl sie die Spannung nahmen, waren sie nie genug, um das Bedürfnis zu stillen.

An jenem Abend, wie an den meisten Abenden, war ich in die

Bar gegangen, wo ich in Ruhe hatte trinken können. Aber natürlich gab es nie Frieden. Spähende Ameisen waren immer auf der Suche nach Krümeln und sobald sie entdeckt wurden, wurde Verstärkung gerufen. Chantal war ihr Name, oder zumindest hatte sie das behauptet. Sie war umwerfend, exotisch und überzeugend gewesen und ich die betrunkene Sau mit einem Bündel Bargeld in der Hand und einer ernsthaft geschwächten Entschlossenheit. Ehe ich mich versehen hatte, hatte sie mich mit der Wärme ihrer Berührung und dem Versprechen pharmazeutischer Vergnügen angelockt. Ich war ihr Krümel gewesen und in diesem Moment wäre ich ihr überall hin gefolgt.

Und das hatte ich auch getan.

Als sich die Scham einstellte, wandte ich mich vom Arzt ab, nur um direkten Augenkontakt mit meinem kleinen Bruder herzustellen. Er stand in der Nähe der Tür, als wäre er bereit, jeden Moment abzuhauen. Ich nahm es ihm nicht übel. Wenn ich nur diese Infusion aus meiner Hand bekommen könnte, würde ich mit ihm abhauen.

Mein Vater schlug meine Finger von dem Klebeband und dem Schlauch weg. „Lass das!"

Ich hielt meinen Blick auf Jake gerichtet. Er sah nicht so sauer aus, wie mein Vater sich anhörte, und das war auch gut so. Vielleicht hatte ich immer noch eine Chance, es richtigzustellen.

„Tut mir leid", sagte ich, wobei die Worte gegen meinen rauen Hals kratzten. „Gib mich nicht auf. Gib mir nur einen Tag und ich werde so gut wie neu sein. Ich verspreche dir, dass das nie wieder passieren wird."

Er schüttelte seinen Kopf und wandte den Blick ab.

Plötzlich fühlte es sich an, als würde ich in einem Meer aus Enttäuschung ertrinken. Überall, wo ich mich hindrehte, drohte eine Wand aus Wasser mich zu überschwemmen.

Seine Aufmerksamkeit einfordernd, erhob ich meine Stimme. „Jake! Hörst du mich?"

„Ruhig. Ich höre dich." Die ersten Spuren von Genervtheit zogen über sein Gesicht. „Ich habe dir eine Chance gegeben, Keith. Das war mein Fehler. Und jetzt sind mir die Hände gebunden."

Seine Hände waren gebunden? Was zum Teufel sollte das denn bedeuten? War ich gerade gefeuert worden?

„Wer hat dich zum Richter, Geschworenen und Henker gemacht?"

„Du hast einen Vertrag unterschrieben", fuhr er fort und rechtfertigte seine Abkehr mit klaren Fakten.

„Na und? Wir beide wissen, wer hier das Sagen hat. Du hast das letzte Wort. Du kannst den Vertrag zerreißen, wenn du willst."

Wir starrten einander an, doch statt sich meinem Willen zu beugen, wie es typisch für unsere Beziehung war, blieb Jake standhaft und seine Entschlossenheit wurde mit jedem stechenden Blick stärker.

Mit zusammengekniffenen Augen sagte er: „Tja, ich will halt nicht."

Es war, als ob mein letztes sicheres Geleit soeben versiegelt worden war. Jake, der Bruder, der immer hinter mir gestanden hatte, hatte sich von mir abgewendet.

Das war alles, was ich hören musste, damit die Wut heraussprudelte. „Also wird das so ablaufen? Du wirst mich einfach rauswerfen?"

„Schieb das nicht auf mich! Ich bin nicht derjenige, der die Entscheidung getroffen hat, sich zuzudröhnen. Ich bin nicht derjenige, den die Polizei mit dem Gesicht nach unten in Kotze gefunden hat. Du hast dir das selbst angetan."

Natürlich wusste ich, dass seine Worte stimmten, doch das machte die Sache nicht einfacher. Ich war wütend und er war meine Zielscheibe. „Fick dich, Jake! Hast du eine Ahnung, was ich für dich aufgegeben habe?"

„Was hast du aufgegeben, Keith? Einen Job als Lieferjunge? Es tut mir so leid für dich."

„Nein, Arschloch. Ich habe mein Mädchen für dich aufgegeben."

Stille senkte sich über uns. Jede Person im Raum rutschte unbehaglich auf ihrem Platz herum. Ich war zu weit gegangen. Ich hatte Sam nicht wegen Jake verloren. Ich hatte sie wegen dem verloren, was mit ihm passiert war. Das war ein Unterschied. Ein großer.

„Keith", unterbrach Mom die peinliche Pause. „Du bist nach dem Konzert in Springfield verschwunden – das war vor zwei Tagen."

Ich schüttelte meinen Kopf, als ich die Worte verarbeitete. *Zwei Tage?*

„Die Polizei hat nach dir gesucht", fuhr Dad fort. „Mom und ich sind seit gestern hier. Hast du eine Ahnung, wie das für uns war, einen weiteren Sohn zu vermissen? Ein Zimmermädchen hat dich heute früh gefunden, bewusstlos in einem schäbigen Motel in der Innenstadt."

Ich schaute mich im Raum unter meinen missmutigen Zuhörern um, die alle unisono nickten. Sogar der Kopf des Arztes wippte auf und ab, als hätte auch er ein Anrecht an meiner Demütigung.

„Du hättest sterben können, Keith. Du wärst es fast. Mein Gott, was hast du dir nur gedacht?"

Nichts. Ich hatte mein Leben und meine Zukunft umsonst weggeschmissen! Jetzt würde ich Sam nie wieder zurückbekommen. Wütende Tränen füllten meine Augen, doch ich ließ sie nicht fallen.

„Denkt ihr, ich mag es, so zu sein?", knurrte ich und umklammerte das Geländer so fest, dass meine Knöchel weiß wurden. „Ich bin für Selbstzerstörung vorprogrammiert. Ich kann es nicht aufhalten. Ich hasse es, so zu leben!"

„Gut", erwiderte Dad und weigerte sich, mich in Selbstmitleid schwelgen zu lassen. „Das wird es dir viel leichter machen, den nächsten Teil zu schlucken. Sobald du entlassen wirst, gehst du für zehn Wochen in eine Drogenentzugseinrichtung."

Na toll! Jetzt, wo wir nicht mehr arm waren, waren meine Eltern nicht mehr auf billige Behandlungsmöglichkeiten angewiesen. Ich sackte niedergeschlagen ins Kissen zurück. Ich würde ihren Entzug machen, klar. Nach dem, was ich ihnen angetan hatte, wurde das erwartet, aber ich wusste, was sie nicht wussten – dass es niemals funktionieren würde.

„Ich sage nicht, dass ich nicht gehen werde, aber was bringt es schon? Sobald ich entlassen werde, werde ich sofort wieder anfangen. Seht es ein, ich bin zu weit fortgeschritten."

„Nein." Jake trat einen Schritt vor. Seine Augen bohrten sich in meine. „Das bist du nicht. Vertrau mir, wenn ich sage, dass niemand jemals zu weit fortgeschritten ist."

Ich kritzelte in meinem Notizbuch herum und versuchte, die Gespräche um mich herum auszublenden. Die Entgiftung war nun zwei Wochen her und diese verbindlichen Gruppentherapiesitzungen waren die Teile der Behandlung, die ich am wenigsten mochte. Ich musste nicht nur die geschluchzten Geschichten meiner Mitstreiter ertragen, sondern es wurde auch von mir erwartet, dass ich mich an dem Prozess beteiligte. Das Problem war, dass ich nichts zu sagen hatte. Das hier war keine lebensverändernde Erfahrung für mich, es war die Strafe für ein vergeudetes Leben. Ich schleppte mich mit dem abgestumpften Glauben, dass ich nicht geheilt werden konnte, durch die Tage, so dass all das Tamtam in meinen Augen nur ein Märchen war.

Ich war entschlossen, meine Probleme für mich zu behalten, spielte mit und konzentrierte mich nur auf den Preis – nach

Hause zu gehen. Das Vorgeben, jemand zu sein, der ich nicht war, wurde ein wenig schwieriger, als ein Mitarbeiter meinen Nachnamen verriet und ich plötzlich die geilen Entzugs-Mädchen mit Handtüchern abwehren musste. Oh, wäre das nicht das Tüpfelchen auf dem i, wenn ich mit einer Junkiefreundin nach Hause käme? Wie stolz würde das die elterlichen Parteien machen?

Während die anderen um mich herum aktiv am Gruppengeschehen teilnahmen, schrieb ich meine gefakten Gefühle nieder. Ich war mit meinem Tagebuch mehrere Tage im Rückstand und ich wollte nicht mit leeren Seiten erwischt werden, also klaute ich Zeilen aus Jakes Liedern und benutzte Buchstaben in Kindergartengröße, um den Anschein von Quantität zu erwecken.

„Keith, was ist mit dir?"

Ich ruckte mit dem Kopf hoch und schaute in Richtung der Quelle der Stimme – der Gruppenleiterin. Sie war eine junge Frau, nicht älter als ich, aber die Art ihres Verhaltens, mit Intellekt und Bescheidenheit, sagte mir, dass unsere Gemeinsamkeiten beim Alter endeten.

Ich räusperte mich und fragte: „Entschuldigung. Könntest du die Frage wiederholen?"

„Sicher. Wir haben gerade über einen entscheidenden Moment in deinem Leben gesprochen, der dich dazu gebracht hat, dich selbst unter Drogen zu setzen."

Meine Mitjunkies beäugten mich hungrig, zweifelsohne gierig auf die Chance, die Insiderinformationen über meine berüchtigte Familie zu erfahren. Ich bemühte mich, meine Genervtheit zu verbergen. Was wollte diese Frau von mir? Ich tauchte auf wie ein guter Junge und füllte mein Notizbuch mit den Gefühlen eines anderen, aber ich würde auf gar keinen Fall meine schmutzige Wäsche vor einem Haufen Fremder waschen.

„Ich denke, wir alle kennen *seinen* entscheidenden Moment", meldete sich der Typ zu meiner Linken zu Wort.

„Cory", korrigierte Ms. Marshall. „Erinnere dich an die Regeln."

„Was? Es ist doch kein großes Geheimnis, was mit seinem Bruder passiert ist. Diese Scheiße würde jeden fertig machen."

Ich biss meine Zähne zusammen und sträubte mich gegen die Annahme, dass Jakes Drama für meinen Untergang verantwortlich war. Das war es nicht. Die gleiche Reaktion hatte ich bei meiner letzten ambulanten Therapie erlebt. Mir wurde im Grunde genommen dafür verziehen, dass ich ein Versager war, weil Jakes Entführung meine Welt auf den Kopf gestellt hatte. Warum hatten Geschwister von Entführungsopfern einen schlechten Ruf? Da war diese Mitleidssache im Spiel und die Leute betrachteten uns allein wegen der Verbindung als beschädigten Haufen. Ich gebe zu, dass Jakes Entführung einen enormen Einfluss auf mein Leben hatte, doch das war nicht der Grund, warum ich ein Drogensüchtiger worden war. Ich hatte niemandem außer mir selbst die Schuld zu geben, warum wurde mir also ständig vergeben?

Vielleicht … vielleicht, wenn ich mich dem „Warum" meines Abstiegs in den Drogenmissbrauch stellen würde, könnte ich endlich die Ketten sprengen, die mich an dieses Leben banden. Bei der letzten Reha, als ich einundzwanzig gewesen war, hatte ich mich zurückgelehnt, halb zugehört und mich irgendwie über die anderen Loser gestellt. Ich hatte die Therapie nicht bestimmungsgemäß genutzt und deshalb hatte ich nichts davon gehabt. Ich hatte mir nie die Zeit genommen, mich selbst zu bewerten und die notwendigen Veränderungen vorzunehmen. Und nun sieh, wohin es mich gebracht hatte – genau zurück an den Anfang.

Wenn ich irgendeine Hoffnung hatte, das Ruder herumzureißen, musste ich mich einigen bitteren Wahrheiten stellen … und die hatten nichts mit Jake und seinem Trauma zu tun, sondern mit mir und meinem geringen Selbstwertgefühl. Es gab keinen eindeutigen Beweis, der mich zu dem machte, was ich war. Es gab kein skandalöses Verbrechen. Es brauchte nicht immer ein lebensveränderndes Ereignis, das das Gehirn neu verdrahtete.

Manchmal waren es einfach nur kleine Reizmittel, die, wenn sie unkontrolliert blieben, zu krebsartigen Geschwüren heranwuchsen. Genau das war mit mir passiert. Ich hatte den kleinen Ungerechtigkeiten des Lebens erlaubt, mich herunterzuziehen und mich weniger wert zu fühlen.

Die Gruppenleiterin warnte den Kerl neben mir, bevor sie mir einen Ausweg bot. „Es tut mir leid wegen Corys Ausbruch, Keith. Natürlich liegt es an dir, was du mit der Gruppe teilen möchtest. Vielleicht in der nächsten Sitzung. Eva, warum redest du nicht als Nächstes?"

„Eigentlich …" Ich klappte mein Notizbuch zu und sah mich im Raum um. Wenn sie eine Geschichte von mir wollten, würde ich ihnen eine geben, aber sie würde nicht im Geringsten so sein, wie sie es erwartet hatten. „Ich möchte etwas teilen."

„Oh, das ist ausgezeichnet." Sie strahlte und ich schwöre, dass ich sah, wie sich jeder im Raum ein wenig aufrechter hinsetzte. „Mach nur."

„Okay, also, ich weiß, was ihr alle denkt – dass ich heute hier bin, weil ich nicht verkraftet habe, was mit meiner Familie passiert ist. Und obwohl es wahr ist, dass das Ereignis meinen Drogenkonsum auf eine ganz neue Ebene gehoben hat, ist es nicht der Grund, warum ich überhaupt mit dem Drogenmissbrauch angefangen habe."

Ich konnte fast sehen, wie Ms. Marshall sich geistige Notizen machte.

„Mein entscheidender Moment geht ganz weit zurück, zu meinem ersten Baseball-Spiel als ich fünf Jahre alt war. Mein Halbbruder Mitch, der zu der Zeit acht Jahre alt war, hat auf dem Nachbarfeld gespielt. Ich bin aufgestanden, um den Ball zu schlagen, hab mich auf das Feld gestellt und den Ball wie ein Wilder getroffen – er ist bis übers Outfield hinweg geflogen. Es war der größte Triumph meines kleinen Lebens. Als ich über die Bases gerannt bin, habe ich meinen Vater an der Seitenlinie jubeln gehört. Oh, Mann, ihr könnt nicht glauben, wie stolz ich in diesem Moment war – mein erstes Mal am Schläger und ich habe einen verdammten Homerun getroffen. Ich habe nach hinten geschaut und mit dem größten Lächeln, das mein Gesicht je hervorgebracht hatte, meinem Vater zugewinkt. Da habe ich gesehen, dass sein Körper abgewandt und auf das andere Feld gerichtet war. Er hat nicht wegen meinem Homerun gejubelt. Er hat wegen Mitch gejubelt."

KAPITEL VIERUNDZWANZIG

Keith
 Farbcodiert

Alles, was ich an dem Tag, an dem ich die Reha verließ, tun wollte, war, in irgendein heruntergekommenes Motel zu gehen und zu schlafen. Für eine Weile unterzutauchen. Alleine zu sein, während ich mich an ein neues, sauberes Leben gewöhnte, klang verdammt gut. Aber ich wusste, was zu tun war, und es aufzuschieben würde das Unvermeidliche nur hinauszögern. Nachdem ich also abgeholt und nach Hause gefahren worden war, schlich ich mich hinaus, als meine elterlichen Aufpasser nicht hinsahen, und begann die Reise nach Arizona, wo ich entschlossen war, den größten Fehler meines Lebens zu berichtigen.

Ich fuhr durch die Nacht und hielt nur zum Tanken und für ein paar Stunden Schlaf an einer Raststätte, ehe ich meine Reise fortsetzte. Es war 9:00 Uhr am Morgen, als ich vor einem Reihenhaus in einer von Bäumen gesäumten Straße anhielt. Das ängstliche Hämmern in meiner Brust ließ mich an meinem Sitz kleben, als ich den Ort, den mein Bruder sein Zuhause nannte, in Augenschein nahm. Die Büsche waren bis zur Perfektion geschnitten und bunte Blüten waren strategisch in den Blumenbeeten rund um den Eingang platziert. Alles war so geordnet und frisch wie der Mann selbst.

Diese vertrauten Anfälle von Eifersucht krochen durch mich, als wären sie eine giftige Spinne. Aber anstatt die achtbeinige Kreatur in einem Becher einzusammeln und sie nach draußen zu bringen, wo sie einen weiteren Tag leben konnte, zerquetschte ich die schwarze Witwe, bevor sie mich zuerst niederschlagen konnte. Es gab keinen Platz mehr für Negativität in meinem Leben. Heute würde ich reinen Tisch machen. Es war mir egal, ob Mitch mir verzieh. Alles, was zählte, war, dass ich endlich meinen Mann stand und mich bei meinem Bruder für die jahrelange Verachtung, die ich ihm entgegengebracht hatte, entschuldigte.

Und deshalb klopfte ich weiter, nachdem die erste Runde keine Ergebnisse eingebracht hatte. Die Tatsache, dass sein Pick-up in der Einfahrt stand, inspirierte mich dazu, weiter mit den Knöcheln an seine Tür zu schlagen. Ich war bei der dritten Runde von wiederholtem Klopfen angelangt, als ich endlich eine Bewegung auf der anderen Seite hörte, gefolgt von etwas, das mit Sicherheit ein Augapfel war, der mich durch das Guckloch anstarrte.

Die Tür schwang plötzlich auf und Mitch stand vor mir, mit nacktem Oberkörper, barfuß und nur in einer Jogginghose. An seinen verschlafenen Augen war zu erkennen, dass er gerade aus dem Bett gestolpert war. „Keith?"

„Hey, entschuldige", antwortete ich, nahm seinen bulligen Körper in Augenschein und zerquetschte die imaginäre Spinne, die drohte, meinen Rücken hinauf zu krabbeln. „Habe ich dich aufgeweckt?"

„Ich ..." Mitch fuhr sich mit den Fingern durch sein ordentlich geschnittenes braunes Haar, mit einem überraschten Blick im Gesicht, der fast komisch aussah, wenn er kein so schlechtes

Licht auf mich geworfen hätte. „Was machst du denn hier? Ich habe gedacht, du bist ..."

„In der Entzugsklinik?", beendete ich seinen Satz, bevor ich eine ganze Handvoll geistiger Mittelfinger ausstreckte und rief: „Alles erledigt. Überraschung."

Mitchs geschockter Gesichtsausdruck ließ nicht nach, als er fragte: „Ist alles in Ordnung? Ist etwas mit Dad?"

Ich konnte sehen, dass sein Gedankengang nicht auf dem gleichen Stand war wie meiner. Wenn ich unangekündigt in seinem Leben auftauchte, würde er natürlich vom Schlimmsten ausgehen. „Es geht ihm gut, Mitch. Es ist alles in Ordnung. Ich bin gekommen, um dich zu sehen."

Da wir nicht die Art von Brüdern waren, die unangemeldet vor der Tür des anderen auftauchten, dauerte es eine Weile, bis Mitch meine Worte verarbeitet hatte. Während ich wartete, trat ich von einem Fuß auf den anderen. Doch als eine unangenehme Zeitspanne vergangen war, brach ich endlich das Schweigen. „Darf ich reinkommen?"

„Oh, Scheiße, ja. Tut mir leid." Er trat einen Schritt zurück und öffnete die Tür weiter. „Komm rein."

Als ich über die Schwelle in sein Haus trat, ließ ich meinen Blick umherschweifen. Alles war so ordentlich und aufgeräumt, er schien eine Vorliebe für Organisation zu haben. Ein langes Bücherregal war in Fächer unterteilt und drei Viertel davon enthielten beschriftete Aufbewahrungs- und Aktenboxen sowie farbcodierte Kisten. Und es war makellos. Nicht ein Ding war fehl am Platz. Sogar die dekorativen Kissen lagen alle in einem 90-Grad-Winkel mit dem erforderlichen „V" in der Mitte da. Verdammt. Dieser Typ mochte Ordnung im Haus. Im Gegensatz zu mir verbrachte er offensichtlich nicht den halben Tag auf der Suche nach seinen Schlüsseln.

Keiner von uns beiden sprach nach der üblichen Begrüßung und es war peinlich genug, dass es sich ein wenig so anfühlte, als würde man einen Freund in einem Restaurant zum Abschied umarmen, nur um dann festzustellen, dass man gemeinsam in die gleiche Richtung gehen würde.

„Also, ähm ... schöne Blumen draußen", sagte ich und verwarf meine erste Idee, ihm ein Kompliment zu seinem Organisationstalent zu machen, aus Angst, er könnte die Details teilen wollen. „Ich habe nicht gewusst, dass du einen grünen Daumen zu deinen vielen Talenten zählst."

„Ich nicht. Meine Freundin schon – sie ist die Botanikerin."

„Echt? Cool. Ist das so etwas wie eine Blumenwissenschaftlerin?"

Seine Augen weiteten sich, bevor er lächelte. „Ich habe ... ähm ... einen Scherz gemacht. Kate studiert Wirtschaft, aber sie ist diejenige mit dem grünen Daumen, nicht ich."

„Ah." Ich lächelte zurück. „Manchmal musst du die Dinge für mich deutlich ausdrücken."

Er nickte, amüsiert. „Ich erinnere mich."

„Tja, mehr Macht für sie. Ich kann nichts am Leben erhalten. Emma hat mir mal einen Kaktus gekauft, der nur alle drei Wochen gegossen werden musste. In der vierten Woche war er tot. Gott helfe meinen zukünftigen Kindern."

„Uns beiden", lachte Mitch. „Als ich ein Kind war, habe ich auf dem Jahrmarkt einen Goldfisch gewonnen und ihn auf die hintere Veranda gesetzt, weil ich dachte, er würde vielleicht gerne etwas frische Luft schnappen. Sagen wir einfach, die Nachbarskatze hatte einen guten Snack."

Ich gluckste und glitt auf das Sofa mit den perfekt aufgeplusterten Kissen.

Er nahm auf dem Sessel mir gegenüber Platz. „Also, willst du mir sagen, warum du hier bist?"

Unsere Blicke trafen sich. „Ich denke, du weißt, warum."

„Nein, Keith. Wir haben seit Jahren nicht mehr miteinander gesprochen und dann weckst du mich plötzlich aus dem Tiefschlaf und willst über die Blumen meiner Freundin reden."

„Die Blumen waren nur ein Lückenfüller."

„Ja, das habe ich begriffen." Mitch fixierte mich mit seinem Hauptdarsteller-Blick. „Keith, ganz ehrlich. Was tust du in meinem Wohnzimmer?"

„Ich bin hier, um mich zu entschuldigen."

Er gaffte mich einfach an. Man könnte meinen, ich hätte ihm gesagt, dass ich mein Plastik nicht recycle. „Okay ... wofür?"

„Für alles. Unser ganzes Leben. Für jedes Unrecht, das ich dir je angetan habe. Du sollst wissen, Mitch, dass es mir so verdammt leid tut. Es tut mir wirklich richtig leid."

Dann hörte ich auf zu sprechen und erlaubte ihm, über meine Worte nachzudenken. Und das tat er auch. Ich war mir ziemlich sicher, dass er jede kleine und große Beleidigung, die ich jemals an ihm verübt hatte, wiederholte. Es dauerte erstaunlich lange, bis mein Bruder eine Antwort für mich hatte.

„Sogar der Streich, als du meine Karotten in Schmerzmittel für Zahnweh getaucht und dafür gesorgt hast, dass meine Lippen taub wurden?", fragte er und versuchte, ein Lächeln zu unterdrücken.

„Ja, sogar das", lachte ich.

„Oder als du alle meine Eier hartgekocht und in den Karton zurückgelegt hast?"

„Eigentlich stehe ich dazu. Ich habe eine Woche lang Russische Eier gegessen. Sie waren lecker."

Wir lachten gemeinsam und lockerten die Spannung zwischen uns.

„Du warst so ein Mistkerl."

„Ich weiß." Ich sah ihm in die Augen. „Aber ich denke, wir beide kennen den wahren Grund, warum ich mich entschuldige."

Mitch rutschte auf seinem Stuhl herum und schaute aus dem Fenster. Der Schmerz in seinem Gesicht war deutlich zu sehen. Ich hatte ihn mehr verletzt, als vielleicht sogar ich verstand.

„An dem Tag im Krankenhaus, als ich gesagt habe, dass du nicht Jakes richtiger Bruder bist – es war so beschissen, das zu sagen. Es macht mich krank, dass ich so ein kleinkariertes Arschloch war."

„Ja, das warst du", sagte er und beugte sich vor. „Das hat heftig wehgetan. Die Sache ist die, Keith: Ich habe mich in deinem Leben immer wie ein Hochstapler gefühlt. Hast du eine Ahnung, wie es für mich war, in deine perfekte kleine Familie zu kommen und zu versuchen, eine Rolle zu spielen? Und du – ach, Scheiße, Keith, du warst der Beste darin, mir das Messer in die Brust zu rammen."

„Ich weiß. Ich habe keine Ausrede. Ich war eifersüchtig, Mitch, schlicht und einfach. Du warst perfekt und ich … nicht. Ich habe meine Unsicherheiten an dir ausgelassen. Ich kann all die schrecklichen Dinge, die ich gesagt habe, niemals zurücknehmen, aber ich kann jetzt versuchen, es wieder gut zu machen. Ich werde alles tun, damit du mir verzeihst … Ich meine, solange es nicht mehr als 84 Dollar kostet, denn das ist alles, was ich noch habe."

Seine Augenbraue hob sich. „Ich hoffe, das war ein Scherz."

Ich schüttelte meinen Kopf.

„Was ist mit deinem Sparkonto?"

„Meinem was?" Zur Verdeutlichung warf ich meine Arme zur Seite.

„Kreditkarten?", versuchte er es weiter.

„Sieh mich an, Kumpel. Wer gibt mir schon einen Kredit?"

„Mein Gott, Keith. Du musst aufhören, wie ein Teenager zu leben."

„Als ob ich das nicht wüsste. Nummer eins auf meiner To-Do-Liste ist ‚Mitch dazu bringen, mir zu vergeben' und Nummer zwei ist ‚erwachsen werden'."

„Was ist Nummer drei?"

Ich dachte einen Moment lang nach. War Mitch vertrauenswürdig genug, um ihm Nummer drei zu verraten? Anhand des ernsten Ausdrucks auf seinem Gesicht entschied ich, dass er es war.

„Nummer drei. Meine eigene Botanikerin finden."

Ein Lächeln breitete sich auf seinem Gesicht aus. „Jeder braucht eine Botanikerin."

„Ich habe sie schon gefunden, Kumpel. Ich muss sie nur ... wiederfinden."

Er rieb sich die Stoppeln an seinem Kinn und begegnete meinem Blick. „Na ja, du kannst Nummer eins von deiner Liste streichen. Ich vergebe dir."

„Einfach so? Du willst nicht, dass ich zu Kreuze krieche? Vielleicht ... dass ich deine Speisekammer sortiere oder nackt deinen Pick-up wasche?"

„Nein. Gott, nein. Ich will nicht, dass du irgendetwas in meinem Haus anfasst. Du siehst aus, als ob du Flöhe hättest. Wie lange ist es her, dass du geduscht hast?"

„Fick dich. Ich habe gestern geduscht. Ich bin nicht schmutzig. Ich ziele nur auf die ‚ungepflegte' Ausstrahlung ab."

„Na dann, bravo, Bruder. Du rockst."

Ich zuckte mit den Schultern. „Tussis stehen auf den Obdachlosen-Look."

„Nein. Nein, tun sie nicht."

Ich lächelte, ermutigt von der Leichtigkeit, mit der er mir verziehen hatte, aber auch klug genug, um zu wissen, dass er immer noch einen gewissen Groll hegen könnte.

„Warum verzeihst du mir so leicht?", fragte ich.

Seine Antwort brauchte Zeit, um gebildet zu werden, doch als sie kam, haute Mitch mich um. „Weil, wenn ich ganz ehrlich bin, es nicht nur deine Schuld ist, Keith. Ich könnte das Feuer angefacht haben. Schau, ich habe bei jeder Gelegenheit versucht, dich vorzuführen. Ich habe dafür gesorgt, dass bei allem, was du getan hast, Dad sehen konnte, wie ich es besser mache. So wurde ich ein Star-Athlet und ein ausgezeichneter Schüler. Ich habe mich über jede Hürde hinweggekämpft und die Messlatte jedes Mal höher gelegt, nur um sicherzustellen, dass du, das Kind, das alles hatte, niemals besser sein würdest als ich."

Ich beugte mich vor, geschockt von seinem Geständnis. „Du hast geglaubt, *ich* hatte alles?"

„Das hast du gehabt. Michelle hat dich immer angebetet. Ich meine, ich weiß, dass sie mich auf ihre Art liebt, aber ich gehöre ihr nicht. Sie hat mich nie so umsorgt wie ihre eigenen Kinder. Und du – du hast das Rudel angeführt. Sie alle sind dir wie kleine Entlein gefolgt. Besonders Jake. Selbst jetzt glaube ich nicht, dass er mich mag, weil er dir nicht untreu werden will."

„Scheiße", murmelte ich und erkannte, dass er die Wahrheit sagte. Ihre angespannte Beziehung hatte komplett mit mir zu tun.

„Dad war der Einzige, bei dem ich herausragen konnte", fuhr Mitch fort. „Also habe ich genau das getan. Ich habe mich hervorgetan und verdammt sichergestellt, dass du mir dabei zusiehst. Also, ja, ich habe selbst ein paar Messer in deine Brust gerammt, aber du warst einfach nicht schlau genug, um herauszufinden, was ich da getan habe."

„Hm." Ich nickte und versuchte, die Informationen zu verarbeiten, die durch mein Gehirn sprangen. „Moment. Warte mal … du warst eifersüchtig? Auf mich?"

„Ja."

Ich ließ dieses ehrfürchtige Stück Realität eine Sekunde lang auf mich wirken, bevor ich ihm auf das Knie schlug und lachte. „Ach, leck mich doch! Du miese kleine Schlampe!"

Mitch grinste und breitete seine bösen Genie-Arme zur Seite aus.

„Willst du damit sagen, dass du doch nicht perfekt bist?"

Mitch blähte seine Brust auf und grinste. „Nein. Ich bin perfekt."

Wir lachten gemeinsam und verstanden uns in diesem Moment ohne Worte. Wenn es darauf ankam, waren Mitch und ich gar nicht so verschieden – außer vielleicht durch sein wohlgeformtes, gutes Aussehen, seine strahlende Zukunft und sein überirdisches Organisationstalent. Aber damit konnte ich leben.

Denn zum ersten Mal, seit wir Kinder waren, hatte ich das Vertrauen, dass wir endlich Freunde werden konnten.

„Willst du frühstücken gehen?", fragte er.

„Kommt drauf an. Willst du dir ein Hemd anziehen?"

Mitch gluckste, als er aufstand. „Kommt drauf an. Bezahlst du?"

„Kommt drauf an. Magst du McMuffins? Das ist nämlich alles, was ich mir leisten kann."

„Das tue ich."

„Das dachte ich mir schon – McMuffins sind ordentlich gestapelt und organisiert."

„Du bist so ein Arsch", grinste er und klopfte mir auf die Schulter, bevor er in Richtung seines Zimmers ging.

„Oh, und Mitch? Ich habe noch eine Frage."

Er blieb stehen, drehte sich um und warf mir einen fragenden Blick zu.

„Wenn es im Container Store Rabatte gibt, verwandelst du dann die Verkaufsfläche in deine persönliche Samenbank?"

KAPITEL FÜNFUNDZWANZIG

Samantha
 Unerledigte Geschäfte

Ich wurde von einem lauten Knallen wachgerüttelt.

„Aarrhh", stöhnte ich und drückte mir das Kissen über die Ohren. Nicht schon wieder. Mit ihrem Kopfteil an der äußersten Wand hatte ich gedacht, dass ich sicher sein würde, aber nein. Ich wohnte zufällig mit den geilsten Harry-Potter-Freaks diesseits von Hogwarts zusammen. Wer hätte gedacht, dass Leute mit Hang zur Magie im Bett so aktiv sind?

Wenn ich an einem Wochenende von Knallen und Bumsen geweckt wurde, bestand der einzige Lichtblick darin, dass Stewart nicht viel Durchhaltevermögen besaß. Um mir die Zeit zu vertreiben, zählte ich manchmal sogar mit. Einmal hatte er eine ganze Minute und achtunddreißig Sekunden geschafft. Aber typischerweise hatte er an dem Punkt, an dem das Kopfteil gegen die Wand prallte, nicht mehr viel in seinem dünnen Körper übrig.

Dann kam *das Finale* – der wohl schlimmste Teil des unbequemen Lauschens, das mir aufgezwungen wurde. Guter Gott, sie waren wie zwei Schneeeulen, die heulten. Ich erwartete halb, dass ihre Patronus-Zauber aus ihnen herausschießen und durch das Haus galoppieren würden. Ich festigte meinen Griff am Kissen, polsterte meine Ohren und summte die Titelmelodie von *Friends*. Es schien unter diesen Umständen angemessen. Ich meine, sie waren meine Freunde ... und Mitbewohner. Aber ganz genau um neun Uhr an einem Samstagmorgen hasste ich sie abgrundtief.

Nachdem ich einen Job bei einer Firma für Umweltstudien bekommen hatte, hatte ich das Angebot von Shannon und Stewart angenommen, mir mit ihnen ein Haus mit zwei Schlafzimmern zu teilen, das nur ein paar Meilen von dem Haus entfernt lag, wo ich während der High-School gelebt hatte. Es war keine leichte Entscheidung gewesen, meiner Mutter wieder so nahe zu sein. Sie war nicht ins Gefängnis gegangen, aber sie hatte sich als Teil ihrer richterlichen Vereinbarung einer verpflichtenden psychiatrischen Behandlung unterziehen müssen. Tante Kim hatte mir die Einzelheiten erspart und ich war froh darüber. Ich hatte kein Verlangen, jemals wieder Teil des Lebens meiner Mutter zu sein, also war es keine meiner Angelegenheiten, was sie heute so tat. Alles, was ich wollte, war, dass ich ihr nicht zufällig im Supermarkt über den Weg lief.

Am Ende nahm ich das Angebot meiner Freunde an, weil es die finanziell verantwortungsvollste Entscheidung gewesen war, die ich hatte treffen können. Sobald ich genug gespart hatte, würde ich mir eine eigene Wohnung suchen und die Turteltäubchen in Frieden und Harmonie Unzucht treiben lassen. Und abgesehen von ihrem ausschweifenden Liebesleben genoss ich ihre Gesellschaft wirklich. Sie bezogen mich in ihr Leben ein und gaben mir nie das Gefühl, das fünfte Rad am Wagen zu sein. Wenn Shannon neben Stewart kuschelte und einen Film schaute, saß ich auf der anderen Seite von ihm und lehnte meinen Kopf an seine Schulter, während ich mir Popcorn in den Mund schaufelte.

Meine besten Freunde waren verliebt und es war nur eine Frage der Zeit, bis Stewart auf die Knie gehen und einen Antrag machen würde. Sie würden eine seltsame Sci-Fi-Hochzeit feiern – kein Witz, sie planten sie bereits – und es würde jede Menge Einzeltische für ihre Wissenschaftlerfreunde geben. Ein oder zwei Jahre später würden die kleinen rothaarigen Knirpse kommen, die genauso liebenswert frühreif sein würden wie ihre Eltern.

Ich freute mich für Shannon. Wirklich, das tat ich. Aber ihr zuzuhören, wie sie über ihr Leben und ihre Zukunft schwärmte, erinnerte mich nur daran, was ich nie haben würde. Wenn man vom Schicksal gebrandmarkt geboren wurde, hatte es keinen Sinn, nach vorne zu schauen. Monatelang hatte ich auf Prestons grausamen Worten herumgekaut und war nicht nur auf ihn wütend gewesen, sondern auch auf die Welt, die mich an die Krankheit meiner Mutter gefesselt hatte. Doch je mehr ich darüber nachgedacht hatte, desto mehr war mir klargeworden, dass das, was Preston gesagt hatte, der Wahrheit entsprach. Ich konnte es nicht riskieren, die Krankheit an mein eigen Fleisch und Blut weiterzugeben, geschweige denn, meine spezielle Art von Verrücktheit einem ahnungslosen Mann aufzuzwingen.

Manchmal fragte ich mich, ob ich Prestons Angebot nicht einfach hätte annehmen sollen. Mit ihm hätte ich die Welt bereisen können, wenn auch im Zwischendeck, solange seine Eltern in der Nähe waren, aber zumindest hätte ich einen guten Mann an meiner Seite gehabt. Das Problem war, dass ich Preston nicht mehr liebte, und wenn ich ganz ehrlich zu mir selbst sein wollte, hatte ich das auch nie getan. Versteh mich nicht falsch, ich hatte es ja versucht – das hatte ich wirklich –, aber Preston hatte nie in diesen Platz in meinem Herzen eindringen können, der für jemand anderen reserviert war.

Nach dem großen Finale von Shannon und Stewart zog ich das Kissen weg und starrte an die Decke, während ich den Vibrationen meines Handys lauschte. Die sozialen Medien explodierten förmlich und das aus gutem Grund. Heute war der Tag, auf den wir alle gewartet hatten – der Tag, an dem der verlorene Sohn der Stadt zu einem Benefizkonzert auf dem Jahrmarktgelände zurückkehren würde. Und obwohl sein Name nicht offiziell auf dem Banner für das Event stand, wusste jeder, wer der Überraschungsmusiker sein würde. Jake McKallister, das am schlechtesten gehütete Geheimnis des Landkreises.

Tickets waren schwer zu bekommen gewesen, aber zum Glück hatte ich ein Ass im Ärmel gehabt und zwar in Form von Shannon, einem der unwahrscheinlichsten Superfans von Jake. Während viele Einwohner der Stadt seine Karriere verfolgten, war es schwer, jemanden zu finden, der so engagiert war wie Shannon. Sie hatte den extra gruseligen Schritt unternommen, ihn online zu stalken und zu wissen, wo er sich gerade auf der Welt aufhielt. Als also das Konzert mit einem geheimnisvollen Gast angekündigt worden war und Shannon herausgefunden hatte, dass er zu dieser Zeit in der Stadt sein würde, war sie die Erste gewesen, die sich die Tickets online geschnappt hatte, sobald sie in den Verkauf gegangen waren.

„Wach auf! Wach auf!" Meine McKallister-besessene Mitbewohnerin platzte durch die Tür in mein Zimmer und kroch augenblicklich wie eine eins achtzig große Spinne über mich.

„Geh weg." Ich erschauderte. „Du hast Stewart-Schleim auf dir drauf."

„Hast du uns wieder zugehört?", fragte sie und ihre Finger gruben sich in meine Seite.

„Es ist kein Zuhören, wenn meine Ohren euch einfach hören."

„Oh, nein. Du hast aber mitgezählt, oder?" Sie lachte. „Wie lange hat er dieses Mal durchgehalten?"

„Siebenundvierzig Sekunden."

„Hm." Shannon schob ihre Unterlippe vor. „So lange?"

Wir bekamen einen Kicheranfall.

„Ich hasse euch beide", sagte Stewart, der offenbar die ganze Zeit da gewesen war, um die wenig schmeichelhaften Angriffe auf seine sexuellen Fähigkeiten zu hören. „Die Sache ist die, Sam, du weißt nicht, was zu diesen glorreichen siebenundvierzig Sekunden geführt hat. Ich habe Talente, die du nicht durch die Wand hören kannst."

„Nein", entgegnete Shannon mit einem verschmitzten Lächeln auf ihrem Gesicht. „Ich glaube, Sam hat so ziemlich alles gehört."

Plötzlich zerrte Stewart Shannon an ihren Beinen von meinem Bett. „Nimm das zurück."

Auf dem Weg nach unten packte ich meine Freundin an den Armen und wir spielten eine Partie Tauziehen mit ihrem schlaksigen Körper, wobei wir drei wie die Deppen kicherten, die wir waren.

„Stew", sagte ich. „Ich bin mir nicht sicher, ob du auf Polygamie stehst, aber wenn du Shannon heiratest, kann ich dann so etwas wie eine Schwester-Ehefrau sein oder so?"

Stewart fuhr sich mit einer Hand durch seine Helmfrisur und sein Mundwinkel bog sich zu einem schiefen Grinsen. „Ich schätze, ich könnte ab und zu siebenundvierzig Sekunden für dich erübrigen."

„Das ist alles, worum ich bitte", seufzte ich und fächelte mir im Affekt zu.

„Hör auf, meinen Freund zu ärgern." Shannon streckte ihr Bein aus und trat mir in den Oberschenkel. „Du machst einen Großkopf aus ihm. Ich meine, sieh sie dir an, Stew. Sam ist viel zu heiß für dich."

„Das bist du auch", erwiderte er. „Aber ich habe dich mit meinen Superkräften angelockt."

„Stimmt, aber wir sind Helden in der Comicwelt. Sam hier, sie ist eine aus dem echten Leben. Außerdem ist sie nur einem Mann verbunden. Und meine Wette ist, dass er heute auf der Bühne rumhängen wird, während sein Bruder auftritt. Wenn alles wie geplant läuft, wird meine kleine Schwester-Frau hier heute Abend ein paar ernstzunehmende Markenprodukte abbekommen."

Meine Augen weiteten sich. Sicher, ich wusste, dass es gut möglich war, dass Keith heute auf dem Konzert sein würde, aber es war das erste Mal, dass mir klar wurde, dass Shannon etwas Verruchtes plante. Auf meine Bitte hin sprachen wir nie über Keith. Sie hatte ihn in den ersten Tagen oft erwähnt, aber es hatte mich nur traurig gemacht, über ihn zu reden, also hatte ich das Thema vollständig vermieden, bis sie eines Tages mit dem Fragen aufgehört hatte.

„Wehe, du denkst darüber nach, etwas zu tun, um seine Aufmerksamkeit zu erregen."

„Ich? Nein. Das ist dein Job."

„Er erinnert sich wahrscheinlich nicht einmal an mich."

Shannon rollte mit den Augen, da sie genau wie ich wusste, dass diese Aussage falsch war. Er hatte mich auf keinen Fall vergessen. Wir hatten etwas Besonderes gehabt – etwas, das ich mit keinem anderen Mann, mit dem ich je zusammen gewesen war, hatte wiederholen können. Warum wehrte ich mich also in dieser Angelegenheit gegen Shannon? Wenn sie eine Möglichkeit hatte, mich meiner ehemaligen Flamme näher zu bringen, sollte ich die Gelegenheit ergreifen. Doch aus irgendeinem Grund machte mir Keith jetzt Angst. Die Möglichkeit einer Zurückweisung hing schwer in der Luft und nachdem ich Prestons Verkündung ertragen hatte, war mein Vertrauen in Männer abrupt gesunken.

„Oh, bitte", spottete Shannon. „Du bist ein Gruß aus der Vergangenheit. Er wird auf keinen Fall ‚nein' zu einem Besuch von dir sagen."

„Es sei denn, er ist verheiratet und hat Kinder."

„Wer heiratet schon mit vierundzwanzig?"

„Viele Leute, Shan. Nicht jeder muss auf einen *Star-Wars*-Filmstart warten, um sich zu verloben und zu heiraten."

„Ja, aber wenn du mich fragst, ist er zu jung, vor allem um Kinder zu haben."

„Offensichtlich hast du noch nie *Teen Mom* geschaut", schlussfolgerte ich.

„Also, was ist eigentlich mit diesem Keith los? Ich meine abgesehen von der Tatsache, dass er der Bruder von Jake McKallister ist?", fragte Stewart. „Ich habe gedacht, er wäre nur irgendeine High-School-Liebe."

„War er auch."

„Ja, aber sie haben sich nie getrennt", erklärte Shannon. „Keiner von beiden hat je einen Schlussstrich gezogen."

Überrascht von ihrer Sicht der Dinge, drehte ich meinen Kopf in ihre Richtung. Nachdem ich weggezogen war, hatte Shannon versucht, mich über Jake und Keith auf dem Laufenden zu halten, aber ich hatte sie abgewiesen. In meinem Kopf bedeutete ein sauberer Bruch, dass ich mich von den McKallisters und dem Herzschmerz unserer plötzlichen Trennung distanzierte. Nicht, dass das so einfach gewesen wäre, als Jake explosiv in die Musikszene eingedrungen war. Plötzlich war Keiths Nachname überall gewesen, was die Erinnerung an ihn schwer zu ignorieren gemacht hatte. Weder hatte man ein Radio einschalten können, ohne dass einer von Jakes Songs aus den Lautsprechern geschallt war, noch hatte man irgendwo im Landkreis einen öffentlichen Ort betreten können, ohne eine Diskussion über die McKallister-Familie zu hören. Sie waren in dieser Gegend legendär und ihre Berühmtheit zu ignorieren kam nicht in Frage.

Jetzt fragte ich mich, ob es ein Fehler gewesen war, jegliche Erwähnung von ihm zu verbieten. Shannon hatte recht. Wir hatten nie einen Schlussstrich gezogen. Könnte das der Grund sein, warum es mir so schwer fiel, mich auf Liebe einzulassen? Vielleicht würde es gut sein, Keith zu sehen.

„Was hat euch denn getrennt?", fragte Stewart und schlug gegen die Ketten, die von meinem Deckenventilator herunterhingen. Sein Kopf war nur knapp unter den Rotorblättern.

„Ein Serienmörder."

Er hörte auf, auf die Ketten zu klopfen, um mich direkt anzusprechen. „So ein Klischee, Sam. Wenn ich für jedes Mal, wenn ich diese Ausrede höre, einen Dollar bekäme ..."

„Oh, Entschuldigung." Ich lachte. „Ich wollte dich nicht mit meiner Allerweltsgeschichte von junger Liebe, die tragisch schiefgegangen ist, langweilen."

Er grinste, interessiert genug, um nach mehr Informationen zu drängen. „Nachdem Jake verschwunden war, hast du Keith nie wieder gesehen?"

„Nur einmal am Strand, am Tag bevor ich weggegangen bin. Es war unangenehm. Jake war in der Woche zuvor geflohen und Keith hatte Mühe, alles zusammenzuhalten. Wir haben geredet, aber nicht sehr ausführlich. Ich habe ihm geholfen, Dinge am Strand für Jake zu sammeln, und dann sind wir getrennter Wege gegangen. Ich habe ihn danach nie wieder gesehen."

„Wie schon gesagt ..." Shannon nickte. „Unvollendete Angelegenheiten."

„*Meine* Angelegenheiten, Shan, also keine Kuppelei und du wirst mich auf gar keinen Fall hinter die Bühne zerren."

„Oh, bitte. Sehe ich aus wie die Art von Mädchen, die hinter die Bühne gerufen wird? Ich bin ein Tribünen-Mädel durch und durch. Jetzt hör mal zu, Küken, mein Plan ist einfach – wir bringen dich nah genug an die Action heran, damit du wenigstens einen Blick auf den Kerl werfen kannst, den dein siebzehnjähriges Mega-Schlampen-Selbst in der Kabine seines Pick-ups gevögelt hat."

Ich gaffte angesichts ihrer Beleidigung, ehe wir beide kicherten. Ich konnte ihre Behauptung nicht widerlegen. Ich war ein geiles Schulmädchen gewesen, das stand verdammt nochmal fest. Keith hatte mich wie kein anderer auf Touren gebracht und bis heute erinnerte ich mich an jeden Finger, den er strategisch auf meinem bebenden Körper platziert hatte. Im Surfmobil hatte es keinen Siebenundvierzig-Sekunden-Sex gegeben, oh nein.

„Du hattest als Minderjährige Sex in seinem Pick-up?", tadelte

Stewart. „Und du schnauzt uns an, weil wir es im Missionarsstil in einem bequemen Doppelbett treiben? Heuchlerin."

Shannon gab ihm einen Klaps. „Wir können froh sein, dass wir es überhaupt tun. Sam hier hat Optionen und mit etwas Glück kann sie sie heute Abend mit dem Bruder des Rockstars nutzen."

Ich würde lügen, wenn ich behaupten würde, dass ich nicht ein wenig neugierig auf den erwachsenen Keith war. Sicherlich erwartete ich nicht, dass er ein urbaner Berufstätiger oder so etwas geworden war, aber ich hoffte, dass er sich nach der Tragödie zusammengerissen und ein anständiges Leben für sich selbst hatte aufbauen können. Über die Jahre hatte ich viel darüber nachgedacht, wie er mich verlassen hatte, und war zu dem Schluss gekommen, dass er es nicht getan hatte, um mich zu verletzen. Keiner weiß, wie er in einer Tragödie reagieren wird. Manche suchen den Trost der Menge, während andere wie Keith – und wie ich – innerlich zusammenbrachen. Ich wusste, was es bedeutete, zu implodieren. Und ich verstand, was es brauchte, um aufzusteigen. Meine Hoffnung bestand darin, dass Keith diesen Unterschied ebenfalls begriffen hatte.

Vielleicht waren es all die unbeantworteten Fragen, die ihn im Vordergrund meines Denkens hielten. Was, wenn er immer noch ein Süchtiger war und obdachlos durch Straßen irrte? Was, wenn er alles auf die Reihe gebracht hatte, inklusive einer schönen Frau an seiner Seite? Was, wenn – Gott, was, wenn er Single wäre?

„Gut, ich spiele mit", schnaubte ich und tat so, als ob ich mich nicht auf Shannons Plan einlassen würde, obwohl ich in Wirklichkeit für alles war, was mich meiner verlorenen Liebe einen Schritt näher brachte. In Wahrheit war ich weder über ihn hinweggekommen, noch war ich in der Lage gewesen, die Leidenschaft und Aufregung, die er in mein Leben gebracht hatte, zu wiederholen. „Aber bring mich nicht in Verlegenheit. Keine Kuhglocken. Verstanden?"

„Entspann dich. Ich habe schon nachgesehen. Sie sind nicht erlaubt."

„Warte, warum denkst du überhaupt, dass es eine gute Sache wäre, sie zu einem Konzert mitzubringen?"

Sie zuckte mit den Schultern. „Ich habe gedacht, sie würden seine Aufmerksamkeit erregen."

„Ah ja", grinste Stewart. „Kuhglocken sind in jedermanns Ohren *Muh*sik."

„Oh, nein." Ich wedelte mit der Hand in sein Gesicht. „Du kennst die Regeln. Keine Wortspiele vor dem Mittag."

„Ist das tatsächlich so?", fragte er. „Ich hab gedacht, du machst einen Scherz."

„Nach dem Wortspiel, das ihr beide letzten Monat in unserer Nachrichtengruppe hattet, als Stew im Flugzeug gesessen ist, ja, ich habe es zu den Hausregeln hinzugefügt. Das ist kein Scherz. Schau auf der Tafel nach."

„Weißt du was, Sam", erwiderte er. „Du hast eine Menge Gepäck aufzugeben."

„Stimmt's?", meldete sich Shannon zu Wort. „Sie ist so flugunfähig."

„Das stimmt", nickte er. „Lähmt einem die Flügel!"

„Raus!", quiekte ich und drückte mir das Kissen wieder über die Ohren. Man konnte nur eine gewisse Menge ertragen.

Shannons zielstrebiger Plan, uns direkt vor die Bühne zu bringen, war ehrgeizig gewesen. Wir hatten es bis auf etwa fünfzig Meter heran geschafft, bevor die Körper eine dichte Verteidigungslinie bildeten, die uns an jeder weiteren Bewegung hinderte. Da wir keine andere Wahl hatten, blieben wir, wo wir standen.

„Sam?" Shannon griff nach meinem Oberteil. „Schau! Ist er das?"

Ich machte mir dieses Mal nicht einmal die Mühe, ihrem Finger zu folgen, denn derselbe Satz wurde nun schon mindestens ein Dutzend Mal wiederholt. Shannon hatte die Menschenmassen seit der Minute unserer Ankunft überblickt, überzeugt davon, dass sie Keith in dem Gedränge der Körper finden würde, und obwohl ich vor unserer Ankunft auf dem Jahrmarktgelände diese Hoffnung gehegt hatte, hatte ich, sobald ich die Menschenmassen gesehen hatte, gewusst, dass es keine Möglichkeit gab, dass er und ich wieder zusammenkommen würden.

„Dort drüben in der Nähe der Bühne. Ich bin mir ziemlich sicher, dass er das ist."

Ihre steigende Aufregung zog meine Aufmerksamkeit auf sich und die Neugierde gewann die Oberhand über mich. Ich warf einen Blick in die Richtung, in die sie wies. Zuerst sah ich nicht, was sie sah, doch dann geriet ein braunhaariger Kerl ins Blickfeld und obwohl ich ihn nicht deutlich sehen konnte, genau wie am Strand sechs Jahre zuvor, wusste ich, dass er es war. Die Art, wie sich sein Körper mit sehniger Präzision bewegte, war das verräterische Zeichen, dass ich meine ehemalige Flamme ansah. Ich erinnerte mich an die Art, wie er sich in meiner Umarmung geregt hatte, wie meine Nägel seinen Rücken hinaufgefahren waren und wie seine Lippen federleichte Küsse auf meine Haut gepresst hatten. Ich hatte ihn sehr gut gekannt und das war etwas, das ich niemals vergessen konnte.

Ich schluckte schwer und konnte nur zustimmend nicken.

„Geh zu ihm hin", drängte Shannon und schob mich vorwärts.

Ich stemmte meine Fersen in den Boden und unterdrückte einen Schauder. „Nein, ich kann nicht."

„Klar kannst du das."

Dieses Mal begegnete ich ihrem Blick und forderte ihre Kooperation. Dies war kein Spiel. Nicht für mich. „Nein!"

„Gut." Sie seufzte. „Du lässt mir keine Wahl. Stew? Auf deine Knie."

„Hä?", erwiderte er verblüfft, doch keine von uns schenkte ihm Beachtung.

„Das würdest du nicht wagen." Ich starrte sie an, als ich zwischen meine beste Freundin und ihren Lebensgefährten trat.

„Schau zu!", forderte sie, bevor sie sich an ihren Mann wandte. „Stew!"

Dieses Mal ging Stewart gehorsam auf die Knie und ermöglichte es Shannon, sich auf seine Schultern zu setzen.

„Was genau tun wir hier?", fragte er.

„Wir holen uns Samanthas Fickkumpel zurück."

KAPITEL SECHSUNDZWANZIG

Keith
    Das gekünstelte Wiedersehen

Das Geräusch des Roadies, der von der Seite der Bühne purzelte, erregte unsere Aufmerksamkeit. Lassen und ich waren gerade auf dem Weg zum Familienbereich des Stadions, als sein Körper kopfüber purzelte und in einem Klumpen neben unseren Füßen landete.

„Alter!" Ich sprang zu Hilfe, doch er war blitzschnell wieder auf den Beinen.

„Mir geht's gut. Das passiert mir ständig", sagte er, staubte sich ab und eilte davon, um sich seiner Crew wieder anzuschließen. Ein Problem mit dem Soundsystem hatte den Beginn des Benefizkonzerts verzögert, das Jake aufführen wollte, und die Crew war in Aufruhr. Die Stimmung war so aufgeheizt, dass Lassen eine Flucht vorschlug, und ich nahm ihn beim Wort. Der Stress war jetzt Kyles Problem, obwohl ich fairerweise bezweifelte, dass mein kleiner Bruder viel mehr tat, als Jake den ganzen Tag wie ein Hündchen hinterherzulaufen.

„Slinky ist einer von den Neuen", verkündete Lassen ruppig. „Ich kann nicht genau sagen, woran er leidet, aber ich bin mir sicher, dass es schwer auszusprechen ist."

Ich stieß ein amüsiertes Glucksen aus. So war Lassen – hatte nie etwas Nettes über jemanden zu sagen. Wenn man mir vor einem Jahr gesagt hätte, dass ich mich mal mit so einem Typen abgeben würde, hätte ich die Person verhöhnt, doch die Zeiten hatten sich geändert und der alte Miesepeter war unerwartet zu meinem Freund geworden. Jake hatte recht gehabt, was Lassen anging. Er war loyal zu denen, die er für würdig hielt, und irgendwie hatte ich es geschafft.

„Und trotz seiner offensichtlichen Probleme", sagte ich, „ist der menschliche Slinky eine Verbesserung gegenüber mir."

„Wie kommst du darauf?"

„Na ja, er hat sich noch nicht selbst aus dem Job rausgeworfen."

Lassen grunzte. „Das ist wohl wahr, aber dein Beitrag zur Tour wird ewig weiterleben."

„Ach, ja? Sag mir, was ist noch mal mein Beitrag?"

„Du hast Jake mit seinen Yogis bekannt gemacht."

Ich warf lachend den Kopf in den Nacken. „Oh, Scheiße. Ja, das habe ich. Hat er immer noch einen stetig ein- und ausgehenden Strom von ihnen?"

„Es hat sich eingependelt. Eine Zeit lang konnte man die Syphilis förmlich riechen."

Sein trockener Humor ließ mich auflachen. Das Bild des armen Lassen vor meinem inneren Auge, wie er in seinen Campingstuhl vor dem Tourbus verbannt war, während Jake eine Schar schöner Frauen unterhielt, reichte aus, um mich zum Lachen zu bringen.

„Wenn du deinem Bruder sagst, dass ich das gesagt habe ..." Er schüttelte seine Tüte mit Sonnenblumenkernen. „Dann schneide ich dir die Versorgung ab."

In meinen Händen rasselte ich mit einer identischen Tüte mit

Samen. Es war wie unser ehemaliger Händedruck. Nachdem ich vor fast acht Monaten die Reha abgeschlossen hatte, hatte sich Lassen für mich stark gemacht und hatte die Rolle als mein Mentor bei den Anonymen Alkoholikern übernommen. Zu seinen Aufgaben gehörte es, mich ständig mit Sonnenblumenkernen zu versorgen, sein bewährtes Mittel, um einen Rückfall zu verhindern. Und obwohl ich selbst nie ein Fan von Sonnenblumenkernen gewesen war, war der Kerl seit zehn Jahren nüchtern, wer war ich also, seine Methoden in Frage zu stellen? Schon bald trug ich meinen eigenen Notvorrat mit mir herum, wohin ich auch ging.

Nicht, dass ich ihn wirklich gebraucht hätte. Nach einem harten Jahrzehnt der Selbstzerstörung hatte ich endlich meinen Frieden mit den Unsicherheiten geschlossen, die mich geplagt hatten, und war nun bereit für alles, was auf mich zukam. Es war auch nicht nur die Euphorie nach der Reha. Drogen waren meine Vergangenheit, nicht meine Zukunft. Ich war so überzeugt, dass nicht einmal der vertraute Geruch von Gras, der durch das Stadion wehte, genug war, um meine Sinne zu verführen. Ich konnte es mir nicht leisten, noch mehr Gehirnzellen an dieses Zeug zu verschwenden.

Und mit diesem Gedanken im Hinterkopf hatte ich die wenigen Gehirnzellen, die mir noch blieben, genutzt, um meinen High-School-Abschluss zu machen. Das war ein großer Meilenstein für mich, der den Beginn eines neuen Kapitels in meinem Leben signalisiert hatte. Weitere Meilensteine waren gefolgt – ich hatte mich am Junior College eingeschrieben. Ich hatte einen Job in einem Handyladen bekommen und war schnell zum Manager aufgestiegen – nicht, dass das eine große Leistung gewesen wäre, wenn man bedenkt, dass die Entscheidung zwischen mir und einem schmierigen Typen mit einer wirklich schlechten Angewohnheit am Arbeitsplatz gelegen hatte. Ich meine, nur weil dein Finger in deine Nase passt, heißt das nicht, dass du ihn dort hineinstecken solltest.

Alles diente der Vorbereitung auf eine Zukunft, die für mich zum Greifen nah war. Wenn alles wie geplant lief, würden Jake und ich in ein paar Monaten die stolzen Besitzer eines Surf- und Skateshops sein. Seit wir Kinder waren, war das unser Traum gewesen ... na ja, das und Jakes kleine Fantasie, ein Rockstar zu werden. Und jetzt, wo ich in guter Verfassung war, Betriebswirtschafts-Kurse belegte, um meine Ausbildung zu erweitern, und Jake den Kapitalüberschuss besaß, um ihn zu finanzieren, war unsere Vision in Reichweite. Endlich war ich auf dem Weg, jemand zu werden, auf den ich stolz sein konnte.

„KEITH! KEITH MCKALLISTER!"

Ich spuckte die Sonnenblumenkerne aus und sah mich um. Alles, was ich sehen konnte, waren Horden von Feiernden, die sich ins Freiluftstadion des Jahrmarktgeländes drängten. Nachdem Jake zugestimmt hatte, bei dem Benefizkonzert aufzutreten, waren die Karten für die Veranstaltung innerhalb von Minuten ausverkauft gewesen und die Aufregung in der Stadt war spürbar. Es war eine Chance, den Jungen aus ihrer Heimatstadt auftreten zu sehen, und da sein Ruhm im letzten Jahr nur noch gestiegen war, war dies ein besonderes Ereignis in der Gemeinde.

Mein Name war zu einem Sprechgesang geworden.

„Wer zum Teufel ruft mich denn?", fragte ich. „Buchstäblich jeder, den ich kenne, ist gerade hinter der Bühne."

„Hab ein bisschen Vertrauen in dich. Ich bin mir sicher, dass es da draußen eine Baby-Mama gibt, die du vergessen hast."

„Sagt der Typ mit zwölf Kindern von drei Frauen."

„Sechs Kindern."

„Interessant, dass du mich nicht korrigiert hast, was die Anzahl der Frauen angeht. Ehrlich gesagt, Lassen, ich weiß nicht, wie du das tust. Ich sehe dich an und denke: ‚Das ist aber ein ekliger Typ.'"

„Ha." Wie üblich war Lassens Vergnügen von kurzer Dauer. Wie diese Leute, die immer dreimal niesen mussten, lachte Lassen nur einmal. „Bitte, Keith, du bist zu nett."

„Und ich spreche nicht einmal von deinen Rettungsringen. Du hast ein Dichtungsproblem. Im Ernst, Mann, du musst es überprüfen lassen. Wenn du Knoblauch isst, quillt er aus deinen Poren. Ich habe dich immer bis in meine Koje riechen können. Ich schwöre, du bist das Einzige, was zwischen Jake und einem Rudel blutsaugender Yogi-Vampire steht. Und was soll das mit den Krümeln in deinem Bart? Komm mir nicht mit dem Schwachsinn, dass du dann etwas zu essen hast, wenn du hungrig bist, denn ich kenne dich, Lassen, und du verpasst NIEMALS die Snackzeit."

Er spuckte einen Mund voll Körner auf den Boden und schürzte seine Oberlippe, was das einzige Anzeichen dafür war, dass er mein Urteil über ihn noch immer amüsant fand, und wie immer blieb das Rätsel seiner tierischen Anziehungskraft ungelöst.

Mein Name hallte weiterhin durch die Tribünen und obwohl ich annahm, dass es sich um einen ehemaligen Seitensprung handelte, für den ich keine Verwendung hatte, übermannte mich die Neugier. Ich kletterte auf die zweite Querlatte der Umzäunung, die die Bühne umgab und schaute über das Meer von Gesichtern hinaus. Das Geschrei wurde lauter und intensiver, als ich meine Augen mit meiner Hand beschattete und dem Klang meines Namens folgte. Mein Blick blieb an einer Frau hängen, die alle anderen im Stadion um Längen überragte. Ich übertreibe hier nicht, wenn ich sage, dass sie gut drei Meter groß war.

„Was zum Teufel?" Stand die Frau auf Stelzen? Wusste sie nicht, dass es keinen perfekteren Weg gab, um bei einem Rockkonzert in den Arsch getreten zu werden?

Der Wind frischte in diesem Moment auf und in diesem Moment bemerkte ich die leuchtend roten Locken, die im Wind wehten. Diese Farbe. Ich hatte sie bisher nur an einer anderen Person gesehen.

Mein Herz schlug ein wenig schneller, als ich auf die dritte Querlatte kletterte, um eine bessere Aussicht zu bekommen. Ich konnte nun sehen, dass die Frau nicht auf Stelzen stand, sondern auf den Schultern eines ebenso großen Mannes saß und obwohl ihr Gesicht durch die Entfernung schwer erkennbar war, konnte ich genug sehen, um zu wissen, dass es niemand anderes war als …

„Shannon O'Malley?", rief ich und meine Stimme übertönte mühelos die Massen.

„Ja!" Ihre freudigen Schreie erfüllten das Stadion, als sie winkte. Shannon hatte eine einfache Art an sich, die mich immer zum Lächeln gebracht hatte, und heute war keine Ausnahme. Aber sie schien nicht in der Stimmung für Nettigkeiten zu sein, denn in der Sekunde, in der sie meine Aufmerksamkeit bekam, lenkte sie sie nach unten. Ich folgte ihren offenen Gesten, doch alles, was ich sehen konnte, waren die Köpfe von tausenden von Menschen, die um sie herum wuselten.

Und dann drang ein Name über das Jahrmarktgelände. „Samantha Anderson!"

Es war fast so, als ob sich die Meere geteilt hätten und plötzlich war sie da, hatte ihr Gesicht in den Händen vergraben, während sich braunes Haar mit goldenen Strähnen um sie herum auffächerte.

„Sam!", schrie ich, ohne überhaupt zu versuchen, ein Maß an Coolness zu bewahren. Es schien nur passend, dass die einzige Frau, die ich jemals geliebt hatte – die, nach der ich mich jahrelang gesehnt hatte –, erst zurückkam, nachdem ich mein Leben endlich wieder in den Griff bekommen hatte. Sam war der Preis – meine Chance, den Fehler zu korrigieren und eine Wunde zu schließen, die ich vor so langer Zeit aufgerissen hatte.

„SAM?", rief ich wie ein kleines Kind und dieses Mal hob sie den Kopf. Ich konnte ihre Augen nicht sehen, aber ich wusste, dass sie mich anstarrte und das war der einzige Ansporn, den ich brauchte. Ich konnte nicht schnell genug zu ihr gelangen.

„WARTE DORT! RÜHR DICH NICHT VOM FLECK! ICH KOMME ZU DIR!"

Dann überblickte ich hastig meine Umgebung. Lassen stand

da und staunte über meinen kleinen Tussi-Moment, während ein Sonnenblumenkern an seiner herunterhängenden Lippe klebte. Es war klar, dass er keine Hilfe sein würde. Meine Augen setzten die Suche fort. Der einzige legitime Weg aus diesem Bereich raus ging hinten herum und dann auf der linken Seite der Bühne hinaus. Doch das würde zu lange dauern und mich noch weiter von ihr wegbringen. Wie Sam mir beigebracht hatte, war der schnellste Weg von Punkt A zu Punkt B eine gerade Linie und ich hatte vor, diese Theorie jetzt zu würdigen.

Ich sprang von meiner Sitzstange, drückte Lassen die Tüte mit den Sonnenblumenkernen in die Hand und rannte im vollen Sprint los. Da ich auf der Tour gearbeitet hatte, wusste ich, dass das Überspringen der Barrikade ein großes Tabu war, und die Wachmänner wurden aktiv, als ich vorbeirannte. Doch ich war zu schnell und zu entschlossen, als dass sie mich hätten aufhalten können. Schimpfwörter jagten mir hinterher, als ich über die Absperrung sprang und in einem Haufen verschwitzter Körper landete. Anstatt meinen Sturz abzufangen, wie es in dem kitschigen Film in meinem Kopf passiert wäre, ließen mich die Statisten – also die Konzertbesucher – einfach in einem Haufen guter Vorsätze zu Boden fallen.

„Hätte es euch umgebracht, mich aufzufangen?", beschwerte ich mich vor der Menge, ehe ich auf meine Füße sprang. Mehrere Knochen in meinem Körper rückten wieder an ihren Platz zurück. Ja, das würde am nächsten Morgen noch spüren.

Ein wütender, stämmiger Kerl kam auf mich zu, bereit und willens, meine romantische Geste zu ruinieren, aber wenn ich eines im Leben gelernt hatte, dann war es, verdammt nochmal vor der Gefahr davonzulaufen. Und mit diesem Gedanken im Hinterkopf schoss ich an dem strategisch platzierten Blocker vorbei und bewegte mich zielstrebig durch die Menschenmassen. Erst als ich bereits dabei war, merkte ich, dass ich mich in einem Labyrinth von Körpern verirrt hatte und die Zirkusnummer, die

Shannon und ihre menschliche Leiter bildeten, nicht mehr sehen konnte.

„SAM!", brüllte ich.

Und dann, wie Musik in meinen Ohren, hörte ich ihre Stimme zum ersten Mal seit jenem Tag am Strand, als ich aus ihrem Leben verschwunden war.

„KEITH!"

Mit neuem Elan duckte ich mich, schob Leute beiseite und huschte durch die wuselnden Grüppchen auf das Mädchen meiner Träume zu. Und ich kam immer näher, bis das Kreischen der Gitarren meine Vorwärtsbewegung stoppte. Die ersten Akkorde von Jakes Song dröhnten durch die Lautsprecher und machten mich so hilflos wie ein Kind, das in einem Labyrinth feststeckte.

„Sam!"

Sie konnte mich nicht mehr hören. Das wusste ich, aber durch das Rufen ihres Namens behielt ich die Trophäe im Auge, während ich mich durch die Menge drängte, die im Takt auf und ab hüpfte. Ich war mir nicht mehr sicher, in welche Richtung ich gehen sollte, doch ich drängte weiter, entschlossen. Irgendwo in diesem Mob war meine Zukunft und ich würde vor nichts Halt machen, um sie zu beginnen.

Und dann plötzlich, hinter einer Meute von Feiernden im Studenten-Alter, war sie da. Ich kam keuchend zum Stehen und traute meinen Augen kaum. Die Zeit blieb für den kürzesten Moment stehen, als ich die Frau vor mir anstarrte. In meiner Erinnerung war sie noch ein Mädchen – jung, verletzlich und mein. Ich konnte immer noch Sam in ihr sehen, doch die Jahre hatten sie verändert. Nicht nur ihre Schönheit ließ mich innehalten, sondern auch ihre selbstsichere und überzeugte Haltung, die mir alles sagte, was ich wissen musste. Im Gegensatz zu mir hatte Sam keine Zeit verschwendet. Das Mädchen, das ich an jenem Tag am Strand sich selbst überlassen hatte, hatte sich dem Leben gestellt und es mit demselben Engagement angegriffen, das sie vor all den Jahren in mich investiert hatte.

Würde sie verzeihen? Würde sie verstehen, dass mein Weg zur Erlösung mich hierher geführt hatte? Oder würde sie meine vergangene Drogensucht gegen mich verwenden? Sam hatte allen Grund, auf mich wütend zu sein. Erst hatte ich sie im Stich gelassen und dann hatte ich nie versucht, sie zu finden. Aber wenn sie den Grund dafür wüsste, würde sie mir dann eine zweite Chance geben? Ich hatte immer vorgehabt, sie wiederzusehen, aber ich musste eine Person sein, die sie wieder in ihrem Leben haben wollte. Und jetzt, wo ich es war, gab es nichts mehr, was uns zurückhalten konnte – solange ihr Herz in all den Jahren ebenfalls für mich geschlagen hatte.

Als wir die Bedeutung unseres Wiedersehens verarbeiteten, waren wir sprachlos. Das einzige Geräusch, das unsere Blase durchdrang, war Shannons aufgeregtes Klatschen. Ich würde sie irgendwann würdigen, aber im Moment war ich ein Rennpferd mit Scheuklappen und Sam war meine Ziellinie. Ich trat einen Schritt vor und schloss die Lücke zwischen uns. Sie schluckte schwer und ihre Wimpern flatterten mit diesem schüchternen Tanz, an den ich mich so gut erinnerte. Und als sie auf ihre Unterlippe biss, wurde ich sofort an das unbeholfene Mädchen aus der Bibliothek erinnert, in das ich mich hoffnungslos verliebt hatte. Sie mochte jetzt eine versierte Frau sein, aber meine Sam – oh ja, sie war immer noch da.

„Sieh dich an", staunte ich und meine gierigen Augen fuhren über jeden Zentimeter von ihr. Falls Sam einen Kerl in ihrem Leben hatte, würde er bestimmt nicht schätzen, was ich dachte, doch das war mir egal. Ich wollte sie und ich war fertig damit, Zeit zu verschwenden.

Ein weiterer Schritt war alles, was ich brauchte, um ihren warmen Atem auf meiner Haut zu spüren. Meine Finger vergruben sich in ihren Haaren, als ich sie am Nacken packte und sie in der Gewissheit unserer Verbindung an mich zog. Als sie ihren Blick hob, suchte sie meine Augen und da sah ich es. Allen Widrigkeiten zum Trotz und nach all der Zeit gab es immer noch Liebe in Sams Augen. Meine Lippen trennten sich. Sie zitterte. Und ich schwebte, wollte den Kuss, widerstand aber nur, weil ich, wenn ich ihn erst mal nahm, nie wieder den zweiten „ersten Kuss" mit ihr haben konnte.

Umgeben von adrenalingeladenem Chaos, fiel die Welt um uns herum weg, während diese kostbaren Sekunden verstrichen. Ihre zitternden Hände umfassten die meinen. Es gab kein Zögern von ihrer Seite. Sie kümmerte sich nicht um die Bedeutung hinter diesem Moment. Sam steckte voller bebender Lust und schwindelerregender Leidenschaft und ich würde alles tun, um dieses Verlangen jeden Tag für den Rest unseres Lebens zu erleben. Sie brachte meine Lippen auf ihre, zuerst zärtlich, doch ich erwachte, als ob ich von einem Stromstoß getroffen würde. Ich umklammerte sie fester, mein Mund presste sich auf den ihren, bewegte sich fester, tiefer und mit der Dringlichkeit, die unsere getrennten Jahre erforderten. Ihre Finger verhedderten sich in meinen Haaren und hielten mich an ihrer heißen Zunge fest. Als sie in meinen Mund glitt, konnten nicht einmal die Mega-Watt-Lautsprecher das unglaublich laute Schlagen unserer wiedervereinten Herzen übertönen.

KAPITEL SIEBENUNDZWANZIG

Samantha
Unsere Wiederentdeckung

Alles fiel in diesem Moment weg, als ob die Zeit rückwärts gerast wäre und wir wieder im Surfmobil sitzen würden, zwei Jugendliche – jung, naiv und verliebt –, die einander zum ersten Mal entdeckten. Es fühlte sich so vertraut und sicher an. Ein wildes Zittern durchfuhr mich und ging direkt zu der Stelle zwischen meinen Beinen, die sich nach seiner Rückkehr sehnte. Oh, mein Gott. Wie konnte ich nur vergessen haben, wie sich Lust anfühlte? Das sehnsüchtige Schwärmen, das wie ein gefräßiger Strudel in meinem Bauch herumschwamm. All die Zeit, die ich damit verschwendet hatte, mir einzureden, dass ich mit anderen Männern etwas empfand, und dabei hatte ich es einfach vergessen. Lust konnte nicht erzwungen werden, sie war einfach da.

Plötzlich machte alles wirklich Sinn. Mein Entschluss war schon lange gefasst. Der Grund, warum ich mich nicht mit anderen Männern verbunden hatte, war nicht, weil ich kalt und herzlos war, wie Preston behauptet hatte, sondern weil mein

Herz bereits einem anderen seine Treue geschworen hatte. Aufgrund von Umständen, die außerhalb unserer Kontrolle gelegen hatten, hatten Keith und ich in eine Pause eingelegt. Erst jetzt, sechs Jahre später, waren wir endlich an einem Punkt angelangt, an dem wir bei unserer Beziehung wieder auf Play drücken konnten.

Ich legte meinen Arm um seinen Nacken, packte seinen Hinterkopf und zog ihn tiefer in den Kuss. Urtümlich, instinktiv und besitzergreifend spielten unsere Zungen um die Vorherrschaft. Ich stöhnte auf, als er seinen Arm um meinen Rücken legte und mich an seinen erhitzten Körper drückte und ich wusste, dass ich ihm überallhin folgen würde, wo er mich hinbringen wollte.

Ich war diejenige, die den Kuss schließlich abbrach, nicht weil ich genug hatte, sondern weil ich ihn sehen, ihn berühren, ihn erleben wollte. Ich klammerte mich noch immer an seinen Körper, lehnte mich zurück, um ihn zu betrachten – alles von ihm. Und was ich sah, sandte die zweite Welle des Verlangens durch mich hindurch. Keith, Gott segne ihn, war immer noch ein Hingucker. Meine Augen glitten über dieses Schwarmgesicht und ich wurde daran erinnert, warum ich mich ihm so eifrig hingegeben hatte. Gutaussehend auf eine unkonventionelle Art und Weise war Keith nicht klassisch schön wie Preston, aber er machte dies mit einem Sexappeal wett, der bis in eine andere Galaxie reichte. Ich zappelte vor Verlangen nach ihm. Wie dumm ich doch gewesen war, als ich gedacht hatte, ich könnte ihn mit anderen Surfer-Typen ersetzen. Es war wie der Versuch, Margarine als Butter auszugeben. Ein Ersatz kann sich niemals mit dem Original messen – und Keith mit all seinem zum Anbeißen guten Aussehen war das verdammte Original.

Ich ließ meine Finger über seine tätowierten Muskeln wandern, die in dem enganliegenden T-Shirt, das sich an allen richtigen Stellen an ihn schmiegte, gut zur Geltung kamen. Ich fühlte mich wie ein Kindergartenkind, das mit den Fingern auf eine lebende, atmende Leinwand malte. Er war nicht mehr der dünne Kerl, an den ich mich erinnerte. Der erwachsene Keith war größer und stämmiger. Die wirren Bartbüschelchen waren durch kurz gestutzte Stoppel ersetzt worden, die in Kombination mit dem gewellten Haar, das er hinter die Ohren gesteckt hatte, geradezu sündhaft aussahen. Ich bemerkte, dass es kürzer war und nur bis zu seinem Kiefer reichte, statt bis zu seinen Schultern.

Er war so vertraut und doch war etwas anders an ihm ... etwas, das ich nicht genau benennen konnte, bis er sich zu mir beugte und seinen Kopf auf meine Schulter legte. Seetang! Warum roch er nicht danach? Und überhaupt, wo waren die verräterischen blonden Strähnen in seiner Mähne? Es war unmöglich, das gebleichte Haar zu vermeiden, das von langen Stunden im Meer herrührte. Konnte es möglich sein? Hatte der Beachboy schlechthin das Surfen aufgegeben?

Keith spürte die Veränderung in meiner Körpersprache, hob seinen Kopf und sah mich fragend an. Sanft fuhr ich mit meinen Händen durch sein Haar, traurig darüber, dass, was auch immer in seinem Leben passiert war, ihn von der einen Sache weggelenkt hatte, die ihm ein Gefühl der Lebendigkeit verliehen hatte. Und als meine Finger über sein hübsches Gesicht glitten, kamen sie an seinem Schlüsselbein zum Stehen, wo meine Achat-Halskette ... nicht hing. Hatte er sie verloren? Oder schlimmer noch, hatte sie ihm so wenig bedeutet, dass er sie in irgendeine Schublade geworfen und vergessen hatte? Ich musste die Anschuldigungen herunterschlucken, die unser Wiedersehen zu trüben drohten. Keith war mir nichts schuldig. Die Halskette war ein Geschenk gewesen und ob er sie trug oder nicht, war seine Entscheidung, nicht meine. Trotzdem fühlte es sich seltsamerweise wie ein Verrat an.

Meine Augen wanderten wieder nach oben und trafen auf die von Keith. Er wusste genau, was ich dachte, und sein Gesichtsausdruck war nichts anderes als entschuldigend. Was auch immer der Grund für ihre Abwesenheit war, ich war mir sicher, dass

Keith von dem Verlust beeinträchtigt war, und das zu erwähnen würde eine düstere Wolke über diesen freudigen Moment werfen.

„Sam, ich …"

„Nicht jetzt", flüsterte ich.

Ich schlang meine Arme um seine Taille und genoss das Gefühl, wie sein Haar meinen Nacken streifte.

Keiths tiefe, reuevolle Stimme summte nur für meine Ohren. „Ich verspreche, es ist nicht so, wie du denkst."

„Das ist mir egal", sagte ich und drückte ihn fester an mich. Und wirklich, es war mir egal. Solange er glücklich war, war das alles, was zählte.

„Ich habe dich so sehr vermisst, Babe", flüsterte er. „Du hast ja keine Ahnung."

Mit Keith waren keine Spielchen nötig und ich fühlte mich frei, es so zu sagen, wie es war. „Ich habe eine gewisse Ahnung."

Er hob mein Kinn an, bis wir uns in die Augen sahen, und schoss eine Salve von Fragen ab. „Wohin bist du gegangen? *Wie* ist es dir ergangen? Bist du glücklich?"

„Ich bin glücklich, aber noch glücklicher, jetzt wo ich mit dir zusammen bin. Und ich bin letztes Jahr zurück in die Stadt gezogen, nachdem ich meinen Abschluss in Meeresbiologie gemacht hatte."

Keiths Augen weiteten sich und er trat einen Schritt zurück. „Du wohnst *hier*? In der Stadt?"

„Das tue ich."

„Wie … wie haben wir uns nicht wiedergefunden?"

„Ich weiß es nicht, ich surfe andauernd an unserem Spot, aber ich habe dich nie gesehen. Ich habe angenommen, du bist weggezogen."

Das Zucken, das über sein Gesicht zog, war nicht zu übersehen. Was war es, das er nicht sagte? „Ich bin stolz auf dich, Sam. Ich wusste, dass du etwas aus dir machen würdest. Du warst immer zu Großem bestimmt."

„Na ja, ich würde nicht sagen, dass es Größe ist. Ich schreibe den ganzen Tag Umweltberichte. Und wenn du dich erinnerst, Keith, warst du derjenige, der mir meine Stärke gezeigt hat. Ohne dich – ohne den Ozean – hätte ich nie den Mut gehabt, meine Träume zu verfolgen. Du hast für mich alles verändert und selbst wenn ich tausend Dankesworte sprechen würde, würde das niemals ausreichen, um dir meine Dankbarkeit angemessen zu vermitteln."

„Das war alles egoistisch, Sam. Ich wollte dich einfach nur in einem Badeanzug sehen."

„Oh, richtig, weil ich damals so ein guter Fang war."

„Du warst das Schönste, was ich je gesehen habe. Das bist du immer noch."

Eine Röte kroch über meine Wangen. „Ich danke dir."

„Nein", flüsterte er in mein Ohr. „Ich danke dir."

„Und was ist mit dir, Keith? Was machst du gerade? Und vor allem, warum riechst du nicht nach Seetang?"

Keith lächelte, eine hohle Geste. Es gab echten Schmerz hinter den Kulissen und ich wollte die Vorhänge zurückziehen und sofort Antworten auf sein Geheimnis bekommen, aber ich bekam das Gefühl, dass das Leben, abgesehen von der Tragödie, die seiner Familie widerfahren war, Keith einige harte Schläge versetzt hatte.

„Ich habe dir so viel zu erzählen. Aber ich kann es nicht hier tun mit der Musik und den Menschenmassen. Ich verspreche dir aber, dass du deine Antworten bekommen wirst. Im Moment will ich dich einfach nur ansehen." Seine Stimme summte eine anzügliche Melodie, während er mit dem Daumen über meine Wange strich. „Gott, Sam, du bist eine Wucht. Wie konnte ich damals in der High-School ein Mädchen wie dich an Land ziehen? Es muss an all den Gebeten zu den Kiffergöttern gelegen haben."

„Ja." Ich lachte und fühlte nichts als Freude, während meine wandernden Hände weiter die verlorene Zeit aufholten. „Das muss es sein."

Ein Wirbelsturm regte sich in meinem Bauch. Ich wollte ihn

unbedingt haben und fragte mich, wie lange wir brauchen würden, um in die Horizontale zu kommen. Meine Vermutung war, bevor die Uhr Mitternacht schlug, und selbst das würde zu lange sein, um den Hunger zu stillen, der knapp unter der Oberfläche aufkam.

Ein hohes Quieken erregte unsere Aufmerksamkeit und wir drehten beide unsere Köpfe im Einklang, nur um Shannon zu finden, die auf der Stelle hüpfte und ein so breites Lächeln im Gesicht hatte, dass es ihr Gesicht in zwei Teile zu spalten drohte. Verdammt, sie war eine gute Freundin. In einer Welt voller Zynismus und weiblicher Eifersucht feierte Shannon meinen Triumph an meiner Seite. Manchmal fragte ich mich, ob sie mehr war, als ich verdiente.

„Shannon!", rief Keith und streckte ihr seinen Arm entgegen. „Komm hier rüber! Gruppenumarmung."

Als hätte sie nur auf die Einladung gewartet, quiekte Shannon und kam mit einer Begeisterung in unsere Umarmung, die normalerweise für die winzigen Organismen unter ihrem Mikroskop reserviert war. Stewart stand an der Seite, ein unbeholfener Statist in unserem Blockbuster-Film.

„Das ist ja wie damals in der High-School", witzelte Stewart.

Keith blickte zu dem einsamen Riesen hinüber, der auf eine Einladung wartete. „Alter, ich habe keine Ahnung, wer du bist, aber ich fühle mich wohltätig, also wenn du eine Umarmung brauchst, dann komm her."

Und dann waren wir zu viert. Ich hatte den deutlichen Eindruck, dass Keith es sofort bereute, als Stewart, überreizt von der Aufnahme, sich als bedürftiger Neuzugang in unserem Vertrauenskreis erwies. Keith war gezwungen, sich körperlich aus Stews liebevoller Umarmung zu lösen.

Nachdem Keith sich losgeschüttelt hatte, streckte er eine Hand aus und stellte sich ordnungsgemäß vor. „Hey, ich bin Keith. Lass mich raten – du bist Shannons Bruder?"

Anstatt den Irrtum höflich zu korrigieren, schnaubte Stewart amüsiert und spielte sogar mit. „Ja, okay, richtig. Ja, sie ist meine Schwester."

Ein Fingerzeig beendete den peinlichen Austausch.

Shannon verpasste ihm einen Klaps und rollte dabei mit den Augen.

„Oder ... äh ... vielleicht auch nicht." Keiths Brauen zogen sich zusammen, als er mir einen fragenden Blick zuwarf. Ich grinste und zuckte mit den Schultern.

„Keith", sagte Shannon. „Das ist mein Freund, Stewart."

„Freund?" Keiths Augen weiteten sich bei dieser unglaublichen Neuigkeit. „Ihr seid nicht verwandt?"

„Nö", antwortete Stewart.

„Bei der Geburt getrennt worden?"

„Nochmals nein."

„Entfernte Cousins?"

„Nada."

Als Keith die genetischen Paarungen ausgegangen waren, zuckte er mit den Schultern und gab auf.

Stew jedoch weigerte sich, es auf sich beruhen zu lassen. „Du bist nicht die erste Person, die unsere Ähnlichkeit bemerkt hat. Tatsächlich wurden Shannon und ich erst letzte Woche mit den Weasley-Geschwistern verwechselt – was übrigens mehr als lächerlich ist, wenn man bedenkt, dass Shannon eindeutig einen Hermine-Umhang getragen hat."

An Keiths Gesichtsausdruck war zu erkennen, dass er nicht viel Zeit in der Zaubererwelt verbracht hatte. Sein ahnungsloser Gesichtsausdruck erinnerte mich an die Zeit, als ich versucht hatte, ihm zu erklären, dass Guerillakrieg tatsächlich nicht bedeutete, dass es einen Aufstand im Zoo gegeben hatte.

„In Ordnung, na ja ... jetzt wo wir das aus dem Weg geräumt haben ..." Keith hielt inne und hob seine Hand. „Wer möchte in den Backstagebereich gehen?"

Keine zehn Minuten später sahen wir vier uns das Konzert von der Seite der Bühne aus an. Keith ließ es einfach aussehen, einen exklusiven Backstage-Zugang zu bekommen. Ein paar Worte hier, ein Klaps auf den Rücken dort und plötzlich bahnten wir uns einen Weg an den knapp bekleideten Frauen vorbei, welche sich um den Seiteneingang drängten und auf die begehrte Einladung hofften, die sie ihrem musikalischen Idol einen Schritt näher bringen würde.

Ich kuschelte mich an Keiths Seite und es fühlte sich an, als hätte ich ihn nie verlassen. „Das war beeindruckend da hinten. Ich dachte, Backstage-Pässe zu ergattern wäre anspruchsvoller – so, wie dein erstgeborenes Kind abzugeben oder zumindest auf einer Liste zu stehen oder sowas?"

„Du brauchst keine Liste, Sammy, nicht wenn du mich hast."

Keith sprach mit der Zuversicht eines Mannes, der mit den inneren Abläufen des Konzertlebens sehr vertraut war. Als hätte er meine Gedanken gelesen, nickte er und bestätigte, was ich gedacht hatte.

„Ich habe eine Zeit lang für Jake gearbeitet."

Ich neigte meinen Kopf, um ihn besser ansehen zu können, und fragte: „Aber jetzt nicht mehr?"

„Nein." Die kleinste Anspannung seines Körpers strafte sein Selbstbewusstsein Lügen. „Ich habe sozusagen meinen eigenen Räumungsbefehl verfasst."

„Oh-oh", sagte ich, nahm sein Kinn zwischen meine Finger und setzte einen sanften Kuss auf seine Lippen. „Was hast du getan?"

Keith warf einen Blick über seine Schulter und begutachtete die Gegend. „Lass uns einen ruhigen Ort zum Reden suchen."

„Auf einem Rockkonzert?"

„Na ja, okay, ruhig*er*." Er fuhr mit seiner Hand über meinen Arm. „Meinst du, Stewart könnte lange genug aufhören, mich zu umarmen, damit wir uns davonschleichen können?"

Keith hatte nicht übertrieben. Stew konnte seine Hände wirklich nicht bei sich behalten. Es war wieder wie in der High-School – der Streber, der versucht, die Aufmerksamkeit des coolen Jungen zu erregen. Stewart fing an zu stupsen und zu tätscheln und traf sogar die fehlgeleitete Entscheidung, Keiths Schultern zu massieren.

„Es ist, als hätte ihm nie jemand die Regel der maximalen Umarmungszeit beigebracht. Für Jungs sind das strikt eingehaltene drei Sekunden. Alles, was darüber hinausgeht, ist schmerzhaft peinlich."

„Er ist einfach nur aufgeregt. Ich bin sicher, du bist das Coolste, was ihm passiert ist, seit er letztes Jahr auf der Comic Con Pikachu getroffen hat."

Keith gluckste. „Tja, dann sollten wir ihn vielleicht von Jake fernhalten. Er steht nicht so auf den gefühlsduseligen Scheiß."

Nachdem ich Shannon Bescheid gegeben hatte, dass ich heimfinden würde, ging ich Hand in Hand mit Keith weg, während er nach diesem schwer erreichbaren ruhigen Fleckchen suchte. Ich beobachtete ihn aufmerksam, fasziniert von dem Mann, der er geworden war. Anhand der Schnipsel, die er mir gab, wusste ich, dass er eine Geschichte zu erzählen hatte. Wie schlimm diese sein würde, war schwer zu sagen. Obwohl er bestimmt nicht mehr der alberne Junge war, der mich vor all den Jahren verurteilt hatte, weil ich seinen Wortschatz aufpoliert hatte, schien er auch nicht übermäßig beschädigt zu sein.

„Hast du Lust auf ein kleines Versteckspiel?", fragte er und lugte mit dem Kopf um die Ecke, bevor er seine Aufmerksamkeit wieder auf mich richtete.

Verwirrt von der Frage, stolperte ich über meine Worte. „Ähm … ich … ich weiß nicht. Ist das etwas, was du gerne spielst?"

Er lachte. „Ich spiele es gerne, wenn ich Samantha Anderson bei mir habe und einen ruhigen Platz brauche, um mit ihr zu reden. Also, Folgendes wird passieren. Ich werde den Wachmann ablenken und du schlüpfst in die erste Tür auf der rechten Seite."

„Was ist die erste Tür auf der rechten Seite?"

„Sagen wir es mal so. Wenn wir Stew hineinlassen würden, würde er die Möbel bumsen."

Ich keuchte. „Du verlangst hoffentlich nicht, dass ich mich in Jakes Garderobe schleiche!"

„Siehst du, du verstehst das Spiel. Also, sei bereit. Sobald du das Codewort hörst, rennst du zur Tür."

„Was? Nein", flüsterte ich und Panik stieg in mir auf. „Wie lautet das Codewort?"

Mit einem Grinsen antwortete er: „Du wirst es schon wissen, wenn du es hörst."

Bevor ich protestieren konnte, war Keith weg und verschwand um die Kurve. Mit gespitzten Ohren lauschte ich der Diskussion, die er mit dem Wachmann führte, und konnte mir einen Blick nicht verkneifen – schließlich ging es hier um ein Versteckspiel.

„Also, jedenfalls", hörte ich Keith sagen. „Ich zeige dir mal, wo ich mir überlege, ein Tattoo von einem *Schnabeltier* stechen zu lassen."

Das Tier, das mich in meinen Träumen verfolgte, wurde praktisch gebrüllt, was keinen Zweifel daran ließ, dass es sich um das trügerische Codewort handelte, und das setzte mich in Bewegung. Ich schlüpfte gerade in die Garderobe, als ich sah, wie Keith seinen Hintern dem Wachmann entgegenstreckte. „Genau hier auf meiner linken Pobacke."

Eine Minute später kam er mit einem zufriedenen Grinsen im Gesicht durch die Tür geschlendert.

„Der Wachmann war nicht der größte Fan von der Idee."

„Nein", lachte ich. „Ich kann mir nicht vorstellen, dass er das wäre. Komm her."

Keith vergeudete keine Zeit. Nachdem er durch den Raum gesprungen war, fegte er mich praktisch von den Füßen. Sein Enthusiasmus war ansteckend und der Kuss, der folgte, war genauso wild. Unvorhersehbarkeit war schon immer sein Ding gewesen. Obwohl ich seine Spontaneität begrüßte, fühlte es sich ziemlich riskant an, sich in Jake McKallisters Garderobe zu schleichen.

„Was wird dein Bruder davon halten, dass wir hier drin sind?"

„Ähm ... du weißt schon", antwortete er mit einem Schulterzucken.

Nein, wusste ich nicht und jetzt hatte ich einen Fuß auf die Tür gerichtet, bereit, im nächsten Moment zu flüchten. „Na, das klingt nicht gerade vielversprechend."

„Entspann dich, Sam, wir werden hier raus sein, bevor er seinen Auftritt beendet hat. Willst du jetzt meine auf dreißig Minuten gekürzte Lebensgeschichte hören oder nicht?"

Ich lächelte und fuhr mit meiner Hand über sein Gesicht. Sein Humor und sein Charme waren das, was mich in der High-School in ihren Bann gezogen hatten und die mich auch als Erwachsene noch fesselten.

Keith begann seine Geschichte in der Nacht, in der unsere geendet hatte – in der Nacht, in der Jake entführt worden war. Er hatte sich entschieden, den Schmerz zu verdrängen, anstatt ihn mit mir an seiner Seite zu überwinden. Er war reumütig. Es war eine Entscheidung gewesen, die unser beider Leben verändert, aber auch die letzten sechs Jahre seines Lebens unermesslich geprägt hatte. Und obwohl er zögerlich schien, sich auf eine tiefgründige Diskussion über die harten Jahre nach Jakes Rückkehr einzulassen, sprach er frei über seinen Abstieg in die Drogen, die Entzüge, die Behandlungen und die Rückfälle. Ich bekam auch einen Eindruck von seinem Tiefpunkt während der Tournee seines Bruders, der dazu geführt hatte, dass er endlich clean geworden war.

„Ich frage mich oft, wie mein Leben verlaufen wäre, wenn ich in jener Nacht eine andere Entscheidung getroffen hätte. Wäre ich dann weiter vorne oder weiter hinten? Ich denke, vielleicht habe ich das alles durchmachen müssen, um dort zu sein, wo ich heute bin. Selbst wenn Jake und deiner Mutter nichts passiert wäre und wir unsere Leben ganz normal weitergeführt hätten, denke ich, dass ich immer noch einen Weg gefunden hätte, das mit uns irgendwo anders zu vergeigen. Ich meine, falls du dich erinnerst, ich war der König der schlechten Entscheidungen."

„Oh, ja, ich erinnere mich."

Wir beide lächelten bei der Erinnerung an sein unberechenbares Selbst.

„Ich schätze, was ich damit sagen will, ist, dass es nur eine Frage der Zeit war, bis ich etwas Dummes getan hätte – etwas, das uns bis zu einem Punkt ruiniert hätte, an dem keine Versöhnung mehr möglich gewesen wäre."

Ich fragte mich, ob er vielleicht nicht genug an sich glaubte. Der Junge, an den ich mich erinnerte, war entschlossen gewesen, sein Leben neu einzuordnen. Aber ich verstand seine Argumentation. Wir waren damals noch so jung gewesen. Selbst wenn er sich in der Nacht von Jakes Verschwinden für mich entschieden hätte, wären unsere Chancen, die Folgen zu überstehen, gering gewesen.

„Ich weiß, ich habe dir noch nicht viel zu bieten, Sam, aber ich arbeite daran. Als Drogendealer habe ich gelernt, dass ich ein guter Geschäftsmann bin, also konzentriere ich mich darauf."

Nur Keith konnte eine Straftat so spielerisch darstellen. „Vielleicht solltest du bei Vorstellungsgesprächen nicht mit dieser interessanten Tatsache anfangen", stichelte ich.

Er rieb sich nachdenklich die Bartstoppeln. „Ich soll es also aus meinem Lebenslauf streichen? Ist es das, was du meinst?"

„Ja", lachte ich.

„Jedenfalls, ich will nur, dass du weißt, dass ich nicht vorhabe, für immer unbegrenzte SMS-Flatrates zu verkaufen. Jake und ich haben einen Plan. Sobald ich ein paar BWL-Kurse hinter mich gebracht habe, werden wir diesen Surfladen eröffnen, Sam, so wie ich es schon immer geplant habe."

Es war tatsächlich ein Traum, von dem er schon oft gesprochen hatte. Dass er ihn verwirklichen würde, ließ mein Herz anschwellen. „Ich freue mich so für dich."

Er ergriff meine Hände. „Für uns."

„Vielleicht sollten wir uns erneut kennenlernen, bevor du anfängst, unsere Zukunft zu planen."

„Ich brauche keine weitere Zeit, die mir klarmacht, was ich bereits weiß." Keith zog mich in seine Arme und mein Körper verschmolz mit seinem.

„Und was genau weißt du, Keith McKallister?"

Ein plötzlicher Ansturm von Stimmen außerhalb der Garderobe erregte unsere Aufmerksamkeit. Keith und ich tauschten erschrockene Blicke aus, als genau im selben Moment die Tür aufging und ein mit dem Schweiß von einer Stunde und zwanzig Minuten durchnässter Jake eintrat. Wir sprangen auf, er blieb stehen und wir alle sahen aus, als wären wir einem Grizzlybären auf der Lichtung begegnet.

Dreißig Minuten? Ja, ich glaube kaum. Warum hatte ich Keith vertraut, dass er die Zeit genau ablesen konnte, wenn er doch damals in der High-School mit dem Konzept des Uhrzeigersinns zu kämpfen gehabt hatte? Ich schlug ihn auf den Arm.

„Au." Er rieb sich die wunde Stelle. „Wieso schlägst du mich?"

Ich antwortete nicht, denn jetzt hatte ich die wenig beneidenswerte Aufgabe, mich vor seinem Rockstar-Bruder zu rechtfertigen. „Ich kann es erklären. Es ist alles *seine* Schuld." Ich piekte Keith in den Bauch. „Ich habe ihm nein gesagt, aber er wollte nicht zuhören und dann, ehe ich mich versah, hat Keith seinen Hintern gezeigt und da war das Schnabeltier ... es war alles so verwirrend."

Jakes verwunderter Blick ließ mich nur noch schneller sprechen und als ich mit der Entschuldigung fertig war, hob er eine Augenbraue und antwortete: „Ja, ich kann sehen, wo das verwirrend geworden sein könnte."

Keiths amüsiertes Glucksen wurde von den Dolchen, die aus meinen Augen schossen, unterbrochen.

„Was sie damit sagen will, ist, dass sie Samantha Anderson ist, meine Freundin aus der High-School. Du weißt schon, die, von der ich dir erzählt habe?"

Jetzt wirkte Jake interessierter, weniger misstrauisch und sein Blick wurde weicher. „Echt jetzt?"

„Wir haben uns einfach in der Menge gefunden. Alter, sie ist quasi zu meinen Füßen in Ohnmacht gefallen. Es war ein magischer Moment. Sie hat solch ein Glück."

Jake lächelte und zum ersten Mal konnte ich wieder zu Atem kommen.

„Hm", grinste ich. „Ich habe das zwar anders in Erinnerung, aber egal."

„Mach dir keinen Kopf", antwortete Jake. „Ich habe im Laufe der Jahre gelernt, alles, was Keith sagt, durch einen Schwachsinn-Filter laufen zu lassen."

„Ja. Ich habe vergessen, dass es die gibt. Wie auch immer, ich freue mich, dich endlich kennenzulernen, Jake."

„Dich auch, Samantha."

„Eigentlich nennen mich alle nur Sam."

Keith warf seinen Kopf herum und stutzte. „Seit wann?"

„Na ja." Ich hielt inne. „Seit dir."

Ah, Keith war so selbstgefällig und sein Grinsen war fast unwiderstehlich. „Siehst du, Jake, so macht man Eindruck auf ein Mädchen."

„Ja, Jake", fügte ich hilfsbereit hinzu. „Sorge dafür, dass du ihre Bitte, ihren Namen richtig auszusprechen, so oft komplett missachtest, dass das Mädchen schließlich einfach nachgibt."

Jake blickte zwischen uns hin und her. „Warum habe ich das Gefühl, dass ich nicht mehr Teil dieser Unterhaltung bin?"

Er hatte recht. Unser Flirten hatte ihn tatsächlich in den Hintergrund gedrängt.

„Wie auch immer, es steht euch frei ... äh ... zu tun, was auch immer das ist ..." Jake machte eine weit ausholende Geste mit seiner Hand. „Aber ich muss in zwanzig Minuten Autogramme geben, also gehe ich jetzt duschen. War nett, dich kennenzulernen, Sam."

Und ohne zu warten, bis er im Bad war, zog Jake sein durchnässtes T-Shirt aus und warf es auf den Boden. Meine Augen zielten sofort auf seinen nackten Oberkörper, denn dort, um seinen Hals hängend, befand sich der blau-gestreifte Stein meines Großvaters.

KAPITEL ACHTUNDZWANZIG

Keith
Genug

In der Sekunde, in der Jake sein T-Shirt auszog, war ich im vollen Verteidigungsmodus und wedelte mit meiner Hand schnell mit einer verzweifelten, aggressiven Unterlassungsbewegung unter meinem Hals herum. Sams Augen waren so groß wie Seifenblasen, aber sie hielt klugerweise ihren Mund davon ab, aufzuklappen, bis Jake sicher im Bad verschwunden war.

„Ähm ... also ... was das angeht", sagte ich und legte meinen Finger auf meine Lippen, während ich meine Stimme leise hielt.

„Ja", antwortete sie und versuchte ebenfalls einen leisen Ton zu halten, was ihr aber nicht gelang. „Was das angeht. Hättest du mich vielleicht vorher warnen können?"

„Gott, Sam, wo hast du denn flüstern gelernt – in einem Hubschrauber?"

„Entschuldige, wenn ich ein wenig fassungslos bin, den Stein meines Großvaters am Hals eines Rockstars zu sehen."

„Nein. Er hängt am Hals meines Bruders."

Das brachte Sam zum Innehalten und ich nutzte die folgenden Sekunden der himmlischen Stille, um mich zu erklären. „Ich wollte es dir sagen, aber ich hatte nur dreißig Minuten Zeit."

„Versuch es mal mit fünfzehn", antwortete sie, wobei ihre Augen in das Stadium des Rollens übergingen. „Wie ich sehe, haben sich deine Fähigkeiten im mathematischen Denken nicht verbessert."

„Dein Taktgefühl auch nicht."

Sie begegnete meinem Blick und lächelte. Gott, ich hatte fast vergessen, wie sehr ich sie vermisst hatte. Sam ließ mich nie mit irgendetwas davonkommen und es war ihre Kontrolle gewesen, die mich in der High-School hatte ehrlich bleiben lassen – bis ich alles ruiniert hatte. Aber es gab keinen Grund, die Vergangenheit wieder aufzuwärmen, nicht wenn ich meine Zukunft in Reichweite hatte. Ich verringerte den Abstand zwischen uns, packte sie bei der Mitte und begann, ihre so lange unberührte Haut zu kitzeln. Sie kicherte, als sich meine Finger in sie bohrten. Nach einem Moment rücksichtsloser Hingabe schlug Sam meine Hände weg und zupfte ihr T-Shirt wieder zurecht.

„Er ist im Bad", flüsterte sie, *endlich*.

„Babe, wenn er dich während der Apache-Helikopter-Phase unserer Unterhaltung nicht hören hat können, bezweifle ich, dass er ein bisschen unschuldiges Kitzeln hören wird."

Noch mehr Augenrollen. Ich war bereits dabei, ihr unter die Haut zu gehen. „Darf ich mich dafür bedanken, dass du das zwischen deinem Bruder und mir so seltsam gemacht hast? Jake hasst mich jetzt wahrscheinlich."

„Ich würde nicht hassen sagen", grinste ich, jetzt nur, um sie zu ärgern, damit ich weiterhin ihr genervtes Naserümpfen sehen konnte. „Wahrscheinlich mag er dich nur nicht besonders."

„Du findest das lustig, was? Das ist Hausfriedensbruch. Ich kann es mir nicht leisten, verhaftet zu werden, Keith."

„Ich weiß. Was würden bloß die Delfine denken?"

Ein langsames Lächeln umspielte einen ihrer Mundwinkel. "Die Delfine arbeiten in einer anderen Abteilung."

"Siehst du? Nichts ist passiert. Und glaub mir, Jake hasst dich nicht oder hegt dir gegenüber nicht einmal ansatzweise Ablehnung."

"Und *woher* weißt du das?"

"Das ist eine brüderliche Bindung, Sam. Er würde dich nicht hassen, weil er weiß, wie wichtig du mir bist. Und hör auf, dir Sorgen zu machen. Das war Jakes ‚gefällt mir'-Gesicht."

Sam war nicht überzeugt.

Ich griff nach ihrer Hand. "Lass uns von hier verschwinden."

Sie rührte sich nicht.

Ich beäugte sie. "Nimm sie einfach, Sam. Wir wissen beide, dass du mit mir kommst."

"Du bist sehr selbstbewusst für einen Kerl, dem ich immer noch irgendwann in die Eier treten will."

Die angriffslustige Sam war mir am liebsten. Ich streckte meine Hand erneut aus und wedelte ungeduldig herum. Sie seufzte, bevor sie sie ergriff.

"Danke", grinste ich.

"Gern geschehen", sagte sie und hielt dann inne, bevor sie hinzufügte: "... Arschloch."

Wir gingen Hand in Hand, als wäre es die natürlichste Sache der Welt. Die Nähe war einfach da. War es wirklich möglich, dort weiterzumachen, wo wir aufgehört hatten? So wie ich mich jetzt fühlte, war ich mir ziemlich sicher, dass es das war.

"Wohin gehen wir?", fragte sie, als wir den Backstage-Bereich verließen.

"Zu dir nach Hause."

"Zu *mir* nach Hause? Warum können wir nicht zu dir gehen?"

"Weil es bei mir eine Essenspflicht, regelmäßige Duschen und eine Ausgangssperre gibt – aber ich muss erst um elf Uhr abends zu Hause sein, also ist alles gut."

Ihre Augen leuchteten wieder auf. „Du wohnst noch bei deinen Eltern?"

„Nicht noch immer ... ich bin nach dem Entzug wieder eingezogen. Und das mit der Ausgangssperre war ein Scherz."

„Das habe ich verstanden. Was ist mit den Essenszeiten und Duschen?"

„Nein. Meine Mom ist militant, was diesen Scheiß angeht."

Sam schüttelte ihren Kopf und tat so, als würde sie zusammenzucken. „Weißt du, Keith, auf dem Papier siehst du nicht gerade wie ein guter Fang aus."

Ich nickte und lachte. „*Außerhalb* vom Papier bin ich auch nicht gerade ein guter Fang."

Das Gespräch verstummte, als wir uns den Weg über den Parkplatz bahnten. Ich spürte eine Veränderung in ihrem Verhalten und als ich an ihr herunterblickte, bemerkte ich die Tränen, die in ihren Augen glänzten. Jetzt, wo wir uns keine Sticheleien mehr lieferten, hatte Sam die Zeit, über meinen Verrat nachzudenken. Verdammt, eine Erklärung über ihre Halskette hätte als Erstes aus meinem Mund kommen sollen. Ich wusste, dass sie ihr Fehlen bemerkt hatte, als wir uns in der Menge zum ersten Mal geküsst hatten, aber ich hatte sie damit überfallen, als Jake ihr unwissentlich den Beweis gezeigt hatte.

„Geht es dir gut?", fragte ich und küsste sie auf ihren Kopf.

Sams Unterlippe zitterte und sie setzte ein tapferes Gesicht auf, um zu nicken.

Ich hielt ihr die Autotür auf, doch sie stieg nicht ein. Mein Daumen strich über die Tränenspur auf ihrer Wange.

„Hör zu, Sam, lass es mich erklären ..."

„Du hast deinem Bruder den Stein meines Großvaters gegeben?", fragte sie. Anstatt mit Wut erfüllt zu sein, war ihre

Stimme zittrig und von Ungläubigkeit durchdrungen, als ob sie endlich die Schwere meiner Tat begriffen hätte.

„Ich ... es ist kompliziert."

Sam legte ihren Kopf an meine Brust und belohnte mich mit einer warmen, festen Umarmung. Die plötzliche Wendung der Ereignisse verwirrte mich und ich hatte Schwierigkeiten, mitzuhalten.

„Du bist nicht sauer?"

„Nein. Ich weine, weil ich gerührt bin. Ich bin glücklich. Ich bin ... ich weiß nicht, was ich bin. Aber ich denke, was du getan hast, war eine wunderschöne Sache."

Erleichterung durchflutete mich. Als ich sie vor Jahren Jake geschenkt hatte, war ich mir ziemlich sicher gewesen, dass sie es gutheißen würde, da sie dasselbe für ihren Bruder getan hatte. Doch die Halskette war für mich bestimmt gewesen, also war da immer dieser nagende Zweifel gewesen. Meine Hände legten sich um ihre Taille und ich zog sie fest an mich. „Sobald ich deinen Brief gelesen hatte, habe ich die Halskette angelegt. Ich habe sie mit Stolz getragen, wirklich. Und seltsamerweise habe ich ihre Kraft gespürt. Ich schreibe ihr zu, dass sie mir durch den Entzug geholfen hat. Es hat Zeiten gegeben, in denen ich geglaubt habe, dass ich es keine Sekunde mehr ohne eine Dosis schaffen würde, aber dann habe ich den Stein gerieben, so wie du es immer getan hast, und ich schwöre, dass er mir durch die schweren Zeiten geholfen hat. Aber ..."

Eine plötzliche Welle von Emotionen erstickte meine Rede, wenn ich nur an die Zeit dachte, als ich Jake mit einem Baseballschläger in der Hand im Schrank gefunden hatte und wie darauf gewartet hatte, dass der Geist seines Peinigers kommen und ihn erledigen würde. Wie hatte ich nicht alles in meiner Macht Stehende tun können, um meinem kleinen Bruder zu helfen? Und so hatte ich ihm das Letzte, was ich von meinem Mädchen übrig gehabt hatte, geschenkt und ihm einen Haufen Lügen erzählt, um ihn glauben zu lassen, dass die Halskette besondere Kräfte besaß.

„Aber was?", flüsterte sie und ihr Griff an mir wurde fester.

„Aber Jake hat sie mehr gebraucht als ich. Es ist nicht der Stein selbst, der die Kraft hat. Es ist der Glaube daran, der es tut. Du hast geglaubt. Ich habe geglaubt. Ich habe gedacht, Jake würde es vielleicht auch tun."

„Offensichtlich tut er es, wenn er ihn immer noch trägt."

„Ich denke, das tut er. Wir reden nie darüber. Die Sache ist die, Sam. Er weiß nicht, dass er dir gehört hat. Jake hätte ihn nie angenommen, wenn er gewusst hätte, dass er ein Geschenk von dir war. Deshalb habe ich dich vorhin zum Schweigen gebracht."

„Was hast du ihm gesagt, wo er herkommt?"

„Ich habe ihm eine Geschichte erzählt, in der ich völlig high auf einer Klippe war und der Kante immer näher gekommen bin. Ich habe gesagt, dass ich darüber nachgedacht habe, alles zu beenden, bis ich einen silbernen Blitz im Unkraut gesehen habe. Die Sonne hat genau richtig draufgeschienen und er hat wie ein Geschenk des Himmels geleuchtet. Ich habe ihm gesagt, dass ich mich in der Sekunde, in der ich ihn aufgehoben habe, besser gefühlt habe. Stärker. Und sobald ich ihn getragen habe, wusste ich, dass ich in Sicherheit war. Du hättest seine Augen sehen sollen, Sam. Er wollte so sehr glauben. Er hat irgendeine Art von Hoffnung gebraucht, an der er sich festhalten konnte. Also habe ich ihn von meinem Hals genommen und um seinen gehängt. Seitdem trägt er ihn jeden Tag."

Sie nickte und ihre Hand streifte meine Haut. „War es wahr?"

„Ähm ... offensichtlich nicht. Du hast mir die Halskette geschenkt."

„Nein, Keith, die Geschichte von dir an der Kante der Klippe."

Meine Brust zog sich zusammen, als ich wegschaute, weil ich die Wahrheit nicht zugeben wollte. Ich erinnerte mich immer noch an ihre Stimme in meinem Kopf, wie sie mich überzeugt hatte, von der Kante zurückzutreten. Sie hatte mich an diesem Tag gerettet und kein noch so großer physischer Beweis konnte mich vom Gegenteil überzeugen.

„Ja. Dieser Teil war wahr."

Das Entsetzen in ihren Augen entging mir nicht. Sam wusste nur zu gut, was mit Menschen passierte, die an der Schwelle zum Verderben standen. „Und was hat dich dazu gebracht, wegzutreten?"

Ich zeigte auf sie und unsere Blicke verbanden sich auf eine Weise, wie es mir noch nie mit einer Frau vor oder nach ihr passiert war. Die Zeit konnte diese Gefühle nicht auslöschen. Ich liebte sie immer noch mit all der Intensität, die ich gehabt hatte, als ich noch ein verkorkster Teenager gewesen war.

„Du, Sam."

Sie legte ihren Kopf zurück an meine Brust und meine Arme schlangen sich um sie, als wären sie ein Schild im Kampf. Der Wunsch, sie vor den Widrigkeiten des Lebens zu schützen, war angeboren und stärker als jede Verteidigungswaffe, die man sich vorstellen konnte. Diese Frau war lange genug ohne meinen stählernen Schutz durch diese Welt gegangen und jetzt war es Zeit für sie, sich auszuruhen, in dem Wissen, dass ich ihr den Rücken freihielt. Und ihre Vorderseite und jeden anderen Teil von ihr, der beschützt werden musste.

Die Erkenntnis, dass sie sich sicher und geliebt fühlte, zeigte sich in jeder ihrer Handlungen, während sie sich in meiner Umarmung verschanzte – die Küsse an meinem Hals, wie sie mit ihren Händen über meine Arme fuhr, das Summen ihres Glücks, das mein Herz dazu brachte, ein paar Schläge auszusetzen. Sam legte ihren Kopf schief und hatte ihre Augen halb geöffnet, als sich ihre süßen Lippen nach meinen ausstreckten. Ich senkte meinen Kopf und mein Haar fiel zwischen uns herunter. Sam strich es zur Seite und drückte mir flattrige Küsse auf den Kiefer. Ich strich ihr mit einem sanften Kuss über die Wange.

Es war, als wären wir beide in Zeitlupe, in sanfte Sepiaschattierungen getränkt. Es gab keinen Grund zur Eile. Keine Notwendigkeit, uns zu beweisen. Das war der Grund, warum ich für meinen Weg vom Abgrund weg gekämpft hatte ... für sie. Für das hier. Sam hatte mich schon immer besser gemacht. Wenn ich vorher keinen Grund gehabt hatte, die beste Version von mir selbst zu sein, dann hatte ich jetzt einen verdammt guten.

„Keith?", flüsterte sie und ich konnte spüren, wie ein Schauder durch ihren Körper zog.

Ich zog sie an mich und drückte meine erhitzte Haut gegen ihre, um ihr Zittern zu lindern. „Ja?"

„Lass mich dieses Mal genug für dich sein."

Sofort bildete sich ein Kloß in meiner Kehle. Ich hasste es, dass sie sich irgendwie verantwortlich fühlte, obwohl unsere sechsjährige Abwesenheit ganz allein auf mich zurückzuführen war. Ich war derjenige, der sich immer wieder falsch entschieden hatte. Ich war derjenige, der die Distanz zwischen uns geschaffen hatte – derjenige, der nicht dafür gekämpft hatte, die breiter werdende Kluft zu überbrücken. Die Dämonen, mit denen ich gerungen hatte, gehörten mir allein. Sie waren über die Jahre von einer Unsicherheit genährt worden, die sich an mich geklammert hatte wie ein schüchternes Kleinkind. Sam war die einzige Lichtgestalt in einem Leben voller Selbsthass gewesen. Und das hatte ich weggeschmissen.

„Du warst immer genug, Sam."

„Warum hast du mich dann verlassen?"

„Weil *ich* nicht genug war."

KAPITEL NEUNUNDZWANZIG

Samantha
Zu guter Letzt

„Woran denkst du gerade?", fragte Keith, während seine Finger über meine Brüste tänzelten. Vor nur wenigen Momenten hatte er mich mit seiner einhändigen BH-Auszieh-Methode verblüfft und jetzt war ich die Nutznießerin seiner Fähigkeiten mit den Miniaturhaken.

Als ich in sein hübsches Gesicht blickte, musste ich zittern. Oh, ich bezweifelte, dass er wirklich wissen wollte, was ich dachte. *Ich liebe dich.* Diese drei Worte waren typischerweise nicht das, was ein Kerl gleich zu Beginn hören wollte. Wenn das Ziel war, ihn in meinem Leben zu halten, verdammt, ihn in demselben Zustand wie mich zu halten, dann musste ich das hier clever angehen. Cool bleiben. Keine Liebeserklärungen, bis ich ihn in die Enge getrieben und gefangen hatte wie ein liebeskrankes Tier. Erst dann würde ich zuschlagen.

Ich setzte mein sexy Lächeln auf und schob sein Gesicht spielerisch weg. Wenn ich ihm schon nicht meine wahren Gefühle gestehen konnte, so konnte ich ihn wenigstens in einen Rausch der Lust versetzen. Doch Keith drehte den Spieß um, packte meine abweisende Hand und drückte sie aufs Bett.

„Für wen hältst du dich eigentlich?", fragte er mit einem erwartungsvollen Brummen in seiner Stimme. Er war spielerisch, doch da war noch etwas mehr. Keith verhielt sich anders, als ich es in Erinnerung hatte. Er war stärker und kraftvoller. Plötzlich fragte ich mich, ob ich diejenige sein würde, die in der Ecke zitterte.

„Ich bin die Frau, die dich über die Kante mitnehmen wird." Dem gutturalen Laut aus Keiths Kehle nach zu urteilen, war das die richtige Antwort, als er seine Zunge durch das Tal zwischen meinen Brüsten gleiten ließ. Ich keuchte, schlang meine Finger in seine Haare und ließ ihn nicht eher los, bis diese quälende Zunge mich ordentlich geschnippt hatte.

„Was denkst du gerade?", wiederholte er.

„Ich habe gedacht …" Ich hielt inne und stöhnte, als meine eigenen Hände den Spielplatz fanden, der sein stählerner Bauch war, übersät mit Vertiefungen und Erhebungen. Ich erschauderte bei dem Gedanken an diese Muskeln, die im Einklang arbeiteten, um mich in schwärmerische Glückseligkeit zu versetzen. „… dass ich dieses neue Du mag."

Er legte seinen Kopf schief und ein Grinsen huschte über sein Gesicht. „Körper oder Seele?"

„Weniger Gerede, Kumpel. Ich will nur deinen Körper."

Er lachte, beugte sich nun über mich und malte feuchte Kreise über meinen Nippeln. „Ich mag die oberflächliche Samantha."

Mein Atem stockte, als ich mit meinen Fingern ein Stück des Lakens packte und mich seiner Berührung entgegen hob. „Ja", keuchte ich. „Oberflächlich."

Ich packte den Saum seines T-Shirts, zog es hoch und über seinen Kopf, wobei meine Zunge sofort auf seiner nackten Haut war und das erkundete, was mir gleichzeitig vertraut, aber auch unglaublich fremd war. Er hatte mich als Junge verlassen und war als Mann nach Hause gekommen.

Sein Geschmack erregte mich. Seine Haut, obwohl er sie nicht mehr ins salzige Meer tauchte, besaß noch immer einen erdigen Geschmack. Der wurde mit dem Sex gemischt, der aus seinen Poren strömte, und schon war ich auf dem besten Weg, eine Stalkerin zu werden. Ich strich mit meinen Fingernägeln über seinen Bauch, begierig darauf, ihn als mein Eigentum zu markieren.

Während ich mich mit seinem Adonis-artigen Oberkörper beschäftigte, küsste Keith entlang meines Schlüsselbeins hinunter, wobei die sanfte Berührung seiner Lippen über meine Haut flatterte, als würde er auf einer Leinwand malen. Hitze stieg in mir auf und ich zog ihn mit einer Kraft auf mich herunter, die uns beide überraschte. Atemlos vor Verlangen sprach ich jedes Wort mit einer Dringlichkeit aus. „Ich brauche dich."

Keith keuchte an meinem Hals, als sich mein Körper für ihn öffnete. Ich wusste, dass er sich gut anfühlen würde. Ich erinnerte mich an das Gefühl, als er tief in mir gewesen war und mich bis an meine Grenzen getrieben hatte. Das war immer Keith gewesen, mein Surferboy, der mich an Orte gebracht hatte, an die ich nie zuvor gegangen war. Er hat mich geknackt, Körper und Seele. Dann, als ich verletzlich und angreifbar dagelegen hatte, hatte er mich wieder zusammengesetzt, Stück für Stück, bis ich stärker und mutiger gewesen war als zuvor. Alles, was ich heute war und wie weit ich gekommen war, trug seine Handschrift.

„Gott, Sam. Ich kann nicht glauben, dass wir wieder zusammen sind", sagte er und stieß die Worte mit einer Ekstase aus, die sie unterstrich. Er wollte mich genauso sehr, wie ich ihn wollte. Es war eine mächtige Verbindung, eine, die uns über die Jahre hinweg gefesselt hatte. Ich konnte mir nicht vorstellen, jemals einen anderen Mann so zu wollen, wie ich Keith wollte. Es war mehr als nur das Körperliche. Wir wurden durch etwas Stärkeres verbunden.

„Ich war nie weg. Es warst immer du", sprach ich leise in sein

Ohr, während ich meine Beine um seine Taille schlang, um ihn wissen zu lassen, dass ich hier und begierig war. Gott, wie sehr ich mich immer noch nach ihm sehnte, nach jedem harten Zentimeter.

Das Gewicht seines Körpers drückte mich flach auf die Matratze und ich konnte seine Kraft spüren, die einen Schauder der Wärme und Feuchte durch mich pulsieren ließ. Ich hielt mich an seinem Rücken fest und staunte über die Veränderungen, die sein Körper durchgemacht hatte, seit wir das letzte Mal intim gewesen waren. Keith war nicht nur am Rücken und an seinen Schultern breiter geworden, sondern auch größer. Wo wir einst fast gleich groß gewesen waren, überragte er mich jetzt um einige Zentimeter. Und diese breiten Schultern verjüngten sich nach unten zu einer schlanken Taille hin. Er war Keith, ja, aber das hier war das aufgerüstete Modell. Ich konnte mir nur vorstellen, wie viele Frauen so unter ihm gelegen hatten, wie ich es jetzt tat. Hatte ihm irgendeine von ihnen etwas bedeutet?

Ich keuchte, als er in mich eindrang, die Erregung durchströmte mein Innerstes und strahlte bis in meine Extremitäten aus, als er mich ausfüllte. Ich pulsierte in seinem Rhythmus und bewegte mich mit ihm, wir beide in perfekter Harmonie. Er schwoll in mir an und ich schrie auf, ohne mich um das gespannte Publikum zu kümmern, von dem ich sicher war, dass es sich auf der anderen Seite der Wand befand. Ich war in meinen Gedanken ganz woanders, an dem Ort, an den nur Keith mich bringen konnte, und es war mir egal, wer es wusste. Ich brauchte einfach nur mehr von ihm.

Ich wölbte meinen Rücken und begegnete seiner Heftigkeit und wir beide grunzten und stöhnten, als ob wir brünstige Tiere in der Wildnis wären. Er pumpte schneller, grub seine Finger in meine Hüften und der Schmerz mischte sich mit jedem harten Stoß in die Lust. Er erreichte Stellen in mir, die lange vernachlässigt worden waren, und mein Innerstes pulsierte, als er sich der Erlösung näherte. Meine zittrigen Atemzüge kombinierten sich mit seinem kehligen Grunzen. Wir waren beide in ein anderes Reich übergetreten, in dem die Lust regierte.

„Oh Gott", stöhnte ich und überraschte mich selbst mit der Geschwindigkeit, mit der ich die Kontrolle verlor. Keith ließ eine Hand von meiner Hüfte los und schob sie hinunter zu der Stelle, an der unsere Körper zu einem verschmolzen. Mein Körper zog sich zusammen und pulsierte vor Vorfreude. Keith hatte mich bereits so weit gebracht. Ich war bereit, dass er mich an einen anderen Ort brachte. Seine Berührung war kaum mehr als ein Flüstern. Nein. Ich brauchte mehr. Ich krümmte mich in ihn hinein und mein Körper verlangte nach mehr. Seine Finger neckten mich, nicht genug, um mich kommen zu lassen, aber genug, um mich am Rande der Ekstase zu halten. Keith grunzte laut und wild und zog sich heraus.

„Sam." Seine Stimme war heiser und doch rasend in ihrem Bedürfnis.

Ich griff nach seinem Arsch und flehte ihn an, wieder zu mir zurück zu kommen – mir den Rest zu geben. Jeder Nerv in meinem Körper war in höchster Alarmbereitschaft, bebend mit dem Versprechen dessen, was kommen würde. Er stieß wieder in mich hinein, mit seiner ganzen Länge, und im gleichen Moment drückte sein Daumen tiefer auf meine Mitte. Ich erschauderte, meine Zehen krümmten sich und mein Kopf flog nach hinten und dann explodierte ich vor dem Hintergrund seines unerbittlichen Vorantreibens in Wellen der Euphorie. Keith brachte meine Schreie mit seinem Mund zum Schweigen und ich stieß meine Zunge tief in ihn hinein, während ich weiterhin auf der Welle der Verzückung ritt. Und dann hielt er inne, jeder Muskel in seinem Körper spannte sich in den Sekunden an, ehe er erschauderte und stöhnte. Ich schlang meine Arme um ihn und genoss diesen Moment mit ihm. Dies war nur der Anfang. Ich konnte es spüren. Keith und ich waren zurück.

KAPITEL DREISSIG

Keith
Über die Wellen segeln

Der Kuss begann bei meinen Lippen, wanderte aber schnell durch die Landschaft meines Gesichts. Ein Lächeln umschmeichelte meine Lippen, bevor ich überhaupt meine Augen öffnete, um einen ganz neuen Tag zu erleben – zur Hölle, ein ganz neues Leben, wenn sie mich haben wollte. Meine Augenlider öffneten sich und ich sah Schönheit und Glück auf mich herabstarren. Mein Lächeln wurde breiter. Sie brachte mir eine Harmonie, deren Existenz ich beinahe vergessen hatte. Ich steckte meine Hände in ihre Haare, zog ihren Mund zu meinem und als der Kuss an Intensität zunahm, sank ihr Körper, weich und fest, gegen mich.

So viele schlaflose Nächte und nun konnte ich endlich wieder ruhig schlafen. Das ganze Was-wäre-wenn war verschwunden. Sam hatte genauso wenig weitergelebt wie ich. Alles, was jetzt noch zu tun war, war der Aufbau eines gemeinsamen Lebens mit einer Ehe, einem Haus, einem Hund und irgendwann Kindern.

Ich wollte sie in meinen Armen, an meinen Lippen, bis zum Ende aller Tage. Und ich sah keinen Grund zu warten.

Ich brach den Kuss ab und stöhnte auf. „Weißt du eigentlich, was du mir antust?"

Sie schmiegte sich an mich und kuschelte sich an meinen Hals. „Ich mache dich glücklich."

Ich dachte kurz darüber nach, dann neigte ich meinen Kopf und küsste ihre Stirn. „Nein, du lässt mich jubeln."

Ich hätte meine Fäuste in die Luft geworfen, wenn ich dadurch nicht wie ein oberflächlicher Verbindungsstudent ausgesehen hätte. Dieses Gefühl in meiner Brust fühlte sich an wie ein Ballon, der kurz vor dem Platzen stand. Diese Spannung und die Aufregung – ich wollte, dass der Nervenkitzel nie endete. Und das musste er auch nicht. Jetzt, wo wir wieder zusammen waren, gab es keinen Grund mehr, jemals wieder getrennt zu sein.

„Sam?"

„Ja?"

„Flipp nicht aus, wenn ich das sage, aber … ich bin in dich verliebt."

Sam blinzelte mich mit ihren hübschen braunen Augen an und die Überraschung in ihrer Reaktion war offensichtlich. Ich hatte mein Herz in die Leitung gelegt, nur um am anderen Ende ein Rauschen zu hören.

Plötzlich fühlte ich mich nackt und verletzlich und die Worte fielen mir einfach aus dem Mund. „Die Wahrheit ist, Sam, ich habe nie aufgehört, dich zu lieben. Ich habe es versucht, aber es hat einfach nie funktioniert. Ich habe immer an dich denken müssen und jedes Mal, wenn ich versucht habe, etwas Ernstes mit einer Frau anzufangen, habe ich sie mit dir verglichen und … na ja, es war zum Scheitern verurteilt. Du bist wie eine Infektion, die in mir lebt, und egal welche Medizin ich nehme, ich kann kein Heilmittel für dich finden."

Sie rümpfte ihre Nase, als sie meine Liebeserklärung hörte, aber das zufriedene Lächeln, das sich von Ohr zu Ohr ausbreitete, konnte sie nicht verstecken. „Weißt du, Keith, du hast Glück, dass ich Biologin bin. Nicht jedes Mädchen würde es schmeichelhaft finden, mit Bakterien verglichen zu werden."

„Aber die gute Art von Bakterien, wie das, was im Joghurt ist."

„Ah." Sie nickte. „Das ist lecker."

„Ich sterbe hier, Sam. Sag etwas."

„Stirb nicht", flüsterte sie, nahm meinen Unterkiefer in ihre Hand und küsste mich. „Du weißt, dass ich dich liebe, Keith. Das habe ich immer getan."

Ich stieß den Atem aus, von dem ich nicht wusste, dass ich ihn angehalten hatte. „Ich rede nicht von der Liebe für einen alten Freund. Ich spreche vom einzig wahren Scheiß."

„Ich auch", erwiderte Sam und richtete sich auf, um mir einen simplen, süßen Kuss auf die Lippen zu geben. „Keith, ich liebe dich – ohne den nervigen Freundschaftskram."

Ich fasste mir an die Brust und atmete herzhaft genug aus, dass ein paar dünne Haarsträhnen von ihr in meinem Wind wehten. „Ich krieg noch einen Herzinfarkt."

„Entschuldigung", lachte sie. „Du hast mich einfach überrumpelt. Ich wusste, was ich fühle, aber ich habe das Gleiche von dir nicht so früh erwartet."

Ich fuhr mit dem Daumen über ihre Wange. „Ich bin bereit, Babe."

„Für was?"

„Für alles. Kein dummes Zeug mehr. Kein Zaudern mehr. Ich gehe mit dir aufs Ganze."

„Aufs Ganze?", fragte sie und hob eine Augenbraue.

Fragend hob ich meine eigene.

„Komm mit mir an den Strand." Sam ließ ihre Finger über meinen Bauch gleiten und setzte damit effektiv meinen freien Willen außer Kraft. „Ich will mit dir surfen gehen."

Surfen. Das war schon sehr lange her und ich war mir nicht mehr ganz sicher, ob ich es noch konnte. Als Kind war ich mir der

Gefahren, die dort lauerten, nicht bewusst gewesen, aber jetzt bereitete mir die dunkle Weite des Ozeans ein wenig Angst.

Sam schien mein Zögern zu bemerken. „Ich weiß nicht, warum du aufgehört hast, aber ich möchte, dass wir wieder zusammen auf dem Wasser sind, so wie früher."

Aus Gründen, die ich selbst nicht begriff, schlug das Gewicht der Jahre mit einer unerwarteten Wucht auf mich ein und meine Augen wurden feucht.

„Keith." Sam sprang auf die Knie und zog mich in ihre Arme. „Was ist los?"

„Nichts", antwortete ich und wischte die Beweise weg. „Ich habe keine Ahnung, wo das herkommt. Tut mir leid."

„Muss es nicht. Warum macht dich der Strand traurig? Du hast ihn doch früher geliebt."

„Ich bin mir nicht sicher. Ich war mal so sorglos. Nichts hat mir Angst gemacht."

„Außer Senklöchern."

„Ja, außer denen." Ich musste lachen. Es war, als hätte sie an jedem meiner Worte aus unserer Jugend gehangen. „Damals habe ich nie über irgendwelche Gefahren nachgedacht, aber als meine Welt den Bach runtergegangen ist, war plötzlich alles eine potenzielle Todesfalle. Die Keith Gedenkbank hat nicht mehr ganz so cool ausgesehen. Aber es ist noch tiefer gegangen. Mich vom Meer fernzuhalten wurde wie eine selbst auferlegte Strafe. Anstatt mich wie normale Verrückte zu einem blutigen Brei zu prügeln, entziehe ich mir einfach die Dinge, die ich liebe, wie dich und das Surfen, und dann rede ich mir ein, dass ich sie zurückbekomme, sobald ich ihrer würdig bin. Aber die Wahrheit ist, Sam, wenn du mich gestern nicht gefunden hättest, weiß ich nicht, ob ich mich jemals gut genug gefühlt hätte. Ich weiß nicht, warum ich nie in der Lage war, einfach mit dem glücklich zu sein, was ich bin."

„Ich glaube, jeder fühlt sich manchmal so."

„Du nicht."

Der aufgewühlte Ausdruck, der über ihr Gesicht zog, gab mir einen Einblick in ihre eigenen lähmenden Unsicherheiten. „Glaub mir, ich tue es. Ich lebe mit der Angst, so zu werden wie meine Mutter, Keith. Ich fühle mich, als würde ich auf Zehenspitzen durchs Leben schleichen, voller Angst, den Dämon zu wecken. Solange er aber Winterschlaf hält, bin ich sicher."

„Gott."

„Jep. Also, halte dich auf keinen Fall für etwas Besonderes, du Mutantenfreak."

Die Dunkelheit verblasste und wir beide lachten über unsere gemeinsamen Defekte. Vielleicht war das der Grund, warum wir vor all den Jahren funktioniert hatten. Wir waren ein passendes Paar wie Shannon und Stewart – nur ohne all die exzessiven Umarmungen. Sam und ich waren eher wie sanfte Meereswellen mit einem gelegentlichen Tsunami, um die Dinge interessant zu gestalten.

„Ich halte dich für würdig, Keith McKallister." Sie stand auf und reichte mir ihre Hand. „Jetzt komm mit mir zum Surfen."

Ich konnte die sinnliche, viszerale Macht des Ozeans nicht überbetonen. Diese Kraft zu nutzen, um auf einer sich schnell bewegenden Wasserwand zu reiten, war wie nichts, was ich jemals auf dem Festland erlebt hatte. Die Geschwindigkeit. Der Wind in meinem Gesicht. Das Gleiten auf den Wellen war wie eine Verbindung durch das Surfbrett zu einer jenseitigen Energie. Wie beim Fahrradfahren setzte das Muskelgedächtnis ein und es war, als hätte ich nie einen Tag ohne den Ozean verbracht. Meine Beine erinnerten sich genau daran, wie man einen Drop ausglich und die blitzschnelle Geschwindigkeit erzeugte, um die Energie für einen High-G Bottom Turn zu nutzen. Es war Reizüberflutung vom Feinsten – das Rauschen, die Farben, der Geschmack von Salz und Sam, das schönste Mädchen, das ich je kennengelernt hatte. Sie konzentrierte sich nicht nur auf ihren Wellenritt, sondern auch darauf, meinen Wellenritt so gut wie möglich zu machen. Wenn ich sie nicht schon vor dem heutigen Tag geliebt hätte, dann hätte das den Deal besiegelt.

„Geht's dir gut?", rief sie mir zu, als Wasser von ihren Wimpern tropfte und in der frühen Morgensonne funkelte.

„Besser als gut", antwortete ich, packte ihr Brett und zog sie zu mir, damit ich ihr einen feuchten, salzigen Kuss auf die Lippen drücken konnte. Die Teile des Puzzles fügten sich an ihren Platz. Ich hatte meine Gesundheit. Ich hatte meine Familie. Ich hatte meine Zukunft in der Hand. Und jetzt hatte ich meine Sam. Es gab nichts mehr, was ich mir wünschen konnte. Eine Idee sprühte in meinem Kopf und als sie sich einmal gebildet hatte, war sie nicht mehr zu bändigen. Ich schnappte mir ein langes Stück Seegras, das in der Nähe meines Bretts schwamm und drehte und flocht es zu einem groben Ring.

Ich nahm ihre Hand in meine und ohne einen einzigen weiteren Gedanken platzte ich heraus: „Willst du mich heiraten?"

Sie lachte und hielt meine Geste für einen Scherz. Natürlich würde sie das tun. Wer fragt schon ein Mädchen weniger als vierundzwanzig Stunden nach der Wiedervereinigung, ob sie ihn heiraten will? Ein Mutantenfreak, der tut das.

Ich steckte ihr den Seegrasring an den Finger.

Während meine Absichten langsam in sie eindrangen, starrte Sam mich an wie einer dieser Fische am Meeresgrund mit riesigen Augäpfeln. „Warte – ist das dein Ernst?"

„Ich weiß, was ich will, und das warst schon immer du. Heiratest du mich, Sam?"

„Ich … ich weiß nicht, was ich sagen soll. Ich liebe dich, Keith. Das tue ich, aber …"

„Aber was?"

„Aber ich brauche Zeit. Das heißt nicht, dass ich dich nicht heiraten will, es heißt nur … frag mich nochmal, wenn wir mindestens einen Tag zusammen waren."

Ich verstand es. Vielleicht war es zu plötzlich, zu schockierend. Außerdem brauchte der Ring ein ernsthaftes Upgrade. Meine große Geste, zusammen mit dem Seegrasring, sank auf den Meeresgrund.

„Hey", sagte sie und drückte meine Hand. „Ich liebe die Leidenschaft, die hinter deiner Darstellung steckt."

Ich nickte und grinste. „Danke. Und, nur damit du es weißt, Samantha Anderson, das ist nicht mein letzter Antrag. Du wurdest gewarnt."

KAPITEL EINUNDDREISSIG

Fünf Jahre später

Samantha
An die Wand geschrieben

Ich sah zum zwanzigsten Mal auf das Handy. Immer noch nichts. Ich hätte in die Praxis ihres Arztes gehen sollen. Ich hätte im Wartezimmer hinter einer Topfpflanze abhängen können. Aber das war keine Erfahrung, die ich teilen konnte. Es war die von Shannon und Stewart und ob es mir gefiel oder nicht, der Titel der besten Freundin berechtigte mich nicht dazu, diesen Moment mit ihnen zu teilen.

Ich hob Murphy vom Boden auf und warf mir den Hund auf die Schulter. Seine Rasse, ein Wheaton Terrier, war bekannt für ihr faultierhaftes Kuscheln und er enttäuschte mich nicht.

„Willst du mein Baby sein, Mur?"

Er antwortete mit Schlecken, das mich den Anruf, auf den ich so verzweifelt wartete, vergessen ließ. Normalerweise war

Murphy an einem Samstag nicht bei mir zu Hause, da er einen festen Platz an Keiths Seite hatte. Als inoffizielles Maskottchen war Murphy ein Ladenhund, der jeden Tag mit Keith zur Arbeit ging. Fans posteten sogar Bilder von ihm in den sozialen Medien.

Keith! Ja, er könnte mir helfen, die Zeit zu vertreiben. Ich rief ihn an.

„Hey, Babe", antwortete er. „Was läuft?"

„Bist du schon nach L.A. losgefahren?"

Ein kurzer Tagesausflug, den Keith nach Los Angeles machte, um die Vorräte für seinen Laden aufzufüllen, war der Grund für Murphys Verbannung.

„Gerade eben. Ich bin spät dran. Ein Bus voller Touristen ist vorbeigekommen und hat den Laden leergeräumt. Als sie weg waren, musste ich die Körperflüssigkeiten von Jakes lebensgroßer Pappfigur abwischen. Ich habe eine ganze Rolle Klopapier dafür gebraucht."

„Nun, das ist einfach …" Ich erschauderte. „Beunruhigend."

„Das kannst du laut sagen. Ich glaube, ich muss Jake laminieren."

„Oder ihn wegstellen. Selbst Papp-Jake hat seine Würde verdient."

Vor drei Jahren hatte Keith seinen Traum verwirklicht und *Kali's Surf and Skate Shack* eröffnet. Und genau dort lebte Papp-Jake. Unterstützt von der Starpower seines berühmten Mitbesitzers Jake McKallister war *Kali's* große Eröffnung ein Hollywood-würdiges Ereignis gewesen. Nachdem sich herumgesprochen hatte, dass es sich nicht nur um einen Surfladen, sondern auch um eine Art Museum handelte, mit einer Erinnerungswand mit Auszeichnungen und alten Familienfotos einer jungen, aufstrebenden Musiklegende, kamen weiterhin die Menschenmassen daher.

„Hast du schon von Shannon gehört?"

„Nein und ich liege hier im Sterben."

„Ich bin mir sicher, dass du die Erste bist, die es erfährt."

„Nein, ich bin die Dritte in der Reihe. Erst ihre Mom. Dann seine Mom. *Dann* ich. Das ist beschissen."

Keith lachte. „Gott bewahre, dass du eine Stunde länger warten musst."

Mein Handy surrte mit einem eingehenden Anruf und ich kreischte. „Sie ist es. Tschüss! Ruf mich auf dem Heimweg an. Bussi."

Ich legte auf, zu aufgeregt, um mir seine Antwort anzuhören, und noch ehe Shannon ein Wort sagen konnte, platzte ich heraus: „Junge oder Mädchen?"

Sie lachte, so ein schöner Klang. „Mädchen!"

Ich schrie, schrie tatsächlich und tanzte mit Murphy durch den Raum. „Genau, was wir wollten", keuchte ich. „Oh mein Gott, Shannon, ich bin so glücklich. Die Ultraschalluntersuchung war gut? Alle ihre Maße sind normal?"

„Äh, na ja, was ist deine Definition von normal? Sie ist perfekt, aber sie ist jetzt schon ein Riese. Sie ist viel länger als normale Babys in ihrem Schwangerschaftsalter."

„Wer will schon ein normales Baby, wenn wir ein supergroßes haben können, was?"

Ich sprach immer von diesem Baby als *unserem* und das war es auch, in gewisser Weise. Ich liebte sie und ihre Eltern genug, um das kollektive Ganze offiziell als *uns* zu bezeichnen, und ich würde mich sicherlich nicht dafür entschuldigen, dass ich indirekt durch Shannon lebte, bis ich auch so eines in meinem Bauch wachsen hatte.

Wir plauderten weiter über alles, was mit Babys zu tun hatte, bis sie das Gespräch umlenkte. „Also, ich nehme an, dass es gestern Abend keinen Heiratsantrag gab? Ich habe nichts gehört und wollte nicht anrufen und dich von der Badewanne mit dem Eis wegholen."

„Wie rücksichtsvoll von dir. Und nein. Kein Antrag."

„Du solltest ihn einfach fragen, Sam. Stewart und ich hatten das alles schon seit Monaten geplant. Es war keine Überraschung, aber es lief genau so ab, wie wir es wollten ... bis auf deine Weigerung, mitzuspielen."

„Okay, hör zu, wir haben das schon tausendmal durchgekaut. Ich wollte auf keinen Fall Prinzessin Leia als Sklavin spielen und die ganze Nacht an Jabba dem Hutten angekettet sein. Das hätte dem Feminismus einen Rückschlag um vierzig Jahre verpasst!"

„Also, was ist gestern Abend passiert?", bohrte Shannon. „Du warst überzeugt davon, dass er dich fragen würde."

„Also, nachdem ich die Einladung zum Abendessen erhalten hatte, bin ich früher von der Arbeit weg. Hab einen Termin beim Frisör gemacht und mir dort auch mein Make-up machen lassen. Dann bin ich nach Hause geeilt und hab mir das Kleid angezogen, das ich auf dem Wohltätigkeitsball getragen hatte – erinnerst du dich an das pinke, das schimmert? Wie auch immer, anstatt mir zu verraten, in welches Restaurant wir gehen, hat Keith gesagt, er würde mir seinen Standort zusenden. Ich stelle mir gerade einen Märchenpalast mit Schneeflocken und funkelnden Lichtern vor."

„Schneeflocken in Südkalifornien?"

„Es ist meine Fantasie, also halt die Klappe!"

Erst nachdem wir ein nettes, kleines Kichern geteilt hatten, sprang ich zum Kern meiner furchtbaren Erzählung.

„Als ich auf den Parkplatz gefahren bin, habe ich sofort gewusst, dass etwas nicht gestimmt hat."

„Oh-oh", kicherte Shannon. „Warum?"

„Weil es Jorges Mexikanisches Restaurant war. Du weißt schon, das mit den ganzen Plastikeulen?"

„Warum sollte er dir in einem so kleinen Restaurant wie Jorges einen Heiratsantrag machen?"

„Shannon, weil er keinen Antrag gemacht hat. Er hat nur *gegessen*."

„Du sagst also, er hat dich zum Essen eingeladen – um zu *essen*? Wie kann er das nur wagen?"

„Genau. Und ich bin ins Eulennest gegangen und habe ausgesehen, als würde ich zum Abschlussball gehen ... ja, das war gelinde gesagt peinlich."

„Hat Keith es bemerkt? Was hat er gesagt?"

„Offensichtlich hat er meine Glamour Fotoshooting-Verschönerung bemerkt, aber er war so damit beschäftigt, sich mit Nachos vollzustopfen, dass er nicht wirklich viel sagen hat können. Trotzdem hat er mich den ganzen Abend angegrinst, als wüsste er ein Geheimnis, das ich nicht kenne. Ich schwöre, Shannon, er spielt nur mit mir. Er weiß, dass ich es erwarte, also quält er mich. Und ich habe nur mir selbst die Schuld zu geben."

Es stimmte. Das war alles meine Schuld – und der größte wunde Punkt zwischen uns als Paar. Die Wahrheit war, dass er mir einen Antrag gemacht hatte – zweimal. Und ich hatte ihn abgelehnt – zweimal. Doch abgesehen von Shannon, wusste niemand die Wahrheit. Für den Rest der Welt und damit meine ich seine Familie, war Keith der bindungsphobische Trottel, der sich weigerte, sich niederzulassen, und ich die leidgeprüfte Freundin, die sich nach einem Heiratsantrag sehnte, der nie kommen würde.

Ich schwöre, ich habe versucht, diese Annahme zu korrigieren, da ich nicht wollte, dass Keith die Schuld für etwas auf sich nahm, was ich getan hatte, aber er bestand darauf, dass er lieber als der Bösewicht gesehen wurde als der arme Trottel, der ständig von der Frau, die er liebte, abgeschossen wurde. Gott, ich war so ein Arschgesicht.

Der zweite Heiratsantrag war fast auf den Tag genau ein Jahr nach dem Antrag mit dem Seetang gekommen. Nur hatte mir Keith dieses Mal den Antrag auf dem Festland, auf einem Knie und mit einem glänzenden Diamantring gemacht, der bereit gewesen war, an meinen Finger gesteckt zu werden.

Wenn der Antrag mit den Algen ein Opfer übereifriger Spontaneität gewesen war, dann war der Antrag mit dem Diamantring das Opfer eines schlechten Timings gewesen. Keith hatte sich dazu entschlossen, genau an dem Tag um meine Hand anzuhalten, an dem ich meine Mutter im Einkaufszentrum gesehen hatte, wie sie wie eine Verrückte durch die Gegend gelaufen war. Sie hatte mich nicht gesehen, aber ich hatte sie gehört. Das ganze Einkaufszentrum hatte sie gehört. Ihr Ausbruch voller F-Wörter war wegen ein paar Tomaten geschehen und während sie noch dabei gewesen war, den Angestellten im Food-Court aggressiv zu beschimpfen, weil er sie auf ihren Hamburger gelegt hatte, war sie von der Polizei aus dem Einkaufszentrum gezerrt worden, während entsetzte Mütter sich über ihre Kleinkinder gestürzt hatten, um deren unschuldige Ohren vor Schaden zu bewahren.

Von der Begegnung erschüttert, war ich direkt zum Pier gefahren, wo ich Keith für einen Abendspaziergang hatte treffen wollen. Ich hatte keine Chance gehabt, meine Gefühle zu verarbeiten oder ihm zu sagen, was passiert war, ehe er mit meiner Hand in seiner auf dem Boden gewesen war und ein glänzender Diamant auf meinen Ringfinger gesteckt worden war. Ich erschauderte immer noch jedes Mal, wenn ich an diesen Moment zurückdachte. Ich war in Tränen ausgebrochen, hatte den Ring mit einem halbherzigen Schluchzen darüber zurückgegeben, dass er mich nicht heiraten wollte, und war dann in die Nacht hinausgerannt.

Ja. Nicht mein bester Moment.

In jener Nacht, selbst nachdem ich ihm erklärt hatte, warum ich ausgeflippt war, war Keith sauer gewesen und das zu recht. Wir hatten eine Woche lang nicht miteinander gesprochen, was ein wenig schwierig gewesen war, da wir zu diesem Zeitpunkt bereits zusammengewohnt hatten. Schließlich war er darüber hinweggekommen und wir hatten mit unserem Leben weitergemacht. Wir hatten nur noch ein einziges Mal darüber gesprochen, als er mir das Herz gebrochen hatte, indem er mich gefragt hatte, ob ich ihn jemals heiraten würde.

Damals hatte ich ihm ein Versprechen gegeben – und mir selbst etwas Zeit verschafft. Wenn ich nach fünf gemeinsamen

Jahren nicht völlig durchgeknallt war, konnte er mir wieder einen Antrag machen ... und dann würde ich ja sagen.

Tja, die Fünf-Jahres-Marke war vor einer Woche gekommen und gegangen und es gab immer noch keinen Antrag. Keith tat nicht einmal so, als wusste er um die Bedeutung dieses Datums, oder schlimmer noch, als würde er sich daran erinnern. Und wegen meiner vergangenen Arschlochhaftigkeit konnte ich auch nichts sagen. Also existierten Keith und ich einfach in dieser seltsamen Erwartungsblase und letzte Nacht ... ich wurde das Gefühl nicht los, dass er mich verarscht hatte.

Nachdem ich nach dem Gespräch mit Shannon aufgelegt hatte, schaltete ich den Fernseher ein, um mich abzulenken. Obwohl ich mit einem Heiratsantrag rechnete und ihn annehmen würde, machte er mir immer noch eine Heidenangst. Jedes Mal, wenn ich meine Schlüssel vergaß oder mich irrational darüber aufregte, dass jemand den Scheißhaufen seines Hundes auf dem Gehweg liegen ließ, machte ich mir Sorgen. War ich drauf und dran, meine Mutter zu werden? War es nur eine Frage der Zeit, bis ich mich gegen Keith wandte ... gegen unsere zukünftigen Kinder? Aber ich wusste auch, dass ich meine Zukunft nicht ewig aufschieben konnte.

Mein Handy klingelte wieder, doch dieses Mal erkannte ich die Nummer nicht. Ich setzte mich auf.

„Hallo?"

„Spreche ich mit Samantha Anderson?"

„Ja."

„Ich fürchte, ich habe eine schlechte Nachricht."

Ich war direkt zum Krankenhaus gefahren und wie die pflichtbewusste Tochter, für die mich alle hielten, stand ich tapfer da, als das Laken heruntergezogen wurde und die Leiche meiner Mutter zum Vorschein kam, die noch immer in einen Krankenhauskittel gehüllt war. Ich keuchte. Sie war wie ein Skelett. Meine Mutter hatte bereits abgenommen, als ich noch in der High-School gewesen war, aber jetzt bestand sie nur noch aus Haut und Knochen – toter Haut und Knochen.

Aspirationspneumonie? Was hieß das überhaupt? Es war schnell gegangen, hatte man mir gesagt. Als sie den Krankenwagen gerufen hatte, um sie ins Krankenhaus zu bringen, waren ihr nur noch Stunden geblieben. Und da ich als ihre nächste Angehörige aufgelistet war, wurde es meine Aufgabe, mich um die Details ihres Lebens – und ihres Todes – zu kümmern.

Als ob die Identifizierung der sterblichen Überreste meiner Mutter und der Umgang mit ihrem Tod nicht schon genug waren, kam der richtige Schlag in die Magengrube, als ihr Arzt mich zur Seite zog, um mir die schockierende Wahrheit zu sagen. Die Geisteskrankheit meiner Mutter war nicht nur irgendeine gewöhnliche Schizophrenie oder manisch-depressive Störung gewesen. Offensichtlich hatte sie an einer fortschreitenden Gehirnkrankheit gelitten, die als Chorea Huntington bekannt war.

Ich hörte entsetzt zu, als er Chorea Huntington als eine Erbkrankheit beschrieb, die zum Absterben der Gehirnzellen führte. Es gab keine Heilung. Im Frühstadium äußerte sich die Huntington-Krankheit mit ruckartigen Bewegungen, mangelnder Koordination und schweren Verhaltensstörungen. Und obwohl sich die Symptome der Chorea Huntington meist erst in den Dreißigern oder Vierzigern bemerkbar machten, konnten sie bereits im Kindesalter beginnen. Alles begann sich zu fügen. Sullivans schwerer Mangel an Koordination, seine Stimmungsschwankungen. Hatte er das Gen in sich getragen? Und was war mit meiner gelegentlichen Ungeschicklichkeit? Hatte ich sie auch?

Als ich dort saß und dem Arzt zuhörte, wie er mir die Krankheit erklärte, konnte ich spüren, wie die vier Wände um mich herum immer näher rückten. Es war ein Todesurteil. *Ich* hatte ein Todesurteil. Mit achtundzwanzig Jahren näherte ich mich schnell dem Alter, in dem es kein Zurück mehr gab. Wie konnte ich nicht wissen, dass eine so schreckliche Krankheit, die den Betroffenen langsam den Verstand raubte, von Generation zu Generation weitergegeben wurde? Warum hatten meine Verwandten diesen Zustand verheimlicht? Oder hatten sie überhaupt davon gewusst?

Mitten in all den erschreckenden Informationen, die sich in mir festsetzten, wanderten meine Gedanken zurück zu Prestons Mutter. Sie sollte wirklich ihr Geld von dem Detektiv zurückverlangen, den sie angeheuert hatte, um Dreck über mich zu sammeln. Er hatte ihr nur die halbe Wahrheit geliefert. Wenn er nur ein wenig tiefer gegraben hätte, hätte Preston mich nie gebeten, seine unfruchtbare Begleitung zu sein.

Mit dieser niederschmetternden Nachricht bewaffnet, sammelte ich die spärlichen Habseligkeiten meiner Mutter zusammen und fuhr zu dem Haus, das ich mit ihr geteilt hatte – das Haus, das einst meiner Großmutter gehört hatte, welche höchstwahrscheinlich an der gleichen degenerativen Krankheit verstorben war, die eine Schneise in meinen Stammbaum geschlagen hatte. Mit dem Schlüssel, den ich in ihrer Tasche gefunden hatte, öffnete ich die Tür und spähte aus Gewohnheit hinein, um Entwarnung zu suchen.

Das Haus war weitgehend unverändert, mit einer eklatanten Ausnahme – einer dicken Staubschicht. Es war, als hätte meine sonst so perfektionistische Mutter in ihren letzten Tagen nicht mehr die Kraft gehabt, um zu putzen, und beim Anblick ihres ausgemergelten Körpers konnte ich auch verstehen, warum.

Wie ein Eindringling bahnte ich mir langsam meinen Weg durch ihr Haus. Es war nicht so, dass ich unbedingt nach etwas suchte. Vielleicht brauchte ich nur eine Art Abschluss. Doch das war nicht das, was ich fand. Während der Rest des Hauses aufgeräumt war, schien ihr Schlafzimmer von einem Hurrikan erfasst worden zu sein. Rote Farbe fiel mir ins Auge. Überall an den weißen Wänden standen Worte, Sätze und unheilvolle Warnungen. *Stirb. Werde nie alt. Fürchte dich. Todesurteil.*

Meine Hände zitterten, als ich das innere Geschwafel eines kranken Verstands las und zum ersten Mal empfand ich Mitleid mit der Frau, die mich geboren hatte. Sie war nicht aus freien Stücken böse gewesen. Sie hatte sich diese Krankheit nicht ausgesucht. Vielleicht wäre sie ohne sie eine schöne Frau gewesen. Das Wissen, dass sie nichts für ihre Grausamkeit gekonnt hatte, brachte mir ein gewisses Maß an Trost ... bis ich die Badtür öffnete.

Die Schrift war nicht mehr an der Wand. Als ich in den Spiegel starrte, war mein Spiegelbild mit Blut bedeckt. Anstatt Lippenstift zu benutzen, um zu kommunizieren, hatte meine Mutter ihr eigenes Plasma gewählt. Und die Worte, die sie geschrieben hatte, waren nicht das kryptische Geschwafel einer verrückten Frau. Nein, diese Nachricht war eindeutig: mein Name, geschrieben mit Blut.

Sam

Und es folgten vier kurze Worte, die dem schönen Leben, das ich mir mit dem Mann, den ich liebte, vorgestellt hatte, ein Ende setzten.

Du bist die Nächste.

Schreiend sank ich zu Boden.

KAPITEL ZWEIUNDDREISSIG

Keith
Keine einfache Lösung

Das Bild von Sam, wie sie sich am vorigen Abend für die Oscar-Verleihung gekleidet hatte, brachte mich zum Lachen. Sie hatte offensichtlich etwas erwartet und es bereitete mir ein gewisses Vergnügen, sie zum Zappeln zu bringen. Immerhin hatte sie es mir nicht leicht gemacht, um ihre Hand anzuhalten. Es fühlte sich an, als ob ich über fünf lange Jahre hinweg Hürden überwunden hatte. Aber egal, welche Einschränkungen sie uns auferlegt hatte, ich hatte mich auch nie abschrecken lassen. Es war ja nicht so, dass ich eine Wahl gehabt hätte. Ich liebte sie. Nur sie. Also war ich gezwungen, ihr Ultimatum abzuwarten.

Jetzt war sie an der Reihe zu warten, wenn auch nur, weil der Ring, mit dem ich ihr einen Antrag machen wollte, vor dem heutigen Tag nicht fertig gewesen war. Und jetzt war er hier und schimmerte unter dem Licht. Ich nahm ihn vom Silbertablett und begutachtete seinen Glanz aus allen Blickwinkeln. Er war perfekt – eigentlich mehr als perfekt. Dieser Ring war Sam.

Der Juwelier ertappte mich dabei, wie ich geiferte. „Sie muss eine besondere Frau sein."

„Oh, das ist sie", stimmte ich zu und ließ meinen Finger über den glatten Stein gleiten. „Ich habe ihr schon zweimal einen Antrag gemacht."

Er musterte mich genauer. „Und Sie kaufen ihr jetzt endlich den Ring?"

„Nein. Beim ersten Mal war der Ring aus Seetang. Beim zweiten Mal wurde ich von ihrer verrückten Mutter ausgebremst."

Ein leichtes Grinsen spielte sich auf seinem Gesicht ab. „Sie hat zweimal nein gesagt?"

„Das hat sie in der Tat."

„Sie sind ein entschlossener Kerl."

Ich zuckte mit den Schultern. „Sie wissen ja, was man sagt: Aller guten Dinge sind drei."

„Nun, ich hoffe für Sie, dass sie ja sagt, denn dieser Ring ist eine Sonderbestellung und kann nicht zurückgegeben werden."

„Genau so vertraut man jemandem, Kumpel", erwiderte ich, etwas verärgert darüber, dass er das Rückgaberecht bei meinem ansonsten wegweisenden Moment erwähnt hatte.

„Oh ...", murmelte der Mann, als er seinen Fehler bemerkte. „Das war nicht so gemeint."

„Keine Sorge", sagte ich, zu glücklich, um nachtragend zu sein. Ich drehte Sams Ring von einer Seite zur anderen und begutachtete seine Pracht. Dies war kein gewöhnlicher Diamant-Verlobungsring, den ich für Sam kaufte. In der Mitte lag ein milchig blauer Achat, der von einem Bett aus Diamanten umgeben war. Er war schön und beständig und zart zugleich – genau wie mein Mädchen. „Außerdem akzeptiere ich dieses Mal kein Nein als Antwort."

„Schön für Sie." War das ein Hauch von herablassendem Arschloch, den ich in seinem Tonfall hörte? Warum hatte ich den deutlichen Eindruck, dass er meine Chancen nicht schätzte? Wusste er etwas, was ich nicht wusste?

Der Juwelier legte meinen Ring in eine Schachtel und rechnete den Restbetrag meiner Summe ab. Während er meine Karte prüfte, blickte er mehrmals zu mir auf.

„Ich dachte mir, dass Sie mir bekannt vorkommen. Sie sind einer der McKallister-Jungs, nicht wahr?"

Offensichtlich war ich nicht weit genug aus meinem Landkreis herausgekommen, um in Ruhe einen Verlobungsring zu kaufen. Ich war nicht einmal der Berühmte und trotzdem wurde ich erkannt.

„Ja", antwortete ich und hoffte, dass meine knappe Antwort unserem Geplauder ein Ende setzen würde.

„Tja, ich nehme alles zurück. Ihre Lady wird mit Sicherheit ja sagen. Wer würde nicht den Bruder eines Rockstars heiraten wollen?"

Okay, jetzt war ich offiziell angepisst. Was für ein Arschgesicht. Dachte er wirklich, Sam würde es nur in Betracht ziehen, mich wegen meines Stammbaums zu heiraten? Wenn das der Fall wäre, wir schon längst verlobt. Mein Handy klingelte. Perfektes Timing. Sam hatte den rechthaberischen Juwelier tatsächlich vor einer Standpauke bewahrt.

„Hey, Babe", meldete ich mich, verließ den Laden und ging zu meinem Auto. „Was gibt's?"

„Keith ... hilf mir."

Als ich bei Sam ankam, musste ich sie vom Boden des Bads aufklauben. Soweit ich das beurteilen konnte, hatte sie Stunden dort gelegen. Die Kacheln waren glitschig von ihren Tränen, als ich sie in meine Arme nahm und aus dem Haus trug. Erst nachdem ich Sam auf dem Beifahrersitz angeschnallt hatte, bat sie mich, zurück ins Haus zu gehen, um ihre Handtasche und den

Papierkram vom Krankenhaus zu holen. Sie alleine zu lassen war keine Option und ich wollte ihr das gerade sagen, als Shannon ihren Prius mit blockierenden Reifen zum Stillstand brachte und zu meinem Pick-up rannte.

Während sich die beiden fest umarmten, ging ich zurück zum Haus, um Sams Bitte nachzugehen. Erst als ich das Haus ein zweites Mal betrat, begriff ich das ganze Ausmaß dessen, was geschehen war. Aus ihrem verzweifelten, schluchzenden Telefonanruf hatte ich entnommen, dass ihre Mutter verstorben war und dass sie zum Haus gegangen war, aber ihre zusammenhanglosen Kommentare hatten bis jetzt keinen Sinn ergeben.

Mein Kiefer zuckte, als ich die Worte las, die Carol für ihre Tochter hinterlassen hatte. An die Wand gekritzelt waren hasserfüllte Worte wie *Abscheu. Rache. Abstoßend.* Doch die Worte, die Sam mir immer wieder gesagt hatte, waren die, die mit Blut geschrieben waren. Die, die mit einer unheimlichen Warnung vom Spiegel tropften. *Du bist die Nächste.*

Ich hatte noch nie jemandem so wehtun wollen, wie ich dieser Frau wehtun wollte. Als ob es nicht schon reichte, dass Carol in ihrem Leben Schaden angerichtet hatte, hatte sie auch noch einen Weg gefunden, ihre Hand aus der Hölle herauszustrecken und sie um Sams Kehle zu schlingen. Wie konnte es sein, dass die netteste Frau, die ich je gekannt hatte, vom Teufel aufgezogen worden war?

Sam nahm sich die Woche frei und verbrachte die meiste Zeit zusammengerollt unter einer Decke mit Murphy an ihrer Seite. Sie schien manchmal untröstlich zu sein und obwohl ich wusste, dass Menschen auf verschiedene Weisen mit Trauer umgehen, fragte ich mich, warum sie um eine Frau trauerte, die sie so schlecht behandelt hatte. Ich hatte gehofft, dass wir im Anschluss an die Beerdigung zu unserem geregelten Leben zurückkehren konnten. Ich würde ihr einen Heiratsantrag machen und wir würden unsere Tage damit verbringen, die Hochzeit zu planen, die schon so lange auf sich warten ließ. Aber Sam machte keine Fortschritte. Sie weinte viel. Jeden Tag. Auf der Arbeit war es so auffällig geworden, dass man ihr einen längeren Urlaub anbot.

Doch alleine zu Hause zu sitzen, während ich bei der Arbeit war, half ihr auch nicht und langsam, aber unaufhaltsam setzte die Depression ein. Sam schlief viel und wenn ich versuchte, sie zu trösten, stieß sie mich immer fort. Selbst Murphy schien ihr nicht helfen zu können, denn keine noch so große Menge an Gesichtslecken stoppte den Tränenstrom.

Also war ich heute etwas ermutigt, als ich von der Arbeit nach Hause kam und sie am Küchentisch vorfand, auf dem ein Stapel verstreuter Papiere lag. Sie war frisch geduscht, was in letzter Zeit eine seltene Erscheinung war, und wirkte so friedlich, wie ich sie seit dem Tod ihrer Mutter nicht mehr gesehen hatte.

„Hey, Schatz", sagte ich, legte meine Schlüssel in die Schale und ging auf sie zu, um sie zu küssen. Sie zog sich zurück und die schmale Linie ihrer Lippen verriet mir, dass es ihr vielleicht doch nicht so gut ging, wie ich gedacht hatte. Vielleicht war ich gerade im Auge des Sturms angekommen? Vorsichtig fragte ich: „Hast du Hunger? Willst du, dass ich etwas Fisch zum Abendessen grille?"

Ihre Augen blickten in die meinen. Ihr ging es nicht gut. In der Tat ging es Sam das Gegenteil von gut. Wie hatte ich sie nur so falsch einschätzen können? Ich zog sie auf ihre Füße hoch und umarmte sie fest. Sam hing wie eine Stoffpuppe schlaff und schwer in meinen Armen. Meine Hand strich über ihren Rücken und beruhigte sie auf die einzige Art, die ich kannte, während ich leise in ihr Ohr sprach. „Sam, sprich mit mir. Was läuft da in deinem Kopf?"

Sie zog sich zurück und sank auf ihren Stuhl zurück. „Ich bin nicht ehrlich zu dir gewesen, Keith."

„Okay", antwortete ich und spürte bereits, wie sich die

Anspannung auf meinen Schultern niederließ. Ich nahm den Platz ihr gegenüber ein, während Murphy auf meinen Schoß sprang. Es spielte keine Rolle, was sie getan hatte. Ich würde ihr verzeihen, wie ich es immer tat. Sie konnte nichts sagen, was mich wegstoßen würde. „Was auch immer es ist, wir werden eine Lösung finden."

„Nicht dafür."

Die Art, wie sie es so unheilverkündend sagte, war mein erster Hinweis darauf, dass die Dinge nicht nach meiner Vorstellung laufen würden. „Was soll das heißen?"

„Ich habe im Krankenhaus herausgefunden, dass meine Mutter an den Komplikationen der Chorea Huntington gestorben ist. Ich hatte vorher noch nie davon gehört. Der Arzt hat mir erklärt, dass die Krankheit die Gehirnzellen angreift, was zu Geisteskrankheiten und schließlich zum Tod führt. Es gibt keine Heilung."

„Scheiße. Und deine Mutter hatte das?"

„Ja. Der Grund, warum ich so aus der Fassung war, Keith, ist nicht der Tod meiner Mutter, sondern dass die Krankheit erblich ist. Sie kommt in der Familie vor. Und … und …"

Sam brach in Tränen aus. Ich ließ den Hund los und ging vor ihr auf die Knie und legte meinen Kopf auf ihren Bauch. „Lass mich dir einfach helfen. Wir kriegen das schon hin. Alles wird gut werden."

„Nein!" Sie stieß mich zurück und sprang von ihrem Sitz auf. „Ich glaube, du verstehst nicht ganz, Keith."

„Nein, Sam. Ich verstehe einen Scheiß, weil du einen Monat lang ununterbrochen geweint hast. Ich versuche dich zu unterstützen, aber es ist ein bisschen schwierig, wenn ich jedes Mal abgewiesen werde, wenn ich versuche, dich zu trösten."

„Ich habe die Krankheit!"

„Du …" Die linke Seite meines Gesichts wurde taub. „Warte, woher weißt du das?"

„Die ersten Anzeichen sind Gleichgewichtsprobleme. Weißt du noch, als ich letzten Monat diese Treppe runtergefallen bin?"

„Na und? Ich falle regelmäßig auf den Kopf. Gestern bin ich gegen eine Wand gelaufen. Das macht mich nicht krank, es macht mich nur verdammt dumm."

„Ich vergesse Dinge."

„Das tue ich auch. Weißt du noch, als ich neulich mit dem Rad zur Arbeit gefahren bin? Als ich heimgehen wollte, habe ich fünfzehn Minuten lang nach meinem Auto gesucht. Ich war am Telefon mit der Polizei und habe es als vermisst gemeldet, als mir eingefallen ist, dass es nicht gestohlen worden war – ich war nur ein Volltrottel."

Sam seufzte, lang und schwer. „Ich verstehe, dass du versuchst, mich aufzumuntern, aber nichts, was du sagst, wird etwas daran ändern, was kommt. Abgesehen davon, dass ich die frühen Anzeichen der Krankheit zeige, ist der Grund, warum ich weiß, dass ich sie habe, dass so ziemlich jeder auf der Seite meiner Mutter daran gestorben ist – ich glaube, einschließlich Sullivan. Ich habe den Stammbaum durchkämmt und ich sage dir, Keith, meine gestörten Vorfahren fallen geradezu von den Ästen."

Was wollte sie damit sagen? Nichts davon ergab einen Sinn. Sam war der Inbegriff von Gesundheit, oder zumindest war sie es gewesen, bis ihre Mutter gestorben war. Und jetzt versuchte sie mir zu sagen, dass sie im Sterben lag? Das würde ich auf keinen Fall hinnehmen. „Okay, hör zu, ich werde mit Jake reden und ihn um ein Darlehen bitten. Wir werden dir die besten Ärzte besorgen. Wenn sie an der Ostküste sind, werden wir dorthin gehen. Wenn sie in Europa sind, gehen wir dorthin. Medizinische Versuche? Was immer nötig ist. Alles, was wir tun müssen, Samantha, wir werden das gemeinsam bekämpfen."

Sam hob langsam und träge den Kopf. Da bemerkte ich, dass das Licht aus ihren Augen verschwunden war. Sam war nicht mehr Sam. Ich kannte diesen Blick der Niederlage. Ich hatte ihn nach der Entführung in Jakes Augen gesehen und ich hatte ihn auch in meinen eigenen gesehen, als ich mitten in meinen Drogenproblemen gesteckt hatte. Zum Teufel, wenn ich mein Mädchen der Verzweiflung überlassen würde!

„Dagegen kann man nicht ankommen." Ihre Stimme passte zu der Traurigkeit in ihren Augen.

Ich schluckte den aufsteigenden Kloß in meiner Kehle hinunter. Das konnte doch nicht wahr sein.

Sam ratterte weiter Worte herunter, die meine Ohren belagerten. „Sobald die Symptome beginnen, werden sie immer schlimmer. Mit dem Absterben meiner Gehirnzellen wird die Geisteskrankheit einsetzen und ich werde genau wie sie werden und Hass und Bösartigkeit gegenüber denen, die ich liebe, ausstoßen. Bei den meisten Menschen mit Chorea Huntington treten die ersten Symptome in ihren frühen Dreißigern auf und der Tod kommt 10 bis 15 Jahre später. Ich bin achtundzwanzig, Keith."

Sam hielt inne, als ob sie auf meine Antwort warten würde, aber ich war zu fassungslos, um irgendwelche zusammenhängenden Worte zu bilden. Also fuhr sie fort.

„Am Ende werde ich komplett weg sein, bettlägerig in einer Einrichtung. Meine Mutter hat es nie so weit geschafft, weil die Krankheit ihre Schluckfähigkeit beeinträchtigt hat und sie im Grunde verhungert ist."

Tränen traten mir in die Augen, als ich meinen Kopf schüttelte. Nein, das konnte ich auf keinen Fall akzeptieren. Nicht Sam. „Nein."

Jetzt stand sie von ihrem Stuhl auf und tröstete mich und ihre Hand glitt durch mein Haar. Sie hielt mich fest, während sie immer wieder sagte: „Es tut mir so leid. Es tut mir einfach so leid."

„Was ist mit ... was ist mit all den Dingen, die wir zusammen machen wollen?"

Sie schüttelte ihren Kopf und die Endgültigkeit des Ganzen zerriss mein Herz in zwei Teile.

„Die können wir nicht machen. Nicht mehr." Sie sprach mit

gedämpfter Stimme, denn ihre ganze Kraft war aufgebraucht. „Deshalb habe ich so viel geweint. Ich habe versucht, mich damit abzufinden. Und heute habe ich endlich akzeptiert, was ich schon die ganze Zeit gewusst habe. Diese schreckliche Krankheit ist meine Zukunft, aber, so wahr uns Gott helfe, Keith, sie wird nicht deine sein."

KAPITEL DREIUNDDREISSIG

Samantha
Sackgasse

Ich wiegte Murphy in meinem Schoß und beobachtete vom Panoramafenster im Wohnzimmer aus, wie Keith die letzten seiner Habseligkeiten zusammenpackte. Es war nicht einfach gewesen, ihn an diesen Punkt zu bringen. Keith hatte die ganze Nacht und dann bis in den nächsten Tag hinein gekämpft, doch ich blieb stark und unerschütterlich. Schließlich hatte ich gehabt, was er nicht hatte – die Zeit, mich mit meinem Schicksal abzufinden. Wenn ich Keith die gleiche Höflichkeit entgegenbringen würde, dann wusste ich, dass er einen Weg finden würde, mir meine Entscheidung auszureden. Es war nicht so, dass ich ihn nicht wollte – das tat ich verzweifelt –, aber ich weigerte mich, diesen liebenden Mann an meine Seite zu ketten, wenn da draußen ein volles, reichhaltiges Leben auf ihn wartete.

Doch Keith weigerte sich, die Realität unserer Situation zu akzeptieren. Bewaffnet mit seinem medizinischen Ehrendoktortitel von Wikipedia, lief er zwischen dem Computer und mir hin und her und präsentierte mir die Fakten über die Krankheit, als ob er irgendwie glauben würde, dass ich mich nicht schon jeden Tag in den letzten Wochen damit auseinandergesetzt hatte.

Chorea Huntington war eine Krankheit mit offenem Ausgang und eine, die keine Unterschiede machte. Von Generation zu Generation weitergegeben, würde jeder, der sie geerbt hatte, irgendwann ein schreckliches Ende finden. Und obwohl die Statistiken auf meiner Seite waren – mit einer 50%igen Chance, die Krankheit in meiner DNA zu tragen, brauchte ich keinen Gentest, um zu wissen, was ich bereits wusste – das Monster, das all die Jahre in mir geschlummert hatte, öffnete träge seine bösen Augen. Ich konnte die Symptome abhaken, während ich sie erlebte. Es war nicht länger eine Frage des *Ob*, sondern des *Wann*.

Trotzdem klammerte sich Keith an die 50 %, als wäre er ein Typ, der das Glas als halb voll betrachtete. Ich hingegen hatte mich bereits in der Verzweiflung verankert. In meinen Augen war das Glas nicht nur halb leer – es war staubtrocken. Egal, wann ich den Test machen ließ, ich wusste, dass das Ergebnis dasselbe sein würde – ich würde am Ende sterben.

Trotz alledem war Keith bereit, an meiner Seite zu stehen. Es war auf eine „schicksalhafter Geliebter"-Art edel und romantisch, aber es war auch unrealistisch. Gerade ich wusste, dass der eigentliche Kampf darin bestehen würde, den Schlussstrich zu ziehen. Während meine Gehirnzellen langsam verkümmern würden, würde Keith die Hauptlast des Leidens auf sich nehmen und langsam aber sicher würde er mir das übelnehmen – so wie ich es meiner Mutter übelgenommen hatte und sie es ihrer Mutter übelgenommen hatte.

Es gab keine einfache Antwort. Jeder Weg führte uns zum Herzschmerz. Wir verloren, wenn wir zusammen blieben. Wir verloren, wenn wir uns trennten. Egal was, unsere Herzen würden brechen und wir würden lernen müssen, unsere Leben getrennt voneinander zu verbringen. Sicher, ich könnte den Aufwand und die Zeit und die Kosten auf mich nehmen, um eine offizielle Diagnose zu erhalten, doch das würde uns nur näher zusammenbringen und ihn in meine Krankheit miteinbeziehen, als würde sie ebenfalls durch seine Adern fließen. Nein, getrennte Wege zu gehen war die einzige Antwort, damit wir beide mit dem geringsten Maß an Leid davonkamen. Getrennt konnten wir uns immer noch an unsere Erinnerungen klammern und ich tröstete mich mit dem Wissen, dass er wieder lieben würde. Keith hatte zu viel Sanftheit in seinem Herzen, um sie nicht weiterzugeben.

Und ich? Ohne mir Sorgen um ihn machen zu müssen, konnte ich mich wieder an die Arbeit machen und das, was mir von meinen lichten Momenten im Leben geblieben war, zu etwas machen. Mit etwas Glück konnte ich an einen Punkt in meinem Leben gelangen, an dem ich nicht mehr traurig zurückblicken würde. Keith war meine erste Liebe – meine einzige Liebe – meine letzte Liebe.

Als er zurück ins Haus kam, waren Keiths Schultern zusammengesackt und schwer. Alles, was jetzt noch übrig war, war das Kleingedruckte. Ich hatte bereits das große Ganze ausgearbeitet. Meine Großmutter hatte meiner Mutter eine beträchtliche Erbschaft hinterlassen, die bald an mich weitergegeben werden würde. Und sobald das Geld auf meinem Konto war, würde ich Keith seinen Anteil von dem Haus, das wir gemeinsam besaßen, abkaufen. Und Murphy ... Ich drückte ihn fester an mich. Ich schätze, ich hätte auf ein gemeinsames Sorgerecht drängen können, aber ich konnte den Gedanken nicht ertragen, dass Keith in meinem Leben ein und aus ging. Um unser beider willen musste es eine saubere Trennung sein. Er bekam den Hund.

～

„Hast du alles gepackt?", fragte ich und versuchte, im Angesicht solcher Trauer ungerührt zu klingen. Ich wollte verzweifelt seine Abreise hinauszögern, aber warum die Qualen verlängern? Ich war eine Sackgasse und je eher er umkehrte, desto besser.

„Ja." Keiths Stimme brach auf die schmerzhafteste Weise. Ich widerstand dem Drang, ihn in der Liebe zu ersticken, die er verdiente. Niemand hatte gesagt, dass dies einfach werden würde – aber es hatte auch niemand gesagt, dass es uns in blutige Fetzen reißen würde.

Ich stand auf, trug Murphy hinüber und legte ihn in Keiths Arme.

„Bist du dir sicher?", fragte er mit nichts als Elend in seinen Worten.

Ich kämpfte gegen die Tränen an, als ich meinen Kopf in Murphys weiches Fell senkte und ihn kraulte. Ja, ich war mir sicher. Selbst pelzige Hündchen waren nicht sicher vor einem gestörten Verstand.

„Ich bin mir sicher", nickte ich und hinterließ eine Spur von Tränen in seinem zerzausten Fell. „Mommy wird dich vermissen, Baby."

„Wir werden dich besuchen kommen", flüsterte Keith und seine Hände glitten über meinen Nacken.

„Nein." Ich trat einen Schritt zurück, weg von Murphy. Weg von Keith. Für immer. „Das würde es nur noch schwerer machen."

Er schüttelte seinen Kopf. „Du willst das nicht, Sam. Ich weiß, dass du es nicht willst."

Natürlich wollte ich das nicht ... aber ich weigerte mich, Keith an das Monster in mir zu verfüttern. Meine Unterlippe zitterte, als ich den Kummer hinunterschluckte und den Mann, den ich liebte, um eine letzte Sache bat. „Bitte erzähle niemandem, warum wir uns getrennt haben. Wenn die Leute es herausfinden, verliere ich vielleicht meinen Job und den möchte ich so lange wie möglich behalten. Ich werde allen Bescheid geben, wenn die Zeit gekommen ist."

Keith stand da und dachte über meine Worte nach. „Was soll ich meiner Familie sagen?"

„Alles, nur nicht die Wahrheit. Schieb es auf mich, Keith. Sag ihnen, dass ich fremdgegangen bin oder dass ich Schluss gemacht habe. Nur erzähl ihnen nichts davon. Bitte."

Ein Sturm zog über ihn hinweg. Wut. Verzweiflung. Hoffnungslosigkeit. Er hasste mich. Er liebte mich. Ich zerstörte ihn – aber nur, damit er das Leben haben konnte, das ich ihm nie geben konnte.

„Ich wäre geblieben", sagte er.

„Ich weiß. Und genau deshalb musst du gehen. Eines Tages, wenn du eine wunderschöne Frau in den Armen hältst und sich ein Haufen rauflustiger kleiner Kinder um dich schart, wirst du an diesen Moment denken und mir danken."

Keith schüttelte trotzig seinen Kopf.

„Nein, Sam", erwiderte er und trug Murphy zur Haustür hinaus. „Nein, das werde ich nicht."

KAPITEL VIERUNDDREISSIG

Keith
Staatsfeind Nr.1

Wie ein Flüchtling schleppte ich die Kisten mit meinen Habseligkeiten in das Haus meiner Eltern – den einzigen Ort, den ich gefunden hatte, der so kurzfristig Hunde erlaubte – und packte meine mickrigen paar Dinge mit einem Gefühl der Endgültigkeit aus. Das war nicht das, was ich wollte. Und es war sicherlich auch nicht das, was der verwöhnte Einzelhund Murphy wollte. Er musste nun die Aufmerksamkeit mit Mike, dem Golden Retriever, Sally, dem Shih-Tzu-Mix und Joshua, der Tigerkatze, teilen. Und obwohl Murphy es nicht mit so vielen Worten ausdrückte, wusste ich, dass er seine Besitzerin bereits vermisste.

Das Haus meiner Eltern war zwar tierfreundlich, doch das war mit einer wertenden Enttäuschung verbunden. Sam war ein beliebter Familienzuwachs gewesen und da ich den wahren Grund für unsere Trennung nicht preisgeben konnte, nahm meine Familie einfach an, dass ich der Schwachkopf war, der sie verlassen hatte. Und wenn man dann noch meinen vermeintlich herzlosen Abgang mit dem kürzlichen Tod ihrer Mutter kombinierte, sah ich aus wie ein doppelter Hundehaufen.

Ein langer, schleppender Seufzer der Unzufriedenheit von Murphy lenkte meine Aufmerksamkeit auf ihn.

„Du und ich, Mur." Ich erwiderte seine hündische Melancholie mit meinem eigenen trostlosen Seufzer. „Du und ich, wir beide."

Mom kam einige Zeit später herein, um zu reden, und wenn ich „rede" sage, dann meine ich, dass sie hereinkam, um mich auf der Suche nach Informationen zu foltern. Bewaffnet mit dem Versprechen meines Lieblings-Fleischbällchen-Gerichts, drängte sie auf Details.

„Ich kann ja mal mit ihr reden", bot sie an. „Vielleicht wird das helfen."

„Nein, Mom, das wäre das Gegenteil von helfen. Sie will nicht mehr Teil meines Lebens sein und das bedeutet standardmäßig, dass du dich auch von ihr trennen musst."

Ich wusste, dass ein solcher Verlust meine Mutter verfolgen würde. In den letzten fünf Jahren waren sie und Sam sich so nahe gekommen wie Mutter und Tochter. Es war eine langsam wachsende Beziehung gewesen, da beide Frauen von Vertrauensproblemen geplagt waren, aber sobald sie sich über ihr gemeinsames Interesse – mich – verbunden hatten, hatte es keinen Halt mehr gegeben.

Sam war auch Quinn sehr nahe gestanden. Die beiden hatten eine Bindung zueinander aufgebaut, nachdem sie auf dem Weg zum Bad im weitläufigen Haus meiner Eltern versehentlich in sein Zimmer gegangen war. Obwohl meine Mutter Quinns musikalische Fähigkeiten angepriesen hatte, hatte Sam einmal behauptet, dass sie glaubte, dass meine Mom seine Talente herunterspielen würde.

Trotz der Tatsache, dass ich meiner Mutter nicht verraten hatte, warum Sam und ich uns getrennt hatten, wurde das

Abendessen eine Stunde später von keinem Geringeren als einem sehr angepissten Quinn in mein Zimmer gebracht.

„Was zum Teufel hast du ihr angetan?" Seine Worte waren von Anschuldigungen durchdrungen.

„Das geht dich nichts an", feuerte ich zurück.

„Du bist ein Idiot, weißt du das? Und glaube nicht, dass ich aufhöre, mich mit ihr zu treffen, nur weil du ein katastrophales Arschloch bist."

Sag mir, wie du dich wirklich fühlst, Quinn. Ich nehme an, ich hätte mich verteidigen und Sam die Schuld an der Trennung geben können, wie sie es verlangt hatte, aber trotz des Schmerzes und der Wut, die ich fühlte, liebte ich sie zu sehr, um sie als den Bösewicht darzustellen. Außerdem war ich einfach zu müde, um zu kämpfen. Heute wollte ich einfach nur meine Wunden lecken. Also aß ich meine Fleischbällchen in der Heiligkeit meines eigenen Zimmers, zufrieden damit, die Rolle des Bösewichts zu spielen, wenn es die Menschen um mich herum hoffnungslos in Samantha Anderson verliebt bleiben ließ.

Später steckte mein Vater seinen Kopf herein. „Willst du einen Film gucken?"

Ich beäugte ihn misstrauisch. Ein Film mit meinem Vater war nie nur ein Film. Er mochte nämlich historische Dramen. Nicht, wohlgemerkt, die coole Art wie die Blutbäder des Zweiten Weltkriegs, oh nein. Dad mochte lieber diese Biografie-Dokus mit historischen Figuren, die die ersten drei Stunden nichts anderes taten, als zu reden, bevor man ihnen *endlich* den Kopf wegblies. „Kommt drauf an. Von welchem reden wir?"

„Du weißt schon ..." Er zögerte eine Sekunde zu lange und verriet sich. „Ein Action-Film."

„Dad, ich weiß, dass du lügst. Du hast dieses Zucken an deinem rechten Auge. Ich kann nicht glauben, dass du versuchst, mich zu einem deiner Scheißfilme zu locken. Dir ist doch klar, dass dies der schlimmste Tag meines Lebens ist, oder?"

„Oh", sagte er und sein Gesicht verzog sich in gespielter

Sorge. „Das tut mir leid, Mrs. Lincoln. Abgesehen davon, wie war das Theaterstück?"

So viel zum Thema Mitgefühl. Ich warf ein Kissen auf seine sich zurückziehende Gestalt.

Erst als Grace vorbeikam, bekam ich ein Angebot, das ich nicht ablehnen konnte.

Sie schlich mit ihrem Pediküreset in mein Zimmer und fragte: „Soll ich dir die Zehennägel lackieren?"

Na, verdammt. Die Familie zog heute Abend wirklich alle Register.

„Warum zum Teufel nicht?", grummelte ich und streckte ihr meine jungfräulichen Zehen entgegen.

In der nächsten halben Stunde malte sie mit äußerster Sorgfalt meine Zehen grau an, die Farbe meines düsteren Gemüts. Dann, mit der ruhigsten Hand, die ich je gesehen hatte, zeichnete die kleine Künstlerin in Grace zart ein buntes Surfbrett auf jeden großen Zeh. Es war wirklich super cool und ich spürte, wie ein kleiner Teil meines Geistes zurückkehrte.

Nachdem sie gegangen war, durchquerte ich den Raum und durchwühlte den Mülleimer, bis ich fand, wonach ich gesucht hatte. Vorsichtig, um meine Zehennägel nicht zu ruinieren, setzte ich mich auf das Bett und öffnete die Schachtel mit dem Einweg-Verlobungsring, den ich nun nie benutzen würde. Das selbstgefällige Gesicht des Juweliers kam mir in den Sinn. Er hatte es so gewollt. Kopfschüttelnd fädelte ich den Ring durch ein Lederband und knotete es zur Sicherheit mit einem Dreifachknoten zusammen, bevor ich es mir über den Hals streifte und meine Lippen auf den kostbaren Stein presste – und damit meiner Zukunft quasi einen Abschiedskuss verpasste.

Am nächsten Tag wachte ich auf, als ich etwas Schleimiges an meiner Wange spürte. Ohne meine Augen zu öffnen, schlug ich Murphy weg.

„Geh weg, Mur."

„Wau!" Ich riss meine Augen auf und rappelte mich hoch. Ein Haufen Sonnenblumenkerne rutschte von meiner durchweichten Wange und fiel auf einen Haufen in meinem Schoß.

„Was soll der Scheiß, Alter?", schimpfte ich Lassen aus, während ich das Laken aufschüttelte und die weggeworfenen Schalen überall herumschleuderte. „Hast du mir Sonnenblumenkerne auf die Wange gespuckt?"

„Vielleicht."

Ich verengte den Blick auf meinen Schlafzeitfeind. „Du bist eklig, weißt du das? Ihr alle. Immer."

Lassen lachte – einmal –, dann trat er zurück und nahm auf dem Stuhl neben dem Schreibtisch Platz. „Was bist du nicht für ein kleiner Strahl aus Pechschwarz?"

„Was tust du hier?"

„Ich bin deine gute Fee."

„Nein, du bist der leibhaftige Teufel."

Ein weiteres einsilbiges Lachen. „Du sagst Tomate, ich sage Tomahte."

Ich war müde und schlecht gelaunt und nicht in der Stimmung für Rätsel. „Was ... willst ... du?"

„Ich habe dir eine Schachtel voller Sonnenblumenkerne mitgebracht."

Ich beäugte ihn misstrauisch. Seit meiner Wiedervereinigung mit Sam vor fünf Jahren, beteiligte ich mich nur noch an der Samen-Sucht, wenn sie nicht in der Nähe war, da sie davon würgen musste. Doch Lassens Schachtel mit den Kernen hatte eine andere Bedeutung.

„Denkst du, ich werde rückfällig?", fragte ich.

„Du hast gerade deine Frau verloren. Ich halte mich an die Vorsicht."

„Tja, tu es nicht. Mir geht es gut."

„Momentan, klar. Aber was passiert in den nächsten Wochen ... Monaten? Du musst wieder zu den AA-Treffen gehen, Keith. Einfach um deinen Willen stark zu halten. Und zu unserem Glück, da du bis verdammt nochmal vier Uhr nachmittags geschlafen hast, gibt es tatsächlich eines, das in einer Stunde beginnt. Steh auf. Lass uns gehen."

Das Letzte, was ich tun wollte, war, den Rest des Tages mit Lassen zu verbringen, doch der Mann war merkwürdigerweise hartnäckig und ich wusste, dass ich ihn nicht so schnell abschütteln würde.

„Aahhh." Ich schleuderte die Laken von meinem Körper und machte mich auf den Weg zur Dusche.

Obwohl ich es hasste, es zuzugeben, hatte Lassen recht. Ich musste meinen Kopf wieder klar bekommen. Auch wenn mein erster Gedanke nicht den Drogen galt, würde es so einfach sein, mich gehen zu lassen. Ich musste sicherstellen, dass ich in schwierigen Situationen nicht nach einer Flasche, einer Pille oder einem Joint greifen würde.

Als das Treffen zu Ende ging, klopfte mir Lassen auf die Schulter. „Ich muss los."

„Wozu die Eile?", antwortete ich.

„Ich habe ein Date."

„Mit welcher Frau?"

„Keiner. Ich bin geschieden."

„Von welcher?"

„Von allen."

Ich kratzte mich verwirrt am Kopf. „Also ist das eine neue Frau?"

„Jep."

Großer Gott. Wie hatte er das denn geschafft? „Du bist eines der sieben Weltwunder."

Ein Lacher. „Eines Tages werde ich vielleicht meine Geheimnisse teilen. Aber du bist noch nicht bereit, meine Lehren zu verinnerlichen."

Lassen schob sich durch die Reihe der AA-Mitglieder und stieß mit seinem Hintern in fast jedes einzelne Gesicht, an dem er vorbeikam. Ich konnte mir ein Lachen nicht verkneifen, da ich wusste, dass das kein Zufall war. Er war so ein Idiot – und ich liebte den Kerl.

Eine Minute später beendete der Gruppenleiter das Treffen und als ich aufstand, um zu gehen, sah ich, wie mich ein Typ anstarrte. Da ich der Gruppe nicht verraten hatte, wer ich war, wurde ich sofort nervös und suchte hastig nach dem nächsten Ausgang.

„Kali?"

Diese Stimme. Ich würde sie überall wiedererkennen.

„Bildschirmschoner?" Ich konnte meinen Augen nicht trauen. Sein Haar war kurzgeschoren und sein Körper stark ausgemergelt. Damals in der High-School war Bildschirmschoner ein zottelhaariges Marshmallow gewesen, aber jetzt sah er eher wie eine ausgehöhlte Leiche aus.

„Mein Name ist James, Arschloch."

Ich lachte und gab meinem alten Freund eine Umarmung. „Verdammt, Kumpel, lange nicht gesehen. Was hast du so getrieben?"

Er streckte seine Arme zur Seite aus. Eine Erklärung war nicht nötig.

„Schlimm, hm?"

„Das Schlimmste." James wirkte so niedergeschlagen.

Ich erinnerte mich gut an dieses Gefühl. „Tut mir leid, Mann."

Er zuckte mit den Schultern. „Wie auch immer, du siehst gut aus, Kali. Wie ist es dir ergangen?"

„Ach." Ich zuckte mit den Schultern. „Habe mit meiner

Freundin Schluss gemacht. Ich passe nur auf, dass ich nicht rückfällig werde. Hast du Valentine oder Feuergehänge gesehen?"

„Ich habe beide seit Jahren nicht mehr gesehen. Irgendjemand hat mir erzählt, dass sich Feuergehänge nach der High-School zusammengerissen hat, aber ich habe keine Ahnung, wo er jetzt ist. Das Letzte, was ich gehört habe, ist, dass Valentine im Gefängnis sitzt. Er hat vor ein paar Jahren bei einem schiefgegangenen Drogendeal einen Typen erstochen."

Valentines Schicksal war nicht unbedingt eine Überraschung, aber es schockierte mich trotzdem. Das hätte ich sein können, wenn mein Vater nicht eingeschritten wäre und eine Veränderung gefordert hätte. Das hätte ich sein können, wenn Sam sich nicht meiner angenommen und mir geholfen hätte, mein Leben zu ändern.

Ich packte James' Schulter. „Ich würde gerne sagen, dass du gut aussiehst, aber Alter, ich sehe, dass du eine harte Zeit hinter dir hast."

„Ja. Wirklich hart. Ich habe mit diesem Scheiß zu tun, seit ich mit zwölf meinen ersten Joint geraucht habe. Ich habe gerade meinen dritten Entzug hinter mir. Es ist ein Kampf. Ich kann keinen Job behalten. Ich habe all die Jahre bei meinen Eltern gelebt. Sie hatten endlich genug und haben mich rausgeschmissen. Ich mache ihnen keinen Vorwurf. Ich war ein Wrack. Dieses Mal muss ich es wirklich auf die Reihe kriegen."

„Du wirst es schaffen", antwortete ich mit all der Ermutigung, die ich aufbringen konnte. Die Wahrheit war, dass Bildschirmschoner zerbrechlich war. Ein Fehltritt und er würde wieder verloren sein.

„Du machst dich aber gut", sagte er, scheinbar begierig darauf, das Thema zu wechseln. „Ich habe gehört, du hast einen Surfladen eröffnet. Schön für dich, Mann."

„Na ja, weißt du, ich hatte ein wenig Hilfe von meinem reichen und berühmten Bruder."

Er lächelte ohne einen Hauch von Eifersucht. James war

immer ein netter Junge gewesen, wenn auch mehr als nur ein bisschen bekloppt. „Ich gratuliere auch Jake zu seinem Erfolg. Du musst so stolz auf ihn sein."

„Bin ich auch. Danke. Wie kommt es, dass du nie in den Laden gekommen bist, um Hallo zu sagen?"

Er trat von einem Fuß auf den anderen und ließ den Kopf tief hängen. „Ich bin schon eine Weile unterwegs. Obdachlos. Das Letzte, was ich wollte, war, dass die Leute, die ich kenne, mich so sehen."

Ich nickte und verstand seine missliche Lage vollkommen. „Aber du bist jetzt clean."

Seine Lippen schoben sich nach oben, als er den Kopf senkte. „Das bin ich, aber du weißt, wie es ist. Ich muss kämpfen, um clean zu bleiben ..."

Ich unterbrach ihn. „Willst du es?"

„Was? Clean sein?"

„Ja. Willst du es?"

„Das will ich, Kali." Seine Augen füllten sich mit Tränen. „Ich will es so sehr. Ich bin nur ... ich bin so verdammt erschöpft."

Ich dachte zurück an Lassen und wie sehr er mir geholfen hatte, als ich so hoffnungslos gewesen war wie James. Ich hatte nach einem Mann gestunken, der Hilfe und Mitgefühl brauchte. Derselbe Geruch strömte jetzt von James aus. Meinen alten Freund wieder aufzubauen, würde eine beträchtliche Menge an Zeit in Anspruch nehmen. Zu seinem Glück war mein Terminkalender vor kurzem leergeräumt worden.

„Hast du einen Mentor?", fragte ich.

Er schüttelte seinen Kopf. „Nein."

Ich legte meinen Arm über seine Schulter und begleitete ihn zur Tür. „Was hältst du von Sonnenblumenkernen?"

KAPITEL FÜNFUNDDREISSIG

Keith
Mittagsintervention

„Rosinen mag ich auch."

Oh, Gott. James sprach wieder. Wann würde er es endlich lernen? Ich befand mich hinter den Waren-Kartons und sah auf, nur um festzustellen, dass er sich wieder an Taylor heranmachte. Ich blickte zu meinem Manager Nick hinüber, der bereits leise gluckste, was natürlich dazu führte, dass ich mir ein Lachen verkneifen musste.

Seit dem Tag, an dem James angefangen hatte, für mich im Kali's zu arbeiten, hatte er sich absolut und unerwidert in Taylor verknallt, die heißeste Surferbraut diesseits des Äquators. Keiner von uns brachte es übers Herz, ihm zu sagen, dass seine Chancen bei ihr so gut standen, wie in einem Durchgang aus einer Drehtür zu kommen, aber er bestand trotzdem darauf.

James war nichts als hartnäckig. Er verfolgte Taylor mit der gleichen Entschlossenheit, mit der er seine Sucht bekämpft hatte. An jenem Tag, an dem ich ihn mit nach Hause gebracht hatte, als wäre er ein streunender Hund, der ein Bad brauchte, hatte ich nicht die größten Hoffnungen in ihn gesetzt. Ja, ich war entschlossen gewesen zu tun, was ich konnte, aber ich war mir nicht sicher gewesen, ob er die mentale Stärke besaß, seine Sucht zu überwinden. Aber ich hatte auch nicht damit gerechnet, dass meine Eltern den schmuddeligen James wie einen der ihren aufnehmen und ihn wieder aufpäppeln würden.

Bald war mein alter Freund wieder der Alte, nur ohne die Rauchwolke, die sich wie stinkender Smog über ihn gelegt hatte. Gemeinsam waren wir in eine Eigentumswohnung am Strand gezogen und Murphys platonische Co-Eltern geworden. Und jetzt war James fast ein Jahr clean und in einer guten Situation und bereit für die Liebe. Unglücklicherweise hatte sich sein Herz in Taylor verguckt, die Meeresgöttin, bei der er absolut nicht das Recht darauf hatte, sie anzumachen.

„Das sind Blaubeeren, James."

Ich konnte fast hören, wie sie mit ihren Augen rollte. Taylors Geduld neigte sich dem Ende zu. Das hier passierte schließlich mehrmals am Tag.

„Oh. Ich mag auch Blaubeeren."

„Das ist schön."

Ich erschauderte. Diese drei Worte gehörten zum Schlimmsten, was ein Mann von der Liebe seines Lebens hören konnte. James ging unter.

„Eigentlich", zögerte er, „habe ich gelogen. Ich mag Blaubeeren nicht wirklich, weil sie meine Zähne blau färben."

Taylors Augen weiteten sich, denn vielleicht realisierte sie zum ersten Mal, dass auch sie an einem solchen Obstproblem leiden könnte. Ich konnte sehen, wie sie vergeblich versuchte, ihre perlweißen Zähne mit der Zunge zu säubern.

James sah es auch und ergriff die Chance, seinen Fehler zu korrigieren. „Aber du siehst gut aus mit deinen blauen Zähnen."

Oh, tja, Scheiße. Sein Flugzeug schlug gerade auf dem Boden auf und explodierte. Das tat so weh. Ich wandte mich ab, meine

Wangen brannten heiß für ihn. Ich musste James in eine Bibliothek oder zu einem Starbucks bringen, irgendwo, wo er eine Frau treffen konnte, die sein einzigartiges Geschwafel zu schätzen wusste. Doch ich kannte meinen Freund. Er würde morgen wieder damit anfangen und verzweifelt versuchen, dass das Mädel ihn bemerkte. Ich musste es ihm lassen – selbst mit seinen unbeholfenen Annäherungsversuchen war James mit den Frauen weiter als ich. Zumindest versuchte er es, was mehr war, als ich von mir behaupten konnte.

Die Tür läutete, als eine große Brünette eintrat, und ich musste zweimal hinsehen. Emma? Ich musste mich immer noch an die drastische Veränderung an ihr gewöhnen. Nicht nur, dass ihr Haar nicht mehr wasserstoffblond war, sondern auch ihr Bauch war angeschwollen und sie lächelte bis über beide Ohren. Wer war diese Frau und was hatte sie mit meiner schrulligen Schwester gemacht?

Ich steuerte direkt auf sie zu und umarmte sie. „Was machst du denn hier?"

„Ich lade dich zum Mittagessen ein."

Wir hatten unsere zweiwöchentlichen Verabredungen zum Mittagessen nicht mehr gemacht, seit sie Finn kennengelernt und sich in ihn verliebt hatte. Ich hatte sie vor Jahren nur initiiert, weil sie die Gesellschaft gebraucht hatte, aber jetzt, wo sie eine glückliche und erfüllte Frau war, brauchte sie ihren großen Bruder nicht mehr.

„Na, verdammt. Bezahlst du?"

Sie blickte sich in dem geschäftigen Laden um. „Ich denke, du könntest es dir leisten."

Sie hatte recht, ich konnte es. „Nick, übernimm du. James, lass Taylor in Ruhe und pass für mich auf Murphy auf."

Wir setzten uns an einen Tisch in einem Restaurant die Straße runter und Emma erzählte von all den neuen und aufregenden Ereignissen in ihrem Leben – Finn und das Baby, das in nur wenigen Wochen kommen würde. Ich hätte nie gedacht, dass ich den Tag erleben würde, an dem Emma ihre Wachsamkeit fallen ließ und sich für die Liebe öffnete. Ich war so stolz auf sie.

„Also, erzähl mir, was mit dir los ist. Wie ich sehe, hast du immer noch deinen Streuner."

„Murphy?", fragte ich.

„Nein, James."

Ich lachte und nahm einen Schluck von meiner Limonade, bevor sie meine Hand mit ihrer bedeckte. „Wie geht es dir wirklich?"

„Mir geht's gut."

„Tut es das? Denn ich habe den deutlichen Eindruck, dass du immer noch an Sam hängst. Hast du sie gesehen?"

„Nein. Sam und ich werden nicht wieder zusammenkommen, falls du das glaubst."

„Aber Keith, wenn du nicht weiterkommst, solltest du vielleicht umkehren und zurückgehen. Flehe sie um Vergebung an."

„Warum geht jeder so selbstverständlich davon aus, dass ich schuld bin? Ist es dir oder irgendjemandem in dieser Familie jemals in den Sinn gekommen, dass sie aus ihren eigenen Gründen mit mir Schluss gemacht hat und mich nicht zurückhaben will?"

Emmas Lippen teilten sich und ihre Augen wurden groß. „Ist es das, was passiert ist? Du hast sie nicht betrogen?"

„Nein, ich habe sie nicht betrogen. Mein Gott, für was für einen Menschen hältst du mich? Glaubt denn jeder, dass ich fremdgegangen bin?"

„Nicht jeder", antwortete Emma stockend. „Nur ich und Mom. Und Dad und Quinn und Jake. Und die Frau von der Reinigung die Straße runter."

„Nein, nicht auch noch Nancy." Ich lachte trotz meiner selbst.

„Hör zu, wenn du es wissen musst, Sam macht gerade einiges durch und sie wollte nicht ..."

„Was?"

„Mich mit sich hinunterziehen. Sie hat mich aus ihrem Leben ausgeschlossen, Em. Ich kann nicht mehr zurück, selbst wenn ich es wollte. Verstehst du das jetzt?"

Emma kippelte mit ihrem Stuhl, konzentrierte sich auf die Tischplatte und ließ ihre Finger über das Holz gleiten, bevor sie schließlich zu mir aufblickte. „Ich habe das nicht gewusst. Es tut mir so leid, Keith. Warum hast du nichts gesagt?"

„Es ist kompliziert."

„Aber du liebst sie immer noch?"

„Ja."

Sie seufzte, konzentrierte sich auf die Rillen und sagte, ohne aufzublicken: „Manchmal ist Liebe scheiße, stimmt's? Sie ist darauf ausgelegt, dich zu verletzen. Je mehr du liebst, desto schlimmer ist der Schmerz des Verlustes. Ich habe versucht, es abzuwehren, habe mein Herz dagegen gehärtet, aber was ich gelernt habe, ist, dass es schlimmer ist, keine Liebe zu haben, als sie am Ende zu verlieren."

„Da bin ich mir nicht so sicher. Im Moment wünsche ich mir, ich hätte sie nie geliebt."

„Tust du das?"

Ich verschränkte meine Arme auf dem Tisch und ließ meinen Kopf darauf fallen. „Ich weiß es nicht. Ich hasse es. Die ganze Sache – sie fühlt sich unvollendet an. Es ist schon so, seit wir Teenager waren. Es gibt so viel Geschichte zwischen uns, aber uns kommen immer Dinge in die Quere, die wir nicht kontrollieren können. Willst du wissen, was das Schlimmste an unserer Trennung war, Em? Sam hat nicht mit mir Schluss gemacht, weil sie mich hasst, sondern weil sie mich liebt. Sie wollte, dass ich alles habe, was sie mir nicht geben konnte. Ich denke, das ist der Grund, warum ich nicht weitermachen kann. Wir haben unsere Liebe nie verloren. Das ist die Geschichte unseres Lebens."

„Ich habe das Gleiche mit Finn gemacht, aber dann habe ich meinen Fehler eingesehen und ihn um Verzeihung gebeten. Vielleicht sieht sie es auch und kommt zu dir zurück, Keith."

Ich schüttelte den Kopf und spürte die Schwere. „Das kann sie nicht."

„Warum?"

„Weil es hier nicht um Sackgassen geht, Emma, sondern um Leben und Tod und sie ... sie stirbt."

Für eine Sekunde dachte ich, ich müsste bei meiner Schwester den Puls überprüfen. Vielleicht war es nicht die beste Idee gewesen, sie so zu schocken, während sie im achten Monat schwanger war.

„Du darfst niemandem sagen, dass ich es dir gesagt habe. Nicht einmal der Reinigung. Hast du das verstanden?"

Ihr Mund musste sich noch immer schließen. „Wie?"

„Sam hat Chorea Huntington. Es greift die Gehirnzellen an ..."

Ihr Gesicht verblasste zu einem aschfahlen Weiß. „Ich weiß, was Chorea Huntington ist."

„Und somit weißt du, was mit ihr passieren wird?"

Emma saß einen Moment lang wie versteinert da, bevor sie widerwillig nickte.

„Sie versucht, mich zu verschonen, Em, um mir eine Chance auf ein Leben mit einer Frau und Kindern zu geben, mit denen ich alt werden kann. Aber das Problem ist, dass ich mit niemandem außer ihr alt werden will. Und das ist der Grund, warum ich mich bis zum bitteren Ende im Kreis drehen muss."

„Ich weiß gar nicht, was ich sagen soll."

„Sag nichts. Keiner darf es erfahren. Ich habe es Sam versprochen und ich habe vor, dieses eine Versprechen für sie zu halten, verstehst du?"

„Das tue ich." Sie griff über den Tisch und steckte ihre Finger in mein Haar. „Es tut mir so leid."

„Wer ist gestorben?", unterbrach eine vertraute Stimme unser tiefgründiges Gespräch.

Ich riss meinen Kopf hoch, gerade als Kyle neben mir auf die Bank rutschte und Jake neben Emma.

„Was zur Hölle?", lachte ich und die dunkle Wolke verflüchtigte sich. „Seid ihr das unter den ganzen Haaren?"

Die beiden bestätigten ihre Identitäten, die sich hinter buschigen Bärten und langen, strähnigen Locken verbargen.

„Ich verstehe, warum Jake sich verkleidet hat", sagte Emma. „Aber denkst du nicht, dass es für dich ein bisschen übertrieben ist, Kyle? Ich meine, das letzte Mal, als ich nachgeschaut habe, warst du immer noch ein C-Promi."

„Zu deiner Information, Emma, die Leute erkennen mich die ganze Zeit und wenn jemand hier ein Fan ist, wäre es nicht allzu schwer, herauszufinden, wer der Yeti hier ist. Also lass uns versuchen, keine Zicke zu sein, ja?"

„Okay, gut, ich wollte damit ja nur andeuten, dass du dir selbst viel zutraust."

„Oh, ich weiß, was du andeuten wolltest. Und wo wir gerade von deiner ungeplanten Schwangerschaft sprechen, haben du und Finn eine Ziploc-Tüte als Schutz benutzt?"

„Haha. Der war gut. Gibt es einen Grund, warum deine Achselhöhlen nach Pferdesabber riechen?"

„Oh Gott", jammerte Jake und ließ seinen Kopf auf den Tisch sinken. „Jemand soll sie bitte zum Schweigen bringen."

„Als der Älteste", mischte ich mich ein, „rufe ich einen Waffenstillstand aus. Ihr beide umarmt und versöhnt euch, oder verschwindet von meinem Planeten."

Kyle stand auf und lehnte sich über den Tisch, um Emma zu umarmen. „Du siehst wunderschön aus, Schwesterherz."

„Und du riechst wunderbar."

Kyle strahlte und ließ sich wieder auf seinen Platz plumpsen. „Danke."

„Also, warum seid ihr alle hier?", fragte ich. „Ist das hier eine Intervention?"

„Warum muss es eine Intervention sein, damit wir zusammen abhängen können?", fragte Jake.

„Weil wir nie zusammen abhängen, es sei denn, Mom zwingt uns mit Schuldgefühlen dazu."

„Gibt es einen bestimmten Grund, warum wir eine Intervention brauchen, Keith?", fragte Emma.

Ich dachte darüber nach und stellte fest, dass es eigentlich keinen gab. „Oh, ja. Du hast recht. Die Macht der Gewohnheit."

„Obwohl ...", sagte Jake und zögerte gerade genug, damit ich wusste, dass mir nicht gefallen würde, was auch immer er sagen wollte. „Ich wollte deine Meinung zu einer Sache hören. Casey würde Sam gerne zu unserer Hochzeit einladen. Sie ist gerade in der Planungsphase, wenn du also dagegen bist, werde ich es anfechten."

Kyle hustete ein Lachen hervor.

„Hast du etwas zu sagen?"

„Ähm ... eigentlich ja, das habe ich, Jake. Hast du deine Eier sofort abgegeben, oder hat sie dir eine Trauerzeit gewährt?"

„Das sagt ja der Richtige."

„Alter, ich will es nicht abstreiten. Kenzie ist meine Königin. Das habe ich akzeptiert. Aber du ... du scheinst immer noch zu denken, dass du eine Art von Macht hast. Sieh es ein. Casey ist deine Oberbefehlshaberin. Wenn sie entschieden hat, dass Sam kommt, dann gibt es nichts außer einem Erlass, was sie noch aufhalten kann, also hör auf, so zu tun, als hättest du bei der Hochzeitsplanung irgendein Mitspracherecht."

Jake schwieg für eine längere Zeit, ehe er seine Hand hob. „Ich stimme dafür, dass Kyle zu keinem weiteren Interventionsmittagessen eingeladen wird."

„Ich auch", lachte Emma.

„Hey", spöttelte Kyle. „Ich dachte, wir hatten uns geküsst und versöhnt."

„Wir haben uns nur umarmt, also mag ich dich immer noch nicht."

Kyle warf lachend den Kopf in den Nacken und der Rest von uns stimmte mit ein. Zum Glück gehörte unser jüngerer Bruder zu den Typen, die nur schwer zu kränken waren.

„Also, wie lautet deine Entscheidung, Keith?", fragte Jake. „Ja oder nein? Willst du, dass Sam von der Gästeliste gestrichen wird oder nicht?"

Ich dachte einen Moment darüber nach, da ich wusste, dass Sam wahrscheinlich sowieso nein sagen würde, und zuckte mit den Schultern. „Macht schon. Ladet sie ein."

„Oh, Gott sei Dank", platzte Kyle heraus. „Jake darf noch einen weiteren Tag leben."

Die beiden rauften über den Tisch hinweg miteinander, wobei Kyle nach Jakes Hemd griff und den Kragen herunterzog. Etwas fiel mir ins Auge. Oder besser gesagt, etwas fiel mir *nicht* ins Auge. Ich griff hinüber und zerrte selbst am Kragen. Die Achat-Halskette. Sie war weg.

„Was zum Teufel?", fragte Jake und schlug meine Hand weg.

„Die Halskette, die du immer getragen hast – wo ist sie?"

Emma und Kyle blickten zwischen uns hin und her und waren von unserem Austausch genauso verwirrt wie Jake.

„Ich habe sie abgenommen. Gott." Jake zupfte sein Hemd zurecht. „Was ist dein Problem? Ich wusste nicht, dass ich meine Schmuckauswahl mit dir abklären muss."

„Du nimmst sie nie ab."

„Nun, tue ich schon. Was ist denn mit dir los?" Jake starrte mich neugierig an. „Bist du sauer?"

Mir wurde klar, dass ich wahrscheinlich wie ein Verrückter klang, also holte ich tief Luft und beruhigte mich. „Hör zu, es tut mir leid. Ich bin nur überrascht. Darf ich fragen, warum du sie abgenommen hast?"

„Ich weiß es nicht. Nachdem du mir diesen ganzen Schwachsinn erzählt hast, dass der Stein Heilkräfte hat, habe ich ihn wohl eine Zeit lang als mein Sicherheitsnetz betrachtet. Aber als ich Casey getroffen habe, wurde mir klar, dass ich ihn nicht mehr brauche. Also habe ich ihn abgenommen. Er liegt in meinem Safe. Nichts gegen dich oder das Geschenk, das du mir gegeben hast. Ich meine, ich habe ehrlich gesagt nicht gedacht, dass es dich interessiert. Und ich hätte definitiv nicht gedacht, dass du mich deswegen behelligen würdest."

„Es tut mir leid. Das war total unangebracht", sagte ich und zappelte so lange, bis alle am Tisch mich interessiert beäugten. „Okay, gut. Ich war nicht ganz ehrlich zu dir, was die Halskette angeht. Ich habe sie nicht im Unkraut an einer Klippe gefunden. Sam hat sie mir geschenkt. Sie hat ihrem Großvater gehört. Sie hat geglaubt, dass sie sie beschützt hat, und bevor sie weggezogen ist, hat sie sie mir gegeben, weil sie gewusst hat, dass ich in der Klemme gesteckt habe."

Jakes Augen verengten sich auf mich. „Warum hast du mir das nicht gesagt?"

„Weil du sie nicht angenommen hättest."

„Natürlich hätte ich sie nicht angenommen."

„Aber sie hat dir geholfen."

„Aber sie hat mir nicht gehört. Hat Sam überhaupt gewusst, dass du sie mir gegeben hast?"

„Nicht bis zu dem Tag in deiner Garderobe. Sie hat sie an deinem Hals gesehen."

„Oh, mein Gott, Keith. Du hast mich in eine so schlechte Lage gebracht."

„Nein, sie war froh, dass du sie hattest. Ich mache keine Witze. Die Kette hatte ihr immer Trost gespendet und sie war stolz darauf, dass du sie getragen hast. Die Sache ist die, Sam macht gerade ziemlich viel durch und sie könnte ihr helfen …"

„Ich gebe sie dir morgen zurück."

„Bist du sicher? Du musst das nicht, wenn du nicht willst. Sie war ein Geschenk."

„Ich bin mir sicher." Jake war nicht mehr sauer auf mich, entspannte sich und lehnte sich zurück. „Ich brauche sie nicht mehr. Casey ist mein Achat."

KAPITEL SECHSUNDDREISSIG

Samantha
Auf der Siegerseite

Wochen vergingen, dann Monate, und jeder Tag wurde ein wenig leichter. Die Einsamkeit war etwas, womit ich für den Rest meines Lebens zu kämpfen haben würde und je eher ich mich damit abfand, desto besser. Ich ging wieder in Vollzeit arbeiten und nahm einen Umweg, um *Kali's Surf Shack* zu meiden. Solange ich nicht zu sehr darüber nachdachte, was mir fehlte, war der Schmerz erträglich. Doch in manchen Nächten, allein in meinem Bett, weinte ich noch immer.

Das Letzte, was ich in Angriff nehmen musste, war das Haus meiner Mutter, das fast ein Jahr lang unberührt dagestanden hatte. Ich hatte mehrmals versucht, durch die Haustür zu gehen, doch aus irgendeinem Grund schaffte ich es nicht. Aber es dem Verfall zu überlassen, war auch keine Option und es machte finanziell keinen Sinn, weiterhin Geld in ein Haus zu stecken, in dem ich nie wieder leben wollte.

Wochen bevor ich den Mut aufbrachte, zurückzukehren, war Stewart hineingegangen und hatte die bösen Botschaften übermalt, die Mom für mich an den Wänden hinterlassen hatte. Er hatte auch die Antiquitäten verkauft und den Rest der Möbel verschenkt. Jetzt musste ich nur noch die Reste in Kisten und Tüten verpacken. Ich bezweifelte, dass ich etwas finden würde, das ich behalten wollte, doch das Bedürfnis, mehr von meiner Vergangenheit aufzudecken, ließ mich den Sortierprozess ernstnehmen.

„Reiß dich zusammen, Mädel."

Ich hielt pflichtbewusst den Atem an, als Shannon den Verschluss des figurbetonten goldenen Kleides packte und daran zog. Mir wurde der Atem geraubt und ich gab ein sehr lautes Schimpfwort von mir.

„Schhh", mahnte sie, legte einen Finger über ihre Lippen und gestikulierte mit den Augen zu dem kleinen Bündel Niedlichkeit, das im Autositz schlief. „Wenn Audrey aufwacht, geht die Fütterungszeit auf dich."

„Na dann, es wird es nicht lange dauern, denn das Einzige, was diese Nippel absondern, ist Staub."

„Apropos Staub", sagte Shannon und wedelte mit ihrer Hand herum. „Wir müssen diese *Pretty-Woman*-Makeover-Farce beenden, bevor ich einen Asthmaanfall bekomme."

Unsere Suche nach verborgenen Schätzen hatte uns hierher geführt, in den Kleiderschrank meiner Mutter und ihre riesige Ansammlung von Abendkleidern. In ihren frühen Tagen war Mom so etwas wie ein Starlet gewesen. Ihr Traum, ein Filmstar zu werden, war nie wahrgeworden, aber sie hatte eine Zeit lang in der Hollywood-Elite gelebt. Ich versuchte mir vorzustellen, wie sie wohl in meinem Alter gewesen war und immer noch so voller Verheißung und Ehrgeiz. Sie war einst schön und fröhlich gewesen, die Bilder bewiesen es. Doch das war gewesen, bevor die Krankheit wie ein Blitz eingeschlagen hatte und bevor sie sich in die Teufelin verwandelt hatte, als die ich sie kannte.

Vorhin, als ich auf meinen Knien in ihrem Schrank die Überreste ihres Lebens durchsucht hatte, hatte ich endlich meinen Frieden mit ihr geschlossen. Der Hass, an dem ich so lange festgehalten hatte, war von mir abgefallen, als ich hatte zugeben können, dass auch sie ein Opfer der Umstände gewesen war. Ich hatte keine andere Wahl, als ihre Sünden zu vergeben, denn eines Tages würden sie meine eigenen sein. Shannon hatte mir reichlich Zeit zum Trauern gegeben, doch sobald mein Wasserwerk eine Pause eingelegt hatte, hatte sie mir mit einer Hand ein Tempo gereicht und mit der anderen ein goldenes Kleid hochgehalten.

„Uff", stöhnte ich, als sich meine Organe gerade so weit neu anordneten, dass Shannon den Reißverschluss über meinen Rücken ziehen konnte. Das war kein leichtes Unterfangen. Shannon versuchte, meinen sportlichen Körper der Größe sechs in ein modelwürdiges Kleid in Größe null zu quetschen.

„Ich habe ja gewusst, dass meine Mutter dünn war, aber ich habe gedacht, sie hätte nur wegen der Krankheit abgenommen. Jetzt weiß ich, dass sie immer zierlich war. Ich schwöre, diese Frau hat in meinem Alter nichts gegessen."

„Ähm ... ja, das habe ich schon herausgefunden." Shannon trat in ihrem eigenen Hollywood-Kleid hinter mir hervor – nur sah ihres aus, als war es für eine Puppe angefertigt worden. Es war nicht nur, dass ihre Unterarme mehrere Zentimeter aus dem Ärmel herausragten, sondern das bodenlange Kleid, das sie ausgesucht hatte, reichte ihr nur bis zur Wade.

Und einfach so hatte sich meine beste Freundin wieder für mich eingesetzt. Unser leises Lachen verjagte die negative Energie. Ich würde das schon irgendwie durchstehen.

„Shannon?"

„Ja, meine Hübsche?", antwortete sie und rollte mit ihren Augen.

„Ich kann nicht atmen. Meine Zehen werden taub."

„Das wirft eine interessante Frage auf", sagte Shannon und

ließ sich verdammt viel Zeit damit, mir den Reißverschluss zu öffnen. „Wenn du die Wahl hättest, jeden Tag Tacos zu essen oder für den Rest deines Lebens superdünn zu sein, was würdest du wählen – harte oder weiche Tacos?"

Das Lachen behinderte meine Luftzufuhr nur noch mehr. „Es sind Tacos, wen interessiert's?"

„Genau!", rief sie, überwand endlich den Widerstand und befreite mich. „Du wärst überrascht, wie viele Leute diese Frage falsch verstehen."

„Tja, weißt du, deshalb sind wir ja auch Freundinnen."

„Ja, das stimmt." Und während wir noch in den Spiegel schauten, strich Shannon mir durch die Haare und sagte: „Du weißt, dass du den Gentest machen lassen musst, oder?"

„Das haben wir doch schon hundertmal besprochen. Es hat keinen Sinn. Ich kenne die Antwort bereits."

„Nein, tust du nicht, Samantha. 50 % bedeutet genau das. Es ist das Werfen einer Münze, der Unterschied, ob man einen Jungen oder ein Mädchen bekommt."

Ich seufzte. „Ich habe Symptome, Shan."

„Hier ist die Sache mit den Symptomen. Unser Verstand kann uns austricksen, damit wir glauben, dass etwas wahr ist, wenn es nicht wahr ist. Wie oft war dir übel, wenn jemand anderes die Magengrippe hatte?"

„Ich weiß, es ist nur ... ich habe Angst. Im Moment habe ich noch Hoffnung. Wenn die Ergebnisse zurückkommen und ich auf der falschen Seite des Prozentsatzes bin, dann ist es für mich komplett vorbei."

„Aber was, wenn es die richtige Seite ist?"

„Aber was, wenn es die falsche Seite ist?"

Wir standen einen Moment lang schweigend da und dachten nach, bevor Shannon ihren Satz von vorhin wiederholte.

„Aber was, wenn es die richtige Seite ist?"

Mit Ausnahme von einigen Kleidern und Schmuckstücken meiner Mutter und Kisten mit Papierkram, die ich später sortieren würde, gab ich Stewart grünes Licht, den Rest ihrer Sachen Wohltätigkeitsorganisationen zu spenden, in der Hoffnung, dass etwas Gutes aus ihrem schwierigen Leben entstehen könnte. Als ich später an jenem Tag nach Hause kam, erschöpft von der geistigen und körperlichen Anstrengung, bemerkte ich einen Briefumschlag, der vor meiner Tür lag. Er war nicht frankiert. Keine Beschriftung.

Ein Schauder erfasste mich. Ich weiß nicht, woher ich es wusste, aber ich wusste es einfach. Er war von Keith. Mit zittrigen Händen hob ich ihn auf und trug ihn hinein, als wäre er ein neugeborenes Baby. Doch als ich ihn sicher auf meinem Küchentisch hatte, konnte ich mich nicht dazu bringen, ihn zu öffnen. Ich war mir nicht sicher, warum, aber ich huschte durch das Haus, erledigte Hausarbeiten, bis ich es schließlich nicht mehr vermeiden konnte. Ich schenkte mir ein Glas Wein ein, setzte mich auf den Stuhl und trennte vorsichtig die klebrige Papierlasche ab. Ich zog ein gerahmtes Foto heraus und zog es sofort an meine Brust, um es zu umarmen. Murphy. Mein Baby. Ich vermisste ihn so sehr, doch hier war er nun und sein zahniges Grinsen erhellte meinen Tag.

Mein Lächeln wurde breit, als ich Keith ein stilles Dankeschön schenkte. Selbst aus der Ferne passte er immer noch auf seine Weise auf mich auf. Ich hatte das Gerücht gehört, dass er sich wieder verabredet hatte, und obwohl ich mich von den Details fernhielt, tröstete mich das Wissen, dass es ihm gut ging – obwohl mich die quälende Eifersucht ab und zu innerlich auffraß.

Als ich den Umschlag hinlegte, bemerkte ich eine Wölbung am Boden der Verpackung und als ich meine Hand hineinsteckte und einen kleinen Gegenstand herauszog, der mit Seidenpapier bedeckt war, wusste ich genau, was es war. Mit zitternden Fingern riss ich die Verpackung auf und quietschte, als der Preis mit einem kleinen Zettel zum Vorschein kam, auf dem stand: „Ich habe gedacht, du könntest den hier gebrauchen."

Hocherfreut hob ich den Glücksstein meines Großvaters an meine Lippen und flüsterte: „Ja, den brauche ich."

KAPITEL SIEBENUNDDREISSIG

Samantha
Die Hochstaplerin

Ich hätte darauf warten können, zu meinem Platz begleitet zu werden, doch da zwei Drittel der Platzanweiser auf Jake und Caseys Hochzeit McKallister-DNA in ihren Adern hatten, lagen die Chancen gering, dass ich es ohne eine peinliche Begegnung zu einer Kirchenbank schaffen würde. Im besten Fall bekam ich einen Caldwell-Bruder. Im schlimmsten Fall? Bekam ich meinen Ex, den Mann, dessen Herz ich in eine Schrottpresse gesteckt hatte, um daraufhin „extra fest" auszuwählen, nur damit ich sicher sein konnte, dass es ausreichend zerquetscht war. Nein, es war das Beste, meinen eigenen Platz zu finden, so weit vom Geschehen entfernt wie möglich.

Ich stand vor der Kirchentür und wartete darauf, dass die Luft rein war, damit ich mit meinen acht Zentimeter hohen Absätzen hineinhuschen konnte. Und ich wollte mich gerade auf den Weg machen, als Keiths Lachen nach draußen drang und wie eine schöne Melodie in meine Ohren wehte. Ein hoffnungsvolles

Lächeln trat auf meine Lippen. Vielleicht hatte ich ihn nicht völlig zerquetscht. Oder, was wahrscheinlicher war, eine andere Frau hatte diese Freude in sein Leben zurückgebracht. Ich konnte fast spüren, wie mir allein bei dem Gedanken, dass Keith mit einer Frau glücklich werden würde, die nicht ich war, die Farbe aus dem Gesicht wich, und ich musste meinen besitzergreifenden Verstand aktiv daran erinnern, dass es mein Wunsch gewesen war – worum ich ihn gebeten hatte.

Eines Tages wirst du an diesen Moment denken und mir danken.
Nein, Sam. Nein, das werde ich nicht.

Ich schüttelte die Erinnerung ab und konzentrierte mich wieder auf das Hier und Jetzt. Keiths Stimme entfernte sich weiter, während er eine weitere glückliche Dame zum Altar führte. Ich stellte mir vor, wie er sie mit seinem witzigen Charme und seinem unvergleichlich guten Aussehen in seinen Bann zog, während sie den ganzen Weg zu ihrem Platz über kicherte. Er konnte mit Damen wirklich gut umgehen. Ich meine, er hatte mich für den Rest meines Lebens in einen Haufen Schmalz verwandelt. Und ich wettete, er war auch so gutaussehend wie immer. Natürlich war er das. Ein Mensch kann nicht einfach aufhören, attraktiv zu sein. Er hatte mich als siebzehnjähriges Mädchen in seinen Bann gezogen und ich war all die Jahre später noch immer hoffnungslos in ihn verknallt. Ich fragte mich, ob ich mich jemals vollständig von Keith McKallister erholen würde oder ob er wie eine dieser chronischen Entzündungen sein würde, die von Zeit zu Zeit aufflammten.

Vielleicht hätte ich nicht kommen sollen. Nachdem die Hochzeitseinladung per persönlichem Kurier angekommen war, war ich tagelang hin und her geschwankt. Versteh mich nicht falsch, es war eine Ehre, eingeladen worden zu sein, und ich wollte nichts mehr, als mit Jake und Casey zu feiern, aber ich konnte nicht anders, als mich wie eine Hochstaplerin zu fühlen. Oder schlimmer noch, wie der Geist vergangener Freundinnen.

Ja, ich war nach der Trennung mit Casey befreundet geblieben, aber der Rest der McKallisters, mit einer Ausnahme, hatte sich um die eigenen Leute geschart, als ob die Jahre, die ich mit ihnen verbracht hatte, aus ihrem Gedächtnis gelöscht worden wären. Ich verstand es ja. Sie waren eine Familie, auch wenn ich mich einst als Teil davon betrachtet hatte. Und obwohl ich der Grund für die ganze Zwietracht war, würde ich lügen, wenn ich sagen würde, dass es nicht wehtat, aus ihrem Kreis ausgeschlossen zu werden. Doch was hatte ich schon erwartet? Sie waren nicht mehr meine Familie und je eher ich das akzeptierte, desto einfacher würde es sein.

Mit Keith in einer sicheren Entfernung huschte ich durch das Foyer und in die Kirche, bevor ich mich hinter die hinterste Bank duckte und auf den vorletzten Platz rutschte. Das Mutter-Tochter-Duo neben mir, das bunte Hüte trug, schien ablenkend genug zu sein, dass sich niemand die Mühe machen würde, an den Pfauenfedern vorbei zu schauen, um eine gefühllose Herzensbrecherin wie mich zu bemerken.

Ich hatte mich geirrt.

Ich hatte noch nicht einmal Zeit, mir den Schweiß von der Stirn zu wischen, bevor Keith den Gang entlang schlenderte. Es war nicht das erste Mal, dass ich ihn in einem Smoking sah, aber ich kann dir sagen, es war immer ein atemberaubendes Erlebnis. Die mickrige Ansammlung von Taschentüchern, die ich mitgebracht hatte, würde nicht ausreichen, um den Sabber in meinen Mundwinkeln aufzusaugen. Ich konnte meinen Blick nicht von ihm losreißen und schaute hinter den federleichten Glamourwimpern, die ich zuvor aufgetragen hatte, zu ihm hoch, ohne irgendetwas im Gegenzug zu erwarten. Doch wie durch eine unsichtbare Kraft gelenkt, drehte sich Keith in meine Richtung und seine Augen richteten sich auf mich. Er schien zuerst überrascht zu sein. Dann verletzt. Dann wütend. Und schließlich wurden seine Gesichtszüge weicher und ich sah, wonach ich verzweifelt gesucht hatte – Liebe.

Meine eigenen Emotionen waren in vollem Umfang zu sehen,

der Moment war so ungeschminkt und echt, dass es sich anfühlte, als ob mein Herz viel zu viele Schläge aussetzen würde. Keiths Gesicht war ein offenes Buch der Gefühle und sein Schritt strauchelte. Er schien unsicher zu sein, zwiegespalten. Ich hatte das Gefühl, dass er zu mir kommen wollte, doch die Stimme in seinem Kopf sagte ihm, dass er es nicht tun sollte. Der rationale Teil seines Gehirns siegte und Keith ging weiter den Gang entlang, ohne ein weiteres Mal in meine Richtung zu blicken.

Als die Zeremonie begann, wurde sofort klar, dass die Tempos, die ich in meine Clutch gesteckt hatte, nicht einmal für den Gang zum Altar reichen würden, geschweige denn für die innigen Gelübde. Dennoch war es das Opfer meiner durchnässten Taschentücher wert. Es gab nichts Schöneres als die Vereinigung von zwei Menschen zu bezeugen, welche füreinander bestimmt waren.

Keith und ich – wir waren füreinander bestimmt.

Ja, halt die Klappe, Sam. Du bist scheiße!

Den Empfang verbrachte ich damit, die Aufmerksamkeit eines Mannes am Tisch der Singles abzuweisen. Er war gutaussehend und erfolgreich. Woher ich das wusste? Tja, ich werde es dir sagen. Weil er das Bedürfnis hatte, mich ständig daran zu erinnern, wie gutaussehend und erfolgreich er war. Außerdem verbrachte er die freien Minuten damit, eine Liste seiner einflussreichen Freunde herunterzurasseln. Als ob ich mich für so einen oberflächlichen Mist wie Prestige und Titel interessieren würde. Es brauchte nur eine hirnzersetzende Krankheit, um deine Prioritäten geradezurücken ... oder... na ja ... zumindest um zu priorisieren, was echt war und was zum Schwachsinn gehörte. Keith. Die McKallisters. Die Caldwells. Echt. Mit Makeln. Schön. Männer mit hochkarätigen Jobs und beeindruckenden Freunden, tretet beiseite.

Ich mochte Piraten, die Cupcakes glasierten und Surfer Boys, die Verlobungsringe aus Seetang machten. Ich schätze, ich war nun mal so einfältig.

„Sam?"

Mein Kopf wandte sich der Stimme zu und ich wusste, wen ich vorfinden würde, bevor ich ihn überhaupt zu Gesicht bekam. Quinn – Keiths kleiner Bruder und mein inoffizieller musikalischer Schwarm. Ich schlang meine Arme um ihn und wir umarmten uns lange. Beim ersten Weihnachten, das ich bei den McKallisters verbracht hatte, war ich in den falschen Raum gegangen und hatte einen damals zwölfjährigen Jungen gehört, der sich das Herz aus dem Leib gesungen hatte. Von diesem Zeitpunkt an war ich süchtig. Ich vermute, dass meine Hingabe vielleicht noch weiter zurückreichte – bis zu dem zerzausten kleinen Jungen auf der Veranda – dem, der darum gekämpft hatte, die Welt zu verstehen, die um ihn herum zusammengebrochen war. Ja, ich hatte ihn seit damals geliebt.

„Quinn, ich habe dich so sehr vermisst", sagte ich und bombardierte seine Wangen mit Küssen. „Mein absoluter Lieblingssänger."

Er grinste. „Du warst schon immer voreingenommen."

„Ich weiß nur, was meine Ohren gerne hören."

Quinn nahm mein Kompliment demütig an, bevor ihn die spannungsgeladene Energie überwältigte und er nervös auf seinem Platz hin und her rutschte. „Es tut mir leid, dass ich mich nicht mehr gemeldet habe. Ich wollte es, aber du weißt schon, der Bro-Code und so."

„Natürlich." Ich lächelte. „Ich verstehe."

Und das tat ich. Ich wollte nicht, dass ihm meine Probleme Schwierigkeiten mit Keith und seiner Familie bereiteten, und die Tatsache, dass Quinn trotz unserer engen Bindung zu seinen Brüdern hielt, sagte etwas über seinen Einsatz für die Familie aus – zu der ich nicht mehr gehörte.

„Aber glaub mir, ich war so wütend auf Keith. Ich wollte ihm eins auf die Nase geben, weil er dich verletzt hat."

Mein Lächeln erstarb. Keith hatte es ihm nicht gesagt. Er hatte die Schuld für unsere Trennung auf sich genommen. Das war überhaupt nicht, was ich gewollt hatte. Sollte ich es Quinn erzählen? Oder nicht? Am Ende überließ ich Keith die Entscheidung.

„Das Lied, Quinn, es war wunderschön. Du hättest Jakes Gesicht sehen sollen. Er war so beeindruckt."

Sofort dämpfte sich seine Stimmung. „Das bezweifle ich. Wir hatten gestern Abend eine Auseinandersetzung."

„Oh-oh. Was ist passiert?"

„Ich habe ihn gebeten, mir bei meinen Songs zu helfen und er hat mir im Grunde gesagt, dass ich nach Almosen suche. Meine Karriere ist ihm egal, Sam. Das wird er nie tun."

„Dann bahne dir deinen eigenen Weg. Wenn Jake dein Talent nicht sehen kann, ist das sein Pech, aber lass dich von seiner Gleichgültigkeit nicht abschrecken. Du bist einfach zu talentiert, um es bleiben zu lassen."

Quinn starrte ins Leere, dann zuckte er mit den Schultern. „Egal."

„Nein, es heißt ,Du wirst es ihnen allen zeigen'."

Er hob den Blick. „Klar, Sam. Was auch immer du sagst."

„Das ist schon besser. Und denk dran, ich bekomme bei deiner ersten Show einen Platz in der vordersten Reihe."

Endlich huschte ein Grinsen über sein Gesicht. „Wenn ich es richtig anstelle, wird es keine Sitzplätze in der vordersten Reihe geben."

∽

Quinn war nicht der einzige McKallister, der herüberkam. Michelle schlich sich heran und ihre Arme schlangen sich in der mütterlichen Umarmung um mich, nach der ich mich gesehnt hatte, seit ich ihrem Sohn vor über einem Jahr das Herz gebrochen hatte. Dann kamen Scott und Emma und Kyle und Kenzie. Und einfach so fühlte ich mich willkommen und wollte nicht mehr den schnellen Abgang machen, den ich beim Betreten des Empfangs geplant hatte.

Ich schaute in Keiths Richtung und mein Herz sagte mir immer wieder, dass ich zu ihm gehen sollte, aber mein Verstand redete mir das immer wieder aus. Nur weil seine Familie mit meiner Anwesenheit einverstanden zu sein schien, hieß das nicht, dass Keith es ebenfalls war. Er brauchte es nicht, dass ich wieder in sein Leben trat und Erinnerungen hervorholte, die besser begraben blieben. Er war weitergezogen und ich war … ähm … irgendwie weitergezogen. Ich musste den armen Kerl in Ruhe lassen. *Vorbei ist vorbei, Sam.* Und Keith und ich – wir waren vorbei.

Vielleicht war es an der Zeit zu gehen. Es gab nichts, was ich hier tun konnte, was ich nicht auch zu Hause mit einer guten Flasche Wein tun konnte. Ich würde Jake und Casey finden, ihnen gratulieren und mich auf den Weg zu einem netten, betrunkenen Abend des Selbsthasses machen. Klingt nach einem guten Plan.

Und wie es das Schicksal wollte, stolperte Jake fast direkt gegen mich. Offensichtlich wollte auch das Universum, dass ich ging.

„Herzlichen Glückwunsch", sagte ich und griff nach seinem Arm, um ihn davon abzuhalten, an mir vorbei zu stolpern.

„Sam", sagte er und umarmte mich. Wie seine Familie vor ihm war Jake warm und einladend. Ich wollte ihn noch etwas fester halten und seine Akzeptanz in mich aufsaugen. Ich wusste nicht, warum sie mir so viel bedeutete, doch es war eben so.

Als er sich zurückzog, ertappte ich ihn dabei, wie er auf meine Halskette starrte. Er sah auf, unsere Blicke trafen sich und er lächelte. Jake wusste es. Keith musste ihm von ihrer Herkunft erzählt haben und er hatte sich entschieden, sie aufzugeben – für mich. Die Macht meines Steins hatte bei ihm gewirkt. Jake wusste, dass ein winziger Teil seiner Stärke von all denen gekommen war, die ihn vor ihm getragen hatten: von mir, von Keith, von meinem Großvater und ja, sogar von Sullivan, der so lange durchgehalten hatte, wie er gekonnt hatte.

„Danke", murmelte er.

Sentimentalität stoppte den Fluss der Worte, die ich ihm sagen wollte, also lächelte ich zur Antwort einfach.

„Samantha Anderson!", quietschte Casey und ihre Energie löschte den emotionalen Austausch sofort aus. Jake trat zurück und überließ seiner Frau freudig die Führung. Casey und ich umarmten uns. „Du bist gekommen, Mädchen."

„Natürlich. Als ob ich das hier um alles in der Welt verpassen würde. Jake, du hättest dein Gesicht sehen sollen, als Casey dich in der Kirche verarscht hat."

Während wir drei lachten, hatte ich Keith in der Menge aus den Augen verloren, bis er plötzlich an Jakes Seite auftauchte und einen Arm über die Schulter seines Bruders legte. „Was habe ich verpasst?"

„Nichts. Wir haben uns nur über Jake lustig gemacht", sagte Casey. „Wie immer."

Keith nickte, bevor er seinen Blick auf meinen richtete.

„Sam", sagte er und neigte zur Begrüßung seinen Kopf.

„Keith", erwiderte ich und ahmte seine Geste genau nach.

„Du siehst gut aus."

„Du auch."

Dann Stille. Wir vier standen unbeholfen da, bis Casey die Lücken mit einem gut platzierten Kack-Witz füllte, der die Stimmung sofort aufhellte. Keiths Gesicht entspannte sich, als er und Jake in ein Gespräch über eine Frau in einem Hochzeitskleid fielen, die ihnen einige ernsthafte Nippel gezeigt hatte. Solche Dinge passierten nicht in der echten Welt, doch in ihrer schon. Abgedrehte Unvorhersehbarkeit war Teil des McKallister-Charmes.

„Nur in dieser Familie", sagte ich und kicherte bei ihrer

Geschichte mit. „Seht ihr, das ist es, was ich daran vermisse, nicht mit euch rumzuhängen."

„Brüste?", fragte Keith, der Unwissenheit vortäuschte.

Ich erinnerte mich an alles, was ich an dieser großen, verrückten Familie liebte, gab mich dem Moment hin und lachte ausgelassen. Ohne nachzudenken, streckte ich die Hand aus und berührte spontan Keiths Arm. Der ungeplante Moment der Berührung schockierte mich und ich zog mich sofort zurück, aber nicht bevor ich ihm in die Augen sah. Die Welt um mich herum verschwamm und ich war mir nur teilweise bewusst, dass die Braut und der Bräutigam weggingen. Alles, was ich sehen konnte, war der Mann vor mir, und statt der Wut und Gleichgültigkeit, die ich von ihm erwartet hatte, erhielt ich Liebe und Verständnis.

„Ich muss dir schon sagen, Sam. Ich bin fast in Ohnmacht gefallen, als ich dich in der Kirche gesehen habe."

„Ich wollte nicht, dass es peinlich wird, also habe ich versucht, mich zu verstecken."

„Das weiß ich", sagte er und seine Hand glitt über meinen Rücken, als wäre keinerlei Zeit vergangen. „Aber du solltest inzwischen wissen, dass wir uns immer wieder finden. Das ist einfach das, was wir tun."

Seine Worte trafen mich heftig und zwangen mich, den Kloß herunterzuschlucken, der sich sofort in meinem Hals bildete. „Ja, das ist es, was wir tun, nicht wahr?"

Wir standen da und starrten einander an. Es gab so viele Dinge, die ich ihm sagen musste – riesige, wichtige Dinge –, aber war es richtig, sein Leben noch einmal umzukrempeln?

„Es tut mir leid, dass du deine Familie für mich anlügen hast müssen. Sie haben dir die Schuld an der Trennung gegeben. Keith, das war nicht das, was ich gewollt habe."

„Du machst dir *darüber* Sorgen?", fragte Keith. „Glaub mir, ich habe es nicht für dich getan. Ich ziehe Verachtung jederzeit der Sympathie vor."

„Wie auch immer. Es tut mir leid."

Keith beugte sich herunter und flüsterte mir ins Ohr. „Ich habe dich vermisst."

Der Moment war so intim – so süß –, dass jede Wahrheit, die ich so fest gehalten hatte, herausrutschte. „Ich habe dich auch vermisst. Und ich vermisse Murphy und deine Familie und unser gemeinsames Leben. Ich vermisse das alles so sehr. Ich glaube ... ich bin einfach nicht dazu bestimmt, ohne dich zu leben."

Als könnte er seine Hände nicht von mir lassen, wanderten seine Finger über meine Haut. „Nein, das bist du nicht. Ob gut oder schlecht, Sam, ich wäre an deiner Seite geblieben. Du hast die Entscheidung getroffen, alleine zu sein, nicht ich."

„Ich weiß. Und ich verspreche dir, jeden einzelnen Tag, nachdem du weg warst, wollte ich zu dir rennen, aber ... ich war wie eine Welle, die es nie ans Ufer schaffen würde. Irgendwann muss man zu seinem eigenen Besten von ihr ablassen."

„Aber wer bist du, dass du mir sagst, was ich brauche? Vielleicht wollte ich bis zum Ende auf deiner Welle reiten. Hast du jemals daran gedacht?"

Es gab nichts, was ich zu meiner Verteidigung sagen konnte. Ich hatte mein Schicksal gewählt, aber ich hatte ihm nicht erlaubt, dasselbe zu tun. Irgendwie hatte ich mir selbst vorgegaukelt, dass ich das Beste für ihn tun würde, während ich in Wirklichkeit nur mein eigenes, gefräßiges Selbstmitleid gefüttert hatte. Oh Gott. Ich hatte das verbockt. Ich hatte uns zu zwei Hälften eines Ganzen gemacht.

Keith neigte mein Kinn nach oben und musterte mich. „Du siehst wunderschön aus, Sammy. Gesund. Hattest du irgendwelche Symptome? Warst du mal beim Arzt? Ich habe viel über Chorea Huntington recherchiert und ich weiß, dass du noch sehr jung für eine Diagnose bist, aber warum quälst du dich? Finde genau heraus, ob du das Gen trägst. Dann hast du zumindest deine Antwort."

Meine Unterlippe bebte, als ich gegen die Tränen ankämpfte,

doch es war zwecklos, denn der Fluss ließ sich nicht aufhalten.

„Ich habe den Gentest gemacht, Keith."

Als er die Ergebnisse anhand meiner emotionalen Reaktion interpretierte, wich die Farbe aus seinem Gesicht. „Oh."

Ich ließ meine Finger in sein Haar gleiten, zog seinen Kopf näher heran und flüsterte ihm die Worte ins Ohr. „Ich bin nicht meine Mutter."

Keith zog seinen Kopf ruckartig zurück und die Worte traten fast zögerlich über seine Lippen. „Was soll das heißen?"

Ich starrte ihn an, wollte, dass er mich nicht dazu zwang, es zu sagen.

Er wiederholte die Frage.

„Es bedeutet, dass ich das Gen nicht trage. Ich kann die Krankheit nicht bekommen und ich kann sie nicht weitergeben."

Ein Lufthauch strömte zwischen uns herein, als Keith sich aufrichtete. Sein Mund stand offen und ich konnte nicht erkennen, ob er mehr sauer oder fassungslos war. Die Wut gewann die Oberhand und er schubste mich weg. „Wann? Wann hast du es herausgefunden?"

„Ich habe die Ergebnisse vor ein paar Wochen bekommen."

„Und das erzählst du mir erst jetzt?"

„Ich habe versucht, einen Weg zu finden, wie ich es dir sagen soll ... oder *ob* ich es dir überhaupt sagen soll."

„*Ob*?", verlangte er.

„Das geht zur Welle zurück, Keith. Du bist endlich von ihr runter. Ich habe gehört, dass du dich verabredet hast. Ich wollte dein Leben nicht wieder aus den Angeln heben."

„Was ist los mit dir, dass du immer entscheidest, was deiner Meinung nach das Beste für mich sei?" Seine Stimme erhob sich über eine akzeptable Lautstärke und obwohl ich den Hohn verdient hatte, zog ich ihn trotzdem für die ordentliche Standpauke in den Flur hinaus.

„Also, lass mich das klarstellen, Samantha. Willst du damit

sagen, dass du kein Chorea Huntington hast und auch nie bekommen wirst?"

Ich war unfähig, ihm in die Augen zu blicken, also nickte ich einem unversöhnlichen Boden zu.

Keith stand einen Moment lang reglos da, ehe er in die Hocke ging und seinen Mund mit der offenen Handfläche bedeckte. Ich konnte sehen, wie er verzweifelt versuchte, die Informationen zu verarbeiten. Als er genügend Zeit gehabt hatte, streckte ich meine Hand aus, um ihn zu berühren. Keith zuckte zusammen, als ob ich ihn in Brand setzen würde. Er sprang auf und stapfte den Flur hinunter, wobei er sein Haar in den Händen hielt, während ein leises Knurren aus seinem Bauch drang.

„Keith ..."

„Nein. Sprich nicht mit mir. Schau mich nicht einmal an! Du ... du hättest den Test machen sollen, bevor du Schluss gemacht hast. Wir haben über ein Jahr verloren. Ein Jahr, Sam! Verdammt."

„Ich weiß. Ich war mir so sicher. Ich habe gedacht ... ich dachte, ich hätte es. Nein, ich war überzeugt, dass ich Chorea Huntington habe. Nichts, was irgendjemand gesagt hat, konnte meine Meinung ändern. Erst als du mir die Halskette zurückgeschickt hast, hatte ich endlich den Mut, mich der Wahrheit zu stellen. Es tut mir so leid wegen all dem Schmerz, den ich dir zugefügt habe. Es tut mir wirklich leid."

„Hör auf das zu sagen! Ich bin so ... ich werde ..."

Weitere wütende Märsche den Flur auf und ab ließen mich wie angewurzelt stehen bleiben.

„Aahhh. Ich weiß nicht, ob ich sauer sein oder vor Freude springen soll."

Mit einer Stimme, die kaum über ein Flüstern hinausging, antwortete ich: „Ich stimme für verdammte Freude."

Keith blieb stehen und starrte mich finster an. „Oh, ich bin mir sicher, dass du das tust."

Ich schwöre, dass ich das kleinste bisschen Belustigung in

seinen Worten hörte und ich bot ihm mein eigenes klitzekleines Grinsen an. Ich verdiente seine Vergebung nicht, doch ich würde sie annehmen, wenn sie mir angeboten würde. Keith starrte weiter – nein, gaffte – und dann, unglaublich, begann die Wut in seinem Blick abzuklingen. Sie wurde nicht ganz durch „verdammte Freude" ersetzt, aber etwas, das ihr ziemlich nahe kam.

Keith schüttelte seinen Kopf, bevor er meine Hand packte und mich nach draußen führte. Ich folgte ihm ohne Protest. Er hatte jetzt das Sagen und was immer er entschied, ich würde es befolgen. Wir blieben mitten in einem Rosengarten stehen, der vor Duft und Farben strotzte.

„Dir ist schon klar, dass ich stinksauer bin, oder?"

„Ja."

„Und du weißt, dass du es mir sofort hättest sagen sollen, als du es erfahren hast, richtig?"

„Ja."

„Und dir ist klar, dass ich dir für eine sehr lange Zeit nicht verzeihen werde, ja?"

„Ja."

Keith seufzte lang und schwer, bevor er seine Hände zu seinem Nacken hob und ein Lederband aufknotete. Er zog das Band unter dem Kragen seines Smokinghemds hervor und schirmte den Anhänger mit seinen großen Händen vor meinem Blick ab.

Als er schließlich wieder aufblickte, standen ihm Tränen in den Augen. „Ich bin nie von der Welle runtergekommen, Sam. Gerade du solltest das wissen."

Ich konnte ihn bei dem wilden Klopfen meines Herzens kaum verstehen. „Was willst du damit sagen?"

„Ich will damit sagen, dass du die Einzige für mich bist. Und obwohl ich dich im Moment irgendwie hasse, liebe ich dich mehr."

Ohne den Blickkontakt zu unterbrechen, ging Keith auf ein Knie und entlockte meinen Lippen ein Keuchen. Er legte seine

Handfläche sanft auf meinen Bauch und starrte mich mit dem Blick an, den ich so gut kannte. Die Zeit hatte seine Liebe nicht geschwächt. Und warum hätte sie das auch tun sollen? Keith hatte immer geglaubt. Ich war diejenige, die zurückgeblieben war.

„Ich habe dich einmal mit einem Ring aus Seetang gefragt. Ich habe dich ein zweites Mal mit einem Diamanten gefragt. Und jetzt, Samantha Anderson, bitte ich dich ein letztes Mal, mich mit dem Ring zu heiraten, der nur dir gehört."

Er öffnete seine Hand und enthüllte die atemberaubende Überraschung. Ein Ring aus Diamanten funkelte wie glitzernde Lichter, doch es war der Stein, der in der Mitte von ihnen allen steckte, welcher meine Aufmerksamkeit erregte – der Ozean, der in einem Achat festgehalten wurde.

Dieses Mal gab es keine unbeantworteten Fragen.

Dieses Mal war unsere Zukunft nicht in Gefahr.

Dieses Mal sagte ich ja.

KAPITEL ACHTUNDDREISSIG

Keith
Lange überfällig

„Bist du dir sicher, dass du die Fliege nicht tragen willst?", fragte mein Vater und hielt das aufgewickelte Tuch in seinen Händen. „Frage für einen Freund."

„Nein und das willst du auch nicht. Das hier ist eine Strandhochzeit, Dad. Informell lautet die Devise. Komm her."

„Warum?" Er trat einen Schritt vor.

„Damit ich ein paar von diesen Knöpfen öffnen kann. Du siehst aus wie ein Priester."

Als wir uns gegenüberstanden, wich ich absichtlich seinem Blick aus. Er hatte den ganzen Tag versucht, mich in die Enge zu treiben, und jetzt, wo wir allein waren, konnte ich die Energie spüren, die von ihm ausströmte.

Er ergriff meine Hand. „Keith, ich muss dir etwas sagen."

„Dad, ich schwöre, wenn du mir die Geschichte mit der Honigbiene erzählst, fliegst du aus der Hochzeitsgesellschaft raus."

„Ich hasse es, dass ihr Jungs untereinander redet. Jake hat eine perfekte Junggesellenabschiedsgeschichte ruiniert. Ich hoffe, er ist glücklich, denn jetzt haben alle verloren. Wie auch immer, nein, ich möchte, dass du weißt, wie unglaublich stolz ich auf dich bin."

„Danke."

„Und ich denke, ich muss mich vielleicht entschuldigen."

„Dad, gerade du hast keinen Grund, dich zu entschuldigen. Ich stehe heute nur deinetwegen hier."

„Oh, aber das habe ich. Du hattest recht. Ich habe Mitch bevorzugt. Das sehe ich jetzt ein, aber nur, weil ich mich schuldig gefühlt habe, weil ich ihn nicht so oft in meinem Leben hatte, wie ich es mir gewünscht hätte. Also habe ich, als er bei uns war, überkompensiert und ihn auf ein Podest gestellt, ohne es wirklich zu bemerken."

Ich hob meine Hand. „Lass mich dich genau da unterbrechen. Ich bin nicht mehr dieses unsichere Kind und ich mache dich für nichts verantwortlich. Verdammt, ohne dich wäre ich wahrscheinlich eine Gefängnisschlampe."

„Oh, ja, ohne Zweifel."

Wir lachten, denn ein Sinn für Humor war eines der wichtigsten Dinge, die ich von ihm geerbt hatte.

„Und ich bin froh, dass du Mitch die Aufmerksamkeit gegeben hast, die er verdient hat. Wir hatten dich die ganze Zeit über. Er hat dich gebraucht. Und er ist sowas wie der perfekte Mensch, also hast du es gut gemacht."

„Du bist auch perfekt."

Wir sahen beide gleichzeitig den Humor darin und lachten entsprechend.

„Oder ... so perfekt wie recycelte Möbel."

„Ich nehme es an. Und eines Tages, wenn ich Vater bin, möchte ich genau wie du sein ... nur hübscher und dünner und mit mehr Haaren. Und ohne die ganzen unkontrollierbaren Blähungen."

„Du bist so ein Idiot", sagte er und grinste. „Du und deine Geschwister seid undankbar. Ihr alle."

„Wir sind das, was du aus uns gemacht hast."

„Dann werde ich als glücklicher Mann sterben. Ich könnte nicht stolzer auf meine Kinder sein – auf dich. Du bist genau der Mann, den ich schon immer in dir gesehen habe, und ich könnte dich nicht mehr lieben."

Wir umarmten uns und gingen erst auseinander, als das Wohnmobil, das wir als Garderobe benutzten, zu wackeln begann. Mitch öffnete die Tür und hielt inne, als er begriff, dass er gerade etwas unterbrochen hatte.

„Wollt ihr, dass ich später zurückkomme?", fragte er und wandte sich bereits zum Gehen.

„Hey." Ich öffnete meinen Arm und winkte ihn herein. „Komm her."

Mitch schritt herbei und schlang seine Arme um uns beide.

„Also, ich will dich nicht drängen, aber deine Braut ist bereit. Und, oh, James versucht, auf einer der Schildkröten zu reiten."

„Ich bin bereit", sagte ich und klopfte ihm auf die Schulter. „Ich warte nur noch darauf, dass mein Trauzeuge kommt."

Mitchs Lächeln konnte nicht breiter und strahlender werden. „Ich bin da, kleiner Bruder. Lass mich vorangehen."

Meine nackten Füße gruben sich in den Sand, als ich Sam beobachtete, wie sie auf mich zuschritt, einen kleinen Blumenstrauß in der einen Hand hielt und ihren Arm durch den meines Vaters auf der anderen Seite gehakt hatte. Ihr weißes Kleid glitt in sanften Wellen um sie herum. Mit den Blumen, die in ihr Haar eingeflochten waren, sah sie aus wie eine Wasserfee. Ich blinzelte die Tränen weg, als sie auf mich zuging, das Ebenbild von Schönheit und Gesundheit.

Ich überblickte die kleine Ansammlung von Leuten – all

unsere Lieben. Es gab keine Seiten, die die Familie der Braut und des Bräutigams trennten, nur eine intime Verschmelzung von beiden. Eine kleine, entspannte Hochzeit war alles, was wir wollten, und welcher Ort wäre besser geeignet, um unsere Vereinigung zu feiern, als unser Strand, an dem alles begonnen hatte?

Mein Vater hielt inne, hob Sams Hand und küsste sie, bevor er sie an mich weiterreichte. Vielleicht hatte ich erwartet, dass sie ein Wirbel der Gefühle sein würde, doch in ihren Augen gab es keine Tränen. Keine Angst. Sam wusste genau, was sie wollte: mich, jeden Tag für den Rest ihres Lebens.

„Schau", sagte ich und deutete auf den Bereich hinter dem Altar. Dort, ungefähr an der gleichen Stelle im Sand, an der ich sie einst gebeten hatte, meine Freundin zu sein, war ein Herz mit den Worten: *Willst du meine Frau werden?*

Sie legte ihre Hand auf meine Brust. Nur das leichte Zittern ihrer Unterlippe verriet ihre Stimmung. „Danke, dass du uns nie aufgegeben hast, Keith."

Ich beugte mich vor und gab ihr einen sanften Kuss auf die sonnenbeschienene Wange.

„Es ist einfach das, was wir tun."

EPILOG

„Rutsch ganz rüber, Kumpel." Ich stieß Wyatt mit meinem Hintern weiter, um Platz für seine Mutter und seinen kleinen Bruder zu machen.

„Ich will nicht zu nah am Rand sitzen", sagte Wyatt und seine unschuldigen Augen blickten zu mir hoch. „Was ist, wenn mich ein Pirat erwischt?"

„Unmöglich, Kumpel. Und weißt du warum? Aus professioneller Höflichkeit."

„Er ist vier, Keith." Sam stieß mich mit dem Ellbogen an und warf mir ein verschmitztes Lächeln zu, während sie unser Baby auf ihrer anderen Hüfte zurechtrückte, um ihren ältesten Sohn zu trösten. „Was Daddy damit sagen will, ist, dass sie Spielzeuge sind, und Spielzeuge machen Spaß – keine Angst."

„Eigentlich ist es gar nicht das, was Daddy sagen wollte, aber danke, dass du mir die Worte in den Mund legst, Mommy."

Finn lehnte sich von hinten heran. „Wenigstens kommst du mal zu Wort. Das war ein Luxus, den ich verloren habe, nachdem Tochter Nummer drei den Geburtskanal verlassen hatte."

„Und wessen Schuld ist das, Finn?", fragte ich und warf einen Blick zurück auf seine rein weibliche Crew. Mit ihren lockigen braunen Haaren und ihrer angenehmen Persönlichkeit war Indiana eine Kopie ihres Vaters, während die eineiigen Zwillinge Kimi und Paige blond und geradlinig wie ihre Mutter waren. „Du bist körperlich nicht in der Lage, einen männlichen Erben zu zeugen."

„Wenn deine Schwester mir noch eine Chance gegeben hätte, hätte ich euch Schwachköpfen bestimmt bewiesen, dass ihr falschliegt. Aber neeeiiin. Ich habe ein kleines Malheur mit einem Kondom … nichts für ungut, Schatz." Er drückte Indiana an sich. „Und dann, ein paar Jahre später, begehe ich den schweren Fehler, zu vergessen, die Häufigkeit von Zwillingen in meiner Familie zu erwähnen. Plötzlich bin ich derjenige mit der Vasektomie? Wie ist das fair?"

Ohne Mitleid zu zeigen, konterte Emma seine Beschwerde. „Sieh mal, wenn ich deinem Sperma vertrauen könnte, gäbe es keinen Grund für solch drastische Maßnahmen. Aber ihr Perrys beharrt darauf, die Welt mit einem kaputten Kondom nach dem anderen zu bevölkern."

Wyatt wurde das Erwachsenengespräch zu langweilig und er zog an meinem Ärmel, begierig auf meine ungeteilte Aufmerksamkeit, und ich gab sie ihm, ohne Fragen zu stellen. Mein kleiner blonder, braungebrannter Kerl war bereits ein Strandliebhaber, der stundenlang im Sand spielte und seine Zehen in den Pazifik tauchte. Auf der Liebenswürdigkeits-Skala von eins bis zehn, konnte ich objektiv berichten, dass er eine zwanzig erreichte.

Sein kleiner Bruder Thomas genoss den gleichen hohen Rang, obwohl er nicht annähernd so interaktiv war wie sein Bruder. Mit seinen dreizehn Monaten war Tommy ein einsilbiger Typ, der sich durch jede Unterhaltung brabbelte. Er war auch ein ehrgeiziger Esser und schob sich alles in den Mund, was gerade zur Hand war: Hundespielzeug, Zwiebeln, Sand. Nichts war vor ihm sicher. Bei einer eklatanten Aufsichts-Panne hatte ich sogar entdeckt, wie unser kleiner Feinschmecker ein Taschenbuch verschlungen hatte. Als ich bemerkt hatte, was er da tat, hatte Thomas bereits ein Drittel des Romans geschafft. Sagen wir einfach, die Geschichte hatte sich nicht mehr so gut gelesen, als sie hinten rausgekommen war.

Allein der Gedanke an meine kleine Familie ließ Ausbrüche der Glückseligkeit in meiner Brust aufsteigen. Es schien, als hätte ich eine grenzenlose Fähigkeit zu lieben. Wer hätte es gedacht? Ich hatte gedacht, dass die Strandhochzeit mit Sam der Höhepunkt aller Dinge gewesen war, aber ich hatte gemerkt, dass sich mein Herz mit jedem neuen Mitglied unseres Stammes ein bisschen weiter ausdehnte. Und es gab mir eine neue Wertschätzung für meine eigenen Eltern, die uns alle mit einem Fokus auf die Familie, einem Sinn für richtig und falsch und klaren Herzen, die für die Liebe vorbereitet waren, bis zum Erwachsenenalter begleitet hatten.

Ich hob Wyatt hoch und schlang beschützend meine Arme um ihn. „Mach dir keine Sorgen, Kleiner. Ich habe dich."

Er legte seine kleinen Hände an mein Gesicht, neigte meinen Kopf zur Seite und flüsterte mir ins Ohr. „Ich habe immer noch Angst vor den Piraten."

Offensichtlich hatte die märchenhafte Erklärung seiner Mutter nicht ausgereicht, um seine Bedenken zu zerstreuen, also war es an der Zeit, meinem Vorschulkind die Höflichkeit unter Kollegen auf eine Weise zu erklären, die er verstehen konnte. „Pass auf. Die Piraten werden uns nicht belästigen, weil sie mich mögen." Ich senkte meine Stimme und schaute mich nach Spionen um. „Ich habe dir das noch nie erzählt, Wyatt, aber bevor ich deine Mami getroffen habe, war ich selbst ein Pirat."

„Echt?" Mein Junge starrte mich mit so großen und vertrauensvollen Augen an, dass ich am liebsten für immer in seiner magischen Welt leben wollte. Sicher, es war nicht gerade die ganze Wahrheit, die volle Wahrheit und nichts als die Wahrheit. Aber wie mein eigener Vater vor mir hatte ich gelernt, dass ich den kleinen Wyatt mit einem großen Teller leckerer alter

Notlügen füttern konnte und dass er jeden einzelnen Bissen verschlingen würde.

„Ja, ich hatte die langen Haare, die stinkenden Klamotten und das dämliche Lächeln; das volle Programm."

Kyle neigte seinen Kopf von der Bank direkt vor uns zurück. „Damals, als dein Dad und ich Kinder waren, Wyatt, waren Piraten auch als Kiffer bekannt."

Sam gab ihm einen Klaps. „Bring dieses Wort nicht in den Wortschatz meines Sohnes. Hast du nicht deine eigenen Kinder, die du erziehen musst?"

Selbstgefällig verschränkte Kyle die Arme hinter dem Kopf. „Das muss ich nicht. Er erzieht mich."

Und leider machte er keine Witze. Ich warf einen Blick auf Kyles und Kenzies erstgeborenen Sohn, der auf unerklärliche Weise als Genie geboren worden war. Was für ein Wunder der Wissenschaft. Der kleine Arlo konnte bereits auf Mittelstufen-Niveau lesen und dabei er war erst sechs. Es gab Gerüchte in der Familie, dass das Kind bei der Geburt vertauscht worden sein könnte, aber seine Ähnlichkeit mit Kyle war zu groß, um einen Rechtsstreit gegen das Krankenhaus zu führen. Irgendwie hatten mein jüngerer Bruder und seine Bigfoot-liebende Frau ein Kind mit einem IQ auf Nobelpreis-Niveau gezeugt.

Ich sah zu Arlo hinüber, der in die weite Dunkelheit der künstlichen Kuppel hinaufschaute, die die Fantasie des „Fluch der Karibik"-Fahrgeschäfts erzeugte.

„Dad", sprach Arlo schließlich. Ich lauschte, denn ich erfreute mich immer an den tiefgründigen Worten, die vorsichtig seinen Mund verließen. „Wie viele Jahre gibt es in einem Millennium?"

„Ist das eine dieser Fragen, auf die du die Antwort schon kennst, aber sie mich nur fragst, um mich schlecht aussehen zu lassen?"

Er zuckte mit den kleinen Schultern.

„Ähm, na gut." Kyle kratzte sich rätselnd am Kopf – immer auf der Suche nach einer Antwort. „So um die zehn vielleicht."

„Nein", seufzte er. „Das ist ein Jahrzehnt."
„Oh ... hm. Wirklich?"
„Ja. Die richtige Antwort lautet eintausend."
Kyle neigte seinen Kopf wieder nach hinten. „Verstehst du, was ich sagen will? Kein Grund zum Erziehen."
Ich hob die Hand und drehte den Kopf meines kleinen Bruders manuell in eine Richtung, die seine Aufmerksamkeit erforderte. „Ich habe eigentlich das da gemeint."
Unsere Blicke richteten sich beide auf Kenzie, die verzweifelt versuchte, ihren widerspenstigen Dreijährigen von einem Rollstuhl zu lösen, den er auf dem Weg ins Boot beschlagnahmt hatte.
„Das ist kein Fahrgeschäft, Axel", sagte Kenzie und zerrte an seinem kleinen Körper, während sie sich die Haare aus den verärgerten Augen blies.
Wenigstens gab es ein wenig Gerechtigkeit auf der Welt – eine Art Ausgleich. Es schien, als wären alle dominanten Gene, die Arlo prägten, verbraucht worden und als wäre dem armen Axel nicht viel mehr geblieben als die Fähigkeit, mit einem Eimer auf dem Kopf herumzulaufen und sich gegen Wände zu schleudern.
„Wirst du ihr dabei helfen?", fragte ich ihn und wies mit meinem Kopf in Kenzies Richtung.
„Nee, die macht das schon."
„Kyle!", blaffte Kenzie und er sprang auf, als hätte man ihn mit einem Piratenschwert durchbohrt. Er war bereits aus dem Boot, bevor sich das Ausrufezeichen an das Ende seines Namens hängte.
Jep, meine Geschwister und ich lernten, dass es in Sachen Elternschaft keine Extrawürste gab.
Es gab jedoch VIP-Touren für die Reichen und Berühmten und genau da waren wir jetzt und feierten eine von Dads Geburtstagswochen am glücklichsten Ort der Welt. Da wir einen Prominenten in unseren Reihen hatten, genossen wir gewisse Privilegien, die die meisten nicht besaßen. Ein Beispiel: Die

vorübergehende Schließung des Piratenfahrgeschäfts, damit unsere wachsende Gruppe von sechsundzwanzig Personen – davon zwölf Kinder – in die wartenden Boote einsteigen konnte, ohne den Holzsteg zu versenken.

Mitch, der zwischen seiner Frau Kate und den beiden Kindern auf der ersten Bank saß, musste seine Arme heben, um sich aus dem Gedränge seiner Familie zu lösen. Sein Sohn Max hatte darauf bestanden, in der ersten Reihe zu sitzen, die er die Spritzzone nannte, und weil er der Älteste der Enkelkinder war, gaben ihm alle seine verehrenden Cousins und Cousinen den Vorrang. Zusammen mit seiner Schwester Madison waren sie die Stars der Show, wann immer sie zu einer Familienfeier kamen. Es war wie ein Déjà-vu von Mitch ... doch jetzt hieß ich es willkommen. Ich sah es so: Je mehr Familie ich um mich herum hatte, desto glücklicher würde mein Leben langfristig werden. Also hieß ich verrückte Situationen wie diese willkommen, in der wir in einem Piratenboot dümpelten, während Tausende von Parkbesuchern, denen wir Umstände bereiteten, sehnsüchtig darauf warteten, dass mein berühmter Bruder seinen Zug machte.

„Wo sind die anderen?", fragte Mitch und blickte in die Richtung, aus der wir gekommen waren, kurz bevor wir ins Fahrgeschäft eingestiegen waren. „Ich habe gedacht, sie wären direkt hinter uns."

„Sie hatten ein paar Sicherheitsprobleme, glaube ich", sagte Finn. „Es ist nicht so einfach für ihn, heutzutage durch die Menschenmassen zu gelangen."

Kyle brachte das Boot zum Schaukeln, als er wieder einstieg und sich seinen rauflustigen Sohn über die Schulter hängte. „So schlimm habe ich es noch nie erlebt und ich bin schreiende Fans gewöhnt."

Wie aufs Stichwort schrie eine Gruppe weiblicher Bewunderer auf, doch es war Finn, den sie ins Visier genommen hatten. Er winkte freundlich zurück.

„Hey", rief Mitch ihm zu. „Solltest du nicht in der zweiten Gruppe sein – wo die wichtigen Leute sind?"

„Machst du Witze? Ich bin nur ein Fleck im Ozean des Tsunamis, der gleich in die Piratenbucht schwappen wird."

In einer Hit-Fernsehshow war Finn eine Berühmtheit für sich, aber angesichts der hochkarätigen Gesellschaft, in der er sich befand, lag er mit seinem selbst eingeschätzten Bekanntheitsgrad nicht falsch. Sein Platz war zu Recht hier bei dem Rest von uns Niemanden.

Ein Kreischen erklang und hallte durch den gewaltigen Raum.

„Apropos Tsunami …", sagte Sam und hielt ihre Hände über Tommys empfindliche Ohren. „Da kommt er."

Die Hauptattraktionen kamen in Sicht, als sie sich ihren Weg auf den Steg bahnten. Die Fans, die in den Schlangen standen, jubelten wild, als Jake mit seinen Söhnen Miles und Slater in das Boot stieg, ehe er sich umdrehte, um Casey zu helfen, die Baby Lily in ihren Armen wiegte. Mom, Dad und Grace nahmen ihre Plätze direkt dahinter ein.

Dann erfüllte eine seltsame Stille die düstere Höhle, als Sicherheitsleute das letzte Mitglied unserer sechsundzwanzigköpfigen Gruppe flankierten und ihn zu den anderen führten.

Kyle drehte sich zu mir um und schüttelte den Kopf. „Und los geht's."

Frenetisches Geschrei brach aus, als unser Bruder aus der schützenden Barriere hervortrat und in das Boot stieg, während ein Sprechchor durch den gewölbten Raum hallte.

„Quinn."

„Quinn."

„Quinn!"

Danke fürs Lesen! Ich hoffe, dass dir die Liebesgeschichte von Keith und Sam gefallen hat. Du hast nun das Ende der Cake-Serie erreicht... aber nicht das Ende der McKallister-Familie. Eine geplante Ableger-Serie, die sich um Quinn und Grace (und den Rest des spaßigen Clans) dreht, wird bald erscheinen.

Und während du wartest, kannst du mein neues Buch lesen, Wie der Wind. In Wie der Wind findest du all die Entwicklungen von Figuren und lustigen und sexy Momente von Cake.

Was passiert, wenn ein Popstar in Schwierigkeiten à la Harry Styles mit einer Haarstylistin und *allen* ihren Haustieren in einen Buschbrand gerät? Finde es heraus im neuen Roman Wie der Wind – eine frische, lustige und flirtgefüllte Version des Rockstar-Genres.

Klicke hier, um Wie Der Wind zu finden (April 18, 2021)

WIE DER WIND: EIN FEURIGER ROCKSTAR-LIEBESROMAN

Mach dich darauf gefasst, zu lachen, zu weinen und dich in diese neue Liebesgeschichte von J. Bengtsson zu verlieben.

Als ein Brief seiner angeblich verstorbenen Mutter in seinen Händen landet, ändert sich das Leben des international berühmten Popstars Bodhi Beckett abrupt.

Während er wegen der Täuschung durch seine Liebsten ins Taumeln gerät, verliert Bodhi die Kontrolle über sein Leben und wird in eine abgeschiedene Villa in den Küstenbergen Südkaliforniens geschickt, wo er sich Ruhe gönnen und entspannen soll. Doch sein Refugium ist alles, nur nicht entspannend, denn ein heftiges Buschfeuer lässt die Landschaft um ihn herum in Flammen aufgehen.

Während Bodhi vor dem Brand flieht, rettet er Breeze, eine schrullige, tierliebe Frau und die zwei kämpfen sich gemeinsam in die Sicherheit.

Nach dem Buschbrand gehen Bodhi und Breeze auf einen Roadtrip, um die Wahrheit über seine Familie herauszufinden. Was allerdings keiner von beiden erwartet, ist die Knüpfung einer starken Verbindung, die ihre Leben für immer verändern wird… kann sie allerdings das echte Leben überstehen, oder wird sie verschwinden wie der Wind?

Klicke hier, um Wie Der Wind zu finden (April 18, 2021)

DIE CAKE SERIE

Cake – eine Liebesgeschichte ist das erste Buch der Cake-Serie. Jeder Teil der McKallister-Familie wurde durch die Tragödie beeinflusst, welche die Familie in ihren Grundfesten erschütterte und jeder hat noch immer mit den Nachfolgen zu kämpfen. Wenn du nur Cake liest, wirst du wichtige Teile der Geschichte verpassen, da in jedem weiteren Buch neue Informationen ausgearbeitet werden – nicht nur über die Entführung, sondern auch über die Familie. Natürlich besitzt jede Cake-Geschichte auch ihre einzigartige Liebesgeschichte für deinen Genuss.
*Jetzt verfügbar! eBook wird herausgegeben von LYX.digital
*Taschenbuch wird herausgegeben von J. Bengtsson Books

Im zweiten Buch, Die Theorie des Zweitbesten, wirst du lernen, was am Tag von Jakes Verschwinden passierte und wieso Kyle von solchen Schuldgefühlen geplagt wird. Du wirst auch eine lustige, lebhafte Freundschaft-zu-Beziehung-Geschichte bekommen, die auf einer Insel spielt und mit liebenswerten Figuren gefüllt ist.
Herausgegeben von J. Bengtsson Books

Im dritten Buch, Emma auf stürmische Art, wirst du eine Zeitreise in die Vergangenheit unternehmen und lernen, was mit der Familie während des Monats von Jakes Entführung geschah. Folge den McKallisters, während sie verzweifelt versuchen, dem Teenager Jake zu helfen und sich von dem Verbrechen zu erholen, das ihn beinahe das Leben gekostet hätte. Du wirst auch eine gegenwärtige Liebesgeschichte bekommen, die bei einem Musikfestival stattfindet und wo sich Gegensätze anziehen. Emma könnte die McKallister sein, die am stärksten missverstanden wird. Dieses Buch ist ihre Wiedergutmachung.
Herausgegeben von J. Bengtsson Books

Im vierten Buch: Cake: Frisch Verheiratet sind Casey und Jake zurück und gehen auf neue Abenteuer und haben mit anderen Schwierigkeiten zu kämpfen. Wie immer wird ihre Geschichte voller Liebe, Gelächter und einem Hauch Herzschmerz erzählt.
Herausgegeben von J. Bengtsson Books

Und im fünften Buch, Monsterwelle, reisen wir weit in die Vergangenheit zurück zu einer Zeit, die noch nie zuvor in der McKallister Saga erkundet wurde und sehen, wie das Leben war, bevor die Tragödie die Mitglieder dieser Familie in die Knie zwang. Du wirst auch eine Liebesgeschichte bekommen, die sich über zehn Jahre hinweg erstreckt, in der sich Gegensätze anziehen und zweite Chancen vergeben werden.
Herausgegeben von J. Bengtsson Books

Was kommt als nächstes? Quinns Geschichte.

Besuche meine Internetseite und entdecke Interviews mit den Figuren.

ÜBER DEN AUTOR

J. (Jill) Bengtsson ist die Bestsellerautorin der Cake Serie. Sie schreibt zeitgenössische Romane, die sich um Liebe, Humor, Leidenschaft und Familie drehen. Ihre Heldinnen sind stark, fürsorglich und unüblich während ihre Helden Träume erfüllen können – wunderbar, engagiert und ein kleines bisschen hilfsbedürftig. Da sie eine waschechte Kalifornierin ist, spielen Jills Romane unter den glitzernden Lichtern der Entertainmentindustrie der amerikanischen Westküste. Sie sind für die Träumer gemacht, die in uns allen stecken.

Jill lebt in der Nähe von Ventura in Kalifornien. Sie ist mit einem Schweden verheiratet, den sie als Austauschstudent in ihrem dritten Jahr an der Universität kennenlernte. Sie haben drei gemeinsame Kinder, einen Golden Retriever und zwei Ragdoll-Katzen.

J. Bengtsson wird von Michelle Wolfson von der Wolfson Literary Agency vertreten. Alle Anfragen zu internationalem Recht können an Taryn Fagerness gerichtet werden.

Verpasse keine Veröffentlichungen! Melde dich für Jills Newsletter an und bleibe immer darüber auf dem Laufenden, was in der Cakewelt und woanders geschieht.
https://jbengtssonbooks.com/newsletter

* * *

*Wenn dir diese Geschichte gefallen hat, denke bitte darüber nach, eine Rezension zu hinterlassen und deine Erfahrung mit anderen Lesern zu teilen. Monsterwelle

Willst du ein eher interaktives Erlebnis? Trete der Gruppe Banana Binder bei, einem Ort, an dem sich alles um die Charaktere dreht, die wir lieben gelernt haben.

BÜCHER VON J. BENGTSSON

Cake - Die Liebe von Casey und Jake

Die Theorie des Zweitbesten

Emma auf stürmische Art

Cake: Frisch Verheiratet

Monsterwelle

Wie der Wind (April 18, 2021)

Printed in Poland
by Amazon Fulfillment
Poland Sp. z o.o., Wrocław